시와 함께 배우는 시론

▌ 제2판 ▌

시와 함께 배우는 시론

초 판 제1쇄 발행 2001년 3월 5일
제2판 제14쇄 발행 2024년 2월 29일
지은이 윤여탁, 최미숙, 유영희
펴낸곳 ㈜태학사
등록 제406-2020-000008호
주소 경기도 파주시 광인사길 217
전화 031-955-7580
전송 031-955-0910
전자우편 thspub@daum.net
홈페이지 www.thaehaksa.com

ⓒ 윤여탁, 최미숙, 유영희, 2001. Printed in Korea.

값 18,000원

ISBN 979-11-90727-28-0 93810

제2판

詩와 함께 배우는 시론 詩論

윤여탁
최미숙
유영희

태학사

제2판 서문

책을 낸 지 1년 반만에 제2판을 내게 되었다.

제2판에서 좀더 강화한 것은 시 교육의 관점이다. 원래 있던 다섯째 마당 외에 여섯째 마당을 새로 집필하여 「시 교육의 실제」를 보완하였다. 시 교육은 현대시에 관심을 가진 모든 이에게 필요한 관점일 것이다. 우리들이 시를 읽고 느끼고 생각하는 출발점과 긴밀한 연관을 가지는 것이 바로 시 교육이기 때문이다.

문제 제기와 논의의 틀 그리고 약간의 설명만 하고 상세한 설명은 생략한 부분이 있다. 그 여백은 강의 시간의 몫으로 남겨 두었다. 학생들에게 모든 것을 다 상세하게 설명하기보다는, 찾아보고 고민하면서 새로운 생각을 펼쳐나가는 즐거움을 뺏지 않으려는 배려 때문이었다.

초판 서문에서 이 책은 완결된 것이라기보다는 지속적으로 다시 쓰여지는 책이며, 강의를 통하여 앞으로도 계속 보완될 책이라고 하였다. 그 보완 작업은 이 책을 기획한 필자들뿐 아니라 이 책으로 강의를 하고, 또 연구를 하는 모든 이들에 의해 지속적으로 이루어졌으면 하는 바람이다.

마지막으로 복더위도 마다 않고 이 책을 위해 애써 주신 변선웅 편집장님과 조수진 선생님께 감사의 마음을 전하고 싶다.

2002년 7월
저자 일동

제1판 서문

　이 책을 공동으로 출판하겠다는 우리의 기획은 평소 시와 시론을 배우고 가르치면서 가졌던 소박한 생각에서 출발하였다. 그것은 우리가 어떤 경우에 읽게 되는 시는 시대로, 교실에서 배운 시론은 시론대로 따로 놀고 있다는 생각이었다. 이는 시나 시론을 배운다는 것이 우리의 생활과는 다소 동떨어진, 지극히 추상적인 학습이었다는 의미로 해석될 수 있다.

　그래서 우리는 대학에서 현대시론을 강의하면서, 시론을 가르치려고 하기보다는 시를 가르치고자 했다. 시에 대한 이론을 배우거나 가르치기보다는 시 작품을 먼저 감상하면서 시에 관한 이론이나 해석 방법을 예로 제시하고자 했다. 지난 몇 년간 우리는 이런 생각을 하면서 시와 함께 시론을 배우고 가르쳐 왔다.

　이 책의 내용은 강의 과정에서 쓰여진 글들과 시 교육을 생각하면서 쓴 글들을 모아, 현대시론이라는 강좌에 활용할 수 있도록 기획하였다. 그렇기 때문에 이 책의 내용 중 일부는 시의 이론을 설명하는 데 적절하지 않은 부분도 있다. 시론이라는 강의와 이 강의의 목적에 별로 어울리지 않는 내용이 책이라는 형식적 틀에 갇혀버린 것이다.

　아울러 이 책을 내면서, 우리에게 글쓰기가 무슨 의미를 주는가를 생각하였다. 글쓰기의 형식은 있어야 하는가, 그 형식은, 내용은 또 무엇인가? 나의 생각을 자유롭게 이렇게 써대는 것이 글쓰기 아닌가? 우리의 글쓰기를 제한하는 그 무엇도 없지만, 그래도 글쓰기가 주저되기만 하는 현실이 우리를 압박하고 있다.

그리고 이 속박에서 벗어나고자 할수록 그것이 더욱더 우리를 휘감고 있다는 느낌을 떨칠 수 없다. 이런 점에서 시조 시인이라는 분들이 무척 존경스럽다. 이들은 형식의 견고한 틀을 지키면서 아마 미적 쾌감을 만끽하고 있는 것은 아닌가 하는 생각도 든다. 우리가 업(業)으로 삼고 있는 학교에서의 수업도 이와 유사하지 않을까. 수업이라는 틀을 지키면서 학생들에게 무엇인가를 효과적으로 가르쳐야 하는 것이 학교에서의 수업이다.

이 책은 이런 학교에서의 수업을 염두에 두고 시를 가르치고자 했으며, 이를 위하여 많은 시 작품을 예로 들었다. 즉, 시론이 아니라 시로 되돌아가고자 했으며, 많은 시를 읽는 것만큼 좋은 시 수업이 없다는 원칙을 확인하고자 했다. 그렇기 때문에 이 책은 완결된 것이라기보다는 지속적으로 다시 쓰여지는 책이며, 수업을 통하여 앞으로도 계속 보완될 책이다.

끝으로 이 책은 태학사의 지현구 사장님이 아니었으면 세상에 빛을 볼 수 없었음도 밝혀 둔다. 몇 년 전 강의를 위해 임시로 제본하였던 원고의 묶음을 지 사장님이 언젠가 보고는 출판을 예약했고, 지난 몇 년간 끈질기게 원고를 독촉하였기에 책의 내용을 보완할 수 있었으며, 미흡하나마 이제야 출판을 결심할 수 있었다. 지현구 사장님께 진심으로 고마운 마음을 전한다.

2001년 2월 20일
저자 일동

차례

제2판 서문 5 / 제1판 서문 6 / 서시 11

첫째 마당-시의 정의 13

시-문학을 보는 관점 · 13
시의 갈래적 속성과 서정시 · 21
상상력과 시 · 31
시를 쓰는 이유 · 45

▶ 시에 대한 생각 하나-이규보의 「시의 귀신을 몰아내는 글」· 59

둘째 마당-시의 분석 65

시의 언어 · 65
시의 운율(rhythm) · 75
시의 심상(image) · 89
비유(metaphor)와 상징(symbol) · 102
서정시와 시적 화자(persona) · 116

▶ 시에 대한 생각 둘-김소월의 「시혼(詩魂)」· 132

셋째 마당-시의 기법 141

반어(irony)와 역설(paradox) · 141
풍자(satire)와 패러디(parody) · 150
모호성(ambiguity)과 객관적 상관물(objective correlative) · 159
거리(distance)와 서술 구조 · 170
시와 난해성 · 179

▶ 시에 대한 생각 셋-김기림의 「시의 방법」· 190

넷째 마당 - 시와 사회 193

시와 리얼리즘 · 193
시와 여성성 · 206
시와 문화 그리고 전통 · 218
시와 자연 · 227
인간의 영원한 서정시, 연가(戀歌) · 236
▶ 시에 대한 생각 넷 - 김수영의 「시(詩)여, 침을 뱉어라」· 244

다섯째 마당 - 현대시와 시 교육 251

시 교육과 사고력의 신장 · 251
비판적 담론으로서의 시 교육 · 265
감동적인 체험으로서의 현대시 교육 · 273
시 교육과 다매체 언어 · 282
키치와 시 교육 · 295
▶ 시에 대한 생각 다섯 - 조지훈의 「시 「승무(僧舞)」의 시작 과정」· 311

여섯째 마당 - 시 교육의 실제 317

공감적 시 읽기와 비판적 시 읽기 · 317
창의적 사고력을 위한 시 교육 방법 · 328
시 교육에서의 평가 · 341
창작 교육과 삶의 교육 · 353
▶ 시에 대한 생각 여섯 - 정현종의 「시(詩)의 자기동일성」· 365

참고 문헌 373 / 찾아보기 377

서시

　역사를하노라고 땅을파다가 커다란돌을하나 끄집어내어놓고보니 도무지어디서인가 본듯한생각이들게 모양이생겼는데 목도들이 그것을메고나가더니 어디다 갖다버리고온모양이길래 쫓아나가보니 危險하기짝이없는 큰길가더라.

　그날밤에 한소나기하였으니 必是그돌이깨끗이씻겼을터인데 그이튿날가보니까 變怪로다 간데온데없더라. 어떤돌이와서 그돌을업어갔을까. 나는참이런悽凉한생각에서아래와같은作文을지었도다.

　'내가 그다지 사랑하던 그대여 내한平生에 차마 그대를 잊을수없소이다. 내차례에 못올사랑인줄은 알면서도 나혼자는 꾸준히생각하리다. 자그러면 내내어여쁘소서'

　어떤돌이 내얼굴을 물끄럼히 치어다보는것만같아서 이런詩는 그만찢어버리고싶더라.

—이상의 「이런詩」

첫째 마당 — 시의 정의

시 — 문학을 보는 관점

더러운 日記는 찢어버려도
짜장 재주를 부릴 줄 아는 나이와 詩
배짱도 생겨가는 나이와 詩
정말 무서운 나이와 詩는
동그랗게 되어가는 나이와 詩
辭典을 보면 쓰는 나이와 詩
辭典이 詩같은 나이의 詩
辭典이 앞을 가는 變化의 詩
감기가 가도 감기가 가도
줄곧 앞을 가는 사전의 詩
詩.

　　　　　　　　　　　　　　 ─김수영의 「시(詩)」의 부분

　'문학이란 무엇인가'라는 질문에 모두 다 만족할 만한 정답을 제시하기는 쉽지 않다. 이 점은 이 같은 제목으로 쓰인 숱한 책들을 서점의 진열장에서 만날 수 있는 것만 보아도 쉽게 알 수 있다. 오늘날까지 많은 문학 연

김수영 시인의 모습

구자들이 이 질문에 대한 그럴 듯한 답을 제시해 왔다. 그러나 아직까지도 문학이라는 대상을 어떤 시각으로 보느냐에 따라 각기 다른 해답을 내놓고 있을 뿐, 속 시원한 답을 제시하지는 못하고 있다. 좀 심하게 말하면 그 질문에 대한 답은 연구자들의 수만큼 다양하다고 할 수 있다.

　이런 측면을 피상적으로 살피면, 문학에 대한 논의가 혼란스럽다고 할 수도 있다. 그러나 그것에 일관성이나 체계가 없는 것은 아니다. 여러 논의들을 정리해 보면 몇 가지 관점으로 나누어, 그 맥락을 설명할 수 있다.

　여기서는 편의상 애브람스(M. H. Abrams)의 『거울과 램프(*The Mirror and the Lamp*)』에 기대어 설명하기로 한다.[1] 그는 문학에 관련된 여러 요인들 중에서 작품(work)·작가(artist)·독자(audience)·세계(universe)의 네 항목을 중심으로, 그 관련 양상을 다음과 같은 도식으로 제시하고 있다.

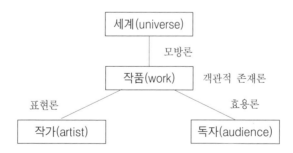

---

1) M. H. Abrams, *The Mirror and the Lamp*, Oxford Univ. Press, 1953, pp.6~29.

이 도식에서 먼저 모방론(mimetic theory)은 작품과 세계와의 관련 양상에 초점을 맞춘 관점이다. 즉 작품은 현실 세계의 모방이라는 관점에서 그 관계를 밝히는 문학관이다. 이런 문학관은 일찍이 플라톤(Platon)이 『국가론』에서 '시인 추방론'을 주장하면서 피력한 바 있다. 플라톤에 의하면 문학을 포함한 예술 행위는 본질(idea)의 그림자인 현상을 모방하는 것으로, 본질과는 거리가 먼 그림자의 또 다른 그림자를 그리는 것이다. 이에 비하여 아리스토텔레스(Aristoteles)는 예술 행위가 모방임을 인정하면서도, 그것이 본질에 접근하려는 끊임없는 노력의 하나라고 보았다.

문학을 모방으로 보려는 문학관은 이후에도 지속적으로 나타나서 근대에는 반영론(reflection theory)으로 발전한다. 반영론에 의한 문학관은 근대 이후의 리얼리즘(realism)으로 대표되는데, 이 관점에 의하면 작품은 세계의 충실한 반영이다. 물론 여기서 반영은 거울이 세계를 비추는 것과는 다르다. 즉 거울이 현실을 비추는 것과는 달리 작가의 관점(세계관 또는 이데올로기)에 의하여 굴절된 세계의 모습을 비추는 것이다. 이처럼 모방론은 현대의 중요한 문학관의 하나로 현실 세계와 작품과의 관련 양상을 밝히는 데에 적지 않은 공헌을 하였다.

이에 비하여 표현론(expressive theory)은 작품과 작가의 관련 양상에 초점을 맞춘 문학관이다. 이 관점에 의하면 작품은 작가의 사상과 감정을 표현한 것이다. 즉 작품의 본질을 작가의 내면 세계가 표현된 것으로 보는 관점이다. 이런 관점에 대해서는 영국의 낭만주의 시인이었던 워즈워스(Wordsworth)가 적절히 피력한 바 있다. 그에 의하면 시는 '강렬한 감정의 자발적인 넘쳐흐름'으로, 현실적인 효용이나 다른 사람의 권유에 의해서가 아니라, 억제할 수 없는 감정을 독자적으로 표현할 수밖에 없을 때 나온다고 한다.

문학을 사상과 감정의 표현으로 보는 관점은, 문예사조적인 측면에서는 낭만주의 문학관과 깊은 관련이 있다. 또 장르론적인 측면에서는 소설이나 희곡보다는 서정시와 관련이 깊다. 이런 표현론은 세계 특히 사회적인 측면이나 역사적인 측면과의 직접적인 관련성을 배제한다. 다만 작품이 작가와 직접적인 관련이 있고, 작가가 작품을 이해하는 데 중요한 요소로 작용할 때에만 논의의 대상이 된다.

다음으로 효용론(pragmatic theory)은 작품과 독자와의 관련 양상에 초점을 맞춘 문학관이다. 이 관점은 문학이 어떤 측면에서든지 인류에게 공헌하는 바가 있어야 한다고 본다. 즉, 효용론은 문학의 기능적인 측면에 관심을 기울이는 문학관으로, 오래 전부터 모방론과 함께 문학의 본질 중 하나로 언급되어 왔다. 이 관점에 의하면 문학은 독자에게 심미적 쾌락이나 교훈을 주거나 아니면 이 두 가지 기능을 동시에 지닌다. 일찍이 로마의 서정시인 호라티우스(Horace)는 문학의 효용과 관련하여 "시인의 소원은 가르치는 일 또는 쾌락을 주는 일 또는 그 둘을 아울러 하는 일"이라고 말한 바 있다. 그리고 16세기 영국의 시인 시드니(Sidney)는 '당의설(糖衣說)'을 주장하여 윤리 우선주의를 피력했다.

문학이 독자에게 주는 것이 있어야 한다는 효용론의 관점은 그리스 비극이 주는 카타르시스(catharsis, 淨化) 효과와도 관계가 있으며, 현대 문학에서는 독자의 관점을 적극적으로 고려하는 수용미학과도 관련이 있다. 이 중에서 후자는 1960년대 후반 독일에서 야우스(Jauss)와 이저(Iser)에 의하여 제기되었다. 이들은 작품과 텍스트, 미적 거리, 내포 독자, 기대지평 등의 개념을 통하여, 문학에 관련된 독자의 역할을 강조하였다.

객관적 존재론(objective theory)은 작품 자체만을 논의의 대상으로 삼아야 한다는 문학관이다. 문학에 관련된 여러 요소들은 문학적 편견을 낳는 데 영향을 끼치므로, 문학 고유의 본질을 밝히기 위해서는 문학 자체만을 분석하여야 한다는 것이다. 예를 들면 윔샤트(Wimsatt)와 비어즐리(Beardsley)는 작품 이해에 작가가 개입되면 '의도의 오류(Intentional Fallacy)', 작품을 읽는 독자의 취향이 개입되면 '감정의 오류(Affective Fallacy)'를 범할 수 있다고 보았다.[2] 그러므로 작품의 본질을 밝히기 위해서는 작품의 객관적인

---

2) W. K. Wimsatt & M. C. Beardsley, *The Verbal Icon*, The Univ. of Kentucky Press, 1954, pp.4 ~21.

언어, 운율, 이미지 등과 같은 구조 자체에 초점을 맞추어야 한다고 강력하게 주장하였다.

이런 관점은 20세기 초반 사회주의 혁명기를 맞이했던 러시아에서 발달한 러시아 형태주의에서 본격적으로 논의되기 시작하였다. 이들은 문학을 운율, 언어 등의 형식과 비유, 모티브 등의 내적 구조의 측면에서 분석하였다. 러시아 혁명 이후에는 이런 문학관이 서유럽에 전파되어 미국을 중심으로 웰렉(Wellek)과 워렌(Warren), 브룩스(Brooks) 등에 의하여 신비평으로 발전하였다. 특히, 이 신비평은 1950년대에 우리 나라에 전파되어 우리 문학 연구나 작품 창작, 문학 교육에 엄청난 영향을 끼쳤다.

그러나 이런 네 가지 문학관은 각기 나름의 한계를 가지고 있다. 즉 문학에 관련된 네 가지 문학관이 창작이나 비평에 독자적으로 작용할 때에는 그것대로의 편견을 낳을 수 있다. 이 경우, 우리가 취해야 할 관점은 바로 통합적인 문학론의 관점이라 할 수 있다. 문학 작품 자체에 대한 섬세한 분석과 더불어 세계, 작가, 독자 등 작품에 관련된 여러 요소들을 총체적으로 고려해야 한다. 어찌 보면 이상론일 수도 있는 이 문학관은 작품의 본질을 과학적이고 객관적으로 구명하여야 한다는 측면에서도 지속적으로 탐구되어야 한다.

창작의 측면에서 볼 때 시인의 관점이나 시대적 상황에 따라 각각 다른 문학관이 형성된다. 시인에 따라 어떤 관점은 중심에 놓이고, 어떤 관점은 주변으로 물러난다. 한 시인의 작품이 시기에 따라 다를 수도 있는데, 이는 초기작과 후기작이 각기 다른 문학관을 바탕으로 하여 창작되었기 때문이다. 이처럼 문학 작품은 창작 주체의 문학관과 밀접한 관련이 있다.

한편 시 감상의 측면에서는 감상자의 문학관이나 관점도 중요하게 다루어야 한다. 같은 작품이라고 하더라도 여러 문학관을 동원하여 감상함으로써, 각기 다른 감상의 방향과 내용으로 나타날 수 있다. 예를 들어 1970년대 비민주적 정치 상황에서 창작되었던 다음과 같은 시는 폭압적인 정치적 탄압이 자행되던 현실의 반영, 작가의 민주주의에 대한 열망의 표현,

문학적 표현이 간직하고 있는 반독재 투쟁 운동에의 기여, 반복과 직설적
인 언어 표현이라는 각기 다른 차원에서 접근하여 감상할 수 있다.

신새벽 뒷골목에
네 이름을 쓴다 민주주의여
내 머리는 너를 잊은 지 오래
내 발길은 너를 잊은 지 너무도 너무도 오래
오직 한가닥 있어
타는 가슴 속 목마름의 기억이
네 이름을 남 몰래 쓴다 민주주의여

아직 동 트지 않은 뒷골목의 어딘가
발자욱소리 호르락소리 문 두드리는 소리
외마디 길고 긴 누군가의 비명소리
신음소리 통곡소리 탄식소리 그 속에 내 가슴팍 속에
깊이깊이 새겨지는 네 이름 위에
네 이름의 외로운 눈부심 위에

김지하 시인의 강연 모습

살아오는 삶의 아픔
살아오는 저 푸르른 자유의 추억
되살아오는 끌려가던 벗들의 피묻은 얼굴
떨리는 손 떨리는 가슴
떨리는 치떨리는 노여움으로 나무판자에
백묵으로 서툰 솜씨로
쓴다.

숨죽여 흐느끼며
네 이름을 남 몰래 쓴다.
타는 목마름으로
타는 목마름으로
민주주의여 만세

— 김지하의 「타는 목마름으로」

생각할 거리

1. 문학을 감상할 때, 네 가지 문학관을 총체적으로 고려해야 하는 이유는 무엇일지 생각해 보자.

2. '의도의 오류'나 '감상의 오류'가 작품을 해석할 때 어떤 양상으로 나타나는지 생각해 보자.

3. 다양한 관점으로 해석할 수 있는 문학 작품에는 어떤 것이 있는지 생각해 보자.

시의 갈래적 속성과 서정시

노래는 심장에, 이야기는 뇌수에 박힌다
처용이 밤늦게 돌아와, 노래로써
아내를 범한 귀신을 꿇어 엎드리게 했다지만
막상 목청을 떼어내고 남은 가사는
베개에 떨어뜨린 머리카락 하나 건드리지 못한다
하지만 처용의 이야기는 살아 남아
새로운 노래와 풍속을 짓고 유전해 가리라
정간보가 오선지로 바뀌고
이제 아무도 시집에 악보를 그리지 않는다
노래하고 싶은 시인은 말 속에
은밀히 심장의 박동을 골라 넣는다
그러나 내 격정의 상처는 노래에 쉬이 덧나
다스리는 처방은 이야기일 뿐
이야기로 하필 시를 쓰며
뇌수와 심장이 가장 긴밀히 결합되길 바란다.

　　　　　　　　　　　　　　　　—최두석의 「노래와 이야기」

　인간은 끊임없이 자신의 느낌이나 생각을 다양한 형태로 표현한다. 음악, 미술, 무용, 문학 등은 이런 인간의 욕구를 표현한 예술 형식이며, 특히 건축, 의상 등은 실용성과 예술성이 만나 이루어진 형식이다. 이 중에서 문학이라는 형식은 인간의 가장 중요한 특성이라고 할 수 있는 언어를 사용하여 자신의 생각을 표현한 것이다.

　자기 표현이 시작된 먼 옛날부터 문학의 형식적 특성에 대한 탐구는 시작되었다. 아리스토텔레스가 『시학』에서 서정시, 서사시, 극시로 갈래를

나누어 문학을 설명한 이래로 헤겔, 슈타이거, 루카치 등은 문학을 여러
갈래를 나누고 그 본질을 설명하는 데 많은 공력을 쏟았다. 그럼에도 불
구하고 아직도 갈래론에 대한 전반적인 합의에는 이르지 못하고 있는 실
정이다. 다만 여러 논의를 거쳐 서정 갈래, 서사 갈래, 극 갈래, 교술 갈래
라는 상위 갈래(Gattung, 類 갈래)와 각각의 상위 갈래에 속하는 하위 갈
래(Art, 種 갈래)로 분류하는 정도에 의견이 모아지고 있다. 즉 아리스토텔
레스, 헤겔, 슈타이거, 카이저, 루카치 등은 상위 갈래로 서정(시), 서사(소
설), 극(희곡)의 3분법을 제시하고 있으며, 자이들러, 쉬베르빌, 조동일 등
은 여기에 교술을 포함하는 4분법을 제안했다. 그리고 하위 갈래는 민족
과 시대별 특성을 고려하여 다양한 갈래를 설정하고 있다.[3]

이런 갈래론에 의하면 시 또는 서정 갈래에는 하위 갈래를 나누는 다양
한 기준이 있고, 이에 따라 그것은 많은 하위 갈래로 나뉜다. 그 한 예로
시의 진술 형태를 포함한 시의 내용에 따라, 시는 서정시, 서사시, 극시로
분류되기도 한다. 이렇게 시 갈래를 나누는 근거는 근대 이후에 소설로 바
뀐 고대 서사시나 희곡으로 바뀐 고대 극시와는 다른 서정 갈래로서의 근
대 서사시와 근대 극시가 창작되고 있기 때문이다. 예를 들면, 서사시나 극
시가 소설로 바뀐 이후에도 근대 서사시인 밀턴의 「실락원」, 키이츠의 「하
이페리온」, 김동환의 「국경의 밤」, 신동엽의 「금강」이 쓰였으며, 엘리어트
의 「성당의 살인」, 카이저의 「카레의 시민」, 신동엽의 「그 입술에 파인 그
늘」 등과 같은 극시 또는 시극이 창작되었다.

물론 근대 이후의 대부분의 시가 서정시를 지향하고 있다는 사실은 부
정할 수 없다. 시 또는 서정의 하위 갈래로 서정시를 인정할 수 있으며,

---

3) 갈래 일반론에 대해서는 다음과 같은 책을 참고할 수 있다.
　　김현 편, 『장르의 이론』, 문학과지성사, 1987.
　　조동일, 『한국 소설의 이론』, 지식산업사, 1977.
　　E. Staiger, 이유영·오현일 역, 『시학의 근본 개념』, 삼중당, 1978.
　　G. Lukács, 반성완 역, 『소설의 이론』, 심설당, 1985.
　　W. Kayser, 김윤섭 역, 『언어 예술 작품론』, 대방출판사, 1982.

많은 근대시는 서정시의 범주에 속한다. 이런 관점에서 본다면 이야기나 사건 등을 통하여 시인의 사상이나 감정을 표현한 소위 '단편 서사시'라고 지칭되는 서술시도 서정시의 한 양식이라고 할 수 있다.[4] 즉 서정 갈래는 많은 시 양식으로 다시 나뉠 수 있다. 특히 오늘날과 같이 언어 현상에 장르 혼합의 양태가 뚜렷하게 나타나는 시점에서는 더욱 많은 하위 양식의 시 구분이 가능하다. 같은 맥락에서 서정시에는 더 작은 범주의 서정시인 '순수 서정시'가 있다는 주장도 수용할 수 있다.

일반적으로 서정 갈래인 시는 시인 자신의 주관적인 사상과 감정이 서술된 것이라고 설명된다. 이런 측면에서 슈타이거는 주체와 객체의 간격 부재(不在)와 서정적인 상호 융화(Ineinander)가 일어나는 '회상(回想, Erinnerung)'을, 즉 시인이 동화되는 상태를 지향하는 시를 서정시라고 지칭하였다.[5] 또한 카이저는 "시인의 심혼적(心魂的)인 자기 표현"이라거나 "정조(情調)의 순간적인 고조를 띤 대상성의 내면화"를 서정성의 본질이라고 말하고 있다.[6] 다음과 같은 시는 이런 좁은 범주에 속하는 '순수 서정시'의 대표적인 예일 것이다.

> 모란이 피기까지는
> 나는 아즉 나의봄을 기둘리고 있을테요
> 모란이 뚝뚝 떠러져버린날
> 나는 비로소 봄을여흰 서름에 잠길테요
> 五月어느날 그하로 무덥든 날
> 떠러져 누운 꽃닢마져 시드러버리고는

---

4) 윤여탁, 『리얼리즘시의 이론과 실제』, 태학사, 1994, 138~153면, 231~238면.
5) E. Staiger, 앞의 책, 96면.
   이 번역서에서는 Erinnerung을 '회감(回感)'으로 번역하고 있다. 그러나 다른 글(카이저의 『언어 예술 작품론』에 실린 이유영의 「해석학적 방법론의 연구 상황과 문제점」)에서는 '회상'으로 고쳤기에, 여기서는 의미가 분명한 '회상'으로 옮긴다.
6) W. Kayser, 앞의 책, 297면, 521면.

천지에 모란은 자취도 없어지고
뻐처오르든 내보람 서운케 묻혀졌느니
모란이 지고말면 그뿐 내 한해는 다 가고말아
三百예순날 한양 섭섭해 우옵내다
모란이 피기까지는
나는 아즉 기둘리고있을테요 찬란한슬픔의 봄을

　　　　　　　　　　　　　　－김영랑의 「모란이 피기까지는」

　그러나 실제로 표현의 구체적인 양상은 여러 형태로 나타난다. 예를 들면
카이저는 어느 특정 인물의 입을 통해 표현하는 배역시(配役詩, Rollengedichte)[7]를 인정하고 있다. 여기에서 우리는 서정시가 시인의 주관적인 사상과 감정
을 표현하되, 개별 작품의 표현 방식은 달리함을 알 수 있다. 이런 서정시의

강진에 있는 김영랑 생가의 사랑채

---

7) W. Kayser, 위의 책, 296면.

다양한 표현에 대해서는 헤겔도 인정하고 있다.[8] 그리고 그 대표적인 예가 서술시라고 할 수 있다.

이와 비슷한 관점에서 람핑은 "시행을 통한 시적 발화"라고 서정시를 규정한 후 그 발화 형태에 따라 독백적 발화, 절대적 발화, 구조적으로 단순한 발화로 나누고, 소통 방식에 따라 노래하기에 보다 적합한 서정적인 시, 낭독하기에 보다 적합한 서정적인 시, 그리고 읽기에 보다 적합한 서정적인 시로 나누었다.[9] 또 존슨은 주-객시(I-You poem),[10] 사색적인 시(meditative poem), 시인이 은폐되는 시(poem as a dialogue, dramatic monologue, or straight narrative)로 3분하고 있다.[11]

이러한 분류를 통해서 알 수 있는 사실은 대부분의 서정시가 기본적으로 시인의 주관 표현이라는 성격을 지니고 있다는 점에 동의하면서 그 표현 양상에 따라 다양하게 분류하는 것이 가능하다는 관점을 지니고 있다는 것이다. 서정시에서는 시인이 상대에게(단수든지 다수든지) 직접 정서를 서술하거나, 시인과는 구별되는 화자의 입을 통하여 자신의 정서를 나타낸다. 때로는 은폐된 시인(화자)이 사물이나 사건을 빌어서 자신의 정서를 형상화하고, 문학적으로 표현된 대상-시 전체가 자아내는 정서를 간접적으로 전달하기도 한다. 이런 방식 모두가 서정시의 본질에 다가가는 구체적인 예다.

서정시의 이러한 특성은 동양의 시학에서도 나타난다.[12] 정경교융(情景交融)이니 물아일체(物我一體) 등을 지향하는 정경론(情景論)의 시학이 그

8) G. W. F. Hegel, 최동호 역, 『헤겔 시학』, 열음사, 1987, 165~172면.

9) D. Lamping, 장영태 역, 『서정시-이론과 역사』, 문학과지성사, 1994, 91~129면.

10) 이런 주-객시의 양상은 서정시의 구조를 주-객의 대응 구조로 파악하고, 이를 우리 서정시의 시가 전통으로 설명하고 있는 글에서도 나타난다.
   김대행, 「서정시로서의 구조」, 『한국시의 전통 연구』, 개문사, 1980, 93~111면.

11) W. R. Johnson, *The Idea of Lyric*, Univ. of California Press, 1982, p.3.

12) 차주환, 『중국 시론』, 서울대 출판부, 1989.
   이병한 편저, 『중국 고전 시학의 이해』, 문학과지성사, 1992.
   정민, 『한시 미학 산책』, 솔, 1996.

대표적인 예다. 이런 이론에서는 인간이 자연을 노래하는 것은 곧 시인 자신의 정서나 사상을 표현하는 장치라고 본다. 그러므로 자연 대상은 자연 자체거나 단순한 서경에 머물지 않는다. 정과 경이 서로 조응하는 관계이므로 자연 대상은 물(物)과 아(我)가 일체를 이루는 경지를 표현한 것이다.

시 또는 서정 갈래의 하위 갈래에는 서정시, 서사시, 극시가 있으며, 이 중 서정시에는 더 좁은 범주로 서정시, 서술시 등이 있음을 앞에서 밝혔다. 이런 좁은 범주의 서정시, 달리 개념을 규정하면 '순수 서정시'는 서정 갈래의 특성을 잘 보여 준다. 일반적으로 순수 서정시는 서술시처럼 서술 구조, 시적 화자, 사건이나 이야기의 도입과 같은 시적 장치를 필요로 하지 않는다. 시인 자신의 감정이나 사상 표현을 본질로 하면서 가장 기본적인 형태를 취하기 때문이다.

그러므로 이런 서정시는 대부분 시의 길이가 짧으며, 그래서 서정 단시라고 불리기도 한다. 고대 가요나 신라의 향가 등이 이런 시 형식이며, 서정 표현의 대표적 예인 한시나 시조가 이에 속한다. 3행이나 4행 또는 10행 정도의 비교적 짧은 시행에서, 시인은 자연의 아름다움을 노래하거나 자신의 정서를 표현하며, 자신의 사상이나 뜻을 전하기도 한다.

秋風惟苦吟   가을 바람에 괴로이 부르는 노래
世路少知音   세상에는 알아 줄 벗이 적구나.
窓外三更雨   창 밖엔 삼경 비 저리 내리고
燈前萬里心   등불 앞 만 리나 아득한 마음.
　　　　　　　　　　　－최치원의 「추야우중(秋夜雨中)」

위의 시는 형식 미학상 간결한 형식을 추구하는 서정 단시로서, 정제의 미학과 긴축의 미학, 여백의 미학이 돋보인다. 그렇기에 많은 것을 이야기하지 않으면서도 나름의 시적 정서와 의미를 지니는 시이기도 하다. 시어의 함축성과 모호성(ambiguity)이라는 특성에 의하여, 직접 말하지 않은 사

실까지 독자가 새겨서 새롭게 느껴야 하는 감상의 미덕도 널리 허용하는
시다.

이런 측면에서 우리의 고전 시가는 생산적인 읽기가 필요한 문학 작품
이다. 시에 표현된 내용만이 아니라 그 이면에 숨은 뜻을 이해하여야 하
고, 때로는 그 시가에 얽힌 이야기가 시를 효과적으로 감상하는 데 도움이
되기도 한다. 특히 한시의 창작 기법의 하나인 용사(用事)나 고전 전고(典
故)의 방법으로 쓴 시의 경우, 그 표현에 얽힌 고사를 제대로 알지 못하고
는 제대로 감상할 수 없다는 것은 잘 알려진 사실이다. 이런 점으로 미루
어 보아 그런 전통을 이어받고 있는 서정 단시에도 많은 것이 담겨 있다
고 볼 수 있다.

한시와 시조로 대표되는 우리의 서정 단시는 대체적으로 사물을 빌어서
정서를 표현하거나, 시인 자신의 직접적인 진술을 통하여 시의 의미를 전
달하고 있다. 눈앞에 펼쳐지는 서경(敍景)을 읊으면서도 서경에 자신의 정
서를 의탁하고 있으며, 평범한 인간사의 이야기를 통하여 인생의 참된 진
리를 전하고자 한다. 즉 전통적인 시가에 형상화된 자연이나 인간의 이야
기는 시인의 정(情)과 지(知)와 의(意)를 표현하는 시적 장치에 해당한다.
이는 현대시의 경우에도 마찬가지다.

> 이슬은 한밤에 내려
> 초록 잎사귀를 한없이 물들인다
> 두 귀를 쭉 늘어뜨리고 생각에 잠긴 잎사귀는
> 자기를 물들이는 것이 무엇인지도 모르다가
> 아침 햇살에 반짝 정신이 들면서
> 그것이 고통의 밝은 이슬이었음을 안다
>
> —이시영의 「이슬」

이 시의 어떤 틈새에도 시적 화자는 나타나 있지 않다. 은폐된 화자를

이시영 시인의 캐리커처

통해 시의 세계를 읊고 있기 때문이다. 단지 이슬과 이를 맺게 한 잎사귀라는 자연 대상의 관계만이 나타나 있다. 한밤중 초록 잎사귀에 내린 이슬의 존재를 잎사귀는 모르고 있다가, 아침 햇살에 반짝 빛나는 이슬을 확인하고서야 그 존재와 의미를 알게 된다. 이 시는 이슬이 간밤의 고통을 이겨내고 맺은 밝은 열매라는 사실을 말하고 있다. 일찍이 서정주의 시 「국화 옆에서」에서 읽을 수 있는 인고(忍苦)의 정신과 생명 탄생의 아름다움의 세계와도 상통하고 있는 시 세계를 이 시는 보여 주고 있다. 즉, 이슬과 잎사귀의 관계 속에서 우리 인간들이 삶에서 쉽게 지나치는 진리를 알려 주고 있다. 고통과 시련을 겪은 뒤에 맺게 되는 결실의 소중함, 그 소중함을 쉽게 깨닫지 못하는 우리네 인간들의 무심함, 한밤의 어둠을 일깨우는 아침 햇살과 같은 새로운 세상을 만나서야 알게 되는 진실의 세계를 이 시는 형상화하고 있다. 반짝 빛나고, 반짝 정신이 들어서야 알 수 있는 삶의 이치를 서술하고 있다. 6행의 짧은 시 속에서 정경교융, 물아일체의 시 세계를 보여 주고 있는 것이다.

이 시를 읽으면서 우리는 마치 고승의 선문답(禪問答)이나 선시(禪詩)의 세계를 보는 듯한 느낌을 받게 된다.[13] 이런 서정 단시를 통하여 시인은 우리 삶의 이치를 진솔하게 표현하고 있다. 모두 말하지 않은 가운데 다 말해 버리는 함축과 절제의 서정 미학을 이룩하고 있는 것이다. 이것이 바로 동양적인 서정시가 가지고 있는 여백(餘白)의 시학이다.

---

13) 윤여탁, 「'틈새' 아닌 '사이'가 되는 길―이시영론」, 『시와 사람』 창간호, 1996.

어디서 높은 곳에서 똥덩이 떨어지는 소리 철버덩 들린다
산매화 속속꽃이 비탈밭에서 벙긋 웃는다

　　　　　　　　　　　　　─이시영의 「일순(一瞬)」

생각할 거리

1. 시의 갈래를 나눌 때 고려해야 할 사항은 무엇이며, 어떻게 나눌 수 있는지 생각해 보자.

2. 우리의 전통 시가에서 추출할 수 있는 순수 서정시의 특성에는 어떤 것이 있는지 생각해 보자.

상상력과 시

日照香爐生紫煙	향로봉에 해 비쳐 보랏빛 연기 일고
遙看瀑布掛前川	멀리 폭포가 냇물처럼 걸렸구나.
飛流直下三千尺	나는 듯 곧추 삼천 척을 흐르니
疑是銀河落九天	은하가 저 높은 하늘에서 떨어져 내려옴인가.

　　　　　　　　　　　　　　—이백(李白)의 「망여산폭포(望廬山瀑布)」

사전적으로 "지성의 창조적인 능력, 정서와 지성, 때로는 감상을 중심으로 하여 여러 체험의 요소들을 종합하고 조직해서 새로운 가치를 창조하는 능력"[14]이라고 정의되는 상상력(imagination)은 라틴어의 'imago(모방하다)'에

김홍도의 진경산수화(眞景山水畵)인 「구룡폭」

---

14) 서울대 국어교육연구소, 『국어교육학사전』, 대교출판, 1999, 396면.

서 연유한 말이다. 상상력이나 이미지 등의 어원이었던 '모방'은 긍정적인 의미보다는 부정적인 의미가 강했기 때문에, 상상력 역시 사실이나 진실과는 다르다거나 이성(理性)이나 인지(認知)와 상대되는 뜻을 지닌 것으로 여겼다. 그래서 상상력은 헛된 것, 공허한 것, 미친 것, 사악한 것, 해로운 것, 가짜의 것 등과 거의 동의어(同義語)로 생각할 정도로 좋지 않은 뜻[15]으로 쓰였다.

그러나 중세 이후부터는 예술이 모방의 기술이 아니라 창조의 산물이라는 주장이 제기되면서, 상상력은 예술적 창조 과정에서 주로 이미지를 새로운 형태로 재구성하는 정신 작용이라는 평가를 받게 된다. 즉 예술의 창조성을 강조했던 낭만주의 문학관에 이르러, 인간의 이성적인 능력보다는 감성적인 능력이 중시되면서, 상상력이 문학 창조에 중요한 역할을 담당하는 것으로 이해하게 되었다.

특히 상상력을 이론적으로 정립했던 코울리지(S. T. Coleridge)는 이성에 대립되는 정신 작용으로 상상력을 설정하고, 저급한 가치를 지닌다고 본 공상(fancy)과 구별했다. 그는 시인의 시가 기계적으로 기억된 자료들의 종합이 아니며, 공상의 한계를 넘어서는 창조적 정신 능력의 산물이라고 보았다. 그리고 서로 필연적인 대립 관계에 있는 수동적인 사물(the passive things)과 능동적인 정신(the active thoughts)을 결합하는 매개적 정신 능력 (the intermediate faculty)이라는 범주에 상상력을 위치시켰다.

코울리지는 상상력이 인간의 직관적 인식 능력과 관련된 일차적(primary) 상상력과 인간의 대상에 대한 인식을 언어로 창조하는 능력과 관련되는 이차적 (secondary) 상상력으로 나뉜다고 보았는데, 이 중에서 이차적 상상력이 시인의 체험을 언어화하는 과정에 작용한다고 설명하였다. 또한 이런 상상력에는 근본적으로 동일한 종류의 동인(動因)이 작용하지만, 각각은 인간의 직관과 자각에 주로 의존하는 차이 때문에 작용면에서 정도의 차이나 방식의 차

---

15) 김은전, 『한국 현대시 탐구』, 태학사, 1996, 38면.

이가 존재한다고 보았다.[16]

아울러 코울리지는 시인의 내적 자아와 세계(물리적 의미에서의 세계가 아닌 관념적 실체로서의 세계) 사이의 본질적 관계를 파악하고 이를 언어로 표현한 것을 상상력으로 보았기 때문에, 언어는 구속일 뿐만 아니라 형성력의 근원이 된다고 보았다. 그리고 인식 주체와 인식 대상 사이의 대립과 합일이 일차적 상상력과 관련된 것이고, 이런 초언어적 인식과 언어 사이의 대립과 합일에는 이차적 상상력이 작용한다고 생각하였다.

또한 상상력은 이미지와 어원상 비슷한 의미역을 가지기 때문에 유사한 개념으로 사용되었다. 예를 들면, 바슐라르(G. Bachelard)는 어떤 특별한 물질의 이미지를 형상화하는 동인으로서의 상상력을 설명하고, 대상에 대한 인간의 가치 부여 작용으로서의 상상력과 이미지를 추동하는 힘으로서의 상상력에 주목하고 있다. 이런 상상력은 예술적 창조의 원동력으로, 교육적 국면에서는 인간의 창의성이나 지능, 감성 등을 계발하는 정신 작용으로 그 의미역을 확장하고 있다.[17]

철학적인 면에서 상상력은 과거나 현실 경험에 매달리지 않으면서 감성과 오성을 연계시켜서 새로운 형태로 재구성하는 창조적 상상력이어야 하며, 과거와 현실의 경험을 바탕으로 하여 사물을 재생하는 재생적 상상력이나 과거나 현실에 의존하지 않고 독자적인 추상의 세계를 만들어 내는 사고(思考)와는 구별된다.[18] 창조적 상상력은 문학이나 예술의 창조와 수용의 국면에 작용하는 특수성을 지니고 있다고 할 수 있다.

이런 상상력의 속성으로 먼저 창조성을 들 수 있다. 상상 작용은 시인으로 대표되는 주체의 주관적인 창조적 행위의 실체다. 그래서 상상력은

---

16) 장경렬, 「상상력과 언어-코울리지의 경우」, 『현대비평과 이론』, 한신문화사, 1991 가을, 97~134면.
  장경렬 외 편역, 『상상력이란 무엇인가』, 살림, 1997, 19~55면.
17) 유영희, 「이미지 형상화를 통한 시 창작교육 연구」, 서울대 대학원, 1999, 23~32면.
18) 김중신, 「자아 성장과 문학 교수-학습」, 『문학 교수-학습 방법론』, 삼지원, 1998, 370~372면.

서가에서 자료를 보고 있는 신경림 시인

일상의 언어에 내재되어 있는 인식의 한계를 초월하여 존재하며, 일상의 언어와 경험을 기초로 하여 끊임없이 재창조하며 존재한다. 아울러 주체의 자각적인 행위이지만 직관에 의존하기 때문에 초월적인 특성을 지니고 있다. 즉 상상력은 초월성과 직관성, 창조성이라는 속성을 지닌 인간의 정신적 능력이라고 정리할 수 있다.

인간은 누구나 어떤 대상을 나름의 형상대로 인식한다. 다만 그 대상을 인식한 수준에 머무는가, 아니면 그 대상에 대한 인식을 언어로 표현하는가의 차이가 있을 뿐이다. 코울리지 식으로 말하면 이러한 차이는 일차적 상상력과 이차적 상상력의 차이이며, 문학 이전과 문학의 차이라고 할 수 있다. 바로 이 지점이 인간이면 누구나 할 수 있는 단순한 공상과 시인의 고유한 창조 능력인 문학적 상상력이 구분되는 접점이기도 하다.

이런 관점에 따르면, 문학 특히 시의 창작 과정에는 시인의 상상력이 중요하게 작용하여, 문학의 형상적 완성도를 가늠하는 기준이 된다. 즉 시인이 자연이나 세계, 현실 등의 용어로 정리할 수 있는 대상을 인식하고, 이를 언어적으로 표현하는 데에는 시인의 창조적 상상력이 작용하고, 그것은 직관적이며 초월적인 계기를 통하여 작동하게 된다. 이 과정에서 시인의 기억이나 경험, 관념 등이 영향을 미치기도 한다.

소설과 같이 사실에 기초하여 허구의 세계를 창조하는 경우에도 상상력은 작용한다. 소설의 세계는 항상 있을 수 있는 개연성을 지닌 사건을 사실 그대로가 아니라, 작가의 창조적 능력을 바탕으로 재구성하여 형상화한다. 따라서 사실적으로 구성한 것이지 사실 자체는 아니며, 인간사의 진리나 진실의 세계를 보여 주는 것이 소설이다. 이 때 작가의 상상력은 사

실적인 묘사나, 전형적인 인물 또는 상황의 창조에 적극 작용하여, 문학적
진실을 추구하는 현실 반영태를 만들어내는 역할을 한다.

　여기서는 시 창작 과정에서 상상력의 역할을 살펴서, 문학적 세계의 창
조에 상상력이 어떤 작용을 하는지 알아볼 것이다. 그리고 이 과정에서 고
려되는 사항들에 대해서도 살펴볼 것이다.

　　언제 부턴가 갈대는 속으로
　　조용히 울고 있었다.
　　그런 어느 밤이었을 것이다. 갈대는
　　그의 온 몸이 흔들리우고 있는 것을 알았다.

　　바람도 달빛도 아닌것.
　　갈대는 저를 흔드는 것이
　　제 조용한 울음인 것을 가맣게 몰랐다.
　　―산다는 것은 속으로 이렇게
　　조용히 울고 있는 것이란 것을
　　그는 몰랐다.

　　　　　　　　　　　　　　　　　　　　　―신경림의 「갈대」

　이 시는 시인의 기억과 경험 속에 있던 자연 대상인 '갈대'가 어떻게 시
적으로 형상화되는지를 잘 보여 주고 있다. 먼저 이 시는 의인화(擬人化)된
'갈대'를 통하여 우리 인간들이 흔들림 속에서 살고 있는 존재라는 사실을
말하고 있다. 파스칼(B. Pascal)의 "인간은 생각하는 갈대다"라는 유명한 명
제를 연상시키는 1연은, 자연 대상인 갈대가 인간의 삶과 관계를 맺는 자
리, 즉 시인의 경험과 시인의 인식이 조우(遭遇)하는 자리를 마련하고 있
다. 나아가서는 인식의 대상인 자연이 의인화되면서 인식의 주체인 인간과
합일되고 있다.

2연에서는 흔들림은 '울음'이라는 사실과 인간은 슬픔을 간직한 존재라는 사실을 모르고 있는 우리 인간들의 모습을 형상화하고 있다. 이런 슬픔은 바람이나 달빛과 같은 타자 때문에 생긴 것이 아니라, '갈대' 자신이 잉태하고 있는 슬픔이다. 그런데 정작 흔들고, 흔들리는 자신은 이런 사실을 모르는 존재임을 표현하고 있다. 그리고 이런 시적 형상화 과정을 통하여 시인은 결국 인간 삶의 진실과 진리를 자각하는 존재, 즉 생각하는, 생각할 수 있는 존재(갈대)라는 결론에 도달하고 있다.

이 시에서는 시인이 '갈대'가 바람에 흔들리는 자연 현상을 보며, 흔들림과 소리를 만나고, 이를 슬픔을 간직하는 존재라는 인간의 삶과 결부시키는 과정을 보여 주고 있다. 이 때 '그'라고 표현된 갈대는 이미 자연 대상 그대로가 아니라 인간 또는 시인으로 전이되며, 이 과정에 시인의 창조적 형상화 능력인 시적 상상력이 적극적으로 개입하고 있다. 아울러 서정시의 표현 방식인 선경후정(先景後情)을 활용하여 물아일체의 시적 경지를 보여 주고 있다.

실제로 시인이 이 시의 창작 과정을 밝힌 진술을 보면, 이런 시적 형상화 과정 또는 시적 상상력의 작동을 쉽게 확인할 수 있다.

내 고향 마을 뒤에는 보련산이라는 해발 8백여 미터의 산이 있다. 나는 어려서 나무꾼을 쫓아 몇 번 그 꼭대기까지 오른 적이 있다.

산정은 몇만 평이나 됨직한 널따란 고원이었다. 그 고원은 내 키를 훨씬 넘는 갈대로 온통 뒤덮여 있었다. 발 아래로 내려다보이는 강에서 불어 올라오는 바람에 갈대들은 온몸을 떨며 울고 있는 것처럼 생각되었다. 갈대들의 울음에서 나는 사람이 사는 일의 설움 같은 것을 느끼곤 했었다.

이 「갈대」는 이 때의 산정 고원에서의 느낌을 시로 옮긴 것이다. 대학 2학년 때였다. 이 시를 쓰면서 나는 먼저 일체의 사실적인 서술을 피했다. 가파른 벼랑 밑에 흘러가는 새파란 강물, 멀리 굴참나무 밑에서 우는 뻐꾸기, 갈대밭에서 모여 우는 산바람, 고원을 뒤덮은 달빛(이것은 상상했을 뿐 실제로 보지는 못했

다), 이 모든 것들을 가느다란 한 줄기 갈대 속에 집어넣는다는 생각으로 이 시를 썼다.[19]

　이 진술에 비추어 앞의 시를 보면, 시인의 경험과 기억 속에 있는 것들은 '사실적인 서술'로, 구체적인 시적 언어로는 표현되지 않고 있음을 알수 있다. 사실적 서술보다는 시인이 간직하고 있던 고향의 '갈대'에 대한 '생각'과 '느낌'이 표현되고 있는 것이다. 즉 사실적인 내용 서술보다는 언어적 상상으로 재창조되고 있으며, 이렇게 재구성된 시적 공간 속에서 새로운 의미를 찾아내고 있다. 그래서 시에 나타난 '갈대'는 시인이 어렸을때 본 자연 대상이 아니라, 시를 쓰는 순간에 시인이 새롭게 인식한 대상으로 전이되고 있다.

신경림의 생가가 있는 충청북도 중원군 노은면의 마을 전경

---

19) 신경림, 「내 시에 얽힌 이야기들」, 윤여탁 엮음, 『나의 시, 나의 시학』, 공동체, 1992, 222면.

여기서 자연물인 '갈대'에 대한 시인의 '생각'과 '느낌'은 인식 대상에
대한 인식 주체의 의미 부여이며, 곧 시적 상상력이 작동한 결과의 산물이
다. 그래서 인간은 슬픔을 간직한 나약한 존재인 동시에 이런 사실을 인식
하지 못하는 존재라는 깨달음에 도달하고 있으며, 이를 시적으로 표현하
여 궁극적으로는 독자에게 전달하고 있다. 특히 일상적이고 쉽고 평범한
언어와 화려하지 않은 수사를 통하여, 이것이 자명한 진리임을 암시하고
있다.

이처럼 창작 과정에서 상상력은 시인인 주체가 대상을 인식하고, 이를
언어로 변환하는 과정에서 나타나는 인간의 정신 능력이다. 따라서 자연
이나 세계, 사회, 현실 등의 시적 표현 대상을 언어적으로 전이하는 능력
이 곧 문학적(시적) 상상력이라고 할 수 있다. 이는 인간들이 대상에 대하
여 할 수 있는 일반적인 상상이나 공상, 망상 등과 구별된다. 이 때 시의
형상성은 상상력의 깊이뿐만 아니라, 이를 적절한 언어로 표현하는 인간
의 언어 능력과 만나게 되며, 이런 만남이 조화를 이루어야 가치 있는 문
학적 형상이 만들어질 수 있다.[20]

여기서 '가치'라는 문제가 새롭게 제기되는데, 그것은 진실의 표현으로
요약할 수 있다. 좀더 구체적으로 말하면 상상력을 통하여 재구성된 문학
의 세계는 심미적 가치, 이념적 가치, 윤리적·도덕적 가치 등을 바르게
실현하는 것으로, 궁극적으로는 인간의 조화로운 삶에 긍정적인 기능을
하는 것으로 볼 수 있다. 시인은 이런 가치 실현의 차원에서 대상을 바르
게 인식하여야 할 뿐만 아니라, 이를 바르게 표현하여야 한다.

이런 가치의 문제와 문학 상상력을 연결시킬 때, 후기 산업 사회의 문
학적 실천 대안으로 떠오르고 있는 생태학적 상상력[21]이라는 문학 비평 용

---

20) 문학 창조의 조화를 추구하는 과정에는 직관이나 초월적인 상상력이 중요하게 작
용하지만, 전이나 변환의 과정에는 퇴고라는 끊임없는 자기 검증이 작용한다. 이 과
정은 상상력의 확대와 전환이라는 측면에서 설명할 수 있다.
21) 장석주, 「시의 생태학적 상상력을 향하여」, 『현대시학』, 1992, 8.

어도 설명될 수 있다. 즉 파괴되어 가는 자연의 회복과 자연 친화적인 삶을 추구하는 시의 정신과 자연과 인간이 하나가 되는 교감(交感)과 혼융(混融)을 지향하는 전통적인 서정시의 세계가 만나서, 이런 생태학적 상상력에 근거를 둔 서정시, 생태시 창작이 하나의 문학적 경향으로 나타난 것이다.

앞에서도 언급한 바와 같이 문학 창작 과정에서 상상력 작동의 원리와 효용에 대해서는 코울리지 류의 낭만주의적인 관점에서나 바슐라르의 창조적, 역동적 상상력[22]의 개념에서 쉽게 확인된다. 이런 상상력의 작동은 문학 이전과 문학 작품(텍스트) 사이에서 일어나는 것으로, 시인과 작품 사이에서의 상상력의 역할을 짐작하게 한다.

한편 실제 문학 작품을 이해하고 감상하는 데에도 상상력이 작용하는데, 이는 작품과 독자 사이에서의 상상력이며, 문학 작품을 읽어 내는 능력과 관계가 있다. 이러한 사실은 문학 작품의 수용 측면에서 상상력을 이야기할 수 있으며, 상상력의 문제가 문학의 교수-학습에서 중요하게 취급될 수 있다는 점을 암시한다. 더구나 문학 작품의 이해와 감상에는 작품을 창작한 작가보다는 이를 수용하는 독자 요인이 더 중요한 변수로 작용한다. 즉 시인이 상상력을 동원하여 표현한 시 작품은 결국 독자가 읽어 낼 때, 텍스트의 범주에서 작품의 범주로 나아가고, 이 과정에서 상상력이 중요한 작용을 하게 되는 것이다. 이 때 시인이 만들어 낸 텍스트라는 공간과는 다른, 독자가 텍스트를 읽으면서 만든 새로운 공간이 마련되고, 이 공간에서는 독자에 의해서 텍스트에 의미가 새롭게 부여된다.[23]

김영무, 「생태학적 상상력: 참인간의 생물학적 유전적 운명」, 『녹색평론』, 1994, 3/4.
정수복, 『녹색 대안을 찾는 생태학적 상상력』, 문학과지성사, 1996.
송희복, 「생명 문학의 현황과 가능성」, 『생명 문학과 존재의 심연』, 좋은날, 1998.
22) 장경렬 외 편역, 앞의 책, 185~223면.
23) 이런 측면은 김화영에 의하여 '독서공간'이라고 명명되었다. 이는 독자의 능동성과 새로운 의미 창조에 주목하고 있는 개념이다.
　　"그 자체가 독립적인 하나의 공간이었던 텍스트는, 독서가 시작되면서부터 어떤

서정주 시인의 모습

문학 작품의 이해와 감상은 독자를 통해서 새로운 의미가 부여되는 과정이다. 따라서 문학 교육의 장면에서는 교사와 학생으로 대표되는 독자의 문학적 상상력이 우선적으로 고려되어야 한다.[24] 이 부분에서는 이런 문학 작품의 수용 과정에서 독자의 상상력이 작용하는 원리와 의미를 생각해 보고자 한다. 먼저 다음의 시를 상상력 실현이라는 관점에서 읽어 내고 있는 구체적인 예를 보도록 하자.

내 마음속 우리 님의 고은 눈썹을

즈믄 밤의 꿈으로 맑게 씻어서

하늘에다 옮기어 심어 놨더니

동지섣달 날으는 매서운 새가

그걸 알고 시늉하며 비끼어 가네.

　　　　　　　　　　　　　　 −서정주의 「동천(冬天)」

제2의 공간을 창조하는 하나의 항에 불과하다. (다른 하나의 항이 독자의 눈이라면) 이처럼 최초의 텍스트에 의하여 제공되고 독서에 의하여 이동되고, 드디어는 텍스트와 독자의 눈 사이에 창조되는 공간, 다른 한편 '의미의 깊이'라고 말하는 공간, 즉 텍스트와 독자 사이에 맺어지는 복합적이고 유동하는 의미 관계의 총체 등 복잡한 변주를 보이는 공간을 나는 '독서공간'이라고 명명하겠다."
　김화영, 『문학 상상력의 연구—알베르 카뮈의 문학세계』, 문학동네, 1998, 45면.

24) 그렇다고 해서 문학 교육의 범주를 문학 작품의 이해와 감상에 국한하려는 것은 아니다. 문학 교육의 범주에는 창작의 국면도 중요한 부분이다. 그리고 앞으로 논의를 전개하겠지만, 문학 작품의 이해와 감상 행위 역시 표현(글쓰기 또는 말하기)을 동반한다. 즉 문학 작품에 대한 비평문 또는 감상문 쓰기나 문학 감상 말하기는 이해와 떨어질 수 없는 표현 행위이며, 이는 읽기/쓰기를 통합하려는 노력과도 관련이 있다.

(가) 「화사」에서의 대지적, 육감적 사랑과 동물적 상상력은 「동천」에 이르러 정신적 사랑과 우주적 상상력으로 변모되고 있는 것이다. (중략) 이 시가 눈썹과 새를 오브제로 택한 것 자체가 상징적인 것임은 물론이다. 이것은 겨울 하늘에 떠 있는 초승달, 또는 그믐달과 그것을 비껴 날아가는 새의 모습을 님의 눈썹과 오우버랩한 것으로 이해되기 때문이다. 육체적 사랑의 정신화를 성취한 것이며 대지적 삶을 우주적 삶의 질서로 이끌어올린 것이다.[25]

(나) 위의 작품에서는 이 옛 수사법('반달 같은 눈썹'―필자 주)이 <눈썹 같은 반달>로 역전되어 있고 아예 반달을 눈썹으로 만들어놓고 있다. (중략) 하늘을 나는 새와 반달이라는 그림 모티브가 시인의 상상력에 의해서 독창적인 심상 풍경으로 변용되어 있다. 가령 한안(寒雁) 같은 것은 현대 동양화 같은 데서 낯익은 것이지만 이 기본적 구도가 전통적인 비유법의 교묘한 활용을 통해 위의 작품으로 완결된 것이다.[26]

(다) 이 시는 복합적인 은유의 두드러진 예이며 고도의 상징성을 띠고 있다. (중략) <동천>의 '새'는 자유와 비상을 뜻하는 일상적 상징(steno symbol)의 의미보다는 그 이상의 것으로 해석된다. 오히려 보편적인 상징의 의미를 넘어 혹은 그 반대편으로, 운명의 의미를 띠는 것이다. 눈썹으로 표상되는 마음속의 사랑이 지극한 정성으로 오랜 시간에 걸쳐 정련되었을 때, 운명까지도 감히 범접을 못하고 비껴가는 지미지선(至美至善)의 존재, 절대지존(絶對至尊)의 존재로 상승한 세계는 상징적 상상력(창조적 상상력, 초월적 상상력―필자 주)이 아니고는 인간이 이루어 낼 수 없는 아스라한 세계이다.[27]

---

25) 김재홍, 「미당 서정주―대지적 삶과 생명의 비상」, 『한국현대시인연구』, 일지사, 1986, 340~342면.
26) 유종호, 『시란 무엇인가』, 민음사, 1995, 135면.
27) 우한용, 「문학교육과 인문학적 독서문화」, 『문학교육과 문화론』, 서울대 출판부, 1997, 124~126면.

(라)
저 얼어붙은
無限天空 위에서
곤두박혀 떨어져내리는
쌩쌩한 눈보라

그 어디메
새 한 마리 날아가더냐?

─ 민영의 「동천(凍天)」

위의 글들은 서정주의 시 「동천」에 대한 읽기를 보여 주는 예다. (가)는 미당 시의 이미지와 관련된 상상력의 변화에 초점을 맞추고 있으며, (나)는 전통적인 비유법과 문화적 전통의 맥락을 활용하여 이 시를 읽고 있으며, (다)는 시어의 상징적 의미를 신화론에서 말하는 초월적 상상력의 표현으로 해석하고 있다. 이에 비하여 (라)는 현실적으로 불가능한 시 세계를 보여 주고 있는 서정주의 「동천(冬天)」을 비판하면서, 상상력보다는 사실적인 세계에 기초한 시적 형상의 세계를 그려내고 있다.

특히 이들 글은 미당 서정주의 창작 의도를 읽어 내면서, 시 작품 자체의 내재적 의미에 대하여 객관적으로 설명하기보다는 독자의 주관적인 관점에서 해석한 의미[28]를 중심으로 이해와 감상을 전개하고 있다. 이 과정에 작용하는 것이 독자의 상상력으로, 독자와 관계된 여러 변인들이 영향을 끼치게 된다. 즉 독자의 문화적, 실제적 경험이나 문학에 대한 관점이나 시 분석 방법론, 독자의 감정이나 정서, 시나 시인과 관련된 정보나 상호텍스트성 등이 시를 해석하고 감상하는 데 작용한다.

독자가 문학 텍스트를 감상하는 데에 작용하는 이런 상상력은 독자의

---

28) 이러한 측면에서 이런 해석의 변이를 수용 미학 또는 독자 반응 이론의 관점이 적용된 예라고 할 수도 있다.

상상력 작동 능력과 밀접한 관련을 맺고 있다. 특히 이 과정에서는 새로운 세계를 창조하는 능력인 상상력도 중요하지만, 텍스트를 이전의 문학적 경험이나 문학에 대한 인식과 관련시키는 재생적 상상력이 보다 큰 역할을 하게 된다.[29] 따라서 새로운 심미적 세계를 창조하는 작업이라기보다는 심미적 세계에 의미를 새롭게 부여하는 작업이라고 할 수 있다.

즉 문학 작품의 이해와 감상은 독자의 수준에 따라 각기 다른 상상력의 실천이 이루어지는 과정이며, 학교에서의 문학 교육은 이 때 생기는 이해와 감상의 차이를 인정하는 한편, 그 간격을 좁혀서 객관적인 해석에 동참하도록 하는 목표를 세우고 있다. 그래서 우리 문학 교실은 학습자의 수준 차이에서 생기는 문학 수용의 다양성을 허용하면서도 국가 단위의 제도적인 교육 평가에 보편적으로 적용될 수 있는 타당한 수용을 지향하는 이율배반적인 양상을 보여 주고 있다. 해석의 다양성을 통어할 수 있는 보편적인 기준이 마련되기 어렵다고 하더라도 하나의 해석으로 몰아가는 경향은 문학의 본질을 왜곡할 위험이 있으므로 시급히 개선되어야 할 것이다.

---

29) 이런 측면을 칸트(I. Kant)의 관점에서 설명하면, 직관과 관련이 있는 자발적인 생산적 구상력보다는 연상과 경험적 법칙의 종합으로 본 재생적 구상력의 작동이라고 할 수 있다.

I. Kant, 전원배 역,『순수이성비판』, 삼성출판사, 1977, 156~157면.

R. L. Brett, 심명호 역,『공상과 상상력』, 서울대 출판부, 1979, 65면.

생각할 거리

1. 많은 사람들이 상상력에 대해 다양한 설명을 하고 있지만 정확히 정의를 내리기 어려운 이유는 무엇인지 생각해 보자.

2. 시의 창작과 해석 과정에서 상상력이 어떤 작용을 하는지 생각해 보자.

3. 시인의 상상력이 잘 드러나는 작품에는 어떤 것이 있는지 생각해 보자. 그리고 그렇게 생각하는 이유는 무엇인지 말해 보자.

시를 쓰는 이유

<나>는
흔들리는 저울臺.
詩는
그것을 고누려는 錘.
겨우 均衡이 잡히는 位置에
한가락의 微笑.
한줌의 慰安.
한줄기의 韻律.
이내 무너진다.
하늘끝과 끝을 일렁대는 해와달.
아득한 振幅.
生活이라는 그것.

-박목월의 「시(詩)」

박목월 시인의 모습

시를 쓰는 사람들에게 하는 가장 흔한 질문 중 하나가 왜 시를 쓰느냐는 것이다. 이에 대한 답의 폭은 질문의 폭만큼이나 넓다. 그런데 공통적인 이유로 꼽히는 것은 시를 쓰는 것이 그들 각자의 삶의 일부분이 되었기 때문이라는 점이다. 창작 주체에게 시를 쓰는 일은 존재의 이유이고, 삶의 기저를 이루는 행동이라는 것이다. 시인들의 답변이 일견 궁색해 보이지 않는 건 아니지만, 한편으로 그런 답

박목월 시인의 생가(지금은 다른 사람이 살고 있다)

변을 할 수밖에 없겠다고 수긍하게 되는 면도 있다. 그들에게 시는 생존의 방식이라기보다는 생존의 이유에 가까울 것이기 때문이다.

　시인들이 창작을 하는 이유를 세부적으로 살펴보면 몇 가지 양상으로 나타난다.

　왜 시를 쓰는가와 왜 시를 읽는가의 문제는 다른 문제다. 나는 왜 시를 쓰는가. '정답'을 작성해 본다.

　: 내가 할 수 있는 유일한 나의 일이므로……. 보충 −성취감을 느끼는 유일한 나의 일이므로.

　또 보충 −이 성취감은 전체의 감각에서 오는 게 분명하다. 하나의 전체를 이루었다는 강한 느낌, 나도 이 구석에 용케 살아 있다는 느낌.

　그러므로 하고픈 문학: 아주 작고 소외되고 하찮은 것들의 살아 있는 슬픔의 해석 −또는 슬픈 살아 있음의 해석 −고요히 기쁘기 위하여.[30]

시인답게 시적 진술이 엿보이는 이 글에서 우리는 자기 자신의 존재 이유를 찾기 위해 작품을 창작한다는 내면 고백과 만나게 된다. "하나의 전체를 이루었다는 강한 느낌, 나도 이 구석에 용케 살아있다는 느낌"에서 오는 '성취감'. 그런 성취감이 창작의 고통과 쓰라림을 감수하고 계속해서 시를 쓰도록 만드는 것이다. 이 시인은 자신의 시집[31]에서 시에 관해 다음과 같이 고백하고 있기도 하다.

> ……그러고 보니 당신은 지금 나의 시를 당신의 가슴속에서 이어붙이기를 하고 계시는군요.
> 아, 즐겁습니다. 정말 기분이 좋습니다. 이 세상에서 한순간 나와 비슷한 이미지의 숲에 빠진 당신을 만났다는 것. 이것이 당신과 내가 정신으로 화해하는 것이지요.
> 시가 제일 시다워지는 순간이지요.
> 시가 제일 시다워지는 순간, 나는 살기 시작합니다. 숨을 쉬기 시작하고, 피가 돌기 시작하며, 시력을 회복합니다. 청력도 회복합니다.

시 없이는 삶 자체가 무의미하며, 생존 자체가 비참한 것이 될 수밖에 없다는 진술이라고 보아도 무방할 것이다. 특히 위의 인용 부분에서는 작가와 독자의 관계에 대한 통찰이 엿보인다. 작가는 작품을 자족적인 이유에서 쓰기도 하지만, 독자가 그 작품을 읽고 의미를 해석해 가는 것을 확인하며 진정한 창작의 이유를 발견하게 된다는 것이다. 그것은 작가에게 살아있음의 이유가 되기도 한다. 그런 의미에서 시는 개별적 주체인 시인

---

30) 강은교, 「사소한 날의 일기」, 『나는 왜 문학을 하는가—중견 문인 50인이 말하는 문학을 할 수밖에 없는 이유』, 문학사상사, 1993, 14면.
  시를 쓰는 이유에 대한 문인들의 생각은 앞으로 이 책에 제시되어 있는 글을 참조하기로 한다.
31) 강은교, 『등불 하나가 걸어오네』, 문학동네, 1999, 90면 참조.

에게 삶의 이유이자 위안이라고 할 수 있다.

　　문학은 내게도 이렇게 왔다. 가장 외롭고 초라할 때, 쓸모도 없는 하찮은 존
재로 느껴질 때, 바늘 구멍만한 가망도 안 보여서 절망하고 절망하게 될 때……
문학은 나를 찾아와 주었다. 그땐 문학인 줄도 모르면서, 읽으며 울고, 울면서
읽고, 울면서 쓰고 찢는 짓거리로 나는 얼마쯤은 후련할 수 있었다. 그러다가
점차 문학은 내게도 세 끼 식사보다도 더 필요한 기막힌 것이라고 어렴풋이 감
잡게 되었으니, 혼자서 남모르게 실컷 울고 나면 남들 속에 섞일 수 있게 되고,
그 누구도 알지 못하는 나만의 무엇으로부터 신비로운 힘을 받고 있는 듯이 느
껴지기도 했고…… 그래서 문학은 내게 나의 구원이기를 바랐으리.[32]

　“글쓰기란 종종 상처받은 짐승이 제 상처를 핥는 것과 같은 일”[33]이라고
정의한 어느 창작 주체처럼 문학은 외로움과 절망과 아픔을 치유하는 치
료제로서의 구실을 톡톡히 한다고 이 창작 주체는 보고 있다. 이는 문학의
정화작용과 치료작용을 주장해 온 기존의 논의와 맞물리는 생각이다.
　한편 시를 쓰는 이유에는 창조적 욕구를 표출하기 위한 인간 본연의 욕
망도 포함이 된다. 그것은 인간이 지니고 있는 감성적이고 감각적인 내면
을 표출하는 것이며, 무엇인가 생산해 내지 않고는 견딜 수 없는 인간의
표현 욕구를 발산하는 것이기도 하다.

　　사춘기를 지나는 동안 시보다 더 많은 소설을 읽었음에도 불구하고 나를 시
로 끌고 간 것은 그 나뭇잎들의 웅성거림이 아니었을까. 아니면 겨울이 다 가도
록 담벽에 엉켜 바람에 서걱거리던 마른 호박 덩굴의 목소리가 아니었을까. 아
니면 안채 후면에 있던 장독대 근처에만 가도 향기가 진동하던 박하의 무리들
이 아니었을까. 나는 정확하게 대답을 할 수가 없다. 그러나 이것들은 소설의

---

32) 유안진, 「하지 않고는 못 배기는 미친 짓」, 앞의 책, 230~231면.
33) 윤정선, 「나를 소모하는 아픔과 태어나는 아름다움의 감동」, 위의 책, 249면.

세계는 아니다. 자연과 무척 거리가 있는 세계에 빠져 있는 내 작품 속에서도 나는 가끔 마른 호박 줄기와 웅성거리는 감나무의 잎이 내는 소리를 듣는다.[34]

문학 행위도 문학 작품을 애독하다 보면 직접 써보고 싶은 충동이 생긴다. 이것을 창조적 욕구라고 부르기도 한다. 이렇게 풀어 보면 인간은 누구에게나 창조적 욕구가 있을 수밖에 없다는 뜻이 된다. 그 창조적 욕구가 무엇을 하고 싶은가에 앞서 의도적으로 무엇이 되고 싶다고 목표를 설정하고 인생의 길을 가는 것이 상식이다.[35]

이러한 창작 주체들의 마음은 우리도 이해할 수 있다. 비 온 뒤에 맑게 개인 파란 하늘을 보았을 때, 나뭇가지 위에 떨어질 듯 살포시 내려앉은 하얀 눈을 보았을 때, 새벽 안개에 잠든 도시의 쓸쓸한 모습을 보았을 때, 바람에 몸을 맡긴 채 가냘픈 풀잎 위에서 흔들리는 연둣빛 벌레를 보았을 때 우리는 문득 그것을 시로 표현하고픈 욕구를 느끼게 된다. 그런데 이런 욕구는 비단 아름다운 것, 희망적인 것, 감성적인 것에 해당하는 시적 대상에 국한하여 생기는 것은 아니다. 무언가 바꾸어야 할 것, 정화되어야 할 것, 비판해야 할 것 등에 대해서도 표현의 욕구는 발동한다.

시 쓰기는 일상적인 삶의 방식과는 달리 '나'가 새롭게 눈을 뜨는 그런 삶을 깨닫게 한다. 나는 그런 삶을 새로운 실존이라고 불러 본다. 나는 시를 쓰면서 또 다른 실존성을 깨닫는 셈이다.

문학을 사랑하는 이유나 시를 쓰는 이유 역시 결국은 문학이나 시 쓰기를 통해 이런 실존성을 체험하기 때문이다. 그런 점에서 나의 경우 문학은 소외된 개인의 내적 삶을 들여다 볼 수 있는 힘을 준다. 자연은 죽어 가고, 역사는 쓰레기에 지나지 않고, 사회는 우리들이 기대했던 유토피아가 아니라 먼지만 나는

---

34) 오규원, 「단감나무와 <방문>」, 위의 책, 226면.
35) 박이도, 「샘이 솟듯, 어쩔 수 없이 쓰여진 시」, 위의 책, 145면.

흙더미로 변해 간다.[36]

시를 쓰는 데 무슨 거창한 목적이 필요하겠는가 반문할 수도 있을 것이다. 그러나 시인의 정서나 생각을 표출하는 것 이외에 사회에 대한 소명의식도 작품을 생산하는 중요한 이유가 된다.

문학은 느끼고 생각하는 기능을 정신 세계의 질서와 통일감에로 이어 주며, 그 먼저 본질을 인식하도록 언제나 권면해 왔다. 특히 인간의 내적 생명을 쉽게가 아닌 어렵게 배양하고 싹틔워 순이 자라게 함으로써 잉태와 산고의 의연한도덕성을 짚어 왔다 하겠으며, 써봄으로써 확인하게 하고 책임을 지고 발언케하는 일 등 인간 교육의 그 기본부터를 담당해 왔었다.[37]

여기에서 말하는 '인간 교육'은 소박한 의미에서의 '인간 교육'이다. 문학 작품의 기능 중 교훈적 기능이 있음을 상기해 본다면 비교적 쉽게 이글의 의미를 이해할 수가 있다. 그렇기 때문에 이러한 주장은 문학이 존재한 이래로 지속적으로 제기되어 왔다. 이러한 의식이 확장된 예를 우리는 1920년대 대중화 논쟁에서 확인할 수 있다.

그러면 프롤레타리아 시인은 무엇에 주의하여야 할까?
첫째, 프롤레타리아 시인은 그 소재가 사건적 소설적인 데 주의해야 한다. 그리하여 될 수 있는 대로 그 소재의 시적으로 필요한 부분만 추려가지고 적당하게 압출하여 사건의 내용과 사건을 중심으로 한 분위기는 극히 인상적으로 선명·간결하게 만들기에 힘쓸 것이다. 만일에 그렇지 못하면 소설과 같이 길어질것은 물론이요 시로서의 맛이 없다. 시로의 맛이란 설명의 인상적·암시적 비약에, 즉 행과 행간의 정서의 비약에 대부분 있는 까닭이다.

---

36) 이승훈, 「모든 것은 온통 잿빛이다」, 위의 책, 281면.
37) 김남조, 「나의 시, 나의 동거인」, 위의 책, 51면.

그러므로 종래의 문학상 일형식이든 그리고 최근에 이르러서 서정시의 발달과 한가지로 거의 폐기되다시피 된 장편 서사시에서 보는 바와 같은 소설적 묘사—인물의 성격과 묘사를 취할 필요가 없다.

둘째, 문장은 소설적으로 느리고 둔하여도 못쓰지만 그렇다고 심하게 연마 조각하여 깊이 아로새길 필요가 없다. 무슨 까닭이냐 하면 프롤레타리아는 교양이 깊지 못하여 따라서 지식 계급이나 유산 계급의 인사와 같이 세련된 말과 친하지 못한 까닭이다.

우리들의 시는 그들의 용어로 되어야 한다는 것이 또한 요건이다. 그런데 그들의 용어는 대개 소박하고 생경하고 '된 그대로의 말'인 곳에 차라리 야성적 굴강미가 있으므로 시인은 그들의 말에 주의해야 한다. 그리하여 노동자들의 낭독에 편하도록 호흡을 조절해야 한다. 프롤레타리아의 리듬이 창조이어야만 할 것이라는 말이다.[38]

김기진이 이 글에서 "그 골격으로서 있는 사건이 현실적이요 실재적이요 오빠를 부르는 누이동생의 감정이 조금도 공상적·과장적이 아니며 전체로 현실·분위기·감정의 파악이 객관적 구체적으로 되었고 그리고 그것은 한 개의 통일된 정서를 전파하는 동시에 감격으로 가득찬 한 개의 생생한 소설적 사건을 안전에 전개하고 있다"고 격찬하고 있는 임화의 「우리 오빠와 화로」는 이미 카프의 대표적인 시 작품으로 여러 사람에게 알려진 작품이다.

사랑하는 우리 오빠 어저께 그만 그렇게 위하시든 오빠의 거북 紋이 질화로가 깨여졌어요
언제나 오빠가 우리들의 '피오닐' 조그만 기수라 부르는 永男이가
지구에 해가 비친 하로의 모—든 시간을 담배의 독기 속에다

38) 김기진, 「단편 서사시의 길로—우리의 시의 양식 문제에 대하여」, 임규찬·한기형 편, 『카프비평자료총서 Ⅲ—제1차 방향전환과 대중화 논쟁』, 태학사, 1990, 542~543면.

어린 몸을 잠그고 사온 그 거북 紋이 화로가 깨여졌어요

그리하야 지금은 火적가락만이 불상한 永男이하구 저하구처럼
똑 우리 사랑하는 오빠를 잃은 남매와 같이 외롭게 벽에가 나란히 걸렸어요

오빠……
저는요 저는요 잘 알았어요
웨―그날 오빠가 우리 두 동생을 떠나 그리로 들어가실 그날 밤에
연거퍼 말는 卷煙을 세개식이나 피우시고 계셨는지
저는요 잘 알았어요 오빠

언제나 철없는 제가 오빠가 공장에서 돌아와서 고단한 저녁을 잡수실 때 오
빠 몸에서 신문지 냄새가 난다고 하면
오빠는 파란 얼굴에 피곤한 웃음을 웃으시며
……네 몸에선 누에 똥내가 나지 않니―하시든 세상에 위대하고 용감한 우리
오빠가 웨 그날만
말 한마듸 없이 담배 연기로 방속을 메워버리시는 우리 우리 용감한 오빠의
마음을 저는 잘 알었어요
천정을 향하야 긔여올라가든 외줄기 담배 연긔 속에서―오빠의 강철 가슴 속
에 백힌 위대한 결정과 성스러운 각오를 저는 분명히 보았어요
그리하야 제가 永男이의 버선 하나도 채 못 기었을 동안에
門지방을 때리는 쇳소리 마루를 밟는 거치른 구두소리와 함께―가버리지 안
으섰어요

그러면서도 사랑하는 우리 위대한 오빠는 불상한 저의 남매의 근심을 담배
연기에 싸두고 가지 안으섰어요
오빠―그래서 저도 永男이도

오빠와 또 가장 위대한 용감한 오빠 친구들의 이야기가 세상을 뒤줍을 때
저는 製絲機를 떠나서 百장의 일전짜리 封筒에 손톱을 뚜러트리고
永男이도 담배 냄새 구렁을 내쫓겨 封筒 꽁무니를 뭅니다
지금—萬國地圖같은 누더기 밑에서 코를 고을고 있읍니다

오빠—그러나 염려는 마세요
저는 용감한 이 나라 청년인 우리 오빠와 핏줄을 같이한 계집애이고
永男이도 오빠도 늘 칭찬하든 쇠같은 거북紋이 화로를 사온 오빠의 동생이
아니애요
그리고 참 오빠 아까 그 젊은 나머지 오빠의 친구들이 왔다갔읍니다
눈물나는 우리 오빠 동모의 소식을 전해주고 갔에요
　사랑스런 용감한 청년들이었읍니다
　세상에 가장 위대한 청년들이었읍니다

화로는 깨어저도 火적갈은 旗ㅅ대처럼 남지 않었에요
우리 오빠는 가섰어도 귀여운 ‘피오닐’ 永男이가 있고
그리고 모—든 어린 ‘피오닐’의 따듯한 누이 품 제 가슴이 아즉도 더웁습니다

그리고 오빠……
저뿐이 사랑하는 오빠를 잃고 永男이뿐이 군세인 형님을 보낸 것이겠읍니까
슬지도 않고 외롭지도 않습니다
세상에 고마운 청년 오빠의 무수한 위대한 친구가 있고 오빠와 형님을 잃은
수없는 계집아회와 동생
　저의들의 귀한 동무가 있읍니다

　그리하야 이 다음 일은 지금 섭섭한 분한 사건을 안꼬 있는 우리 동무 손에
서 싸워질 것입니다

오빠 오늘 밤을 새어 二萬장을 붙이면 사흘 뒤엔 새 솜옷이 오빠의 떨리는
몸에 입혀질 것입니다

이렇게 세상의 누이동생과 아우는 건강히 오늘 날마다를 싸홈에서 보냅니다

永男이는 여태 잡니다 밤이 늦었에요

─누이동생

　우리가 익히 보아왔던 시와는 내용과 형식 면에서 상이하지만, 카프 계
열의 작품 중에서는 문학성을 인정받고 있는 작품이다. 이 시에서 우리는
시인이 시를 쓰는 이유를 추정해 낼 수 있다. 그것은 다른 카프 시인들의
시에서처럼 시에 표면적으로 드러나는 주장에 의해 감지되는 것이 아니라
시의 전반적인 구성과 시어를 통해 감지된다. 투사인 오빠와 가난한 노동
자인 여동생과 그녀의 남동생. 여동생과 남동생은 가난한 삶을 살아가면
서도 희망을 잃지 않으며, 투사인 오빠에 대한 신뢰와 애정을 잃지 않는
다. 그 속에는 미래 사회에 대한 전망이 담겨 있으며, 현실 비판 인식과
노동 계급에 대한 애정 등이 숨어 있다. 그러므로 이 시를 읽고, 독자는
문학으로 노동자를 위안하고 노동자에게 희망을 주려는 시인의 의도를 읽

30년대의 임화(오른쪽)와 김기진

어 낼 수 있다. 특히 시에 인물적 요소를 도입하여 희곡적 성격을 살리고 있다는 점에서 현대시의 특성을 보여 주고 있다고 할 수 있다.

지금까지 각 창작 주체들의 시를 쓰는 이유에 대해 알아보았다. 이는 다분히 문학의 기능과도 맞물려 있음을 인지할 수 있다. 즉 문학의 기능과 효용이 창작 주체에게는 시를 쓰는 목적 자체가 되기도 한다. 이러한 현상은 긍정적이라고 할 수 있다. 자연발생적으로 갑자기 만들어진 작품에도 의미를 부여할 수 있겠지만, 목적 의식을 가지고 의도적 행위를 통해 소기의 목적을 달성했을 때의 성취감은 그렇지 않을 때보다도 훨씬 클 것이기 때문이다.

그리고 시인들이 시를 쓰는 이유가 무엇인지 명확하게 파악하면 독자가 작품에 보다 쉽게 접근할 수 있다. 그런 면에서 시를 쓰는 이유를 파악하는 것은 매우 중요하다. 사실 창작 의도를 명쾌하게 아는 일은 영원히 불가능할지도 모른다. 많은 시인들이 토로한 것처럼 자신이 왜 그 일을 하고 있는가는 하나의 이유만으로 요약할 수 있는 성격의 것이 아니기 때문이다. 그러므로 시인들의 시 쓰기 행위에 대한 탐구는 시의 형태로 면면히 이어져 내려왔고, 앞으로도 지속적으로 이어질 것이다. 그러한 탐구가 엿보이는 시 작품 한 편을 감상해 보기로 하겠다.

  1
  내가 나를 구할 수 있을까
  詩가 詩를 구할 수 있을까
  왼손이 왼손을 부러뜨릴 수 있을까
  돌이킬 수 없는 것도 돌이키고 내 아픈 마음은
  잘 논다 놀아난다 얼싸
  天國은 말 속에 갇힘
  天國의 벽과 자물쇠는 말 속에 갇힘
  감옥과 죄수와 죄수의 희망은 말 속에 갇힘

말이 말 속에 갇힘, 갇힌 말이 가둔 말과 흘레 붙음, 얼싸

돌이킬 수 없는 것도 돌이키고 내 아픈 마음은
잘 논다 놀아난다 얼싸

    2
나는 <덧없이> 지리멸렬한 行動을 수식하기 위하여
내 나름으로 꿈꾼다 <덧없이> 나는 <어느날>
돌 속에 바람 불고 사냥개가 天使가 되는
<어느날> 다시 칠해지는 관청의 灰色 담벽
나는 <집요하게> 한 번 젖은 것은 다시 적시고
한 번 껴안으면 안 떨어지는 나는 <집요하게>

내 詩에는 終止符가 없다
당대의 廢品들을 열거하기 위하여?
나날의 횡설수설을 기록하기 위하여?

언젠가, 언젠가 나는 <부패에 대한 연구>를 완성 못 하리라

    3
숟가락은 밥상 위에 잘 놓여 있고 발가락은 발 끝에
얌전히 달려 있고 담뱃재는 재떨이 속에서 미소짓고
기차는 기차답게 기적을 울리고 개는 이따금 개처럼
짖어 개임을 알리고 나는 요를 깔고 드러눕는다 완벽한
허위 완전 범죄 축축한 공포, 어째서 이런 일이 벌어졌을까

(여러 번 흔들어도 깨지 않는 잠, 나는 잠이었다

자면서 고통과 불행의 正當性을 밝혀냈고 反復法과
기다림의 이데올로기를 완성했다 나는 놀고 먹지 않았다
끊임없이 왜 사는지 물었고 끊임없이 희망을 접어 날렸다)

어째서 이런 일이 벌어졌을까 어째서 육교 위에
버섯이 자라고 버젓이 비둘기는 수박 껍데기를 핥는가
어째서 맨발로, 진흙 바닥에, 헝클어진 머리, 몸빼이 차림의
젊은 여인은 통곡하는가 어째서 통곡과 어리석음과
부질없음의 表現은 통곡과 어리석음과 부질없음이
아닌가 어째서 詩는 貴族的인가 어째서 貴族的이 아닌가

식은 밥, 식은 밥을 깨우지 못하는 호각 소리―

　　　　　　　　　―이성복의 「어째서 이런 일이 벌어졌을까」

생각할 거리

1. 시인이 시를 쓰는 이유가 무엇인지 생각해 보자.

2. 시를 쓰는 이유와 실제적인 시 창작은 어떤 관련을 맺고 있
   는지 생각해 보자.

3. 내가 시를 쓰고 싶은 순간이 있었는지 생각해 보자. 있었다면
   어느 순간이었는지, 이유는 무엇이었는지 돌이켜 생각해 보자.

시의 귀신을 몰아내는 글
− 한퇴지의 송궁문을 본받아서

대저.흙이 쌓여서 된 높은 언덕이나 물이 괴어 이루어진 깊은 물웅덩이나 또는 나무·바위·집·담은 다 천지간의 무정한 물건이다. 혹시 귀신이 여기에 붙어 괴상함과 요사스러움을 나타내면 사람들은 그것을 미워하고 꺼려하며 저주하고 몰아낸다. 심한 경우에는 언덕을 허물고 물웅덩이를 메우며, 나무를 자르고 바위를 부수며, 집을 헐고 담을 무너뜨리고야 만다.

사람도 이와 같다. 사람이 처음 태어났을 때에는 꾸밈이 없어 순후하고 정직하지만 사람이 시 짓는 데 빠지면 요사한 생각과 괴이한 말로 사물을 희롱하고 사람을 현혹시키니 해괴하다. 이것은 다른 까닭이 아니라 사람에게 시 귀신이 붙었기 때문이다. 나는 이러한 까닭으로 그 죄를 들추어 시 귀신을 몰아내려고 한다.

"사람이 처음 세상에 태어났을 때에는 꾸밈이나 치장도 없이 본래의 타고난 순박함을 그대로 간직하여 마치 아직 꽃을 피우지 않은 봉오리 같고, 총명함을 그대로 간직하여 드러내지 않는 것은 마치 구멍(눈·귀)이 아직 뚫리지 않은 듯하다. 그런데 누가 그 문을 허술하게 지켜 자물쇠를 끌러 놓았기에 너 시 귀신이 느닷없이 들어와서 뻔뻔하게 사람에게 붙어 세상과 사람을 현혹시켜 화려하게 꾸미고, 사람을 홀리듯 날뛰고 괴상한 짓을 하여 함부로 떼지어 다니는가? 어떤 때에는 아양을 떨어 뼈마디가 녹게도 하다가 다른 때에는 벼락치듯 다그

처서 풍랑이 일게도 하는가? 세상이 너를 장하게 여기지도 않는데 너는 어찌 날뛰며, 사람들이 너를 공이 있는 것으로 여기지도 않는데 너는 어찌 각박하게 구느냐? 이것이 너의 첫째 죄다.

땅은 고요하기가 이를 데 없고 하늘은 무어라 이름하기 어려운 것이니 온갖 조화를 다 부리고 신명처럼 환하다. 이처럼 하늘과 땅은 혼돈의 상태에서 오묘한 신비를 마치 자물쇠로 잠근 듯이 굳게 간직하고 있는데, 너는 이를 생각하지 않고 시비를 염탐하여 천기를 누설시키는 데에 당돌하기 그지없다. 달이 무색할 정도로 달의 이치를 밝혀내고, 하늘이 놀랄 정도로 하늘의 마음을 꿰뚫으므로 신명은 못마땅하게 여기고 하늘은 불편하게 여긴다. 너 때문에 사람의 생활은 각박하게 되었으니, 이것이 너의 둘째 죄다.

구름과 노을의 아름다움, 달과 이슬의 순수함, 벌레와 물고기의 기이함, 새와 짐승의 이상함, 그리고 새싹이 자라 피워 내는 꽃받침, 초목과 화훼 등 천태만상이 천지를 번화하게 장식하고 있는 것을 너는 부끄러움도 없이 취하여 남김없이 보는 대로 읊는다. 그 잡다한 것들을 한량없이 취하므로 너의 검소하지 못함을 하늘과 땅이 꺼린다. 이것이 너의 셋째 죄다.

적을 만나면 즉시 공격할 것이지, 어찌 무기를 준비하고 보루를 설치하느냐? 어떤 사람을 좋아할 경우에는 곤룡포 입은 사람이 아닌데도 훌륭하게 꾸며 주고, 어떤 사람을 미워할 경우에는 칼을 쓸 필요가 없는데도 칼로 찔러 죽이니, 너는 무슨 도끼날을 가졌기에 사람 죽이기를 함부로 하고, 너는 무슨 권세를 잡았기에 상벌 내리는 일을 마음대로 하는가? 너는 고관대작도 아니면서 나라일에 관여하고, 너는 광대도 아니면서 모든 것을 조롱하는가? 시시덕거리며 허풍치고 유달리 잘난 척하니, 누가 너를 시기하지 않고 누가 너를 미워하지 않겠는가?

이것이 너의 넷째 죄다.

네가 사람에게 붙으면 몹쓸 병에 걸린 것처럼 몸은 더러워지고 머리는 헝클어지며, 수염은 빠져 형색이 부끄러움도 없이 초라해진다. 신음소리를 내게 하고 이마를 찌푸리게 하며, 사람의 정신을 소모시키고 사람의 가슴을 아프게 하니 이는 환란을 일으키고 심신의 화평을 깨뜨리는 것이니, 이것이 너의 다섯째 죄다.

너는 이 다섯 가지의 죄를 짊어지고 어찌 사람에게 붙으려 하느냐? 네가 진나라 조식에게 붙어서는 그 형 조비를 업신여기다가 가마솥 속의 콩이 콩깍지를 태운 불에 삶겨지듯 하마터면 죽을 뻔하게 하였으며, 이백에게 붙어서는 광증을 일으키게 하여 달을 잡으려다 물에 빠져 죽게 하였으며, 두보에게 붙어서는 세상살이가 불우하여 낭패하여 뜻 아니게 타향살이를 하다가 뇌양에서 객사하게 하였으며, 이하에게 붙어서는 천지를 놀라게 할 만한 재주 가졌으나 때를 못 만나 요절하게 하였으며, 유몽득에게 붙어서는 권세 있는 사람을 헐뜯으며 비방하다가 끝내는 뜻을 이루지 못하게 하였으며, 유자후에게 붙어서는 스스로 재앙을 불러들여 유주로 귀양가서 영영 돌아오지 못하게 하였다. 누가 그런 슬픈 일을 꾸몄던가? 아, 너 마귀야! 네 모양이 어떻게 생겼기에 지금까지 몇 사람이나 그르쳤느냐?

이제 나에게 붙었으니 네가 온 뒤로 모든 일이 기구하기만 하다. 까맣게 잊어버리고 멍청한 바보가 되어 벙어리 같고 귀머거리같이 되어 몸을 가누지 못하고 걸음을 제대로 걷지 못한다. 주림과 목마름이 몸에 닥치는 줄도 모르고, 추위와 더위가 피부에 파고드는 줄도 깨닫지 못하며, 계집종이 게으름을 부려도 꾸중할 줄 모르고 사내종이 미련스러운 짓을 하더라도 타이를 줄 모르며, 동산에 초목이 우거져도 깎아낼 줄 모르고, 집이 쓰러져도 바로 일으켜 세울 줄 모른다.

궁한 귀신이 온 것도 역시 네가 부른 것이다. 그리고 신분이 높은 사람에게 오만하고 부자를 능멸하는 것, 방종하고 거만한 것, 말소리가 공순치 못하고 안색이 부드럽지 못한 것, 여색을 대하면 쉽사리 이끌리는 것, 술을 마시면 더욱 거칠게 되는 것은 실로 네가 그렇게 만든 것이지 어찌 나의 마음이 그렇겠느냐? 그 괴이함을 비방하고 헐뜯는 말이 실로 많다. 그래서 나는 너를 미워하여 저주하고 쫓게 되니, 네가 빨리 도망하지 않으면 너를 찾아 내어 베리라.”

이날 밤에 피곤해서 누웠는데 꿈에 베갯머리에서 시끄러운 소리가 나더니 빛깔과 무늬가 화려한 옷을 입은 사람이 다가와서 나에게 이렇게 말하였다.

“그대가 나를 나무라고 배척하는 말은 너무 지나친 것이라네. 왜 나를 이처럼 미워하는가? 내 비록 하찮은 귀신이지만 역시 상제에게 인정을 받는 자라네. 그대가 처음 이 세상에 태어날 때 하느님께서 나를 보내시어 그대를 따르게 하였네. 그대가 어릴 때에는 집에 숨어서 그대 곁을 떠나지 않았고 그대가 소년 시절을 지나 총각이 되었을 때에는 슬며시 엿보고 있었으며, 그대가 장성하였을 때에는 그대 뒤를 따라다녔네. 자네에게 기개가 웅장하게 하였고 자네에게 수사의 법을 가르쳤네. 재주를 겨루는 과거장에서 해마다 합격하여, 하늘과 땅을 놀라게 하고 명성이 사방에 떨치게 하였으며, 고귀한 사람들이 모두 그대의 모습을 우러러보게 하였네. 이것은 내가 그대를 돕는 데 인색하지 않았으며, 하늘이 그대를 한량없이 후하게 대우한 것이네.

말하는 것이며, 몸가짐이며, 여색을 좋아하는 것이며, 술을 즐기는 것은 각각 시키는 이가 있으며, 내가 주관한 바 아니네. 그대는 어찌 신중하지 못하고 어리석고 바보 같은가? 이는 실로 자네의 잘못이지 나의 허물이 아니네.”

거사는 이에 과거의 잘못을 깨닫고는 겸연쩍어하는 표정으로 허리를
굽혀 절하고 그를 맞아 스승으로 삼았다.

—『동국이상국집』22권에서

둘째 마당 – 시의 분석

시의 언어

A는 흑, E는 백, I는 홍, U는 녹, O는 남색.
모음이여 네 잠재의 탄생을 언젠가는 말하리라.
A(아), 악취 냄새 나는 둘레를 소리내어 나르는
눈부신 파리의 털 섞인 코르세트.

그늘진 항구, E(으), 안개와 천막의 백색
거만한 얼음의 창날, 하이얀 왕자, 꽃 모습의 떨림.

I(이), 주홍색, 토해낸 피, 회개의 도취런가.
아니면 분노 속의 아름다운 입술의 웃음이런가.

U(우), 천체의 주기, 한바다의 푸른 요람,
가축들 흩어져 있는 목장의 평화,
연금술을 연구하는 넓은 이마에 그어지는 잔 주름살.

O(오), 기괴한 날카로운 비명이 찬 나팔소리려니,
온 누리와 천사들을 꿰뚫는 침묵.

오오, 오메가! 신의 시선의 보랏빛 광선.

— 랭보(A. Rimbaud)의 「모음(母音)」

시의 가장 중요한 특성은 리듬 있는 언어 예술이라는 것이다. 이 정의에서 시는 언어로 시인의 사상과 감정을 표현한다는 점에 주목할 필요가 있다. 즉, 인간의 존재적 의미를 부여할 때 언급되는, 인간이 언어 사용의 동물이라는 점과 그 언어의 가장 고양된 형태가 시라는 사실을 상기해야 한다. 이제 이런 시와 언어에 대하여 알아보도록 하자.

인간은 혼자 살지 않는다. 따라서 인간을 사회적 존재라고 부르기도 한다. 이처럼 인간이 사회적 존재임을 인식하는 계기는, 다른 사람으로부터 자신의 존재가 인식되고 있다는 사실을 알기 시작하면서다. 가족이 있기에 가족 구성원의 한 사람으로 존재하며, 친구가 있기에 그 친구의 친구로 존재한다. 그러므로 어떤 집단이나 사회에 소속되는 것은, 그 자신 집단이나 사회의 일원임을 확인시켜 주는 것이라고 할 수 있다.

사랑하는 사람이 있기에 다른 사람의 연인이라는 자리를 차지하고 있으며, 다른 사람의 미움을 받고 있기에 미움받는 존재가 된다. 이처럼 존재하는 모든 것들은 상대에게 인식됨으로써 존재를 확인한다. 특히 인간은 여러 형태로 존재를 확인할 수 있는 특혜를 가지고 있는데 그 중에서 가장 중요한 것이 언어다.

인간이 인간으로서 존재하는 데에 언어 구사는 매우 중요하다. 언어를 통해 모든 것을 받아들이고 사고(思考)하고 표현하기 때문이다. 범박하게 표현하면 사람은 언어를 사용함으로써 죽지 않고 살아 있다는 사실(존재)을 확인한다고 볼 수 있다. 이처럼 인간이 식물이나 동물과 구별되는 이유 중의 하나가 바로 언어를 사용한다는 것이며, 인간은 언어 없이는 살 수 없는 존재다.

이런 존재의 원리와 의미를 잘 보여 주고 있는 시가 있다. 우리가 익히 알고 있는 김춘수의 「꽃」이다. 이 작품은 상대적인 존재 확인의 원리를 시 형식으로 집약하여 보여 주고 있다. 마치 바라보는 사람이 있기에 '꽃'이 되고, 사랑하는 사람이 있기에 삶의 의미를 알게 되는 것처럼 말이다. 특히 이 시는 우리 시의 주된 제재인 꽃이라는 사물을 통해 이런 원리를 설명하고 있다. 먼저 시를 읽어 보고, 이야기를 계속하기로 하자.

> 내가 그의 이름을 불러 주기 전에는
> 그는 다만
> 하나의 몸짓에 지나지 않았다.
>
> 내가 그의 이름을 불러 주었을 때
> 그는 나에게로 와서
> 꽃이 되었다.
>
> 내가 그의 이름을 불러 준 것처럼
> 나의 이 빛깔과 香氣에 알맞는
> 누가 나의 이름을 불러다오.
> 그에게로 가서 나도
> 그의 꽃이 되고 싶다.
>
> 우리들은 모두
> 무엇이 되고 싶다.
> 나는 너에게 너는 나에게
> 잊혀지지 않는 하나의 눈짓이 되고 싶다.
>
> — 김춘수의 「꽃」

이 시는 4연 14행의 비교적 짧은 작품이다. 제재는 꽃으로, 비교적 쉽게 읽을 수 있다. 존재로서의 의미를 제대로 알지 못하다가 내가 이름을 불러

김춘수 시인의 모습

주면서 그는 꽃이라는 의미를 지닌다는 것을 알 수 있었다는 것, 그처럼 나도 누가 불러 줌으로써 하나의 이름을 가질 수 있다는 내용의 시다. 여기서 꽃은 구체적으로 존재하는 대상이라기보다는 시인의 관념을 대변하는 추상적인 존재다. 이런 관계 설정을 통해 우리는 서로에게 '하나의 의미'를 부여하는 존재로서의 의미를 갖는다.

우리 인간에게도 이런 존재 확인의 원리는 똑같이 작용할 수 있다. 예를 들면 한 사람이 다른 사람의 사랑을 받음으로써, 비로소 살아가는 의미를 찾는 경우를 들 수 있다. 세상에 살고 있는 가치를 느끼지 못하던 사람도, 자기를 그리워하고 기다려 주는 연인을 만나는 순간에 새로운 삶의 가치를 깨우치게 된다. 그렇기에 살 만한 가치도 있는 것이다.

이런 이유 때문에 이 시는 사랑하는 사람들 사이에서 널리 애송되기도 한다. 이들은 너와 나를 연인 관계가 있는 사람으로 대치하여, 이 시가 서로에게 의미 있는 사람이 되고자 하는 사랑의 감정을 표현하고 있다고 해석한다. 특히 사랑을 해 본 사람에게 이 시가 주는 의미는 남다를 것이다. 또 사랑을 하는 사람에게 이 시를 보낸 추억을 간직하고 있는 사람도 많을 것이다. 그래서 이 시는 우리 현대시 중에서 널리 애송되고 있는 '연시(戀詩)'의 하나로 지칭되기도 한다.

그러나 이 시를 평범한 연시의 범주에 가두어 둘 수는 없다. 이보다는 더 넓은 의미를 가진, 인간 존재의 본질을 시적 언어로 잘 형상화하고 있는 작품으로 볼 수 있다. '하나의 몸짓'에 불과했던 의미 없는 것에서, 상호 인식을 통하여 의미 있는 것 또는 존재의 가치를 확인할 수 있다는 진리를 형상적으로 보여 주고 있는 것이다.

일찍이 하이데거는 인간의 이런 존재 인식의 수단을 언어라고 말한 바 있다. 언어를 ‘존재의 집’이라고 파악한 명제가 이를 잘 나타낸다. 여기서 언어는 단순한 일상어가 아니다. 그것은 일상어의 가장 정제된 형태로서의 시적 언어를 가리킨다. 아울러 이 명제는 인간이 시 또는 시적 언어를 통하여 자기 존재를 표현한다는 사실을 암시하고 있다.

언어, 즉 시적 언어를 통하여 인간은 자신의 존재를 확인하는 행위를 한다. 비록 세상에 던져진 존재일 망정 인간은 언어가 있기 때문에 존재에 대한 두려움의 상당 부분을 해소할 수 있다. 인간은 언어를 통해 대화 또는 소통이라는 구조 속에 자리잡을 수 있다. 그러므로 다른 사람이 읽는 문학 작품(시)이나 자신만을 위해 쓴 일기 역시 이런 존재 확인 수단으로서의 언어의 발현태라고 보아도 무리는 없을 것이다.

이 시에 여러 번 반복되고 있는 ‘이름’ 역시 그 같은 시적 언어인데, 이 시적 언어는 사물의 본질을 성찰하고, 그 성찰 위에서 그 본질을 가장 실재적인 형상으로 표현한다. 쉽게 말하면, 인간은 언어를 통하여 무엇인가를 알게 되고, 그가 알고 있는 바도 이 언어를 통하여 표현한다. 김춘수가 시에서 그려 내고 있는 바, 언어의 명명 없이 인간은 생활하기 어려우며 생존해 나가기도 어려운 것이다.

그러므로 언어는 인간의 삶에 가장 본질적인 것이다. 김춘수의 말대로라면 언어는 세상 모든 것의 환원이 되는 동시에 ‘제1인’이 된다. 구체적인 실상이나 현실 속에서 언어는 이런 작용을 한다. 더구나 추상적이거나 관념적인 실체를 설명하는 데에는, 언어적 형상 외에는 표현할 방법이 그리 많지 않다. 즉, 일상적 시야의 저편에 있어서 눈으로 확인할 수 없는 사물의 관념적 실재를 포착하고 또 그것을 가능케 하는 유일한 작업 도구가 바로 시적 언어다. 이런 사물의 실체는 현상과는 다른 본질이다. 플라톤이 말한 이데아(Idea)인 것이다. 같은 관점에서 이 시의 대상인 꽃은 이런 시적 언어에 포착된 사물의 가장 내밀한 본질을 뜻한다.

창작 의욕을 불태우고 있는 미당의 생전 모습

이처럼 이 시는 시의 본질이자 존재의 근본이 되는 언어 문제에 깊이 있는 성찰을 보여 준다. 시가 시인 이유는 시적 언어의 구사에 있으며, 이 시적 언어는 산문의 언어, 대화의 언어와는 사뭇 다르다. 이들 언어와는 달리 정제된 언어이어야 하며, 그 사용도 절제되어야 된다. 아울러 나름의 독특한 형상을 창조하여야 한다. 이 시는 이런 시적 언어의 특징을 잘 보여 줌은 물론, 그 존재 의미도 밝히고 있다. 시가 시일 수 있는 이유를 시적 언어를 통해 표현하고 있는 것이다.

그렇다면 기존에는 시의 언어를 어떻게 규정해 왔을까. 크게 세 가지 범주에서 살펴보기로 하자.

(1) 언어의 범주는 일반적으로 다음과 같이 구분할 수 있다.

일상적 언어(standard language) : 보편, 일반적
문학적 언어(poetic language) : 함축/내포, 개성(특수), 정서적
과학적 언어(scientific language) : 개념, 지시/외연, 과학적

이러한 틀에서 일상의 언어, 산문의 언어, 도구의 언어라는 개념과 시의 언어, 사물의 언어, 존재의 언어라는 언어의 이분법적 구분이 발생한다. 그리하여 산문이 정보 전달(information)과 이지(intellect)에 관여하는 언어라면 시는 감정(feeling)과 상상(imagination)에 관여하는 언어라는 인식이 가능해진다.[1]

그런데 시의 언어를 논하는 자리에서 항상 언급되는 것이 과연 일상의 언어와 시의 언어를 구분하는 것이 가능한가라는 점이다. 다음 시를 예로 들어보자.

영산홍 꽃 잎에는
山이 어리고

山자락에 낮잠 든
슬픈 小室宅

小室宅 툇마루에
놓인 놋요강

山 넘어 바다는
보름 살이 때

소금 발이 쓰려서
우는 갈매기

　　　　　　　　　—서정주의 「영산홍(映山紅)」

1) 오세영, 「시란 무엇인가」, 현대문학사 편, 『시론』, 1989, 10~19면 참조.

위의 작품에 쓰인 언어 중 일상어에서 사용하지 않는 언어는 하나도 없다고 해도 무리는 아니다. 다만 선택과 배열을 어떻게 하였는가가 시어의 특성을 결정할 뿐이다. 그렇다면 시의 언어에 관한 다른 논의들을 참조하면서 이에 대한 생각을 정립해 보아야 할 것이다.

(2)

리차즈(I. A. Richards)는 시에 쓰인 언어(기호: symbol)와 이 언어에 대한 일반적인 생각(thought)이나 관련(reference), 그리고 이 언어가 지시하는 대상(referent)의 관계를 다음과 같이 도표화하고 있다.[2]

THOUGHT OR REFERENCE

Correct[*]   Adeguate[*]
Symbolises   Refers to
(a casual relation)   (other casual relations)

SYMBOL   Stands for   REFERENT
(an imputed relation)
True[*]

referent = reference = symbol   일상, 과학

referent ≒ reference ≒ symbol   문학

* 문학적 관계 상에서는 이들 사이에 tension(긴장)이 존재한다. 그렇다고 하여 문학적 언어가 일상적 언어와 구분되는 것은 아니다. 다만 referent(말이 지시하는 대상물)가 문제가 된다.

* 소쉬르(F. Saussure)의 기표(記標, signifiant)와 기의(記意, signifié) 구분과 비교해 볼 수 있다.

---

2) C. K. Ogden & I. A. Richards, *The Meaning of Meaning*, New York and London, 1946, p.11.

* 리차즈의 의사 진술(疑似陳述, pseudo statement: 사실에의 부합성과 무관)과
  진술(statement: 사실에의 부합 지향)의 구분에 관해서도 생각해 볼 수 있다.

(3) 인간이 사용하는 언어와 그 언어와 관계를 가지고 있는 사물간의 관계는 끊임없이 변화하고 있다. 우리는 이를 언어관의 변화라고 말한다. 이런 이론에 의하면 고대 신화 시대에는 언어와 사물이 일체를 이루는 관계였다. 그러다가 17세기 무렵에 언어는 표상으로 사물을 비춤에 비하여, 사물은 독자적으로 존재하는 것으로 발전한다. 또한 19세기에 이르면 언어는 이런 기능마저도 포기하는 단계에 이른다. 즉, 인간은 이 단계에서 세계와도 언어와도 구별되는 존재, 그러면서도 언어를 사용하지 않고는 살 수 없는 존재가 된다.

이 마지막 단계의 언어 활동을 푸코(Foucault)는 담론(discours)이라고 명명하였다. 그에 의하면 역사적 사건으로서의, 인간 존재의 싸움으로서의 언어 활동이 담론이라는 것이다. 그리고 이 단계에서는 언어가 압도적으로 결핍되어 있는 것이 되며, 문학이란 이처럼 언어가 필요 없는 제도(system)와 격돌하는 것이 된다. 즉 문학은 이 제도 속에서도 언어를 구사할 수밖에 없는 존재라는 것이다.[3]

---

3) 푸코(Foucault)의 초기 저작인 『언어와 사물』은 이런 관점을 보이는 대표적인 예다. 이와 비슷한 견해는 카시러(E. Cassier), 바아필드(O. Barfield), 랭거(Susanne K. Langer), 버언쇼(S. Burnshaw) 등도 피력한 바 있다.
김준오, 『시론』, 삼지원, 1982, 42~51면.

생각할 거리

1. 일상의 언어와 시의 언어와의 관계에 대해 생각해 보자.

2. 시의 언어는 어떤 특성을 지니고 있는지 작품을 예로 들어 생각해 보자.

3. 시의 언어에 대한 인식이 실제로 작품을 쓰는 데 어떤 영향을 미치는지 생각해 보자.

시의 운율(rhythm)

가을날
비오롱의
　　서글픈 소리
하염없이
타는 가슴
　　울려 주누나.

종소리
가슴 막혀
　　창백한 얼굴
지나간 날
그리며
　　눈물짓는다.

쇠잔한
나의 신세
　　바람에 불려
이곳 저곳
휘날리는
　　낙엽이런가.

　　　　　　　－베를레느(P. Verlaine)의 「가을의 노래」

　운율(rhythm)은 우리의 생활, 감정과 밀착된 것이며, 생활 속에서 시간적
인 지속성이나 질서를 통하여 인식할 수 있는 요소다. 예를 들면 우리가

일상적으로 반복하는 삶의 양상이나 자연계 현상의 주기적 반복도 운율이라고 할 수 있다. 반복적이고 규칙적으로 들리는 시계의 소리는 물론 이에 따라 다르게 반응하는 인간의 행동이나 자연 현상의 변화까지도 운율이라는 개념으로 설명할 수 있다.

운율은 예로부터 시의 특성을 설명하는 중요한 요소였다. 특히 언어의 형상성에 주로 의존하고 있는 시에서 운율은 의미, 문맥, 어조 등 여러 요소와 결합하여 창조되는 음악적인 요소를 가리켰다. 이런 점에서 포우(E. A. Poe)는 시를 '미의 운율적 창조'[4]라고 규정하기도 했다. 이런 시의 음악적 효과는 시의 내용적 요소와 더불어 중요한 시적 자질로 평가되었다. 과장하여 말하면, 시의 형식적 요소 전체가 운율과 관련된 것이라고 할 수 있다.

운율은 '음의 재현이 반복되리라는 기대감과 함께 진행되는 어떤 소리 패턴의 규칙적인 순환'[5]이라 할 수 있다. 이러한 정의에 따르면 운율은 ① 소리(음성), ② 반복성, ③ 규칙성이라는 요건을 갖추어야 한다. 즉, 소리로 이루어진 형상성(물론 사물시, 산문시 등에서는 이 요건이 절대적인 것은 아니지만)이 있어야 하며, 그것을 반복적, 규칙적으로 느낄 수 있어야 한다. 시에서 같은 음성 구조를 가진 표현이 같은 자리에서 거듭 나타날 때 음악적인 효과를 느끼게 되고, 이를 우리는 운율이라고 설명하는 것이다.

일반적으로 운(韻, rhyme)은 일정한 위치에 일정한 소리를 가져오는 규칙성과 관련 있는 것으로, 한시나 영시에서 볼 수 있는 '같은 소리의 반복'을 말한다. 그런데 서양의 운에 대한 개념에 충실하면, 시에서 운은 동일한 음의 반복만으로 설명할 수는 없다. 오히려 동일한 기능을 가진 형태소에서 동일한 음의 반복이 나타나는 경우를 운이라고 할 수 있다. 즉 동철이의어(同綴異義語)의 규칙적인 반복이 시행과 시행에서, 연과 연에서 일어나는 경우만이 서양의 운에 적합한 개념이다. 다음의 한시는 이런 운을

---

4) E. A. Poe, *Poems and Miscellanies*, Oxford Univ. Press, 1956, p.174.
5) Donald Stauffer, *Nature of Poetry*, New York, 1946, p.195.

보여 주는 예다.

雨歇長堤草色多　　비개인 긴 언덕에는 풀빛이 푸른데,
送君南浦動悲歌　　그대를 남포에서 보내며 슬픈 노래 부르네.
大同江水何時盡　　대동강 물은 그 언제 다할 것인가,
別淚年年添綠波　　이별의 눈물 해마다 푸른 물결에 더하는 것을.
　　　　　　　　　　　　　　　　　　　　　　　　－정지상의 「송인(送人)」

　위의 시에서 '多', '歌', '波'를 운이라고 한다. 이런 운은 한시의 창작과 감상에서 중요한 미학적 자질로 평가되고 있다. 예를 들면, '歌'와 비슷한 내포와 뜻을 가진 '曲'이 있음에도 불구하고, 운적인 자질에 충실하기 위하여 시인은 '歌'를 선택한 것이다. 이와 같은 시어의 선택에는 한자가 지니고 있는 성조도 같이 고려해야 한다. 즉, 한시 미학은 성조와 운자, 의미를 같이 고려하면서 선택한 시어를 적절하게 구사하면서 이루어진다.
　시에서의 운은 두운(頭韻), 요운(腰韻), 압운(押韻) 또는 각운(脚韻), 자운(子韻), 모운(母韻)으로 다시 세분할 수 있다. 이 중에서 두운, 요운, 각운 등은 영시에서 많이 발견할 수 있지만, 주조를 이루는 것은 압운이다. 그래서 이런 운을 통상 압운이라고 칭하기도 한다. 그리고 모운이나 자운은 이런 압운과 같이 작용하는 운적인 자질이다. 다음의 시에서 보이는 blackness와 dances, 그리고 roaming과 floating은 모운이 압운으로 작용하고 있는 대표적인 예다.

　Maiden crowned with blackness,
　Lithe as panther forest-roaming,
　Long-armed naiad, when she dances,
　On the stream of ether floating.

윤기 있는 검정머리의 처녀는
표범처럼 날씬하게 숲속을 헤매고,
춤을 출 때는 팔이 긴 요정이 되어
공기의 흐름에 따라 떠돌아다니네.

―엘리어트(G. Eliot)의 「스페인 집시」

이에 비하여 그 동안 우리 시의 운을 설명할 때 자주 인용되는 시는 이런 개념과는 조금 거리가 있다. 이런 개념적 정의에 근거하여, 우리 시에서처럼 같은 위치에 같은 의미를 지니는 형태소로 작용하는 소리의 반복은 운이라고 할 수 없다는 견해[6]도 있다. 오히려 운적인 자질을 보이는 예라고 할 수 있다는 것이다. 우리 시가는 압운적인 요건이 우세하지만, 원칙적으로는 압운에 해당하는 요건을 갖추고 있지 못한 것이다. 다음 시는 이런 압운적 자질을 가지고 있는 대표적인 시라고 할 수 있다.

물구슬의봄새벽 아득한길
하늘이며 들 사이에 널븐숩
저즌香氣 붉웃한님우의길
실그물의 바람비처 저즌숩
나는 거러가노라 이러한길
밤저녁의그늘진 그대의 꿈
흔들니는 다리우 무지개길
바람조차 가을봄 거츠는꿈

―김소월의 「꿈길」

한편 율(律, metre) 또는 율격은 일정한 소리의 시간적 반복 규칙과 관련 있는 것으로 음의 강약, 장단, 고저의 규칙적인 반복 등을 포괄한다. 또 음

---

6) 김대행, 「압운론」, 『한국시가구조연구』, 삼영사, 1975, 33~58면.

김소월 시인의 시비

의 숫자 즉 자수가 반복적으로 나타나서 율적인 자질을 갖게 되는 경우인 음수율(자수율)도 있다. 그러나 우리 시가에는 영시(강약), 고대 희랍, 로마 시(장단), 한시(고저)에서 볼 수 있는 복합 음절 율격은 나타나지 않는다. 이보다는 음수에 의하여 운율 효과를 얻고 있는 순수 음절 율격이 주로 나타난다.[7]

> 어져 닉 일이여 그릴 줄을 모르던가
> 이시라 ᄒᆞ더면 가랴마는 제 구틱야
> 보닉고 그리는 情은 나도 몰나 ᄒᆞ노라
>
> ―황진이의 시조

---

7) John Lotz, *Style in Language*, The M. I. T. Press, 1968, p.142.

이 시조는 초장에서 2·4·4·4, 중장에서 3·3·4·4, 종장에서 3·5·4·3의 음수율을 시도하고 있다. 특히 중장의 '제 구퇴야'는 중장의 음수율을 의식하여 의미상 중장과 종장에 같이 걸리는 행간걸림(enjambment)의 기법을 구사하고 있다. 또한 이 시조에서는 시조 종장의 일반적인 형태인 3·5·4·3을 실현하고 있다.

그 동안 학교 교육에서는 이런 음수율의 실현을 우리 시가의 율적 자질로 설명하기도 하였다. 그러나 이 또한 완전한 규칙성은 찾기 힘들다. 오히려 여러 음수율이 각기 다른 시 형식에서 나타나는 지배적인 요소일 뿐이다. 2·3, 3·4, 4·4나 3·3·2, 3·3·4 등의 음수가 각기 다른 시 형식에서 나타난다. 가장 정형적인 예를 보이는 고시조만 하더라도 음수율을 기준으로 나눌 때, 대략 300여 가지 유형의 음수율을 설명할 수 있다고 한다. 규칙보다는 예외가 많은 정형성을 보이고 있다는 비판을 받기도 했으며, 이런 특징이 우리 시가의 음수율 부정의 계기를 촉발시키기도 했다.

그리고 시조와 경쟁 관계에 있던 가사나 민요는 보통 4·4(또는 4·4조 연첩)로 설명한다. 그러나 민요의 경우는 꼭 4·4만으로 실현되는 것은 아니며, 구연(口演)되던 민요가 채록되는 과정에 작용하는 정형화의 경향이라는 상황을 고려하여야 한다. 또한 민요는 음악으로 불려졌기 때문에 일반적인 시어와는 달리 음수가 그리 중요하지도 않았다.[8]

> 모야 모야 노랑 모야
> 너 언제 커서 열매 열고
> 이달 커고 훗달 커고
> 7, 8월에 열매 열지
>
> —달성 지방의 「이앙요」

---

8) 엄격하게 말하면 민요는 채록·고정화된 형태를 기준으로 주로 운율(음수율이나 음보격)을 설명하고 있으므로, 이에 대해서는 다른 의견도 제출될 수 있다. 즉 시조, 민요 등은 음악적인 자질을 고려하지 않고는 제대로 운율을 설명할 수 없다는 것이다.

위의 민요처럼 다른 민요에 비하여 상대적으로 정형성이 두드러진 「이 앙요」에서도 음수율의 규칙은 부분적으로 예외를 포함한다. 이런 사정에도 불구하고 우리 시가의 음수율이라는 자질을 전면적으로 부정하기는 힘들다. 시를 쓰는 많은 시인들이 음수율을 의식하고 시어를 선택하고 있으며, 시 감상자들도 적어도 음절이나 시행 단위로 음수를 고려하면서 시를 읽고 있기 때문이다. 특히 주로 낭독이나 음영(吟詠)되는 현대시의 경우에는 이런 의식은 나름의 의미를 지니고 있다.

한편 우리 시가의 운율 논의에서 '민요조'라고 불리는 7·5조에 대해서도 음수율 차원에서 문제가 제기되고 있다. 이 7·5조는 개화기 이후 일본의 하이꾸(俳句, 5·7·5, 17음의 단시가 반복적으로 나타나는 시가 형식)가 수용되면서 정착하게 된 음수율이다. 따라서 이 율격은 민요조와는 거리가 있다.[9] 그러나 이 음수율이 근대 이후의 시사에서 하나의 새로운 전통으로 작용할 수 있는 운율로 자리를 잡았다는 점은 인정해야 한다. 더구나 이 음수율 역시 3·4·5 또는 3·4·2·3 등과 같이 나뉠 수 있는 것으로, 전통 운율의 한 변형이라는 견해도 있다.

7·5조의 전통성에 대해서 부정할 수는 없다. 우리 시가의 전통 계승이라는 점에서는 7·5조에 대하여 여러 가지 고려하여야 할 문제가 있다. 즉 민요의 운율적 자질을 계승한 것이 아니라 일본의 음수율을 도입했음에도 불구하고, 7·5조는 1920년대 우리 근대시에서부터 우리 시가의 운율로 자리를 잡았으며, 이런 운율의 특성은 새로운 시사의 전통으로 작용한다. 그래서 우리 근·현대시에서는 7·5조가 우리 민족의 정서를 표현하는 중요한 외적 형태로 자리를 잡고 있다. 김소월, 김억, 김영랑, '청록파', 신경림 등의 시를 통하여 새로운 전통을 정립하고 있는 것이다.

---

9) 같은 맥락에서 7·5조를 주로 실현하고 있는 1920년대 서정시에 대하여 '민요시'라는 명칭을 부여하는 것도 문제가 있다. 이보다는 이런 시가 비록 민요의 운율 계승은 아니지만, 민요에 대한 새로운 인식에서 출발했다는 점에서 '민요조 서정시'라고 정의할 수 있을 것이다.

이처럼 서양 정통 이론에 부합되지 않는 우리 시가의 운율을 논의하기 위하여 음보(音步, foot) 개념을 도입하였다.[10] 서양의 시에서 일종의 음절 개념이라고 할 수 있는 음보를 도입하여 우리 시가의 운율론을 설명하고 자 한 것이다. 이 견해에 의하면 음보는 '발음 시간의 등장성(等長性)'에 해당하는 음의 단위(호흡의 단위)로, 음보간에는 음량상 균등성에 주목하 여 부분적으로 장음과 단음이 개입하는 현상이 나타난다고 한다.

이런 음보격 이론에 의하면, 우리 시가는 2음보격과 3음보격, 4음보격이 주를 이루며, 4음보격은 2음보격의 중첩으로 설명할 수 있다. 그래서 민요 의 「보리 타작 노래」같은 것은 2음보격, 고려 가요는 3음보격, 시조, 가사, 이앙요 등은 4음보격이라는 것이다. 앞에서 예로 든 시조는 전형적 4음보 격(또는 2음보 연속체)이며, 예로 든 민요 역시 같은 방식으로 설명할 수 있다.

그렇다고 해서 민요의 경우 4음보만 나타나는 것은 아니다. 예를 들면 「아 리랑 타령」이나 「경복궁 타령」 같은 근대 민요는 3음보격을 실현하고 있다.

> 이씨의 사촌이 되지 말고
> 민씨의 팔촌이 되려무나.
> 아리랑 아리랑 아라리요.
> 아리랑 배 띄워라 노다 가세.
>
> 남산 밑에다 장춘단 짓고
> 군악대 장단에 받들어 총만 한다.
> 아리랑 아리랑 아라리요.
> 아리랑 배 띄워라 노다 가세.
>
> ―「아리랑 타령」의 일부

---

10) 정병욱, 「고시가 운율론」, 『한국고전시가론』, 신구문화사, 1976.
   김대행, 「한국시가율격론서설」, 앞의 책.

우리 시가의 음보 논의에서는 강약음의 결합으로 이루어진 휴지(休止)를 단위로 하는 서양의 음보 개념을 그대로 적용하지는 않는다. 우리의 경우 다만 호흡과 관련이 있는 음보 또는 음절의 발음 시간 단위에 따라 음보 단위가 나뉜다. 따라서 이런 음보 개념에서 음보당 음의 수는 일정하지 않다. 보통 한 음보는 2~5의 음수로 구성되지만, 때로는 1음이나 6음 이상이 음보 단위로 나뉘기도 한다. 또한 이 음보 개념은 감상자의 호흡과 관련하여 다분히 개인적인 차원에서 달라지기도 한다.

음보 개념은 특히 정형성보다는 내재율을 지향하는 현대시의 운율을 설명하는 데 유용하게 적용되고 있다. 한용운, 김소월, 김영랑의 자유시는 3음보격의 계승이고, 이상화의 산문적인 자유시인 「빼앗긴 들에도 봄은 오는가」와 같은 시는 4음보격의 계승, 이육사는 2, 3, 4음보격의 결합에 의한 새로운 형식의 창조라는 견해가 그것이다.[11] 예를 들면 「빼앗긴 들에도 봄은 오는가」는 다음과 같이 읽힌다는 것이다.

지금은 / 남의짱 / ―빼앗긴들에도 / 봄은오는가?

나는 / 온몸에 / 해살을 / 밧고
푸른한울 / 푸른들이 / 맛부튼 / 곳으로
가름아가튼 / 논길을짜라 / 꿈속을가듯 / 거러만간다.

입슐을 / 다문 / 한울아 / 들아
내맘에는 / 내혼자온것 / 갓지를 / 안쿠나
네가끌었느냐 / 누가부르드냐 / 답답워라 / 말을해다오.(하략)
　　　　　　―이상화의 「빼앗긴 들에도 봄은 오는가」 1~3연

11) 조동일, 「현대시에 나타난 전통적 율격의 계승」, 김대행 편, 『운율』, 문학과지성사, 1984, 128~152면.

대구 달성공원에 있는 이상화 시인의 시비

이 밖에도 우리 시가의 운율에 대해서는 고려하여야 할 사항이 많이 있다. 예를 들면 내재율을 산문시나 자유시에서 어떻게 추출할 수 있을 것인가 하는 문제는 원칙이나 이론만큼 손쉬운 것이 아니다. 산문시와 자유시를 나누는 기준이 전혀 마련되어 있지 않기 때문이다.[12] 그래서 시를 설명하는 사람마다 각기 다른 기준에 의하여 갈래를 나누고, 시의 운율을 설명하고 있다.

그리고 운율론이 주로 시행과 시행의 단위를 기준으로 설명된다는 점도 문제점으로 지적되고 있다. 이러한 접근 방식은 시행 단위를 넘는 연과 연의 관계와 같은 율적 자질에 대해서는 전혀 설명하지 못한다. 그렇기 때문에 전통적인 운율을 파괴하고 새로운 운율을 창조하고 있는 대표적인 효시로 최남선의 「해에게서 소년에게」를 든다. 그러나 이 작품의 행과 행은 정형성과는 무관한 자유스러운 운율을 구사하고 있으나, 연과 연 사이에

---

12) 윤여탁, 「시의 갈래 어떻게 지도할 것인가」, 김은전 외, 『현대시 교육론』, 시와시학사, 1996, 216~8면.

는 똑같은 형식이 반복되고 있음을 운율론의 차원에서 설명하지 못하고
있다.

한 편의 시에 사용된 음절 하나하나, 종결 어미, 혹은 연의 구분 등은
얼핏 보면 그냥 간과하기 쉽지만, 독특한 운율적 효과를 발휘하면서 시의
의미를 결정짓는 중요한 역할을 하기도 한다. 시에 종종 나타나는 행간걸
림이나 쉼표, 구두점, 말없음표의 처리, 대시(dash) 등의 운율적 효과도 간
과할 수 없는 것이다.

> 그립다
> 말을할까
> 하니 그리워
>
> 그냥 갈까
> 그래도
> 다시 더한番……
>
> 저山에도 가마귀, 들에 가마귀,
> 西山에는 해진다고
> 지저귑니다.
>
> 앞江물, 뒷江물,
> 흐르는물은
> 어서 짜라오라고 짜라가쟈고
> 흘너도 넌다라 흐릅듸다려.

—김소월의 「가는 길」

이 시의 1연과 2연에 나타난 시적 화자의 망설임과 갈등은 1연에 실현되어 있는 '행간걸림'에 의해 더욱 효과적으로 표현되고 있다. 일반적으로 시에 율격, 즉 소리의 조절은 대체로 행과 연 구분을 통해 실현된다. 행과 행 사이의 휴지는 한 행 안의 음보 사이의 휴지보다 길고 연과 연 사이의 휴지는 행들 사이의 휴지보다 길다. 이것을 통해 의미의 단속과 시의 호흡이 조절된다. 또한 행과 행 사이의 분절은 대체로 시어의 통사적 분절과 일치한다. 그것이 우리의 율격적 직관에 자연스럽다고 느껴지기 때문이다. 그러나 통사적 분절과 행 사이의 분절이 일치하지 않을 경우 호흡의 변화와 함께 독특한 운율적 효과가 일어나고 때로 그에 따라 의미의 변화가 수반되는 일정한 시적 효과를 발휘하게 된다. 이를 행간걸림이라 규정할 수 있다.[13]

이 시에서 '말을 할까'와 '하니'는 일상적 언어에서는 쉽게 뗄 수 없는 강한 통사적 연관을 가지고 있다. 그러나 행간걸림에 의해 이 사이를 행간 휴지로 강제로 단절시킴으로써 '말을 할까'와 '하니 그리워' 사이에 시간적 거리가 생기고 이 시간적 거리는 '망설임과 머뭇거림'이라는 시적 화자의 태도를 더욱 효과적으로 드러내는 역할을 하고 있다. 또 2연 3행에 있는 말줄임표도 여운을 남김으로써 이와 동일한 역할을 한다.

그러나 이러한 망설임과 머뭇거림을 끝내고 갈 길을 서두를 때, 시행의 길이는 길어지고 3음보는 1행 혹은 2행에 걸쳐 실현되면서 호흡이 빨라진다. 이 시에서는 1·2연의 머뭇거림 때문에 3·4연의 서두름이 의미를 지니고 3·4연의 서두름으로 인하여 1·2연의 머뭇거림이 더욱 안타까이 느껴진다.[14]

지금도 교실에서는 운율을 가르치고 있다. 학교에서 이루어지는 평가에서도 운율에 관한 문제는 여전히 출제된다. 시에서 운율이 중요하기 때문에 이런 경향을 탓할 수는 없다. 단, 보편적으로 합의할 수 없는 운율이나

---

13) 황정산, 「한국 현대시의 운율론적 연구」, 고려대학교 박사논문, 1997.
14) 이숭원, 「김소월 시의 자연과 인간」, 『한국현대시인론』, 개문사, 1993, 12~13면.

예외가 원칙보다 많은 운율에 대한 학습보다는 시어의 언어적 특성으로서
의 운율 특성을 가르치는 수준, 즉 시는 나름의 운율을 가진 언어로 시적
형상을 창조하고 있다는 점을 알고, 느끼게 하는 것이 중요할 것이다.

생각할 거리

1. 시에서 운율이 주는 효과는 무엇인지 생각해 보자.

2. 시의 운율적 특성을 살리기 위해 시인은 어떤 방식을 택하고 있는지 생각해 보자.

시의 심상(image)

가을 알밤을 생각해 보자. 고슴도치와 같은 밤송이의 적당히 벌어진 틈으로 윤이 나는 갈색의 토실토실한 알밤이 머리 속에 그려질 것이다. 그리고 이런 알밤을 잘 드는 칼로 깨끗이 껍질을 벗긴 다음에 입에 넣고 씹는다는 생각을 하는 순간, 우리에게는 몇 가지 감각적인 반응들이 나타날 것이다. 먼저 입에 군침이 돌 것이며, 하얀 밤알의 모습이 떠오를 것이다. 또 싱싱한 알밤이 어금니에 씹힐 때의 아삭하는 소리도 연상된다. 이처럼 실제로 체험하지 않고도 언어에 의해 마음 속에 그려지는 감각적인 모습이나 느낌을 심상(心象) 또는 이미지(image)라고 한다. 이제 시에 나타나는 심상의 구체적인 예를 살펴보도록 하자.

아모도 그에게 水深을 일러 준일이 없기에
힌나비는 도모지 바다가 무섭지않다.

靑무우밭인가해서 나려갔다가는
어린날개가 물결에 저러서
公主처럼 지쳐서 도라온다.

三月달바다가 꽃이피지않어서 서거푼
나비허리에 새파란초생달이 시리다.

—김기림의 「바다와 나비」

새벽마다 고요히 꿈길을 밟고와서
머리마테 찬물을 쏴 — 퍼붓고는
그만 가슴을 드듸면서 멀니 사라지는

北靑물장사.

물에 저즌 꿈이
北靑물장사를 부르면
그는 쩨걱쩨걱 소리를치며
온자최도업시 다시 사라진다.

날마다 아츰마다 기대려지는
北靑물장사.

　　　　　　　　　　　－김동환의 「북청(北靑)물장사」

　위의 시 중에서 김기림의 시에는 청무밭과 같은 바다와 흰나비, 새파란 초생달의 심상이 시각적으로 제시되고 있다. 그리고 이런 색깔을 이용한 시각적 심상을 통하여 무서운 힘을 가진 바다와 연약한 나비, 서글픈 초생달의 모습을 형상화하고 있다. 또 김동환의 시에는 새벽잠을 깨우는 찬물이라는 촉각적 심상과 물을 붓는 소리와 지게의 삐걱거리는 소리와 같은 청각적 심상이 나타나 있다. 이런 심상들은 아직 꿈과 잠에 취해 있는 새벽을 깨우고 다니는 북청 물장수의 모습을 효과적으로 표현하고 있다.

　이처럼 심상은 언어로 형상화된 표현이 독자에게 수용되는 과정에서 시각이나 촉각, 청각과 같은 구체적인 형상으로 반응되는 것을 말한다. 그렇다고 해서 심상이 시만의 고유한 특성이라고 할 수는 없다. 소설이나 수필 등과 같은 다른 갈래의 문학 작품에서는 물론 일상의 언어 표현에서도 나타난다. 또한 사진이나 그림, 음악, 인간의 행동과 같은 비언어적 표현에서도 이런 심상을 느낄 수 있다.

　심상은 기본적으로는 인간의 감각적 반응에 주로 의존하고 있다. 그리고 이처럼 인간의 감각에 의존하는 심상을 일반적으로 지각적[15] 심상(mental image)이라고 한다. 지각적 심상은 앞에서 본 시각이나 청각과 같은

감각적 심상을 말한다. 그 종류로는 시각적 심상, 청각적 심상, 미각적 심
상, 후각적 심상, 촉각적 심상, 열·냉 심상, 기관 심상, 근육 감각적 심상
과 이런 심상들이 같이 작용하는 공감각적 심상이 있다. 여기서 공감각적
심상이란 어떤 감각적 대상을 다른 감각적 심상으로 전환시켜 표현하는
것을 의미한다. 이제 지각적 심상의 구체적인 예를 다음의 작품에서 살펴
보도록 하자.

넓은 벌 동쪽 끝으로
옛이야기 지줄대는 실개천이 회돌아 나가고,
얼룩백이 황소가
해설피 금빛 게으른 울음을 우는 곳,

― 그 곳이 참하 꿈엔들 잊힐리야.

질화로에 재가 식어지면
뷔인 밭에 밤바람 소리 말을 달리고,
엷은 조름에 겨운 늙으신 아버지가
짚벼개를 돋아 고이시는 곳,

― 그 곳이 참하 꿈엔들 잊힐리야.

흙에서 자란 내 마음
파아란 하늘 빛이 그립어
함부로 쏜 활살을 찾으려
풀섶 이슬에 함추름 휘적시든 곳,

---

15) '정신적 심상'이라고도 한다.

— 그 곳이 참하 꿈엔들 잊힐리야.

傳說 바다에 춤추는 밤물결 같은
검은 귀밑머리 날리는 어린 누의와
아무러치도 않고 여쁠것도 없는
사철 발벗은 안해가
따가운 해ㅅ살을 등에지고 이삭 줏던 곳,

— 그 곳이 참하 꿈엔들 잊힐리야.

하늘에는 석근 별
알수도 없는 모래성으로 발을 옮기고,
서리 까마귀 우지짗고 지나가는 초라한 집웅,
흐릿한 불빛에 돌아 앉어 도란 도란거리는 곳,

— 그 곳이 참하 꿈엔들 잊힐리야.

—정지용의 「향수(鄕愁)」

이 시는 고향에 대한 그리움의 정서, 즉 향수를 감각적 심상으로 표현한
이미지즘 계열의 대표적인 시다.[16] 구체적으로 향수를 나타내고 있는 부분
을 살펴보자. 1연에서는 '옛이야기 지줄대는 실개천'이라고 함으로써 '실
개천'이라는 시각적 대상이 청각적 심상으로, 또 '금빛 게으른 울음'이라
고 함으로써 황소의 '울음'이라는 청각적 대상은 시각적 심상으로 표현되
고 있다. 3연에서는 '질화로'의 열·냉의 촉각적 심상과 '밤바람 소리'의
청각적 심상, '조름에 겨운'의 근육 감각적 심상이, 5연에서는 '파아란 하

---

16) 윤여탁, 「시 교육에서 언어의 문제—정지용을 중심으로」, 『국어교육』 90호, 한국국
   어교육연구회, 1995.

1930년대 초 휘문고보 재직시의
정지용

늘'의 시각적 심상과 '풀섶 이슬'의 촉각적 심상
이, 7연에서는 '밤물결'이나 '검은 귀밑머리'의
시각적 심상과 '발벗은' 아내와 '따가운 햇살'의
촉각적 심상이 나타나 있다. 그리고 9연에는 '성
근 별'의 시각적 심상이 나타나 있으며, '서리
까마귀'나 '흐릿한 불빛'과 같은 시각적 대상이
청각적 심상으로 전환되어 형상화되고 있다. 이
시에서는 이렇듯 다양한 심상을 효과적으로 표
현함으로써 '향수'라는 정서를 환기시키는 데
성공했다고 볼 수 있다.

이제까지 논의한 지각적 심상 외에도 비유적
심상(figurative image), 상징적 심상(symbolic image)[17]
이 있다. 비유적 심상은 시에 비유적으로 형상화된 두 대상(원관념과 보조
관념)이 비교되면서 생성되는 심상을 말한다. 또 상징적 심상은 상징적 표현
에서 느낄 수 있는 심상이다. 이런 비유적 심상이나 상징적 심상은 정신적
심상이 주는 감각, 즉 지각적인 심상보다 정서적 환기력을 배가(倍加)시키는
효과가 있다.

예를 들어 앞에서 읽은 「향수」의 각 연에서 ' - ㄴ 곳'('얼룩백이 황소가/
해설피 금빛 게으른 울음을 우는 곳' 등)으로 표현된 고향이나 2연에서 '짚
벼개를 돋아 고이시는' 졸음에 겨운 아버지의 모습이라는 표현은 비유적
심상이 작용하고 있는 부분이다. 그리고 상징적 심상은 김기림의 「바다와
나비」에서 발견할 수 있는데 파란 '바다'는 냉혹한 현실의 상황을, 흰 '나
비'는 시인으로 대표되는 순진한 근대 지식인을 상징하고 있다. 이 경우
'바다'나 '나비'로 형상화된 상징적 심상이 시각적 심상과 더불어 시적 의
미를 효과적으로 전달하는 역할을 하고 있음을 알 수 있다.[18]

---

17) Alex Preminger(ed), *Princeton Encyclopedia of poetry and Poetics*, Princeton Univ. Press, 1965, p.363.

시어로 형상화된 여러 형태의 심상은 우리의 마음 속에 감각을 재생시키는 역할을 한다. 시인은 심상을 통하여 자신이 전달하고자 하는 의미를 전달하거나 어떤 정서나 분위기를 환기시키며, 시적 상황을 생생하게 느낄 수 있도록 표현한다. 또한 심상은 시적 상황을 구성하여 상상력을 자극하고 미적 쾌감을 주는 역할도 한다. 이 중에서 심상이 시적 정서나 분위기를 환기시키는 예를 다음의 시를 통하여 살펴보자.

　　어느 먼— 곳의 그리운 소식이기에
　　이 한밤 소래없이 흩날리느뇨

　　처마끝에 호롱불 여위어가며
　　서글픈 옛자췬양 흰눈이 나려

　　하이얀 입김 절로 가슴이 메어
　　마음 허공에 등불을 키고
　　내 홀로 밤 깊어 뜰에 나리면
　　먼— 곳에 女人의 옷 벗는 소래

　　희미한 눈발
　　이는 어느 잃어진 추억의 조각이기에
　　싸늘한 追悔 이리 가쁘게 설레이느뇨

　　한줄기 빛도 향기도 없이
　　호을로 차단한 衣裳을 하고

---

18) 김기림의 「바다와 나비」에 대한 해석은 다음의 글을 참조할 수 있다.
　　윤여탁, 「한 모더니스트의 변모와 그 의미-김기림론」, 구중서·최원식 편, 『한국 근대문학 연구』, 태학사, 1997.

이육사 시인의 시비

흰눈은 나려 나려서 쌓여
내 슬픔 그 우에 고이 서리다

　　　　　　　　　　　－김광균의 「설야(雪夜)」

　일반적으로 시적 언어는 시인이나 시적 화자의 정서를 직접 서술하거나 표현하는 방식을 택하는 것이 아니라, 심상이나 다른 표현법(비유나 상징 등)을 통해 간접화하여 극대화하는 방식을 취하는 것으로 알려져 있다. 이 시는 눈 내리는 밤의 정경을 나타내고 있다. 눈 내리는 밤에 시적 화자는 아련한 추억에 잠기어 '싸늘한 추회(追悔)'를 회상하고 있으며, 이런 회상을 통하여 홀로 있는 상황에서 느끼는 슬픔을 표현하고 있다. 특히 이 시는 눈 내리는 밤의 정경을 "먼— 곳에 여인(女人)의 옷 벗는 소래"라는 청각적 심상으로 표현하여, 이런 밤에 느낄 수 있는 시적 화자의 정서를 더욱 효과적으로 형상화하고 있다.

내 고장 七月은
청포도가 익어가는 시절

이 마을 전설이 주저리 주저리 열리고
먼데 하늘이 꿈꾸려 알알이 들어와 박혀

하늘 밑 푸른 바다가 가슴을 열고
흰 돛단 배가 곱게 밀려서 오면

내가 바라는 손님은 고달픈 몸으로
靑袍를 입고 찾아 온다고 했으니

내 그를 맞아 이 포도를 따 먹으면

이육사의 고향 전경

두 손은 함뿍 적셔도 좋으련

아이야 우리 식탁엔 은 쟁반에
하이얀 모시 수건을 마련해 두렴

―이육사의 「청포도(靑葡萄)」

　이 시에는 '청'과 '푸른 바다'의 시각적 심상이 '은 쟁반'이나 '하이얀
모시 수건'과 같은 흰색의 심상과 같이 등장하고 있다. 이러한 심상은 시
인이 바라는 바를 상징적으로 드러내는 역할을 한다. 이 시인의 간절한 바
람은 시 전편을 통하여 일관적으로 나타나고 있는 것으로, 맑고 밝으며 선
명한 색채적 대비를 통하여 더욱 부각되고 있다. 즉 청포도의 푸른 빛, 푸
른 바다와 흰 돛 단 배, 은 쟁반과 모시 수건을 통하여, 시인의 의지가 선
명하면서도 간절하다는 것을 효과적으로 표현하고 있다.

이육사의 고향 전경

이 시에서 '청포도'는 단순한 과일이 아니다. '청포도'는 자신의 현실 여건과는 대비되는 것으로 풍성한 결실을 뜻하기도 하고, 2연에서처럼 역사적, 사회적 운명을 같이 한 공동체(마을)의 원형적 연대 의식(전설)이 되기도 한다. 또 먼 미래(하늘)를 기약하는 시인의 이상이 아로새겨진 대상이기도 하다. 이런 시인의 정서가 청포도와 하늘이라는 시각적 표현을 통하여 선명히 드러나고, '주저리 주저리'와 '알알이'와 같은 첩어적 부사로 강조되어 나타난다. 이에 이르면 시인이 그리는 고향은 청포도로 표상되는 단편적인 모습에서 벗어나 구체적인 공간에 이름을 알 수 있다.

한편 그 날을 기다리는 시인의 마음가짐은 '은 쟁반', '모시 수건'이라는, 흰색이 풍기는 티없이 깨끗하고 맑고 고결한 심상과도 연관된다. 그만큼 순수하고 강렬한 것이다. 이 부분에서 '아이'도 '나'라는 시적 화자 즉 시인과 같은 존재다. 즉 시인 자신이 그런 자세로 손님을 맞겠다는 것이고, 그런 고향에 가고 싶은 마음을 표현하고 있다. 이 때 '아이'와 '내'가 '우리'가 될 수 있다. 궁극적으로는 손님과 시인 자신, 아이까지 모두가 지금은 고향을 떠나 있는, 그래서 고향의 회복을 간절히 바라는 시적 화자로 작용하고 있는 것이다.

우리가 시를 읽는 이유는 무엇일까? 고전적인 명제처럼 정서적 순화를 통하여 마음의 양식을 얻기 위한 것인가? 아니면 시를 통하여 우리의 생을 반추함으로써 교훈을 얻고자 하는 것일까? 이 중에서 어느 관점을 택하든지 간에, 그럴 듯한 명분과 거창한 이유를 내세울 수 있다. 그리고 이런 대답들은 대부분 시의 내용이나 주제와 관련된 것이고, 다분히 개인적인 읽기의 결과에 의존하고 있는 것이다.

문제는 어떤 작품을 개인적으로 이해한 내용에만 의존하여 감상하는 것이 타당한가다. 이 때에 제기될 수 있는 부정적인 대답은 결국 시를 어떻게 감상할 것인가라는 문제와 밀접한 관련이 있다. 그렇다면 시를 어떻게 읽을 것인가의 문제가 쟁점으로 등장하게 된다. 즉 '어떻게' 읽느냐에 따라 전혀 다른 감상에 도달할 수 있으며, 이 '어떻게'는 문학 작품의 이

이육사 시인의 모습

해나 감상에 작용하는 원론적이고 기초적인 문제라고 할 수 있다. 또한 '왜' 읽느냐는 물음에 대한 대답 역시 궁극적으로는 시를 '어떻게'든지 감상을 한 후에야 가능하다.

그러나 어떻게 읽을 것인가라는 물음에는 대부분 망설일 수밖에 없다. 이제 시의 중요 요소와 관련하여 '어떻게'라는 감상의 예를 나열하면, 주제나 소재의 관점이나 시어 또는 운율론의 관점, 심상이나 비유, 상징과 같은 시의 표현 기법, 시적 화자라는 시각에서의 감상 방법 등 다양하게 제시할 수 있다. 그리고 이런 감상 방법들은 모두 시의 구성 요소와 관련된 것으로, 학교의 문학 교실에서는 물론 시를 감상하는 어느 자리에서나 가볍게 취급할 수 있는 것이 아니다. 그렇다고 해서 '어떻게'의 문제가 구성 요소에 국한되는 것은 아니다. 감상자의 세계관이나 연구 방법과도 관련이 있다.[19]

이 요소들 중에서 시의 심상은 시의 주제나 시인의 정서를 표현하는 중요한 언어적 장치다. 특히 심상은 시적 언어의 특성을 규정하는 중요한 요소의 하나다. 그래서 시인들은 이런 심상을 통하여 자신들의 생각이나 정서를 표현하고, 독자들은 이런 언어적 형상에서 심상을 찾아내면서 이 심상이 궁극적으로 나타내고자 하는 바를 중심으로 하여 감상한다. 따라서 시의 심상은 시의 창작 과정과 수용 과정에서 두루 중요한 역할을 담당한다.

좀더 거칠게 정리하면, 시의 감상이란 심상을 찾아서 그 시적 의미와 효과를 이해하고 해석하는 과정이라고 말할 수 있으며, 이런 과정을 통하여 독자들은 시의 의미를 알게 되는 것이다. 그렇기 때문에 시의 심상을

---

19) 윤여탁, 『시 교육론─시의 소통 구조와 감상』, 태학사, 1996.

배제하고는 시 감상을 구체화시키기 어렵다.

그러나 학교 교육에서 시의 심상에 대한 설명은 다분히 지식적인 차원에 머물러 있다는 데 문제의 심각성이 있다. 어떤 시의 어느 부분이 어떤 심상에 의존하고 있다는 설명을 기계적으로 전달하고, 이를 학습자는 그대로 받아들이는 상황에서 벗어나지 못하고 있다. 그리고 이런 학습 현장의 폐단 때문에 시의 심상은 다른 시의 요소와 같은 문학 지식의 범주일 뿐이라고 생각하는 것이 지금까지의 보편적인 인식이었다. 그렇기에 학교 교실에서의 시 학습에서는 심상이 표현된 부분을 찾아 내는 것과 이런 심상의 종류를 주로 배우는 것으로 마무리되었다.

심상이 시적 형상의 기본이라는 점을 고려한다면, 이런 수업의 방식은 분명히 잘못된 감상의 실제다. 이런 시 감상의 관점보다는 시의 심상을 통하여 시인이 궁극적으로 전하려고 하는 바를 찾아 내서 느낄 필요가 있다. 즉 독자들은 심상의 기능과 역할 또는 심상 표현을 통하여 그려내고 있는 바를 알아야 한다. 결론적으로 말하면, 시의 심상은 학습자들이나 독자들이 외워야 할 지식이 아니라 느껴야 할 내용이라는 차원에서 다루어야 한다. 그래야만 시의 바람직한 감상도 이루어질 수 있기 때문이다.

생각할 거리

1. 앞에서 배운 시 중에서 심상이 잘 나타나 있다고 생각하는
   작품은 무엇인가? 그 이유는 무엇인지 생각해 보자.

2. 시를 감상할 때 심상은 어떤 역할을 하는지 생각해 보자.

3. 심상은 마음으로 그리는 그림이라고 할 수 있다. 이 때 심상
   을 통하여 시인이 말하고자 하는 바를 독자가 느낀다고 하는
   것은 어떤 의미일지 생각해 보자.

비유(metaphor)와 상징(symbol)

琉璃에 차고 슬픈것이 어린거린다.
열업시 부터서서 입김을 흐리우니
길들은양 언날개를 파닥거린다.
지우고 보고 지우고 보와도
새까만 밤이 밀녀나가고 밀녀와 부듸치고
물어린 별이, 반짝, 寶石처럼 백힌다.
밤에 홀노 琉璃를 닥는것은
외로운 황홀한 심사 이여니,
고흔肺血管이 찌저진 채로
아아, 늬는, 山ㅅ새처럼 날너갓구나.

　　　　　　　　　　　　　－정지용의 「유리창(琉璃窓) 1」

고향인 옥천에 복원된 정지용 시인의 생가

시인은 표현하려는 사상과 감정을 직접적인 설명만으로 표현하지 않는다. 자신이 표현하려는 바를 다른 사물이나 대상에 빗대어 표현하기도 하며, 시에서 이런 원리를 비유(比喩)라고 한다. 이렇게 본다면 비유는 이질적인 요소를 서로 결합시키는 표현법으로, 원래 나타내려는 원관념(本意, 趣意, tenor)을 보조 관념(vehicle)을 통해 표현하는 방식이라 할 수 있다. 이때 원관념과 보조 관념을 '~같이', '~처럼', '~듯이'와 같은 매개어로 결합하는 경우를 직유라고 하고, 매개어 없이 'A는 B이다'로 결합하는 형태를 은유라고 한다.

비유라는 말은 원래 희랍어의 metaphora에서 온 말이다. 이 중에서 meta는 운동 또는 변화를 나타내며, phora는 '운반하다, 이동하다' 등을 뜻하는 pherein의 변화형이다. 그러므로 비유라는 말에는 언어의 운동 개념, 즉 '전이(轉移)' 또는 '이월(移越)'이라는 의미가 원래부터 담겨 있었으며, '한 장소에서 다른 장소로의 이동'이라는 뜻을 내포하고 있다.

비유의 종류는 일반적으로 직유(直喩, simile), 은유(隱喩, metaphor), 감정 이입 또는 의인화(personification), 제유(提喩, synecdodche; 부분으로 전체를 대표하거나 전체로 부분을 대표하는 경우 김상용의 「남으로 창을 내겠소」의 '괭이'나 '호미'), 환유(換喩, metonymy; 어떤 사물을 그 속성이나 밀접한 관계가 있는 명칭으로 대신하는 경우 셸리의 시 "왕홀(王笏)과 왕관은 굴러 떨어져서/ 먼지 속에서 불쌍한 굽은 낫과 삽하고"의 '왕홀', '왕관', '낫'과 '삽') 등이 있다. 다음의 시는 직유와 은유, 감정 이입이 잘 드러나는 예다.

바람도 없는 공중에 垂直의 波紋을 내이며, 고요히 떨어지는 오동잎은 누구의 발자최입니까.

지리한 장마 끝에 서풍에 몰려가는 무서운 검은 구름의 터진 틈으로, 언뜻언뜻 보이는 푸른 하늘은 누구의 얼골입니까.

꽃도 없는 깊은 나무에 푸른 이끼를 거쳐서, 옛 塔 위의 고요한 하늘을 슬치는 알 수 없는 향기는 누구의 입김입니까.

근원은 알지도 못할 곳에서 나서, 돍부리를 울리고 가늘게 흐르는 적은 시내는 굽이굽이 누구의 노래입니까.

연꽃 같은 발꿈치로 갓이없는 바다를 밟고, 옥 같은 손으로 끝없는 하늘을 만지면서 떨어지는 날을 곱게 단장하는 저녁놀은 누구의 詩입니까.

타고 남은 재가 다시 기름이 됩니다. 그칠 줄을 모르고 타는 나의 가슴은 누구의 밤을 지키는 약한 등불입니까.

—한용운의 「알 수 없어요」

비유법은 단어 사이의 비교를 통하여 이룩되는 단일 비유(simple meta-phor)와 구절 사이의 비교로 이루어지는 확장 비유(enlarged metaphor)가 있다. 단일 비유는 "거룩한 분노는/ 종교보다도 깊고// 불붙는 정열은/ 사랑보다도 강하다"(변영로의 「논개」)에서처럼 '분노'와 '종교', '정열'과 '사랑'이 단순 비교되는 경우다. 이에 비하여 확장 비유는 "돌담에 소색이는 햇발같이/ 풀아래 웃음짓는 샘물같이"(김영랑의 「돌담에 소색이는 햇발」)처럼 행

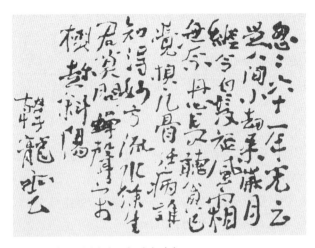

회갑을 맞아 쓴 한용운의 즉흥 한시 필적

과 행이 같은 차원에서 비교된다.

또 원관념과 보조 관념이 작용하는 원리에 따라 치환 비유와 병치 비유로 나누기도 한다. 치환 비유는 상호 동일성의 원리에 의하여 의미의 전이와 변화, 확장이 일어나는 비유이며, 병치 비유는 투쟁의 원리에 의하여 상반되는 요소들 사이의 다양한 투쟁의 양식에 의해 상호 침투성, 상호 충돌·결합이 일어나는 비유 형태다.[20] 이 밖에도 상호 작용론이라고 하여 막스 블랙(Max Black)은 서로 치환될 뿐만 아니라 한 매체에 의하여 내밀스럽게 연결되는 비유 체계를 설명하고 있다.[21] 다음의 시 중에서 김춘수의 시는 치환 비유의 예이며, 파운드(E. Pound)의 시는 병치 비유의 예에 해당한다.

> 사랑하는 나의 하나님, 당신은
> 늙은 悲哀다.
> 푸줏간에 걸린 커다란 살점이다.
> 詩人 릴케가 만난
> 슬라브 女子의 마음 속에 갈앉은
> 놋쇠 항아리다.
> 손바닥에 못을 박아 죽일 수도 없고 죽지도 않는
> 사랑하는 나의 하나님, 당신은 또
> 대낮에도 옷을 벗는 어리디어린
> 純潔이다.
> 三月에
> 젊은 느릅나무 잎새에서 이는
> 연둣빛 바람이다.
>
> —김춘수의 「나의 하나님」

---

20) P. Wheelwright, *Metaphor and Reality*, Indiana Univ. Press, 1973, pp.72~86.
21) Max Black, *Metaphor, Studies in Language and Philosophy*, Cornell Univ. Press, pp.32~39.

인총(人叢) 속에 끼어 있는 이 얼굴들의 환영(幻影)

비에 젖은 검은 나뭇가지 위의 꽃잎들

The apparition of these faces in the crowd;

Petals on a wet, black bough.

─파운드(E. Pound)의 「지하철 역에서」

　이런 비유는 앞으로 살펴볼 상징과 더불어 중요한 시적 표현 기법이라고 할 수 있다. 즉 표현 기법으로서의 비유는 시가 시일 수 있는 특성을 드러내는 중요한 장치인 것이다. 그래서 시인은 자신의 생각이나 감정을 비유를 통하여 형상화하고, 독자들은 이런 비유적 표현을 통해 시인의 생각이나 감정을 감지한다. 따라서 시적 형상화를 위해서는 비유가 제대로 이루어져야만 한다. 그런 의미에서 비유는 시의 품격과 시로서의 자질을 정해주는 잣대라고도 할 수 있다.

　시 교육에서 비유는 중요한 교육 내용이다. 그 동안 시에서 비유를 찾아 내고, 비유적 표현의 의미를 알아내는 것이 시 교육의 핵심이었다. 그러나 그 동안의 시 교육에서는 이 표현 기법을 학생들이 외워야 할 지식의 하나로 간주하였다. 시를 통하여 비유를 배우긴 하였으나, 일상의 언어 생활이나 심미적 세계의 표현에 전이시키지 못했다. 따라서 학습자 자신들의 언어 표현에 적용할 수 있는 것이 아니라 극단적으로는 학습 평가의 측면에서만 적용할 수 있는 것으로 간주되었다.

　이미 심상을 말하는 자리에서 말한 바와 같이 이런 시적 요건들은 외우는 것이 아니라 느낄 수 있는 것이어야 한다. 적어도 시적인 표현과 관련된 요소들은 그렇다. 또한 비유의 개념이나 종류가 중요한 것이 아니라, 비유적 표현이 지니는 효과와 의미가 시 교육과 감상의 핵심에 놓여야 한다.

　이제 이런 비유와 가장 유사하다고 할 수 있는, 시의 상징에 대하여 알아보도록 하자.

자연이란 신전이며
산나무 두리기둥은
신비로운 소리로
때로 주절주절 말씀한다
사람은 상징의 숲을 비껴가고

아득히 먼 데서 합치는 긴 메아리처럼
어둡고 깊은 속에서
하나가 되는 메아리처럼
밤처럼 대낮처럼 가 없는 통일에서
향과 색과 소리는
서로 부르며 대답한다

향기도 저마다
어린이 살결처럼 싱싱한 것
'오브에' 소리처럼 보드러운 것
풀에 덮힌 넓은 들처럼 푸르른 것
또한 썩고 호사스럽고 기승스러운 것에

만상이 피워져서 나타나는
용연향(龍延香), 사향(麝香), 안식향(安息香) 혹은 제향(祭香)처럼
정신과 감각의 황홀을 노래한다
　　　　　　―보들레르(C. Baudelaire)의 「조응(照應, correspondence)」

　　상징(symbol)이라는 말은 '짜 맞춘다'라는 뜻의 희랍어인 symballein에서
유래했으며, 그 명사형인 symbolon은 '부호, 증표, 기호'라는 뜻을 가지고
있다. 단순화하여 말하면, 상징은 신표(信標)로 어떤 것을 대신하는 기능을

수행한다. 즉 상징은 현상의 세계가 아닌 불가시(不可視)의 세계, 정신의
세계를 가시(可視)의 세계, 감각·물질의 세계로 바꾸는 것이다. 그리고 이
두 세계 사이에는 단순한 기호와는 달리 역동적인 상관 관계가 성립한다.

또 은유와 대비하여 말하면, 은유 중에서 원관념이 생략된 형태라고 할
수 있다. 즉 하나의 요소로 생략된 다른 하나의 요소를 대신하는 표현 방
식이 상징이다. 그러나 상징과 은유는 원관념이 생략되었다는 점 외에도
① 심상 제시 방식에 차이가 있으며, ② 지적 수준이나 사회적 약정의 성
립 여부에서 차이가 있고, ③ 상징은 은유와는 다른 기능적인 심상 체계에
의하여 성립되는 표현법이라는 점에서 차이가 있다.

상징은 관념과 이미지가 일체가 되는 동일성을 근본 원리로 하며, 다음
과 같은 속성을 가지고 있다. 먼저 원관념이 숨고 보조 관념만 제시되어
있는 것이기 때문에, 상징은 감춤과 드러냄의 양면성을 지닌다. 즉 암시성,
반투명성이라는 특성을 보인다.(김수영의 「풀」) 다음으로 상징의 암시성은
다의성이라는 속성으로 연결된다. 즉 하나의 상징은 여러 개의 원관념을
환기할 수 있다.(한용운 「님의 침묵」의 '님') 또 상징은 관념이나 정서와
같은 추상적인 것과 감각적인 이미지의 구체적인 것의 일체라는 데서 입
체성이 배태된다. 따라서 위와 아래가 조응하고 안과 밖이 조응한다.(보들
레르의 「조응」) 상하 조응을 통하여 인간의 영혼과 물질의 결합을 표현함
으로써, 만상의 조응 즉 정신(영혼)의 세계와 물질의 세계가 소리와 메아
리처럼 조응하는 것임을 표현한다. 마지막으로 상징은 고립적이고 자율적
인 것이 아니고, 전후 문맥에 의하여 달라진다. 상징은 전후 문맥에 민감
하게 반응하기 때문이다.(오규원의 「만물은 흔들리면서」)

상징의 종류로는 십자가가 기독교를 상징한다거나 비둘기가 평화를 상
징하는 것과 같은 관습적 상징(conventional symbol)과 어떤 한 작품이나 시
인에게만 적용되는 특수한 의미 관계를 보이는 개인적 상징(문학적 상징,
private symbol)이 있고(이상화 「빼앗긴 들에도 봄은 오는가」의 '들'), 신화나
원시적인 신앙 체계와 관련된 원형적 상징(archetypal symbol)이 있다.(신화

연세대 구내에 있는 윤동주 시인의 시비

윤동주가 옥사한 복강형무소 정문

에서 '태양', '산', '바다'나 '물'과 같은 것들)[22]
　다음 시에 쓰인 '십자가'는 관습적 상징 표현과 개인적 상징 표현이 함
께 나타나는 예다.

　　쫓아오든 햇빛인데
　　지금 敎會堂 꼭대기
　　十字架에 걸리었읍니다.

　　尖塔이 저렇게도 높은데
　　어떻게 올라갈수 있을까요.

　　鐘소리도 들려오지 않는데
　　휘파람이나 불며 서성거리다가,

　　괴로웠던 사나이,
　　幸福한 예수·그리스도에게
　　처럼
　　十字架가 許諾된다면

　　목아지를 드리우고
　　꽃처럼 피어나는 피를
　　어두어가는 하늘 밑에
　　조용히 흘리겠읍니다.

　　　　　　　　　　　－윤동주의 「십자가(十字架)」

---

22) E. Cassirer, *Language and Myth*, New York, 1946, p.8.

우리는 관념과 사물 사이의 관계뿐만 아니라 시간, 공간과 관련된 형상
에서도 상징적인 의미를 찾아 낼 수 있다.[23] 원형적 성격을 지닌 '산'이나
'들'이라는 공간이나 '봄', '새벽'과 같은 시간 관념이 그 예다. 이런 상징
체계 역시 원형적 상징의 의미에만 머물지 않고, 개인적이고 관습적인 상
징의 체계로 그 의미가 전이되기도 한다. 다음의 시를 통하여 시·공간의
상징적 의미를 살펴보자.

날로 밤으로
왕거미 줄치기에 분주한 집
마을서 흉집이라고 꺼리는 낡은 집
이집에 살았다는 백성들은
대대 손손에 물레줄
은 동곳도 산호 관자도 갖지못했니라

재를 넘어 무곡을 단이던 당나귀
항구로 가는 콩시리에 늙은 둥굴소
모두 없어진지 오랜
외양깐엔 아직 초라한 내음새 그윽하다만
털보네 간곳은 아모도 몰은다

찻길이 뇌이기 전
노루 멧돼지 쪽제비 이런것들이

23) E. Cassier, *An Essay on Man: An Introduction to a Philosophy of Human Culture*, Yale Univ.
Press, 1956, pp.42~55.
   이런 상징의 속성은 바흐친이 말한 시공소(時空素, chronotope)가 지닌 내적인 의미
   체계와도 연결된다.
   M. M. Bakhtin, 전승희 외 역, 『장편소설과 민중언어』, 창작과비평사, 1988, 260~262면.

앞뒤 산을 마음놓고 뛰어단이던 시절
털보의 셋재 아들은
나의 싸리말 동무는
이집 안방 짓두광주리 옆에서
첫 울음을 울었다고 한다

「털보네는 또 아들을 봤다우
송아지래두 불었으면 팔아나 먹지」
마을 아낙네들은 무심코
차그운 이야기를 가을 냇물에 실어 보냈다는
그날밤
저릎등이 시름시름 타들어가고
소주에 취한 털보의눈도 일층 붉더란다

갓주지 이야기와
무서운 전설 가운데서 가난 속에서
나의 동무는 늘 마음조리며 잘았다.
당나귀 몰고간 애비 돌아오지않는 밤
노랑 고양이 울어 울어
종시 잠 이루지못하는 밤이면
어미 분주히 일하는 방앗간 한구석에서
나의 동무는
도토리의 꿈을 키웠다

그가 아홉살 되든 해
사냥개 꿩을 쫓아단이는 겨울
이집에 살던 일곱 식솔이

어대론지 살아지고 이튿날 아침
북쪽을 향한 발자욱만 눈우에 떨고있었다

더러는 오랑캐영 쪽으로 갔으리라고
더러는 아라사로 갔으리라고
이웃 늙은이들은
모두 무서운 곳을 짚었다

지금은 아무도 살지않는 집
마을서 흉집이라고 꺼리는 낡은 집
제철마다 먹음직한 열매
탐스럽게 열던 살구
살구나무도 글거리만 남았길래
꽃피는 철이 와도 가도 뒤울안에
꿀벌 하나 날아들지 않는다

− 이용악의 「낡은 집」

'낡은 집', '흉집'으로 변해 버린 털보네 '집'의 상징적 형상은 다른 각도에서 설명할 수 있다. 이 시에서 '집'이라는 공간은 살구나무에 꽃이 피고 열매가 열던 과거와 그렇지 못한 현재의 상황을 대비시키는 역할을 한다. 아울러 이런 시간과 공간적인 형상 자체도 시인의 현실 인식 또는 이데올로기와 관련을 맺는다.(이는 일제 강점기 우리 시의 고향 상실이라는 정서 표현과도 연결된다)

이 시는 시간적으로 찻길이 놓이기 전과 후로 나뉜다. 이전은 과거이고, 이후는 현재라고 할 수 있다.(우리 근대시에서 '찻길'은 근대의 상징이기도 하다) 과거의 시간은 구체적으로는 '찻길'이 놓이기 전이며 아울러 "노루 멧돼지 쪽제비 이런것들이/ 앞뒤 산을 마음놓고 뛰어단이던 시절"이다.

'갓주지 이야기'와 '무서운 전설'이 사람들의 입에 오르내리고 가난 속에서도 '꿈'을 키울 수 있는 시간이자 공간이었다. 이에 비하여 현재는 그렇지 못한 공간이다. 시인은 과거의 집을 긍정의 시·공간으로 보고 있으며, 현재의 집은 부정의 시·공간으로 그리고 있다.[24] '낡은 집', '흉집'에 대해서, 마을 사람들이 '꺼리'고 시적 화자가 '초라한 내음새'라고 느끼게 된 가치 평가의 근거는 이런 시인의 현실 인식과 깊은 관련이 있다.

문학에서 상징을 연구하는 것은, 수없이 많고 가지각색으로 변화하는 신화적 상징, 사회적 상징, 종교적 상징, 예술적 상징 등을 만들어 내는 뿌리라고 할 수 있는, 인간 정신의 상징적 기능의 근원적 체계를 밝히는 데 그 목적이 있다. 또한 면면히 이어져 내려온 상징을 통해 그 사회의 문화를 이해하고 그것이 상징이 될 수밖에 없었던 이유를 추출해 내는 데에도 목적이 있다고 할 수 있다. 상징에 대해 학습하면서 사회 구성원은 해당 사회의 문화를 습득하기도 하며 나아가 전수할 수도 있게 된다. 이런 면에서 상징은 시를 이해하는 데 뿐만 아니라 사회의 일원으로 생활해 나가는 데에도 매우 중요한 표현 기법이다.

---

24) 이런 측면에서 '낡은 집'이나 '흉집'의 상징성을 바흐친의 시공소, 즉 문학 작품 속에 예술적으로 표현된 시간과 공간 사이의 내적 연관으로 설명할 수 있다.
  M. M. Bakhtin, 『장편소설과 민중언어』, 260면.

생각할 거리

1. 비유와 상징은 어떤 점에서 다르고 어떤 점에서 같은지 생각해 보자.

2. 비유와 상징은 매우 유사한 표현 방식이다. 비유가 상징 차원으로 넘어가기 위해서는 어떤 과정을 거쳐야 하는지 시 작품을 예로 들어 생각해 보자.

3. 비유와 상징이 많이 들어 있는 작품과 전혀 들어 있지 않은 작품을 찾아 서로 비교해 보고, 비유와 상징의 역할에 대해 생각해 보자.

서정시와 시적 화자(persona)

소설의 서술자는 주인공의 역할을 하는 경우와 관찰자의 역할을 하는 경우, 전지적인 작가의 위치를 유지하는 경우로 대별된다. 그러나 시의 경우 특히 전통적인 서정시의 경우에는 이런 서술자의 구분이 불필요한 것으로 이해되었다. 시는 통상 시인의 직접적인 진술, 즉 소설의 경우와 대비하여 보면 1인칭 주인공의 직접적인 사상과 감정의 진술로 규정하기 때문이다. 그래서 우리는 시가 표현하고 있는 사상과 감정은 정서적 차원에서 이해해야 한다고 생각한다. 만일 이러한 것들이 제대로 형상화되어 있지 않다면 좋은 시의 반열에 낄 수 없으며, 이를 제대로 느끼지 못하면 좋은 시 감상이 아니라고 간주하는 경향이 지배적이었다.

또 극단적인 문학주의의 관점에서는 시인의 정서 표현 이외의 것은 시가 아니라고 주장하기도 했다. 이런 관점에서 현실의 문제를 부각시키는 참여시 등은 시의 본도(本道)를 벗어난 것이라고 보았다. 여기서 극단적이라는 것은 어떤 문학도 문학주의에서 이야기하는 문학이 기본적으로 지녀야 할 요건들―주로 시의 경우 비유, 상징, 시어, 리듬, 구조 등―을 도외시하고는 존재하지 않는다고 보는 관점이다. 다행히도 오늘날에는 이런 요건들이 문학의 형상적인 질을 결정하는 절대적인 것으로 간주되어 이들이 형상화하는 의미에는 별로 관심을 기울이지 않았던 과거의 극단적인 문학주의의 한계를 서서히 극복하고 있다.

앞에서 서술했던 것처럼 시의 경우에는 서술자의 구분이 불필요한 것으로 생각했지만 사실 시의 경우에도 목소리가 전달되는 방식에 따라 다양하게 논의할 수 있다는 주장이 제기되고 있다. 예를 들어 시를 서술자의 측면에서 읽다 보면, 시인의 목소리가 직접 전달되는 경우와 간접적으로 전달되는 경우, 나아가서는 전지적 작가의 목소리가 투영되는 경우가 나타난다. 어떤 때에는 이들 여러 목소리가 한데 어우러져서 하나의 시를 형성하여, 나름의 시적 세계를 형상화하기도 한다. 이런 현상들에 대해 그 동안 우리 시문학의 리얼리즘을 언급하는 자리에서 비교적 활발하게 논의 해 왔다. 그리고 시적 화자가 시에서 어떤 역할을 하는가에 대해서도 많은 논의가 이루어졌다.

여기서는 우선 시의 서술자와 관련된 용어에 대하여 간단히 언급하고, 논의를 진행하고자 한다. 그 동안 우리 시에서는 시를 형상화하는 데 작용 하는 인물을 두고, 서정적 주체, 서정적 자아, 시적 자아, 시적 주체 등의 여러 용어를 같이 사용해 왔다.[25] 또한 이러한 개념들 사이에 큰 변별성은 없는 가운데, 작은 차별성을 부각시킨 정도에서 개념을 구분하였다. 이런 점을 반성하면서, 부분적인 변별성을 부각시켜서 구분하기보다는 보편적 으로 사용되고 있는 '시적 화자'라는 용어로 통일하여 사용하고, 궁극적으 로는 그 기능이나 역할 등의 논의를 진전시키는 것이 바람직하다고 생각 한다.

이제 리얼리즘시의 대표작으로 평가되는 작품이자 앞의 장에서 인용된 바 있는 이용악의 「낡은 집」을 통하여, 시적 화자가 어떤 기능을 하는지에 관해 알아보기로 하자. 그 동안 많은 논자들이 이 시가 리얼리즘을 비교적 잘 구현한 시라는 데에 동의해 왔다. 다만 그 단계가 본격적인 리얼리즘시 냐 아니면 비판적 리얼리즘시냐 하는 데에서 부분적으로 의견을 달리 하고 있다. 하지만 「낡은 집」은 일제 강점기 우리 시의 리얼리즘의 수준을 보여 주는 데 손색이 없는 작품이라는 점에서는 의견의 일치를 보이고 있다.

기존의 논의에서는 이 작품의 서사적인 경향에 주목하여 심층적으로 접 근하려는 노력들이 있었다.[26] 이 견해에 의하면, 「낡은 집」에서 시적 화자 가 이야기하는 방식(언술)에는 서정적인 언술과 '털보네' 일가에 관한 일 화를 연대기적으로 배열하는 서사적 실현의 언술이 공존한다는 것이다.

---

25) 윤여탁, 「시의 서술 구조와 시적 화자의 기능」, 『리얼리즘시의 이론과 실제』, 태학 사, 1994, 239~244면.
26) 황인교, 「이용악 시의 언술 분석」, 이화여대 박사논문, 1991, 13~35면.

서정적 언술의 경우에는 대부분 시적 화자에 의하여 시의 내용이 진술된다는 점을 들 수 있다. 즉, '나'로 대표되는 서정적 주체[27](시적 화자)가 자신의 친구 이야기를 서사적, 서정적 언술을 통하여 드러내고 있는 것이다. 그리고 이런 이야기 구조 때문에 언뜻 보기에는 서사적 이야기가 시의 주된 내용인 것처럼 인식되기도 한다.

그러나 이런 언술 외에도 이 시에는 시적 화자가 아닌 제3의 인물에 의한 언술(인용의 언술)이 존재한다. 이는 시적 화자의 말 속에 타자의 말이 끼여드는 것을 의미하는데 이를 통해 이 시에는 표현의 변이와 전달 효과를 고려한 시적 전략이 존재한다는 점을 알 수 있다. 이러한 언술은 시적 화자의 진술 내용에 대하여 객관성을 더욱 증대시키는 역할을 한다. 인용의 언술 양상은 인용자 지향의 말을 보이거나, 타자의 말을 객관적으로 전달하는 말 또는 전지적 발화자의 말로 구분된다. 특히 이 시는 인용의 언술을 빌어서 사실을 진술함으로써, 시적 화자가 진술하는 내용을 더욱 구체화시키거나 객관화시키고 있다.

이처럼 시에서도 시적 화자의 목소리가 다양하게 나타남으로써, 서정적 주체의 진술을 강화하는 시적 모색이 리얼리즘시의 창작 방법으로 나타나고 있다. 객관적인 시적 화자를 통하여 이야기의 객관성을 확보하려는 경향을 보이는 것이다. 시적 화자는 「낡은 집」에서처럼 뚜렷이 구분되는 경우도 있지만, 그렇지 못한 경우도 있다. 그리고 시인과 구별되는 시적 화자로 나타나는 경우도 있지만, 그렇지 못한 경우도 있다. 또 이런 시적 화자와 구분되는 시 속의 주인공을 드러내는 경우도 있다.

여기에서 시의 주인공은 시적 화자나 서정적 주체와는 다른 개념이다. 「낡은 집」의 경우를 예로 든다면 시의 주인공은 털보의 셋째 아들이자 나

---

27) 엄밀히 분석하면 시적 화자와 서정적 주체는 변별적인 존재다. 서정적 주체는 'Poetic I'로 시의 정서나 서술을 주도하는 인물이다. 이 서정적 주체는 표면적으로 나타나지 않을 수도 있다. 그러나 시적 화자는 드러나지 않는 경우에는 시인 자신이지만 그렇지 않은 경우에는 '나'나 기타 제3의 인물로 나타나는 것이 일반적이다.

의 싸리말 동무다. 좀더 확대하면, 털보네 일가다. 「낡은 집」에 나타나는
등장 인물, 여러 시적 화자의 양상과 시인, 독자와의 관계를 도표로 그리
면 다음과 같다.[28]

시인(이용악)의 형상화 ↓

시적 화자(어린아이인 '나')의 서술 ↓

마을 아낙네, 노인들, 사람들의 전언 ↓

털보네(털보, 아내, 동무, 가족)
삶과 이향의 이야기

독자(학습자)의 수용 ↑

※ 화살표는 시적 대상 또는 대상화의 작용 방향

이렇게 시에 등장하는 인물과 화자의 층위는 다양하고,[29] 그 기능도 각

---

28) 「낡은 집」을 담론과 다성성(多聲性)의 실현이라는 측면에서 분석한 다음 글을 참조
할 수 있다.
    윤여탁, 「시의 多聲性 연구를 위한 시론」, 『민족문학사연구』 11호, 1997, 197~207면.
29) 김준오는 시인이 직접적인 목소리를 감추는 이런 장치를 '퍼소나(persona)' 즉 탈 또
는 가면으로 규정하고, 이 탈의 다양한 양상을 다음과 같은 그림으로 정리하고 있다.
    김준오, 『시론』, 문장, 1982, 207면.

TEXT

실제시인 - 함축적 시인 - [현상적화자] - [현상적청자] - 함축적 독자 - 실제독자

기 다르다. 이런 예로 신동엽의 서정시 「산(山)에 언덕에」를 들 수 있다. 이 시에는 등장 인물 '그리운 그'와 '행인'이 나오지만, 시인이 시적 화자가 되고 '그리운 그'는 시의 주인공이 된다. 그리고 역사의 선구자인 '그리운 그'를 그리는 '행인'은 주인공과는 다른 인물이다. 오히려 '행인'은 시적 화자인 시인과 동일한 인물로 형상화되고 있다.

> 그리운 그의 얼굴 다시 찾을 수 없어도
> 화사한 그의 꽃
> 山에 언덕에 피어날지어이.
>
> 그리운 그의 노래 다시 들을 수 없어도
> 맑은 그 숨결
> 들에 숲 속에 살아갈지어이.
>
> 쓸쓸한 마음으로 들길 더듬는 行人아.
>
> 눈길 비었거든 바람 담을지네
> 바람 비었거든 人情 담을지네.
>
> 그리운 그의 모습 다시 찾을 수 없어도
> 울고 간 그의 영혼
> 들에 언덕에 피어날지어이.

또 다른 예를 일제 강점기의 리얼리즘시를 중심으로 살펴보면, 편지(김해강의 「귀심」이나 임화의 「우리 오빠와 화로」)나 대화(이용악의 「낡은 집」)의 방식을 통하여 시적 담론을 구성하고, 이것이 개별자인 시적 화자의 정서와 민중의 정서를 일치시키는 기능을 하고 있음을 알 수 있다. 나아가서는

독자와의 담론을 형성하는 방식을 지향한
다. 이런 시적 화자의 기능을 다음의 서정
시 한 편을 통하여 살펴보자.

신동엽 시인의 모습

새벽 시내버스는
차창에 웬 찬란한 치장을 하고 달린다
엄동 혹한일수록
선연히 피는 성에꽃
어제 이 버스를 탔던
처녀 총각 아이 어른
미용사 외판원 파출부 실업자의
입김과 숨결이
간밤에 은밀히 만나 피워낸
번뜩이는 기막힌 아름다움
나는 무슨 전람회에 온 듯
자리를 옮겨다니며 보고
다시 꽃이파리 하나, 섬세하고도
차거운 아름다움에 취한다
어느 누구의 막막한 한숨이던가
어떤 더운 가슴이 토해낸 정열의 숨결이던가

일없이 정성스레 입김으로 손가락으로
성에꽃 한 잎 지우고
이마를 대고 본다
덜컹거리는 창에 어리는 푸석한 얼굴
오랫동안 함께 길을 걸었으나
지금은 면회마저 금지된 친구여.

—최두석의 「성에꽃」

위의 시는 '이야기 시'를 고집스럽게 주장하던 시인의 서정시다. 이야기 구조를 지니지 않음에도 불구하고, 이 시는 서정시에서의 시적 화자의 역할을 잘 드러내고 있다. 이 시가 형상화하고 있는 것은 겨울 시내버스의 창에 하얗게 피어 있는 성에꽃이다. 우리가 일상 속에서 무심히 보아 넘긴 성에꽃의 아름다움과 섬세함을 짤막한 시행—그의 많은 '이야기 시'에서 시도한 산문적인 유장한 문체나 가락과는 대비되는—을 통하여 형상화하고 있다. 그래서 그 동안 대부분의 문학주의 서정시가 지향하던 바를 유감없이 실현해 보이고 있다. 즉 시의 언어, 리듬 그리고 비유, 공감각적 이미지를 동원하여, 겨울 차창에 서린 난무(亂舞)를 노래하고 있는 것이다. 새벽 시내버스를 타 본 적이 있는 우리 모두가 한 번쯤은 '일없이 정성스레'해 본 적이 있는, 입김이나 손가락으로 아름답게 핀 성에꽃을 지우는 동작에 관해 숨김없이 이야기하기도 한다.

또 위의 시는 성에꽃을 바라보는 시적 화자인 '나'의 눈에 비친 사실들을 노래하고 있다. 그리고 이를 통하여 시적 화자 즉 시인의 정서를 전달하고 있다. 이런 측면은 어떤 시에서나 가능할 것이다. 그러나 이 시가 돋보이는 이유는 시적 화자의 정서가 이런 객관적인 정물의 묘사에 그치지 않는다는 점과 관련된다. 만일 성에꽃의 아름다움을 형상화하는 데에 그쳤다면, 위의 시는 다른 서경시(서정시)와 다를 바가 없었을 것이다. 이 시의 시적 화자는 성에꽃에서 이 세상을 부대끼며 살아가는 민중들의 모습

을 발견하고 있다. 즉 밤늦게까지 시내버스를 타야만 하는 사람들의 입김
이 간밤 찻속에서 만나 이룬 것이 성에꽃임을 노래하고 있다. 그 사람들은
늦은 시간까지 일을 하다가 귀가하는 사람들이었을 것이다. 남자들은 약
간의 술냄새도 그들의 입김과 같이 내뿜어서, 고달픈 노동에 찌든 귀여운
유년공들의 입김과도 만났을 것이다.

　이런 모든 민중들의 애환과 삶의 모습이 모여 있는 형상이 성에꽃으로
나타나서, 그들과 다를 바 없는 처지에서 새벽 시내버스를 탄 시인을 반기
고 있다. 광명의 아침, 새로운 창조의 아침을 밝히는 또 다른 민중과 어제
의 민중이 만나는 장소가 새벽의 시내버스인 것이다. 거기서 시적 화자를
포함한 오늘의 민중은 자신들의 입김으로 성에꽃을 만들어서 어제의 민중
과 만나고 있다. '일없이'와 '정성스레'가 보이는 대조적 표현에서 이런 시
적 화자의 행동이 결코 무심한 것이 아님을 나타내고 있다. 어느 측면에서
는 객관적인 사실들(10행까지) 속에 자신을 일치시키는 행동(19행까지)을
통하여, 분리될 수도 있었던 객관적인 세계와 주관적인 자아를 일치시키
고 있다고 볼 수도 있다. 이들 민중이 위치하고 있는 객관적인 세계는 '엄
동 설한'과 같은 암울한 시대이고, 난방기마저도 없는 시내버스와 같은 열
악한 생활 환경인 것이다.

　그러나 '나'라는 시적 화자는 객관의 세계와의 만남에 그치지 않고, 자
신과 깊이 관련된 그래서 자신만이 발견할 수 있는 또 다른 주관의 세계와
도 만나고 있다.(이런 만남은 실제로는 결코 자신만이 만날 수 있는 주관의
세계는 아니다) 자신과 오랫동안 일을 같이 한 친구―불행하게도 그 친구
는 잡혀 갔는지, 아니면 수배령이 떨어져 만날 수 없는지 모르지만―의 모
습을 성에꽃에서 발견하고 있는 것이다. '덜컹거리는' 세계 속에서 환한 얼
굴이 아닌 푸석한 얼굴로 어느 곳인가에 있을 친구의 모습을, 시적 화자는
성에꽃을 통하여 만나고 있다. 또 이런 친구와 민중이 엮어낸 성에꽃에서
정열의 숨결을 발견하고 있다. 그리고 이런 정열은 이 어려운 세상에 희망
으로 작용하고 있다. 비록 구체적인 미래의 전망이 형상화되지 않았더라

도, 그들의 뜻이 이루어질 것임을 확신하는 동지의 투쟁을, 시적 화자는 성
에꽃과 이 꽃이 어린 '새벽' 차창에서 발견하고 있다.

이처럼 이 시는 시적 화자를 통하여 객관의 세계와 만나고 있으며, 아
울러 주관의 세계와도 만나고 있다. 이를 통하여 시적 화자에게 주관적인
세계마저도 독자에게 전달함으로써, 시 속의 공간이 구체적인 삶의 현장
으로 자리를 잡게 된다. 시적 화자를 통하여, 이 서정시는 리얼리즘시의
반열에 놓이는 것이다. 비록 위의 시는 리얼리즘의 한 특성인 전형의 창조
에는 실패하고 있을지 모르나, 시를 통하여 민중의 삶의 진솔한 단면을 진
실하게 드러내는 데에는 성공하고 있다.

시적 화자는 창작 방법상에서도 주관적인 정서의 전달이라는 피상적인
역할을 뛰어넘는 효과가 있어, 리얼리즘시에서 적극적으로 선택하는 경향
이 있다. 그러나 문학 교육의 국면에서는 이런 측면보다는 시 감상에서 시
적 화자가 어떤 역할을 수행하는지를 살펴보는 것이 보다 유익할 것이다.
특히 시적 화자가 시의 내용을 이해하는 데 중요하게 작용함에 착안하여,

일제 강점기 한반도와 만주 벌판을 달리던 기차

시적 화자의 관점에서 시의 내용을 재구할 필요가 있다. 다음 시를 통하여
이러한 측면에 관해 살펴보자.

알룩조개에 입맞추며 자랐나
눈이 바다처럼 푸를뿐더러 까무스레한 네 얼골
가시내야
나는 발을 얼구며
무쇠다리를 건너온 함경도 사내

바람소리도 호개도 인전 무섭지 않다만
어드운 등불밑 안개처럼 자욱한 시름을 달게 마시런다만
어디서 흉참한 기별이 뛰어들것만 같해
두터운 벽도 이웃도 못믿어운 복간도 술막

온갖 방자의 말을 품고 왔다
눈포래를 뚫고 왔다
가시내야
너의가슴 그늘진 숲속을 기어간 오솔길을 나는 헤매이자
술을 부어 남실남실 따르어
가난한 이야기에 고히 잠거다오

네 두만강을 건너왔다는 석달전이면
단풍이 물들어 철리 철리 또 철리 산마다 불탔을겐데
그래두 외로워서 슬퍼서 초마폭으로 얼굴을 가렸더냐
두 낮 두 밤을 두루미처럼 울어 울어
불술기 구름속을 달리는양 유리창이 흐리더냐

차알삭 부서지는 파도소리에 취한듯
때로 싸늘한 웃음이 소리 없이 색이는 보조개
가시내야
울듯 울듯 울지 않는 절라도 가시내야
두어마디 너의 사투리로 때아닌 봄을 불러줄께
손때 수집은 분홍 댕기 휘 휘 날리며
잠깐 너의 나라로 돌아가거라

이윽고 얼음길이 밝으면
나는 눈포래 휘감아치는 벌판에 우줄우줄 나설게다
노래도 없이 사라질게다
자욱도 없이 사라질게다

-이용악의 「절라도 가시내」

이 시에 등장하는 인물은 '나'로 서술되는 함경도 사내와 '너'로 서술되고 있는 전라도 가시내다. 표면적으로 이 시를 이끌어가는 시적 화자는 '나'인 함경도 사내다. 그러나 '너'로 표현된 전라도 가시내도 대화에 참여하고 있음을 알 수 있다. 이들은 서로 대화를 통하여 자신들의 이력(履歷)을 주고받고 있다. 그리고 이런 이력의 서술이 시의 주된 내용을 구성하고 있다. 즉 시적 화자가 대화의 상대자를 설정하여 이야기를 나누고, 이 이야기가 객관적인 대상으로 전이되어 전달되는 '이야기 시'의 구조를 지닌다. 달리 말하면 시적 화자가 서술한 서술적인 구조가 시의 내용이 되고 있는 형태로, 일반적인 서정시의 감정 서술과는 구분된다.

여기에서 시적 화자가 서술한 이야기는 시의 내용을 이룬다. 먼저 시의 내용이자 대상이 되고 있는 시적 화자인 함경도 사내의 이야기를 재구하여 보자. 이 사나이는 함경도에서 살다가 어느 추운 겨울날 철교를 건너서 북간도로 건너왔다. 그리고 모종의 중요한 일에 가담하여 일을 수행하다가 전라도에서 팔려 온(?) 가시내가 있는 술막에서 하룻밤을 묵게 되었다. 이 사나이는 술을 청해 놓고, 전라도 가시내의 기막힌 내력과 고국의 소식을 전해 듣고자 한다. 그런데 이 사나이는 평범한 사람은 아니다. 호(胡)개나 북간도의 눈보라, 추위, 바람은 무섭지 않지만, 이웃이 미덥지 못하고 두터운 벽도 두려운 사람이기 때문이다. 자신을 노리는 흉참한 기별이 뛰어들 것만 같다는 표현들에서 이런 사실을 추측할 수 있다. 이런 사내이기 때문에 날이 밝으면, 그는 노래도 자욱도 없이 즉 흔적도 남기지 않고 사라져야 한다.

또 함경도 사내와 마주하고 있는 전라도 가시내의 이야기를 재구하여 보자. 이 가시내는 전라도 어느 해변가에 있는 마을에서 살았던 여인이다. 그래서 얼굴이 까무스레하고, 눈은 자신의 고향인 바다를 동경하여 푸르게까지 보인다. 그러나 지금부터 석 달 전인 늦은 가을(지금은 추운 겨울이기에)에 이틀 낮과 밤을 꼬박 새워 기차를 타고 북간도의 술집으로 팔려 왔다. 이 여인은 슬픔을 이기지 못하고 팔려 오는 기찻간에서 내내 울 수밖에 없었다. 조국의 삼천리 강산을 물들였던 단풍의 아름다움일랑은 보지도 못하고 말이다. 그렇게 팔려 와서 어느 날 함경도 사내와 마주 앉아 술잔을 기울이고 있다. 그런데 그 사내가 술을 마주 놓고는 자신의 쓰라린 과거와 고향 소식을 묻고 있다. 함경도 사내는 가끔 전라도 사투리를 구사하여 이 여인을 애수에 젖게 한다. 분홍 댕기 날리면서 뛰어놀던 고향의 봄을 그리게 한다. 그런 분위기 탓에 여인은 고향에 돌아간 듯한 애상(哀想)에 젖기도 한다. 그러다가 한갓 부질없는 이런 감상에서 깨어나 싸늘한 웃음만을 떠올린다.

이런 이력을 가진 두 인물 중 한 사람은 이 시에서 시적 화자의 역할을 하고, 다른 한 사람은 시적 화자의 이야기 상대자 역할을 한다. 즉 함경도 사내는 화자의 역할을 하고 있으며, 전라도 가시내는 구체화된 청자의 역할을 하고 있다. 서사적인 측면에서는 이 두 인물이 서사의 주인공이 되어, 자신들의 과거를 회상하는 대화를 나누고 있다. 그러나 궁극적으로는 이들이 확연하게 구별되는 역할을 하는 개별자에 머물지는 않는다. 어느 덧 '너'와 '나'는 '우리'가 되고 있다. 즉 각기 화자와 청자로 존재하던 인물들은 서정적 주체가 된다. 일시적으로 서술의 주도자인 시적 화자와 마주 앉은 이야기 상대로서의 청자로 등장했다가는, 곧바로 그 자신 스스로가 시적 화자의 역할을 하는 인물로 바뀐다.

이처럼 서정적 주체로 나타난 이들의 공통적인 정서는 외로움과 슬픔이다. 그래서 두루미처럼 울어서 눈이 퉁퉁 부을 수 있는 것이다. 여인도 사내도 지금은 자신들의 나라로 돌아갈 수 없는 운명이다.[30] '나'는 날이 밝으면 길을 떠날 수밖에 없으며, '너'도 추억이나 꿈속에서나 '잠깐 너의 나라'로 돌아갈 수밖에 없는 처지다. 확대하여 해석하면 운명 공동체인 것이다. 그러나 사내는 여인을 위하여 '때아닌 봄'을 불러 주어 여인을 감상에 젖게 만들고 있다. 이 시의 주조를 이루는 이런 슬픔과 외로움의 정서도 어쩌면 일시적인 것인지도 모른다. 왜냐 하면 그들은 '얼음길이 밝으면' 다시 자신들의 갈 길을 가야만 하는 똑같은 처지에 놓여 있기 때문이다.

우리가 새롭게 대하는 시를 어떻게 이해하고 감상할 것인가에 대해서는 여러 시각이 있을 수 있다. 예를 들면 제6차 교육 과정에서의 중학교 단위에서는 '시의 운율', '시의 화자', '시의 언어', '시의 주제', '시의 심상', '시의 표현' 등으로 학습 내용을 설정하고 있다. 이런 학습 내용은 시의 본질이나 구성 요소를 기준으로 설정된 것으로, 시를 어떤 시각에서 접근할 수 있는가를 보여 주는 하나의 예라고 할 수 있다.

---

30) 이은봉은 리얼리즘의 성취를 당대의 민족·민중 현실에 포유되어 있는 깨달음으로서의 진리(진실)와 관련시키고 있다. 그리고 그 깨달음을 여인은 너의 나라로 돌아가야 하고, 사내는 사라져야 한다는 관계에 대한 인식으로 설명하고 있다. 또 이 진리는 남의 아픔을 자신의 아픔으로 받아들이는 순정하고 순수한 마음, 즉 사무사(思無邪)의 시 정신에 바탕을 두고 있다고 보았다. 그러나 시의 정황으로 판단해 보건대 두 사람은 모두가 돌아갈 수 없는 사람들이다.
　　이은봉, 「리얼리즘시의 세계관과 창작 방법에 대하여」, 『실천문학』 1992 가을, 283～284면.

 따라서 '시의 언어'라는 시각에서 시를 이해하고 감상할 때에는, 시가 다른 문학 갈래 또는 다른 유형의 글쓰기와 언어 표현의 측면에서 어떤 특징이 있는지를 살펴보아야 한다. 그리고 이런 접근을 통해 시적 언어의 특성을 정리하고, 시의 본질에 대하여 이해할 수 있어야 한다. 또 '시의 주제'라는 학습 내용에서는 시에 표현될 수 있는 주제의 다양성을 알고 주제를 시의 이해와 감상에 적용하여 시를 효과적으로 설명할 수 있어야 한다. 아울러 이런 감상을 통해 시인이 전하고자 하는 바를 우리 자신의 것으로 내면화할 수 있어야 한다.

 이 글에서 설명된 시적 화자라는 학습 내용 역시 이런 시의 감상 태도에서 접근하여야 한다. 즉 시를 효과적으로 이해하고 감상하는 하나의 시각으로, '시의 화자'를 통해 시인이 표현하고 있는 바를 알아 내거나 느낄 수 있어야 한다. 직접적인 진술을 하는 화자의 목소리에서 감정의 진솔함을, 간접적인 화자의 목소리에서 객관화된 시인의 사상을 읽어야 한다. 이를 통하여 시인이 나름의 시적 화자를 선택하는 의도를 알아야 한다.

 그리고 시적 화자가 시의 내용이나 시적 표현에 작용하는 의미를 구명함으로써 시를 바르게 이해하고 감상할 수 있어야 한다. 이 과정에서 우리는 어떤 시에나 각기 다른 모습을 지닌 시적 화자가 존재한다는 사실을 명심할 필요가 있다. 그러나 이런 시적 화자의 유형이 중요한 것이 아니라, 시적 화자가 시적 형상 창조에 어떤 작용을 하는지가 더 중요하다. 궁극적으로 시적 화자라는 개념은 시를 감상하는 데 작용하는 요소라고 할 수 있다.

 즉 시 교육의 현장에서 시적 화자의 유형이나 개념을 가르치는 것은 무의미하다. 시적 화자는 구체적으로 시를 이해하고 감상하는 데 시의 내용을 재구하기 위하여 필요한 시적 장치로, 시인이 자신의 사상이나 감정을 효과적으로 전달하기 위해서 고안한 것일 따름이다. 그러므로 시를 감상하는 자리에서는 이런 시인의 원래 의도를 고려하여, 이를 제대로 적용하여 시를 감상할 수 있어야 한다.

따라서 다음과 같은 '시의 화자'에 대한 서술은 이런 이해의 관점에서
해석하여야 한다. 특히 시 교육의 측면에서 창작의 관점을 무시할 수는 없
지만, 그보다는 시에 대한 효과적인 감상의 관점에서 접근하는 것이 효과
적일 수 있다.

　시인은 시의 화자에게 일정한 성격을 부여하고, 알맞은 표정과 태도를 취하
게 함으로써 자신의 생각과 느낌을 효과적으로 드러낸다. 이를 위하여 시인이
시의 화자로 직접 나서서 말하기도 한다. 반면에, 어른인 시인이 소년이나 소녀
가 되기도 하고, 남자인 시인이 여자가 되기도 한다.
　그런데 이와는 달리, 시의 화자가 (직접적으로) 드러나지 않는 시도 있다. 이
러한 시에서는 대체로 시의 소재가 객관적으로 다루어지게 마련이다.[31]

---

31) 한국교육개발원, 『중학교 국어 1-2』, 교육부, 1997, 37면.

생각할 거리

1. 시적 화자와 시적 인물의 차이점에 대해 알아보고, 그러한 양상이 나타나는 작품에는 어떤 것이 있는지 생각해 보자.

2. 직접적인 진술을 하는 화자의 목소리와 간접적인 진술을 하는 화자의 목소리가 시에서 어떤 효과를 나타내는지 생각해 보자.

3. 내가 알고 있는 작품의 시적 화자를 바꾸었을 때 어떤 느낌이 들지 생각해 보자.

시혼(詩魂)

1

적어도 평범한 가운데서는 물(物)의 정체를 보지 못하며, 습관적 행위에서는 진리를 보다 더 발견할 수 없는 것이 가장 어질다고 하는 우리 사람의 일입니다.

그러나 여보십시오. 무엇보다도 밤에 깨어서 하늘을 우러러보십시오. 우리는 낮에 보지 못하던 아름다움을, 그 곳에서 볼 수도 있고 느낄 수도 있습니다. 파릇한 별들은 오히려 깨어 있어서 애처롭게도 기운 있게도 몸을 떨며 영원을 속삭입니다. 어떤 때는, 새벽에 져가는 요요한 달빛이, 애틋한 한 조각, 숭엄한 채운(彩雲)의 다정한 치맛귀를 빌어, 그의 가련한 한두 줄기 눈물을 문지르기도 합니다. 여보십시오, 여러분. 이런 것들은 적은 일이나마, 우리가 대낮에는 보지도 못하고 느끼지도 못하던 것들입니다.

다시 한번, 도회의 밝음과 지껄임이 그의 문명으로써 광휘(光輝)와 세력을 다투며 자랑할 때에도, 저, 깊고 어두운 산과 숲의 그늘진 곳에서는 외로운 버러지 한 마리가, 그 무슨 설움에 겨웠는지, 수임 없이 울지고 있습니다, 여러분. 그 버러지 한 마리가 오히려 더 많이 우리 사람의 정조답지 않으며 난들에 말라 벌바람에 여위는 갈대 하나가 오히려 아직도 더 가까운, 우리 사람의 무상(無常)과 변전(變轉)을 서러워하여 주는 살뜰한 노래의 동무가 아니며, 저 넓고 아득한 난바다의 뛰노는 물결들이 오히려 더 좋은, 우리 사람의 자유를 사랑한다는 계시가 아닙니까. 그렇습니다. 잃어버린 고인(故人)은 꿈에서 만나고, 높고 맑은 행적의 거룩한 첫 한 방울의 기도(企圖)의 이슬도 이른 아침 잠자리 위에서 듣습니다.

우리는 적막한 가운데서 더욱 사무쳐오는 환희를 경험하는 것이며, 고독의 안에서 더욱 보드라운 동정(同情)을 알 수 있는 것이며, 다시 한번, 슬픔 가운데서야 보다 더 거룩한 선행(善行)을 느낄 수도 있는 것이며, 어두움의 거울에 비추어와서야 비로소 우리에게 보이며, 삶음을 좀더 멀리 한, 죽음에 가까운 산마루에 서서야 비로소 삶음의 아름다운 빨래한 옷이 생명의 봄 두덩에 나부끼는 것을 볼 수도 있습니다. 그렇습니다. 곧 이것입니다. 우리는 우리의 몸이나 맘으로는 일상에 보지도 못하며 느끼지도 못하던 것을, 또는 그들로는 볼 수도 없으며 느낄 수도 없는 밝음을 지워버린 어두움의 골방에서며, 삶음에서는 좀더 돌아앉은 죽음의 새벽 빛을 받는 바라지 위에서야, 비로소 보기도 하며 느끼기도 한다는 말입니다. 그렇습니다. 분명합니다. 우리에게는 우리의 몸보다도 맘보다도 더욱 우리에게 각자의 그림자 같이 가깝고 각자에게 있는 그림자 같이 반듯한 각자의 영혼이 있습니다. 가장 높이 느낄 수도 있고 가장 높이 깨달을 수도 있는 힘, 또는 가장 강하게 진동이 맑게 울리어오는, 반향(反響)과 공명(共鳴)을 항상 잊어버리지 않는 악기, 이는 곧, 모든 물건이 가장 가까이 비치어 들어옴을 받는 거울, 그것들이 모두 다 우리 각자의 영혼의 표상(標像)이라면 표상일 것입니다.

2

그러한 우리의 영혼이 우리의 가장 이상적 미(美)의 옷을 입고, 완전한 운율의 발걸음으로 미묘한 절조(節操)의 풍경 많은 길 위를, 정조(情調)의 불붙는 산마루로 향하여, 혹은 말의 아름다운 샘물에 심상의 적은 배를 젓기도 하며, 이끼 돋은 관습의 기구한 돌 무더기 새로 추억의 수레를 몰기도 하여, 혹은 동구 양류(洞口楊柳)에 춘광(春光)은 아리땁고 십이곡방(十二曲坊)에 풍류는 번화하면 풍표 만점(風飄萬點)이 산란(散亂)한 벽도화(碧桃花) 꽃잎만 저훗는 우물 속에 즉흥의 두레박을 드놓기도 할 때에는, 이 곳, 이르는 바 시혼(詩魂)으로 그 순간에 우리에게 현현되는 것입니다.

그러한 우리의 시혼은 물론 경우에 따라 대소 심천(大小深淺)을 자재 변환(自在變換)하는 것도 아닌 동시에, 시간과 공간을 초월한 존재입니다.

어디까지 불완전한 대로 사람의 잇는 말의 정(精)을 다하여 할진대는, 영혼은 산과 유사하다면 할 수도 있습니다. 기름과 유사하다면 할 수 있습니다. 초하루 보름 그믐 하늘에 떠오르는 달과도 유사하다면, 별과도 유사하다면, 더욱 유사할 것입니다. 그러나 산보다도 가름보다도, 달 또는 별보다도, 다시금 그들은 어떤 때에는 반드시 한 번은 없어도 질 것이며 지금도 역시 시시각각으로 적어도 변환려고 하며 있지마는, 영혼은 절대로 완전한 영원의 존재며 불변의 성형(成形)입니다. 예술로 표현된 영혼은 그 자신의 예술에서, 사업과 행적으로 표현된 영혼은 그 자신의 사업과 행적에서 그의 첫 형체대로 끝까지 남아 있을 것입니다.

따라서 시혼도 산과도 같으며 가름과도 같으며 달 또는 별과도 같다고 할 수는 있으나, 시혼 역시 본체는 영혼 그것이기 때문에, 그들보다도 오히려 그는 영원의 존재며 불변의 성형일 것은 물론입니다.

그러면 시 작품의 우열 또는 이동(異同)에 따라, 같은 한 사람의 시혼일지라도 혹은 변환한 것 같이 보일는지도 모르지마는 그것은 결코 그렇지 못할 것이, 적어도 같은 한 사람의 시혼은 시혼 자신이 변하는 것은 아닙니다. 그것은 바로 산과 물과, 혹은 달과 별이 편각(片刻)에 그 형체가 변하지 않음과 마치 한 가지입니다.

그러나 작품에는, 그 시상(詩想)의 범위, 리듬의 변화, 또는 그 정조의 명암(明暗)에 따라, 비록 같은 한 사람의 시작이라고는 할지라도, 물론 이동(異同)은 생기며 또는 읽는 사람에게는 시작 각개의 인상을 주기도 하며, 시작 자신도 역시 어디까지든지 엄연한 각개도 존립될 것입니다, 그것은 마치 산색(山色) 또는 수면(水面), 혹은 월광 성휘(月光星輝)가 한 때의 음영에 따라, 때때로, 그것을 완상(翫賞)하는 사람의 눈에 달라 보인다고, 그 산수성월(山水星月)은 산수성월 자신의 형체가 변환된 것이라고는 결코 할 수 없는 것입니다.

시작에도 역시 시혼 자신의 변환으로 말미암아 시작에 이동(異同)이 생기며 우열이 나타나는 것이 아니라, 그 시대며 그 사회와 또는 당시 정경의 여하에 의하여 작자의 심령 상에 무시(無時)로 나타나는 음영의 현상이 변환되는 데 지나지 못하는 것입니다.

겨울에 눈이 왔다고 산 자신이 희어졌다는 사람이 어디 있겠으며, 초생이라고 초생달은 달 자신이 구상(鉤狀)이라는 사람이야 어디 있겠으며, 구름이 덮힌다고 별 자신이 없어지고 말았다는 사람이야 어디 있겠으며, 모래 바닥 강물에 달빛이 비춘다고 혹은 햇볕이 그늘진다고 그 강물이 '얕아졌다' 혹은 '깊어졌다'고 할 사람이야 어디 있겠습니까.

3

여러분, 늦은 봄 삼월 밤, 들에는 물 기운 피어오르고, 동산의 산되밭에 물구슬 맺힐 때, 실실히 늘어진 버드나무 옅은 잎새 속에서, 옥반(玉盤)에 금주(金珠)를 구을리는 듯, 높게, 낮게, 또는 번(煩)그러이, 또는 삼가는 듯이 울지는 꾀꼬리 소리를, 소반 같이 둥근 달이 등개(燈蓋)가 밝게 비추는 가운데 망연히 서서, 귀를 기울인 적이 없으십니까. 사방을 두루 살펴도 그 때에는 그늘진 곳조차 어슴푸레하게, 그러나 곳곳이 이상히도 빛나는 밝음이 살아 있는 것 같으며, 청명한 꾀꼬리 소리에, 호젓한 달빛 아닌 것이 없습니다.

그러나 여보십시오, 그 곳에 음영이 없다고 하십니까. 아닙니다 아닙니다, 호젓이 비추는 달빛 아래에는 역시 그에뿐 고유한 음영이 있는 것입니다. 지나당대(支那唐代)의 소자담(蘇子膽)의 구(句)에 '적수 공명(積水空明)'이라는 말이 있습니다. 이것이 곧 이러한 밤, 이러한 광경의 음영을 떠내인 것입니다. 달밤에는, 달밤에뿐 고유한 음영이 있고, 청려(淸麗)한 꾀꼬리의 노래에는, 역시 그에뿐 상당한 음영이 있는 것입니다. 음영 없는 물체가 어디 있겠습니까. 나는 존재에는 반드시 음영이 따른다고 합니다. 다만 같은 물체일지라도 공간과 시간의 여하에 의하여, 그 음영에 광도(光度)의 강약만은 있을 것입니다. 곧, 음영에 그 심천(深淺)은 있을지라도, 음영이 없기도 하다고는 할 수 없는 것입니다. 영 시인(英詩人), 아더 시몬드의

> "Night, and the silence of the night;
> In the Venice far away a song;
> As if the lyrics water made
> Itself a serenade;
> As if the Waters silence were a song,
> Sent up in to the night,
>
> Night a more perfect day,
> A day of shadows luminious,
> Water and sky at one, at one with Us;
> As if the very peace of night,
> The older peace than heaven or light,

Came down into the day,"

라는 시도 역시 이러한 밤의, 이러한 광경의 음영을 보인 것입니다.

그러면 시혼은 본래가 영혼 그것인 동시에 자체의 변환은 절대로 없는 것이며, 같은 한 사람의 시혼에서 창조되어 나오는 시작에 우열이 있어도 그 우열은, 시혼 자체에 있는 것이 아니요, 그 음영의 변환에 있는 것이며, 또는 그 음영을 보는 완상자 각자의 정상한 심미적 안목에서 판별되는 것이라고 합니다. 동탁 수산(童濯秀山)의 음영은 낙락장송(落落長松)이 가지 뻗어 틀어지고 청계수(清溪水) 맑은 물이 구비져 흐르는 울울창창(鬱鬱蒼蒼)한 산의 음영보다 미적 가치에 핍(乏)할 것이며, 또는 개이지도 않으면은, 비도 내리지 아니하는 흐릿하고 답답한 날의 음영은 뇌성전광(雷聲電光)이 금시에 번갈아 이르며 대줄기 같은 빗살이 내려꽂히는 취우(驟雨)의 여름날의 음영보다는, 곧, 시작을 비평하기는 지난(至難)의 일인 줄로 생각합니다. 나의 애모(愛慕)하는 사장(師匠), 김억(金億) 씨가 「님의 노래」

  "그립은우리님의맑은노래는
  언제나내가슴에저저잇서요.

  긴날을門밧게서섯서드러도
  그립은우리님의고흔노래는
  해지고저무도록귀에들려요
  밤들고잠드도록귀에들려요.

  고히도흔들니는노래가락에

내잠은그만이나깁피드러요
孤寂한잠자리에홀로누어도
내잠은포스근히깁피드러요.

그러나자다쌔면님의노래는
하나도남김업시일허바려요
드르면듯는대로님의노래는
하나도남김시닛고마라요."

를 평하심에, "너무도 맑아, 밑까지 들여다보이는 강물과 같은 시다. 그 시혼 자체가 너무 얕다"고 하시고, 다시 졸작(拙作)

"자나쌔나안즈나서나
그림자가튼벗한사람이내게잇섯습니다.

그러나우리는얼마나만흔歲月을
쓸데업는괴롭음으로만보내엿겟습니까!

오늘날은쏘다시당신의가슴속, 속모를곳을
울면서나는휘저어바리고써납니다그려!

허수한맘, 둘데업는心事에쓰라린가슴은
그것이사랑, 사랑이든줄이아니도닛칩니다."

를 평하심에, "시혼과 시상과 리듬이 보조를 가득히 하여 걸어나아가는 아름다운 시다"고 하셨다. 여기에 대하여, 나는 첫째로 같은 한 사람의 시혼 자체가 같은 한 사람의 시작에서 금시에 얕아졌다 깊어졌다 할 수 없다는 것과, 또는 시작마다 새로이 별다른 시혼이 생기는 것이 아니라는 것을, 좀더 분명히 하기 위하여, 누구의 것보다도 자신이 제일 잘 알 수 있는 자기의 시작에 대한, 씨의 비평 일절을 일년 세월이 지난 지금에 비로소, 다시 끌어내어다 쓰는 것이며, 둘째로는 두 개의 졸작이 모두 다, 그에 나타난 음영의 점(點)에 있어서도, 역시 각개 특유의 미를 가지고 있다고 하려 함입니다.

여러분. 위에도 썼거니와, 달밤의 꾀꼬리 소리에도 물소리에도 한결같이 그에 특유한 음영은 대낮의 밝음보다도 야반(夜半)의 어두움보다도 더한 밝음 또는 어두움으로 또는 어스름으로 빛나고 있습니다.

여러분. 가을의 새어가는 새벽, 별빛도 희미하고, 헐벗은 나무 찬비에 젖은 가지조차 어슴푸레한데, 길 넘는 풀숲에서, 가늘게 들려와서는 사람의 구슬픈 심사를 자아내기도 하고 외롭게 또는 하염없이 흐느껴 숨어서는 이름조차 잊어버린 눈물이 수신 절부(守臣節婦)의 열두 마디 간장을 끊어도지게 하는, 실솔(蟋蟀: 귀뚜라미)의 울음에서나, 비록 완상하는 사람에조차 그 소호(所好)는 다를는지 몰라, 모두 그의 특유한 음영의 미적 가치에 있어서는 결코 우열이 없다고 합니다.

그러면 여러분. 다시 한번, 시혼은 직접 시작에 이식되는 것이 아니라, 그 음영으로써 현현된다는 것과, 또는 현현된 음영의 가치에 대한 우열은, 적어도 그 현현된 정도 및 태도 여하와 형상 여하에 따라 창조되는 각자 특유한 미적 가치에 의하여 판정할 것임을 말하고, 인제는, 이 부끄러울 만큼이나 조그만 논문은 이로써 끝을 짓기로 합니다.

—『개벽』59호(1925. 5)에서

셋째 마당—시의 기법

반어(irony)와 역설(paradox)

나 하늘로 돌아가리라
새벽빛 와 닿으며 스러지는
이슬 더불어 손에 손을 잡고,

나 하늘로 돌아가리라
노을빛 함께 단 둘이서
기슭에서 놀다가 구름 손짓 하면은,

나 하늘로 돌아가리라
아름다운 이 세상 소풍 끝내는 날,
가서, 아름다웠더라고 말하리라……

　　　　　　　　　　　—천상병의 「귀천(歸天)—주일(主日)」

　반어(反語) 또는 아이러니는 표현된 언어의 표면적 뜻과 반대의 의미를
전달하는 시적 기법이다. 즉, 아이러니는 말한 것(what is said)과 의미하는
것(what is meant) 사이의 긴장, 대조 혹은 갈등을 수반하는데, 서로 갈등을

사진 속의 천상병 시인과 아내 목순옥 여사

일으키며 모순·충돌하는 여러 요소들의 독자성을 인정하면서, 그들을 기
능적으로 한 문맥 속에 엮어 내는 과정에서 성립한다.

따라서 아이러니를 이해하기 위해서는 말한 것(표현된 것)과 의미하는
것(숨겨진 것)의 모순에서 발생하는 이중 구조를 끊임없이 추적하여야 한
다. 이런 측면에서 아이러니 시는 기지(奇智, wit)의 싸움이며, 이 싸움에서
독자는 구조적 상충 관계를 발견하고, 이를 바르게 이해할 수 있는 분석적
인 정신과 비판적인 정신을 가지고 있어야 한다. 아이러니의 유형은 일반
적으로 다음과 같이 분류한다.

(1) 언어적 아이러니: 화자가 의도하는 함축적인 의미와 그가 겉으로 주
    장하는 의미가 다른 진술 표현에서 나타나는 시적 효과로, "찾아오는
    분은/ 항상 맞을 준비가 되어야 한다"라는 「맥베드」에 나오는 구절을
    예로 들 수 있다.
(2) 구조적 아이러니: 어떤 작품에서 아이러니가 단어나 구절 등에 머물

지 않고, 이중적인 의미를 지니는 구조가 작품 전체에 걸쳐지는 경우를 말한다. 다음 시와 같은 경우에서 발견할 수 있다.

나 대낮에 꿈길인 듯 따라갔네
점심시간이 벌써 끝난 것도
사무실로 돌아갈 일도 모두 잊은 채
희고 아름다운 그녀 다리만 쫓아갔네
도시의 생지옥 같은 번화가를 헤치고
붉은 푸른 불이 날름거리는 횡단보도와
하늘을 오를 듯한 육교를 건너
나 대낮에 여우에 홀린 듯이 따라갔네
어느덧 그녀의 흰 다리는 버스를 타고 강을 건너
공동묘지 같은 변두리 아파트 단지로 들어섰네
나 대낮에 꼬리 감춘 여우가 사는 듯한
그녀의 어둑한 아파트 구멍으로 따라들어갔네
그 동네는 바로 내가 사는 동네
바로 내가 사는 아파트!
그녀는 나의 호실 맞은 편에 살고 있었고
문을 열고 들어서며 경계하듯 나를 쳐다봤다
나 대낮에 꿈길인 듯 따라갔네
낯선 그녀의 희고 아름다운 다리

―장정일의 「아파트 묘지」의 부분

(3) 극적 아이러니: 결과가 예상한 것 혹은 알맞은 것과 다른 상황으로 되는 것으로, 상황적 아이러니라고도 한다. 희랍의 비극 특히 소포클레스의 작품에서 많이 발견할 수 있기 때문에 소포클레스 아이러니라고도 한다. 이 경우에는 주로 원초적으로 계시된 운명 때문에 비

유치환 시인의 모습

극적인 종말로 상황이 치닫게 된다.

(4) 낭만적 아이러니: 현실과 이상, 유한한 것과 무한한 것, 유한아(有限我)와 무한아, 자연과 감정 등 이원론적 대립 의식에서 발생한 것이다. 특히 독일 낭만주의 문학에서 문화적 속물주의에 대한 예술적 반항으로 일어났으며, 리얼리즘 문학에서 현실과는 다른 이상적 세계의 지향 정신으로 구현되기도 했다. 다음 시에서 그 예를 발견할 수 있다.

이것은 소리없는 아우성
저 푸른 海原을 向하야 흔드는
永遠한 노스탈쟈의 손수건
純情은 물결같이 바람에 나부끼고
오로지 맑고 곧은 理念의 標ㅅ대 끝에
哀愁는 白鷺처럼 날개를 펴다.
아아 누구던가
이렇게 슬프고도 애닯은 마음을
맨처음 공중에 달줄을 안 그는.

　　　　　　　　　　　－유치환의 「기(旗)빨」

그렇다면 아이러니는 왜 쓰이며, 아이러니스트가 의도한 것은 무엇이며, 아이러니의 범주는 어디까지인가. 이에 대해서는 무에크(D. C. Muecke)의 답변을 참조할 만하다.[1]

---

1) 여기에서는 조남현의 「아이러니」에서 재인용하였다. 자세한 내용은 현대문학사 편, 『시론』의 164면 참조.

한용운 시인의 모습

① 원만하면서도 균형 잡힌 견해를 취하기 위해 아이러니를 사용한다.

② 인생의 복잡성 및 가치의 상대성에 대한 인식을 표현하는 것이 아이러니의 목표다.

③ 우회적인 표현법을 써서 일정한 대상에 관한 보다 크고 풍부한 의미를 발견하려 한다.

④ 힘이 없는 상대방을 별 큰 피해 없이 자극하려고 하는 편법에서 아이러니가 나온 것 같다.

⑤ 아이러니는 일종의 보호색과 같은 표현이다.

지금까지는 주로 반어와 그 실제에 대해서 알아보았다. 이제부터는 반어와 유사한 효과를 보여 주는 시의 표현 방법인 역설의 개념과 역설이 시에서 담당하는 역할에 대하여 구체적인 시 작품을 통하여 알아보기로 한다.

님은 갔읍니다. 아아 사랑하는 나의 님은 갔읍니다.

푸른 산빛을 깨치고 단풍나무 숲을 향하야 난 적은 길을 걸어서 참어 떨치고 갔읍니다.

黃金의 꽃같이 굳고 빛나던 옛 盟誓는 차디찬 티끌이 되야서, 한숨의 微風에 날어갔읍니다.

날카로운 첫「키스」의 追憶은 나의, 運命의 指針을 돌려 놓고, 뒷걸음쳐서, 사러졌읍니다.

나는 향기로운 님의 말소리에 귀먹고, 꽃다운 님의 얼골에 눈멀었읍니다.

사랑도 사람의 일이라, 만날 때에 미리 떠날 것을 염려하고 경계하지 아니한

님의 침묵 속표지(재판본)

것은 아니지만, 이별은 뜻밖의 일이 되고 놀란 가
슴은 새로운 슬픔에 터집니다.

그러나 이별을 쓸데없는 눈물의 源泉을 만들
고 마는 것은 스스로 사랑을 깨치는 것인 줄 아
는 까닭에, 걷잡을 수 없는 슬픔의 힘을 옮겨서
새 希望의 정수박이에 들이부었읍니다.

우리는 만날 때에 떠날 것을 염려하는 것과
같이, 떠날 때에 다시 만날 것을 믿습니다.

아아 님은 갔지마는 나는 님을 보내지 아니
하얏읍니다.

제 곡조를 못이기는 사랑의 노래는 님의 沈
默을 휩싸고 돕니다.

　　　　　　　　　　－한용운의 「님의 침묵(沈默)」

마치 "도를 도라 하면 도가 아니다"라는 말과 같이 역설은 본질적으로
는 진실하나 표면적으로 자가당착적인 진술을 말한다. 즉, 표면적으로는
모순되는 듯 보이지만 진실의 요소를 내포하고 있는 진술, 그것이 바로 역
설인　것이다.

표면적인 진술과 그 바닥에 깔린 참뜻 사이에 대조가 이루어지기 때문
에 역설은 아이러니와 아주 밀착되어 있다[2]는 사전적인 정의에서 보는 바
와 같이 역설은 모순어법(oxymoron)이라고 할 수 있다. 모순어법은 우리의
일상적 지각이나 상식을 파괴함으로써 보다 효과적인 진리 표현의 수단이
된다.

역설의 어원은 희랍어인 'para(넘어선)+doxa(의견)'로, 윤리에 모순된 것
같지만 사실은 진실을 말하는 표현 기법이라고 할 수 있다.

---

2) C. Brooks and A. Warren, *Understanding Poetry*, New York; Holt, Rinehart and Winston, 1976, p.558.

먼훗날 당신이 차즈시면
그때에 내말이 「니젓노라」

당신이 속으로나무리면
「뭇척 그리다가 니젓노라」

그래도 당신이 나무리면
「밋기지안아서 니젓노라」

오늘도어제도 아니닛고
먼훗날 그때에 「니젓노라」

- 김소월의 「먼후일(後日)」

이 시의 경우처럼 시적 화자는 '잊었노라'고 표현함으로써, 떠난 임을 결코 잊을 수 없음을 강조하고 있다. 이런 표현 방식이 역설인데, 전통적으로 중요한 시적 기법으로 간주되고 있다.

김소월 시인의 초상

휠라이트(P. Wheelwright)는 역설을 크게 표층적 역설(surface paradox)과 심층적 역설(depth paradox)로 나누고 다시 심층적 역설을 존재론적 역설(ontological paradox)과 시적 역설(poetic paradox)로 나누어 세 종류로 파악하였다.[3] 표층적 역설은 무언가 모순되는 것처럼 보이게 하는 것으로 지금까지 관습적으로 당연하게 받아들여

---

3) Philip Wheelwright, *The Burning Foundation*, Indiana Univ. Press, 1968, pp.96~100 참조.

졌던 사물 혹은 관념들의 관계를 재정립하여 일종의 경이감과 충격, 즐거움을 주려는 데 그 목적이 있다. 심층적 역설은 그 말에 담긴 모순의 의미를 일상적인 논리로는 설명할 수 없는 역설이다. 그리하여 존재론적 역설은 삶의 초월적 진리를 내포하고 있으며, 시적 역설은 작품의 표면적 진술과 그것이 암시하는 내적 의미 사이에 구조적 모순을 담고 있다.

　지금까지 살펴본 반어나 역설은 시인이 표현하고자 하는 바를 효과적으로 표현하는 장치로, 궁극적으로 독자나 학습자는 이런 기법을 통하여 시인의 의도와 표현의 효과를 제대로 감상할 수 있어야 한다. 나아가서는 이런 어법을 우리의 일상적인 언어 생활에서 효과적으로 구사할 수 있도록 하는 것도 필요하다. 즉 시적 표현 일반이 그렇듯이 직접적인 화법으로 사상과 감정을 표현하기보다는 간접화하여 돌려서 표현하는 말하기와 글쓰기를 통하여, 자신의 생각을 보다 효과적으로 전달할 수도 있다.

생각할 거리

1. 반어와 역설의 공통점과 차이점에 대해 생각해 보자.

2. 반어와 역설이 담긴 시적 표현을 읽을 때 독자가 주의해야 할 점은 무엇인지 생각해 보자.

3. 우리가 사용하는 말 중에 반어와 역설이 담긴 표현에는 어떤 것이 있는지 생각해 보자.

풍자(satire)와 패러디(parody)

누이야
諷刺가 아니면 解脫이다
너는 이 말의 뜻을 아느냐
너의 방에 걸어 놓은 오빠의 寫眞
나에게는 「동생의 寫眞」을 보고도
나는 몇 번이고 그의 鎭魂歌를 피해 왔다
그전에 돌아간 아버지의 鎭魂歌가 우스꽝스러웠던 것을 생각하고
그래서 나는 그 寫眞을 十년만에 곰곰히 正視하면서
이내 거북해서 너의 방을 뛰쳐 나오고 말았다
十년이란 한 사람이 준 傷處를 다스리기에는 너무나 짧은 歲月이다
　　　　　　　　　－김수영의 「누이야 장하고나!」의 1연

　풍자(諷刺)라는 용어의 원어인 satire는 라틴어의 satura에서 연유한 것으로, 넓게는 문학 양식적 특성을 지칭한 개념인 동시에 좁게는 문학적 형상화 방식의 하나로 설명되고 있다. 풍자는 그 개념 범주가 다양하고 다층적이어서 특별한 의미로 한정하여 그 본질을 규정하기 어렵다. 그러나 동·서양을 막론하고 그 대체적인 의미는 사악이나 우행(愚行)을 문책(Johnson)하거나 악을 교정(Dryden)하며, 풍간(諷諫)을 목적으로 아래 사람이 위 사람에게 풍자(風刺)하는 언어적 행위(『시경』)라는 개념 범주로 설명하고 있다.
　풍자는 이런 목적을 달성하기 위하여 다른 문학 형식이나 형상화 방법을 부분적으로 이용한다. 예를 들면 광의의 풍자 개념은 반어나 패러디, 우화(Allegory) 등을 두루 포괄하고 있으며, 때로는 이들의 개념과 경계를 이루기도 한다. 그리고 이런 이유로 인해 풍자의 다양성도 발생한다. 이러한 풍자에 대해 클락(A. M. Clark)은 다음과 같이 설명한다.

풍자는 우행의 폭로와 사악의 징벌이라는 두 점을 풍자 세계의 초점으로 하여 타원형을 그리며 왕복 운동을 한다. 풍자는 경박한 것과 진지한 것 사이에, 그리고 아주 사소한 것과 몹시 교훈적인 것 사이를 왕복하며, 극히 유치하고 잔인한 것으로부터 고도로 세련되고 우아한 것에 이른다. 풍자는 독백, 대화, 서간, 연설, 서술, 풍속 묘사, 성격 묘사, 우화, 환상, 만화, burlesque, parody 및 기타 어떠한 수단이라도, 단독으로, 또는 혼합시켜 사용한다. 또한 풍자는 wit(위트), ridicule(조롱), irony, sarcasm(비꿈), cynicism(조소), sardonic(냉소) 및 invective(욕설), 즉 풍자의 스펙트럼 대에 있는 모든 어조를 사용함으로써, 그 표면을 다양한 색상으로 변화시킨다.[4]

따라서 이런 풍자는 현실을 비판하는 시적 형상화 방식으로 널리 사용되었다. 조선 후기의 사설 시조나 김삿갓의 한시는 이런 풍자 정신이 발현된 것이며, 개화기에 『대한매일신보』에 발표되었던 '사회등 가사' 역시 풍자 정신이 반영된 시가다. 그리고 일제 강점기 카프에 속했던 시인들의 작품이나 1970년대 이후 민중시들이 지향했던 현실 비판 정신은 우리 시가의 풍자라는 전통을 계승하는 좋은 예라고 할 수 있다. 이런 예로 여기서는 김지하의 다음 시를 보도록 하자.

서울 장안에 얼마 전부터
이상야릇한 소리 하나가 자꾸만 들려와
그 소리만 들으면 사시같이 떨어대며
식은땀을 주울줄 흘려쌌는 사람들이 있으니
해괴한 일이다.
이는 대개 돈푼깨나 있고 똥깨나 뀌는 사람들이니 더욱 해괴한 일이다.
쿵 ―

---

4) A. Pollard, 송낙헌 역, 『풍자』(서울대 출판부, 1979, 9~10면)에서 재인용.

바로 저 소리다 쿵

저 소리가 무슨 소리냐 최루탄 터지는 소리냐 아니다 쿵

난리 터지는 소리냐 핵 터지는 소리냐 히로히도 방귓소리냐 아니다

닉손 기침소리냐 아니다 北京도 天安門앞

코쟁이 맞아들이는 中共軍 禮砲소리냐 아니다 그럼 뭐냐

(중략)

노래 노래 불러쌌는 판잣집 한모퉁이 그 한귀퉁이 방에 청운의 뜻을 품고

시골서 올라와 세들어사는 安道란 놈이 있었것다.

소같이 일 잘하고

쥐같이 겁이 많고

양같이 온순하여

가위 법이 없어도 능히 살놈이어든

그 무슨 前生의 惡緣인지 그 무슨 몹쓸 살이 팔짜에 끼었는지

만사가 되는 일없이 모두 잘 안돼

될 법한대도 안돼

다 되다가도 안돼

될듯 될듯이 감질만 내다가는 결국은 안돼

　　　　　　　　　　－김지하의 「비어(蜚語)－소리내력(來歷)」의 부분

　이처럼 풍자는 지배 계급에 저항하는 민중의 정신을 드러내는 시적 형
상화 방식으로, 또는 문학적 양식으로 자리잡으면서 다양한 문학적 성취를
보여 주고 있다.

　풍자의 한 수단으로 패러디를 들기도 한다. 특히 풍자의 한 형태라고 할
수 있는 패러디는 하나의 텍스트를 다른 텍스트로 희화화하여 나타내는
것으로, 문학 창작의 한 방법으로 설명되기도 한다. 예를 들면 우리 한시에
서 고전적인 한시의 부분이나 시어를 수용·변용한 용사(用事), 전고(典故)
등은 이런 패러디 전통과 관련이 있다.

김지하 시인의 모습

그러나 이런 패러디 과정은 단순한 창작으로만 이해되지 않는다. 오히려 원 텍스트의 형식(양식)이나 내용(정신)에 대한 이해의 과정을 바탕으로 하여, 새로운 텍스트를 창작하는 표현의 과정이라는 두 단계를 거친다. 이런 측면에서 패러디를 단순한 모방으로 한정하여 이해하기보다는 상호텍스트성이 실현되는 과정으로 볼 수 있다. 김준오는 포스트 모더니즘의 창작 방법으로 정착한 패러디에 관한 허천(Hutcheon)의 견해를 중심으로, ① 혼합의 원리 또는 양면성, ② 참여의 원리 또는 상호텍스트성, ③ 메타의 원리 또는 자기 반영성[5]으로 패러디의 원리를 설명하고 있다.

이제 패러디를 이해하기 위하여 윤동주의 「십자가」를 패러디한 어느 고등학생의 시를 읽어 보도록 하자.

쫓아오던 서울대인데,
지금 관악산 꼭대기에
걸리었습니다.

점수가 저리 높은데,
어떻게 올라갈 수 있을까요.

엄마 잔소리도 들려오지 않는데
휘파람이나 불며 서성거리다가,

---

5) 김준오, 「문학사와 패러디 시학」, 『한국 현대시와 패러디』, 현대미학사, 1996, 25~ 44면.

괴로웠던 사나이,
행복한 우리 형에게
처럼
서울대가 허락된다면

모가지를 드리우고
야자[6] 중에 쏟아지는 코피라도
어두워가는 하늘 밑에
조용히 흘리겠습니다.

주로 형식과 언어적 반복을 패러디하고 있는 위의 시는, 대학 입시를 앞둔 고등학생의 처지에서 우리 교육의 현실을 비판하고 있다. 이처럼 단순하게 한 작품의 단면을 모방하는 경우와는 달리, 장르(갈래) 패러디라는 방식에서는 기존의 특정 갈래에 대하여 의식적으로 모방하는 예가 있다. 무협지의 세계를 모방하고 있는 유하의 『무림일기』나, 굿이라는 연희 양식을 모방하고 있는 '굿 시리즈'의 시, 전통적인 문학 양식과 반대되는 시 양식을 실험한 사설 시조나 김수영 등의 '반시' 등이 이에 속한다. 여기서는 김춘수의 「꽃」을 패러디한 두 편의 시를 통하여, 패러디 시의 일반적인 특성을 알아보도록 하자.

내가 단추를 눌러 주기 전에는
그는 다만
하나의 라디오에 지나지 않았다.

내가 그의 단추를 눌러 주었을 때

---

6) '야간 자율 학습'을 줄여서 표현한 학생들의 은어.

그는 나에게로 와서
전파가 되었다.

내가 그의 단추를 눌러 준 것처럼
누가 와서 나의
굳어 버린 핏줄기와 황량한 가슴속 버튼을 눌러 다오
그에게로 가서 나도
그의 전파가 되고 싶다.

우리들은 모두
사랑이 되고 싶다.
끄고 싶을 때 끄고 켜고 싶을 때 켤 수 있는
라디오가 되고 싶다.
―장정일의 「라디오같이 사랑을 끄고 켤 수 있다면 : 김춘수의 「꽃」을 변주하여」

내가 그의 이름을 불러주기 전에는
그는 다만
왜곡될 순간을 기다리는 기다림
그것에 지나지 않았다.

내가 그의 이름을 불렀을 때
그는 곧 나에게로 와서
내가 부른 이름대로 모습을 바꾸었다.

내가 그의 이름을 불렀을 때
그는 곧 나에게로 와서
풀, 꽃, 시멘트, 길, 담배꽁초, 아스피린, 아달린이 아닌

금잔화, 작약, 포인세티아, 개밥풀, 인동, 황국 등등의
보통명사나 수명사가 아닌
의미의 틀을 만들었다.

우리들은 모두
명명하고 싶어했다.
너는 나에게 나는 너에게.

그리고 그는
그대로 의미의 틀이 완성되면
다시 다른 모습이 될 그 순간
그리고 기다림 그것이 되었다.

—오규원의 「「꽃」의 패러디」

위의 시처럼 패러디 기법은 현대시의 중요한 창작 방법으로, 이미 학습
자나 독자에게 익숙한 시 형식이나 내용을 변형시키는 방법이다. 그리고
이런 방식을 통하여 새로운 이미지를 창조하거나 시인의 시 의식을 뚜렷
하게 보여 주고 있다. 아울러 이 과정에는 패러디되는 시의 내용이나 형식
이 패러디된 시에 영향을 미치는 상호텍스트성도 개입된다.

또한 이런 패러디 행위는 문학 창작의 관점에서는 포스트 모더니즘으로
대표되는 현대 사회의 새로운 환경을 적극적으로 반영하는 창작 행위로
평가할 수 있다. 즉 독자에게 널리 알려진 시를 패러디하는 방식을 통하여
기존의 질서가 지배하는 세계를 비판적으로 바라보는 시각을 보여 주며,
앞으로의 새로운 세계에 통용될 수 있는 문학의 역할과 사명을 제시하고
있다.

그러나 문학 교실에서의 패러디는 이런 창작적 측면에서만 의미를 지니
는 것은 아니다. 문학의 교수-학습의 장면에서는 원텍스트에 대한 효과적

인 이해를 도모하며, 나아가서는 이런 이해를 바탕으로 학습자의 사상과
감정을 표현하는 새로운 글쓰기로 발전할 수 있다. 다른 측면에서는 원텍
스트를 변형하는 새로운 글쓰기를 통하여 원텍스트를 올바르게 읽어 내는
효과를 얻을 수도 있다.

생각할 거리

1. 풍자라는 시의 기법을 사용하는 이유는 무엇인지 생각해 보자.

2. 풍자와 패러디는 어떤 관계에 있는지 생각해 보자.

3. 패러디 기법을 활용하여 쓴 시를 찾아보고, 원텍스트와 패러디 된 시가 담고 있는 의도를 서로 비교해 보자. 만약 의도에 차이가 있다면 그러한 차이가 발생하게 된 원인은 무엇인지 생각해 보자.

모호성(ambiguity)과 객관적 상관물(objective correlative)

눈은 살아있다
떨어진 눈은 살아있다
마당 위에 떨어진 눈은 살아있다

기침을 하자
젊은 詩人이여 기침을 하자
눈 위에 대고 기침을 하자
눈더러 보라고 마음놓고 마음놓고
기침을 하자

눈은 살아있다
죽음을 잊어버린 靈魂과 肉體를 위하여
눈은 새벽이 지나도록 살아있다

기침을 하자
젊은 詩人이여 기침을 하자
눈을 바라보며
밤새도록 고인 가슴의 가래라도
마음껏 뱉자

— 김수영의 「눈」

일찍이 김수영은 시에 대한 사유에서 모호성을 중요한 요건으로 설명하였다. 그는 "나의 모호성은 시작을 위한 나의 정신 구조의 상부 중에서도 가장 첨단의 부분을 차지하고 있는 것이고, 이것이 없이는 무한대의 혼돈에의 접근을 위한 유일한 도구를 상실하는 것"[7]이라고 말하고 있다. 이런 관점에서 앞의 시의 제재인 '눈'은 모호성의 대표적인 예라고 할 수 있다. 즉 '눈'은 ① 눈(雪), ② 눈(眼), ③ 깨끗함, 순수함(①의 내포), ④ 분별력, 판단력(②의 내포)으로 해석된다.

이처럼 하나의 시어나 시적 요소가 여러 의미로 해석되는 경우에 모호성이 발생한다. 달리 말하면, 애매성, 다의성이라고도 해석되는 이 개념은 명확하고 단일한 개념 지시보다는 막연하거나 다의적인 의미를 드러내고자 하는 것으로, 일상적인 글쓰기에서는 잘못된 글쓰기의 예로 지적된다. 그러나 시적 언어(poetic language)에서는 시적 상상력과 해석의 다양성을 허용하는 시적 자유로 널리 허용되는 개념이다.

모호성은 명쾌한 개념 지시가 주는 해석의 획일성을 극복하고, 시를 다양한 관점에서 해석할 여지를 제공하는 시적 기법이다. 모호성을 부여하기 위해서는 둘 또는 그 이상의 거리가 먼 지시 내용들을 나타내는 단어나 표현이 사용된다. 김소월의 「산유화」에서 '저만치'라는 단어의 해석이 '저기, 저쪽(거리, 장소)', '저렇게(상태)', '저와 같이(정황)'로 풀이되는 경우가 대표적인 예다.

엠프슨(W. Empson)은 이런 모호성을 다음의 일곱 가지 유형으로 설명하고 있다.

① 하나의 단어 또는 하나의 문법 구조가 동시에 다양하게 작용하고 있는 경우.
② 두 개 이상의 의미가 하나의 단어 또는 syntax 안에 용해되어 있을 경우.
③ 두 개의 관념이 문맥상 어디에나 해당된다는 이유로 맺어져, 하나의 낱말로 동시에 표현되고 있을 경우.(말재주(pun)는 여기에 해당된다)

---

7) 김수영, 「시여, 침을 뱉어라」, 『김수영전집』 2, 민음사, 1981, 249면.

④ 표현되어 있는 두 개 이상의 뜻이 서로 모순되면서 결합하여 작가의 복잡한 정신 상태를 나타내 주고 있을 경우.

⑤ 작가가 글을 쓰는 과정에서 관념을 찾아내고 있거나 관념을 한 동안은 부분적으로밖에 가지고 있지 못할 경우. 그러한 경우에는 설사 직유를 사용하더라도 정확하게 어떤 것에도 들어맞지 않을 뿐더러 서로 병행된 A에서 B로 작가가 옮겨가면서 직유 양자의 중간에 머물러 있게 된다.

⑥ 어떤 표현이 동의이어(同義異語) 반복에 의하거나, 모순에 어긋난 표현에 의하거나 하면서 아무 것도 뜻하지 못하는 경우. 이러한 경우에 독자는 독자대로의 표현을 손수 만들어 낼 수밖에 없다. 그리고 그 표현은 또한 서로 모순을 내포한다.

⑦ 하나의 낱말이 가지는 두 개의 뜻, 말하자면 모호성에서 두 개의 가치가 문맥상으로 보아 아무래도 두 개의 서로 대립하는 의미가 될 경우. 이런 경우에는 전체의 효과가 작가의 정신에 근본적인 분장(扮裝)이 있음을 암시하게 된다.[8]

이런 모호성의 예를 다음 작품에서 살펴보자. 이 시에는 아주 초보적인 단계에서 '고양이', '잠' 등의 시어가 중의적으로 사용되고 있으며, '밤', '새벽' 등의 시어가 상징적으로 구사되고 있다. 또한 시의 소재 차원에서 나열되고 있는 시적 대상들은 이들이 처한 상황을 암시하는 객관적 상관물로 작용하고 있다. 아울러 이런 시적 표현을 통해 일제 강점기에 지하운동을 전개했던 사람들이 가지고 있던 시적 전망도 보여 주고 있다.

바람부는 밤중/ 구름깔린 하늘에는/ 초롱이 세 개—/ 우리는 이 밤을 타서/ 집을 떠난다/ 먼지 앉은 시계/ 녹슨 바늘은/ 깨어진 들창으로/ 새벽 세 시를 가리

---

8) W. Empson, *Seven Types of Ambiguity*, Penguin Books, 1965.

키고/ 도시는 잠들고/ 고양이 눈방울까지/ 잠자는 이 밤—/ 새벽은 새벽을 싣고/ 구멍난 들창으로 기어든다/ 밤새여 찍은 우리들의 XX—/ 우리는 가슴 속에 XX 를 파묻고/ 잠자는 동무들의/ 심장을 찾아간다/ '그러면 부디 조심히······'/ 충혈된 눈에는 불길이 흐르고/ 끌어쥔 손에는 먹이 맺힌다/ 세 시간 동안의 작별—/ 그러나 고양이의 눈알은/ 삼 년 동안의 작별을/ 지어 줄런지도 모른다/ 바람부는 밤중/ 하수도 진흙 속에는/ 별빛이 세 개—/ 우리는 이 밤을 타서/ 집을 떠나간다/ 다녀오너라 동무들—/ 세 시간이든 삼 년이든/ 막동이의 꿈을 밟고/ 우리는 조그만 방—/ 미래의 XX부를 떠나간다/ 그러면 잘 있거라/ 절름발이 책상이여/ 목마른 '잉크'병이여/ 떨어진 '포스타'여/ '마꼬' 꽁지여—/ 우리는 빛나는 새벽을 맞이하기 위해서/ 막동이의 고운 꿈을 수놓기 위하여/ 새벽 세 시의 길을 걷는다/ 어두운 광야/ 검은 수평선—/ 바람은 머리카락을 날리고/ 어둠은 눈 앞을 가리는데/ 우리는 어깨를 결고/ 새벽 세 시의 광야를 걷는다

—주영섭의 「오전 세 시」

윤동주 시인의 시비

이 시의 시적 화자가 진술하는 바를 보면, 현실은 어둡고 어려운 상황이라는 것을 감지할 수 있다. 그러나 그것은 명시적이지 않다. 구석진 창고에서 벌이는 사업은 아주 열악한 조건이며, 내일을 기약할 수 없을 정도로 절박하다는 사실을 여러 시어들을 통해 추정해 낼 수 있을 뿐이다. 이런 정황은 직접적인 서술보다는 상황을 간접화하는 객관적 상관물을 통하여 암시되고 있다. 이제 이런 객관적 상관물에 대하여 구체적인 시 작품을 통하여 알아보도록 하자.

窓밖에 밤비가 속살거려
六疊房은 남의 나라,

詩人이란 슬픈 天命인줄 알면서도
한줄 詩를 적어볼가,

땀내와 사랑내 포근히 품긴
보내주신 學費封套를 받어

大學노―트를 끼고
늙은 教授의 講義를 들으려 간다.

생각해 보면 어린때 동무를
하나, 둘, 죄다 잃어 버리고

나는 무얼 바라
나는 다만, 홀로 沈澱하는 것일가?

人生은 살기 어렵다는데
詩가 이렇게 쉽게 씨워지는 것은

윤동주 시집 『하늘과 바람과 별과 시』의
초간본 표지

부끄러운 일이다.

六疊房은 남의 나라
窓밖에 밤비가 속살거리는데,

등불을 밝혀 어둠을 조금 내몰고,
時代처럼 올 아침을 기다리는 最後의 나,

나는 나에게 적은 손을 내밀어
눈물과 慰安으로 잡은 最初의 握手.
　　　　　─윤동주의 「쉽게 씨워진 시(詩)」

　객관적 상관물이라는 용어는 엘리어트가 「햄릿과 그의 문제들」이라는
글에서 처음 언급한 개념이다. 이미지스트들이 이미지를 통하여 시를 창작
하는 방식은 시적 형상 창조에 일정하게 공헌하였다. 그럼에도 불구하고
작품의 내용을 이루는 사상이나 철학의 표현에는 한계가 있을 수밖에 없었
다. 극단화하여 말하면, 이미지의 시는 서경(敍景)의 차원에 머문다고 평가
할 수 있다. 흄(T. E. Hume)이나 파운드를 비롯한 이미지즘의 한계를 극복하
기 위하여 도입된 것이 언어의 상징성을 높이는 방식이다. 엘리어트는 객
관적 상관물에 대하여 다음과 같이 설명하고 있다.

　　예술의 형태 속에 정서를 표현하는 유일한 길은 객관적 상관물(客觀的 相關
　　物)을 발견하는 데 있다. 달리 말하면 어떤 특별한 정서를 나타낼 공식이 되는
　　일련의 사물, 정황, 사건들로서 바로 그 정서를 곧장 환기시키도록 제시된 외부
　　적 사건들을 발견하는 데 있다.[9]

────────────

9) T. S. Eliot, "Hamlet and His Problem", *The Sacred Wood*, London, 1969, p.100.

엘리어트는 이런 생각과 함께 사상과 관념이 '장미의 향기처럼 느껴져야 한다'는 생각도 가지고 있었다. 이 용어는 이 후 문학 비평에서 빈번히 사용되어 정서나 상징적 형상을 나타내는 정도의 내포로 널리 사용되었다. 즉 객관적 상관물이란 정서를 직접적으로 나타내는 것이 아니라 구체적인 사물을 지시하는 가운데 간접적으로 정서를 환기시키는 방법으로, 정서를 상징적으로 암시하는 시적 기법이라고 할 수 있다. 이런 생각은 어떤 대상에 대해 직접적으로 감정을 토로하는 일이 예술일 수 없다는 반낭만주의 발상에 근거를 두고 있다. 즉 개인적인 감정은 어떻게든지 객관화되어야 하며, 이를 위해서 객관적 상관물이 필요하다는 견해다. 다음 시를 통하여 이에 대하여 알아보자.

자, 그러면 가자꾸나, 그대와 나는,
수술대 위 마취된 환자처럼
저녁놀이 하늘에 퍼뜨려지거든
가자꾸나, 인적이 드문 거리,
하룻밤 싸구려 여인숙에 틀어박혀
불안한 밤을 나누는 밀어와,
굴 껍데기 흩어진 톱밥 깔린 음식점이
늘어선 거리를 지나서,
그러한 거리는
그대를 엄청난 의문의 장소로
안내하려는 음흉한 의도가 고의로
꺼내는 지리한 말들처럼 뻗친 곳……
아니, 묻질 말라, '그게 무슨 말이냐'고.
가서 한 번 방문해 보자꾸나.
　　　　　─엘리어트의 「J. 앨프릿 프루프록의 연가(戀歌)」의 부분

이 시는 엘리어트 자신이 객관적 상관물을 설명하면서 예로 든 작품이다. 이 시에서 '수술대 위 마취된 환자'가 바로 객관적 상관물이다. 이 표현은 하늘에 퍼뜨려지는 저녁놀의 상황을 보다 구체적으로 나타내기 위하여 사용되었다. 즉 희미하고 몽롱한 상태를 독자에게 보다 선명히 전달하기 위하여 '수술대 위에 있는 에테르에 마취된 환자'의 상태를 객관적 상관물로 동원하고 있다.

객관적 상관물은 현대시의 대표적인 기법으로 널리 사용되면서, 어떤 상황이나 정서를 나타내는 상징적 형상으로까지 발전하게 되었다. 특히 직접적인 사상이나 감정을 서술하기보다는 함축적이고 암시적인 시적 표현이 시의 본질로 간주되면서, 객관적 상관물이라는 시적 기법은 현대시의 형상성을 설명하는 중요한 기준으로 작용하고 있다.

南國에서 왔나,
北國에서 왔나,
山上도 上上峰
더 올를 수 없는 곳에 깃드린 제비.

너이야 말로 自由의 化身 같고나,
너이 몸을 붓들者 누구냐,
너이 몸에 아른체할者 누구냐,
너이야 말로 하늘이 네것이요 大地가 네것 같구나.

綠豆만한 눈알로 天下를 내려다 보고,
주먹만한 네몸으로 화살같이 하늘을 꾀여
魔術師의 채쭉같이 가로 세로 휘도는 山꼭대기 제비야
너이는 壯하고나.

하로아침 하로낮을 허덕이고 올라와
天下를 내려다보고 느끼는 나를 웃어다오,
나는 차라리 너이들같이 나래라도 펴보고 싶고나,
한숨에 내닷고 한숨에 솟치여
더날를 수없이 神秘한 너이같이 돼보고 싶고나.

槍들을 꽂은듯 히디힌 바위에 아침 붉은 햇살이 비칠제
너이는 그꼭대기에 앉어 깃을 가다듬을것이요,
山의 精氣가 뭉게뭉게 피여 올를제,
너이는 마음껏 마시고, 마음껏 휘청거리며 씻을것이요,
原始林에서 흘러나오는 世上의 秘密을 모조리 드를것이다.

묏돼지가 붉은 흙을 파 헤칠제
너이는 별을 날러볼 생각을 할것이요,
갈범이 배를 채우려 약한 짐승을 노리며 어슬렁거릴제,
너이는 人間의 서글픈 소식을 傳하는,
이 나라에서 저 나라로 알려주는
千里鳥일 것이다.

山제비야 날러라,
화살같이 날러라,
구름을 휘청거리고 안개를 헤쳐라.

땅이 거북등 같이 갈러졌다,
날러라 너이들은 날러라,
그리하여 가난한 農民을 위하여
구름을 모아는 못 올까,

날러라 빙빙 가로 세로 솟치고 내닫고,
구름을 꼬리에 달고 오라.

山제비야 날러라,
화살같이 날러라,
구름을 헷치고 안개를 헤쳐라.

—박세영의 「산(山)제비」

생각할 거리

1. 엠프슨의 애매성의 일곱 가지 유형에 해당하는 작품에는 어떤 것들이 있을지 생각해 보자.

2. 모호성, 애매성, 해석의 다양성이라는 개념에 대해 독자와의 관련하에서 생각해 보자.

3. 박세영의 「산제비」에서 객관적 상관물이라는 시적 기법이 어떤 역할을 하는지 생각해 보자.

거리(distance)와 서술 구조

마을로 기우는
언덕, 머흐는
구름에

낮게 낮게
지붕 밑 드리우는
종소리에

돛을 올려라

어디메, 막 피는
접시꽃
새하얀 매디마다

감빛 돛을 올려라

오늘의 아픔
아픔의
먼 바다에.

—박용래의 「먼 바다」

시에서 리얼리즘을 확보하기 위해 비교적 활발하게 고려하는 것은 서사 장르의 요건인 사건이나 이야기를 적극적으로 도입하는 서술 구조의 선택이다. 이 때 서정시는 서사시와는 달리 사건이나 이야기 자체, 이야기의

박용래 시인의 모습

진행이 중요한 것이 아니라, 이야기나 사건이 벌어지고 있는 객관적인 상황이나 그 정서의 측면이 중요하다.

이런 차원에서 볼 때 서정 장르에서도 전형적인 상황의 전달 가능성은 충분히 있다. 그 이유는 시가 보여 주는 사건이나 이야기의 내용은 그 구체적인 상황이나 총체적 전개 양상보다는, 이들이 연출하는 분위기의 정서와 내포적 의미가 더욱 중요하기 때문이다. 즉 서정시가 서사적인 특성을 도입하는 방식을 통하여 서사 지향성을 보이고, 이를 통하여 정서 전달의 효과를 극대화시킨다. 이런 서사 지향성은 일찍부터 서정시의 한 측면으로 논의된 바 있다.[10]

그러나 서술성(서사성 또는 서사 지향성)은 그 동안 주로 희곡이나 소설 장르의 고유한 특성으로 인식되어, 서정 장르 고유의 속성인 서정성이나 낭만성과는 대치되는 것으로 이해되기도 했다. 실제로 많은 우리 시들은 서술 구조를 선택하여 당대의 역사적 과제나 이를 추동하는 민중의 삶의 모습을 진솔하게 형상화하고 있다. 그럼에도 불구하고 문학주의라는 관점에서는, 이런 창작적 모색이 문학의 본령과는 거리가 먼 현실 참여와 저급한(?) 민중적 정서의 표현일 뿐이라는 오해를 불러일으키기도 했다. 그러나 시문학의 리얼리즘 문제도 궁극적으로 문학이 세계나 대상의 객관적 현실을 반영하고, 이를 통하여 삶의 총체성을 문학적으로 형상화하고 있느냐의 측면에서 검토하고 이해해야 한다.

문학주의 관점에 선다고 하더라도, 서술 구조가 서정 장르의 한 속성인 서정성과 낭만성을 손상시키지 않겠느냐는 의문은 제기할 수 있다. 반대

---

10) G. W. F. Hegel, 최동호 역, 『헤겔 시학』, 열음사, 166~171면.

로 서술 구조가 서정 장르의 영역 확장에 어떤 방식으로 공헌하고 있는가를 살펴볼 수도 있다. 즉, 서정 장르의 한계를 지양·극복하기 위하여 서사 지향성이 어떤 공헌을 하느냐에 대하여 우리는 주목할 필요가 있다. 실제로 서정시에서는 시인 자신이 사상과 감정을 직접적으로 서술하는 구조를 취하기보다는, 서술적인 구조로 형상화된 사건과 이야기를 통하여 간접적으로 전달하는 방식을 취한다. 이 때 시로 형상화된 사건과 이야기는 시인과 거리를 유지하면서 독자와도 일정한 거리를 두게 된다.

이렇게 객관적인 거리를 유지하고 있는 구체적인 현장과 삶의 모습은, 시인이 주관적으로 전달하는 내용과는 다르게 독자에게 받아들여진다. 어떤 경우에는 객관화된 현장과 삶을 살아가는 인물이 시인 자신의 모습으로 독자에게 다가가기도 하지만, 대부분의 경우에는 시적 대상으로 표현되어 독자를 만나는 객관화의 과정을 거치고 있다. 그리고 이런 객관화된 시적 형상은 시인의 주관이나 세계관이라는 그물을 통과한 주관적인 세계이지만, 그래도 표면적인 진술의 태도는 분명히 객관적인 세계로 독자에게 인식되는 것이다.

이런 측면에서 모든 예술적 형상은 순수 객관일 수 없다. 논의의 핵은 얼마나 객관적인가 하는 부분이다. 따라서 주관이 객관의 계기로 작용할 수 있는 특수성의 작용이 중요시되고, 아울러 전형이라는 문제가 이런 관계의 핵심에 위치한다. 이를 통하여 시는 현실의 삶의 모습을 진실하게 드러내고, 나아가서는 문학적 진실을 구현한다. 즉 문학 작품이 현실을 반영하면서 객관적인 총체성을 획득하게 된다.

서정시에서 서술 구조를 통하여 이야기를 전달하는 방식은, 서사 지향성을 보였던 일제 강점기의 리얼리즘시에서 두드러지게 나타나기 시작하여,[11] 민중시에서는 특징적인 시적 형상화 방법으로 널리 채택되고 있다. 이 시들은 이런 방식을 통하여 시인의 정서를 객관화된 세계에 비추어서 나타낸

---

11) 윤여탁, 『리얼리즘시의 이론과 실제』, 태학사, 1993, 1부 3장 2절 참조.

고은 시인의 모습

다. 그리하여 현실의 제 국면에서 나타나는 다양한 삶의 한 구석에서 시인은 자신의 삶의 모습과 자신의 모습을 발견하게 되는지도 모른다.

나아가 시 작품에 형상화된 민중의 삶의 모습에서 독자는 자신의 모습을 발견한다. 이는 서정시의 한 특징인 동일성(Identity)의 원리를 충실히 따르고 있는 것이라고 할 수 있다. 시인과 시에 형상화된 인물, 그리고 독자가 작품을 통하여 내적인 공감의 장을 마련하게 된다. 다음의 시를 통하여 시의 서술 구조의 의미를 구체적으로 살펴보자.

먹밤중 한밤중 새터 중뜸 개들이 시끌짝하게 짖어댄다
이 개 짖으니 저 개도 짖어
들 건너 갈뫼 개까지 덩달아 짖어댄다
이런 개 짖는 소리 사이로
언뜻언뜻 까 여 다 여 따위 말끝이 들린다
밤 기러기 드높게 날며
추운 땅으로 떨어뜨리는 소리하고 남이 아니다
앞서거니 뒤서거니 의좋은 그 소리하고 남이 아니다
콩밭 김치거리
아쉬울 때 마늘 한 접 이고 가서
군산 묵은 장 가서 팔고 오는 선제리 아낙네들
팔다 못해 파장떨이로 넘기고 오는 아낙네들
시오릿길 한밤중이니
십리길 더 가야지

빈 광주리야 가볍지만
빈 배 요기도 못하고 오죽이나 가벼울까
그래도 이 고생 혼자 하는 게 아니라
못난 백성
못난 아낙네 끼리끼리 나누는 고생이라
얼마나 의좋은 한세상이더냐
그들의 말소리에 익숙한지
어느새 개 짖는 소리 뜸해지고
밤은 내가 밤이다 하고 말하려는 듯 어둠이 멀뚱거린다.
　　　　　　　　　　　　　　　－고은의 「선제리 아낙네들」

　위의 시에서는 민중의 꾸밈없는 생활의 한 부분을 형상화하고 있다. 우
리 주변에서 쉽게 발견할 수 있는 서민(?)적인 삶의 모습이 그려져 있다.

고은 생가 앞으로 탁 트인 마을 전경

즉 중소도시의 변두리에서 근대화의 혜택보다는 피해만 입으며 살아온 인
생들이 '끼리끼리' 모여서 함께 어우러져서 살아가고 있는 모습을, 시인은
유연한 가락으로 노래하고 있다. 이런 민중적 삶의 모습은 우리들과 가장
친근한 자리에 있는 사람들의 모습이다. 이 시를 읽다 보면 콩밭에 심은
김칫거리나 마늘 접을 가지고 시오 리 길을 걸어서 장터에 다녀오시던 우
리네의 어머니와 할머니의 모습이 떠오른다. 다만 이 시의 경우에는 '선제
리 아낙네'로 구체화되면서 독자를 아련한 추억 속으로 이끌어 간다는 점
이 다를 뿐이다. 어두운 밤길을 걸으면서 무서움과 지루함을 쫓으려고 두
런두런 이야기를 하며 집으로 돌아오는 아낙들과 그들을 마중 가는 남정
네들의 모습마저도 눈에 선하게 형상화되어 있다. 비교적 짧은 시임에도
불구하고, 독자와 시적 대상 사이의 '거리 좁힘'과 '거리 넓힘'이 반복적으
로 나타나고 있다.

　이런 구체화된 공간에서의 민중적 삶의 모습은 추운 밤 다정하게 길을
가고 있는 '밤 기러기'가 가는 길과 같이 고난의 길이고, 끝이 없는 길일
수도 있다. 가져간 물건들을 제값에 팔지 못하고 파장떨이로 넘기고 오는
아낙의 발걸음은 무거울 수밖에 없다. 그래서 텅 빈 바구니와 텅 빈 배는
대조를 이루지 못하고 세상살이의 고됨을 절실하게 표현한다. 귀가길을
재촉하는 아낙의 모습은, 분명히 우리 주변인의 한 단면이다. 물건을 다
팔고 난 텅 빈 바구니의 즐거움도 누리지 못하고, 텅 빈 배를 냉수로 채우
면서 길을 재촉하는 아낙의 모습이 어머니의 얼굴과 겹쳐 서정적인 이미
지를 형성하고 있다. 그리고 여기저기서 짖어대는 개와 기러기, '어둠의
눈'(별)들은 이들에게 적의와 친근감을 동시에 주는 장치로 작용한다. 아울
러 이런 장치를 통하여 민중의 삶이 외로운 것만은 아님을 간접적으로 드
러내기도 한다. 이처럼 시에 형상화된 생활의 진실한 모습을 통하여 우리
는 우리 주변의 삶에 대한 또 다른 애정을 확인하고, 그들과 같은 삶 속에
우리 자신을 다시 위치시키는 행위를 반복한다.

　특히 이 시에서 주목할 만한 점은, 어느 측면에서는 일상적인 삶의 형

상화를 통하여, 시대의 어두운 현실을 비유적으로 표현하는 단계까지 나아가고 있다는 점이다. 즉 역사적 전망이 보이지 않는 것처럼 느껴지는 역사의 한밤중을 저주하기보다는, '못난 백성', '못난 아낙네'들이 모여서 함께 나누는 '의좋은 한세상'을 만들어 가는 모습을 보여 주고 있다. 이 시에 형상화된 민중은 확실한 역사의 전망이 보이지는 않지만, 그래도 캄캄한 어둠을 밝히는 눈(별)의 멀뚱거림을 위안 삼아 길을 가고 있다. 자신들의 생활에 대하여 막연하나마 '밤은 내가 밤이다'라는 새로운 사실을 자각하면서도, 도중에서 그만둘 수 없는 역사의 현장을 살아가고 있다. 그들은 자신들이 있어야 할 자리를 꿋꿋하게 지키고 있는 것이다.

이 시에서 보이는 서술적인 이야기의 구조는, 소설이나 서사시가 보여 주는 것처럼 세부적인 묘사에 의존하는 서사적인 구조를 띠지는 않는다. 다만 시장에 다녀오는 아낙네의 귀가 풍경을 사실적으로 읊고 있을 뿐이다. 이런 측면에서는 단순한 사건의 서술에 지나지 않지만, 이 단순한 사실의 진술에서 느끼는 정서의 차원은 시인이 자신의 정서를 술회하는 것과는 다른 차원에서 전개되고 있다. 즉 선제리의 아낙네 이야기가 주는 객관적인 정서와 그들의 이야기가 객관화된 시적 대상으로 독자에게 전달된다. 이런 시적 서술 구조는 서정 장르가 주로 의존하는 주관성과 주관의 진술이 주는 서정의 순간성이 어느 정도 극복되면서, 나름의 서술적인 구조가 주는 서사적 총체성을 확보할 수 있는 객관성을, 시라는 장르를 통하여 구현한다.

시에서 서술 구조를 채택하는 경우는, 창작 방법상에서도 시인이 독자에게 직접적으로 정서를 전달하지 않는다는 특성으로 인하여 리얼리즘시에서 주로 선택된다. 그리고 이런 경우에는 독자의 감흥도 직접적으로 시인의 정서에 동화되지 않고, 시 자체가 주는 객관의 정서에 독자가 감흥을 하는 방식을 보인다. 즉 시에 서술된 사건이나 이야기에 대하여 독자가 어느 정도의 객관적인 거리를 유지하면서 받아들이는 형태를 취한다.[12] 최근에 리얼리즘시의 하나로 모색되고 있는 이야기 시나 담시 등도 이런 객관

적인 거리를 확보하려는 의도를 가진 시라고 할 수 있다. 또한 이런 시들
이 객관적인 서정을 형성하며 독자에게 접근하려 한다는 사실은, 전통적
인 서정시가 지니는 정서 전달의 직접성을 극복하려는 창작 방법의 적극
적인 시도로 바꾸어 생각할 수도 있다.

 그러나 이런 방식만이 시에서의 리얼리즘을 확보하기 위한 절대적인 방
법은 아니다. 이렇게 형상화된 시상이나 리듬 등 시를 이루는 기본적인 요
건들이 얼마나 민중의 정서와 호흡에 합당한 것인가 하는 점이 강조되어
야 한다. 시라는 서정 장르가 구현하는 생활의 진실이란 민중의 삶의 진실
이어야 하고, 그들의 정서나 호흡에 일치하는 것이 되어야 한다. 이럴 때
시에 형상화된 '선제리 아낙네'는 전형적인 인물의 역할을 할 수 있을 것
이며, 그들이 처한 환경도 전형적인 것이 된다.[13] 그것이 비록 단편의 시라
는 장르적 특성으로 인하여 비약과 비유, 상징, 상상력의 도움을 받아 형
성되는 제한적인 수준을 보인다고 하더라도, 서정 장르라고 하여 무시될
수 없는 리얼리즘의 특성을 구현하는 방법의 하나다.

---

 12) 이런 비슷한 예를 벤야민은 회화 앞의 수용자와 영화관의 수용자로 분리하여 설명
  한 바 있다. 그에 의하면 회화 앞의 수용자는 캔버스 앞의 관조의 세계에 초대되어
  여유를 갖고 작품을 대함에 비하여, 스크린 앞의 수용자는 스크린에 움직이는 영상
  이나 사건의 전개에 몰입하여 관조의 세계에 빠져들 여유를 갖지 못하고 그것에 따
  라가는 데에 열중한다는 것이다.
   W. Benjamin, 반성완 역, 『발터 벤야민의 문예이론』, 민음사, 1983, 220~226면.
 13) 창작 방법의 관점에서는 필자가 서술하는 방식이 본말이 전도되었다고 볼 수도 있
  다. 그러나 궁극적으로는 그 역도 진리고 참이어야 하는 것이므로 별 무리는 없으리
  라고 본다.

생각할 거리

1. 시적 화자와 거리 사이에는 어떤 관계가 있는지 생각해 보자.

2. 작품 속에 나타난 객관적 세계와 주관적 세계에 대한 작가와 독자의 거리 감각은 어떠할지 생각해 보자.

시와 난해성

1
누가 이 안을 쓸고 또 쓸었을까.

눌러앉히고 싶어
이 고요 닫아건다.

2
안을 담아
밖으로 내놓는다.
안을 열어놓고
활짝 대한다.
안도 시끄럽다.

3
안을 열어두고
이 고요 잠근다.
밖이 가득하다.

　　　　　　　　　　　－조정권의 「고요 시편(詩篇)」

　시인은 자신의 시가 지금까지와는 다른 작품으로 존재하기를 바란다. 그들의 이런 열망은 낯설게 하기, 일탈, 난해성, 실험정신, 전복 등과 밀접한 관련을 지니며, 이러한 개념들은 기본적으로 현대시의 '난해성'이라는 특성으로 이어진다. 여기에서는 이러한 개념들의 속성을 난해성이라는 개념 속에 집약하여 논의를 이끌어 가고자 한다.

난해성에 대한 관심은 여러 논자에 의해 표명되었다. 일찍이 1920년대의 대중화 논쟁도 시가 너무 어려워지는 것을 지양하고 보다 대중에게 다가갈 수 있는 쉬운 시를 쓰자는 기치 아래 이루어진 것이다. 김기진은 「프로시가의 대중화」(『문예공론』 제2호, 1929년 6월)라는 글에서 시가 전 대중이 공유할 수 있는 것이 되지 못했다고 주장하면서 그 원인으로 "첫째, 우리의 시를 우리가 그들에게 가지고 가서 보여 주지 못하였고, 둘째, 그들이 알아보기 쉬운 말로 쓰지 못하였고, 셋째, 그들이 흥미를 느끼고 외우도록 그들의 입맛을 맞추지 못한 까닭"이라고 밝히고 있다. 이러한 지적은 상당 부분 적절한 것이라고 할 수 있다. 그는 또한 대중이 향유하고 있는 재래 가요의 수용 원인을 들면서 프로시가의 대중화 방안에 대해 타진하고 있다. 그가 분석한 재래 가요의 특성을 살펴보기로 하자.

(1) 재래의 가요는 그들의 기억에 깊고 따라서 소년기부터 외우던 것인 관계로 거의 습관이 되었다.

(2) 재래의 가요는 거의 전부가 비관적·애상적이면서도 향락적이어서 그들로 하여금 현실의 고뇌를 망각케 하고 일종 우화등선(羽化登仙)의 감흥과 같은 마취 작용을 하는 까닭으로 그들은 이러한 작용의 유혹을 받는다.

(3) 그들은 새로운 가곡을 알지 못한다. 설령 개인적으로 현대의 가곡을 가르쳐준다 하더라도 그것은 그들에게 어려울 뿐더러 '멋'이 없다.

(4) 이와 같은 까닭으로 재래의 가요는 더욱 그들의 흥미를 돕고 그들의 의식은 이와 정비례하여 점점 마취되고 필경에는 새로운 시가에 대하여 일고의 흥미도 느끼지 않는다.

(5) 그 위에 그들은 잡지나 신문에 나타나는 시가를 읽을 만한 학력도 없다.

(6) 연내로 유행하는 별별 잡가는 비록 신작이라 하나 그 곡조는 재래의 곡조와 동일하거나 혹은 비상히 유사하거나 하며 그 가사도 또한 유

사한 음담패설이거나 혹은 비명애소(悲鳴哀訴)이거나 하므로 그들의
좋아하는 바가 되며 또는 그들을 유혹하는 것이 된다.[14]

이러한 분석의 상당 부분은 일견 타당한 것으로 보인다. 김기림은 그의
시론에서 난해성의 원인을 일반인들의 인식 부족으로 진단하고 일반인들
에게 맹공을 퍼붓고 있다.

> 시는 늘 고독 속을 걸어가야 한다고 하는 일은 시의 비극(悲劇)이고 동시에
> 영광(榮光)일 것이다. 어떠한 시대에도 진보적인 시의 전위부대(前衛部隊)는 비
> 난과 적막 속에 버려진 시기를 반드시 가졌다고 해도 과언이 아니다. 한때의
> 진보적인 시를 포위한 적군의 가장 큰 공격은 '그것은 알 수 없다'는 비난이다.
> '알 수 없다. 그러니까 나쁘다.' 이러한 간단한 논리는 얼른 들으면 매우 공중을
> 즐겁게 하는 음향을 울리나 자세히 그 내용을 살펴보면 그 속에는 몇 개의 허
> 구와 인식 부족과 악의가 포함되어 있는 것을 발견할 것이다.[15]

1934년 서울에서 김기림(왼쪽)과 신석정

김기림은 난해성의 원인을 외재적인
측면과 내면적인 측면의 두 가지로 나누어
설명하고 있다. 외재적인 원인으로는 첫째,
새로운 시는 새로운 가치의 체계에 속하는
것인데 새로운 가치의 체계에 대한 이해
없이 새로운 시를 대하니까 이를 알 수 없
는 것은 자연스러운 이치라는 것, 둘째, 어
떤 전위적 작품을 그것이 그 뒤에 끌고 있
는 역사를 이해하지 않고 알려고 하는 것
은 무리한 일이기 때문에 난해성이 발생한

14) 임규찬·한기형 편, 앞의 책, 533~536면 참조.
15) 김기림, 「시의 난해성」, 『김기림 전집 2-시론』, 심설당, 1988, 113면.

다는 것이다.

　난해성의 내면적 원인은 시 자체의 숙명이라는 것이 김기림의 견해다. 그러므로 시의 보편성 문제와 개성의 객관적 방향과 시의 독창성 문제 등에 대한 연구가 이루어져야 비로소 타개책을 마련할 수 있을 것으로 보고 있다. 김기림은 내면적 원인에 대해서는 해결책을 제시해야 하지만, 외재적 원인으로부터 오는 난해성은 실제로는 난해성이 아니라 비난하는 편의 태만의 결과이므로 시인에게 책임을 물을 수 없다고 주장한다.

　이는 모더니즘의 기수다운 김기림의 발상이라고 할 수 있다. 난해성이 숙명적으로 발생할 수밖에 없는 것이라고 한다면, 그 책임을 시인에게 돌리기보다는 독자에게 돌려 독자가 어려워하는 텍스트라고 하더라도 이해할 수 있는 능력을 기르도록 채근해야만 한다는 것이다. 그러나 이런 김기림의 입장은 지나치게 독자의 의무를 강요하고 있다는 점에서 비판을 받고 있다.

　　1. 모니터, 혹은 二重 自我

　한참 동안 어둡다가 무대가 서서히 밝아진다. 무대 가운데에 소파 하나, 그리고 양편으로 모니터가 두 개, 소파는 비어 있다. 모니터에는 계속해서 사람들의 얼굴이 지나간다. 무대 뒤의 벽면에는 큰 비디오 스크린. 소파와 모니터 두 개가 놓인 무대가 다시 거기 비추인다. 무대가 밝아진 후에도 계속하여 정적. 그리고 무대의 좌, 우측 끝에는 위로부터 길게 내리쳐진 휘장, 사람이 비치게 되어 있다. 거기 각각 한 사람씩 배치, 두 사람의 실루엣이 다음의 대화를 한다.

　　—여보세요
　　—여보세요
　　—누구시죠
　　—누구시죠

—카드를 뽑아보세요

—어느 쪽으로 봐도 목숨은 두 장이에요

—방아쇠를 당기면, 탄환은 머리에 박힐 예정인가요?

—카드를 뽑아보세요

—탄환은 머리에 박힐 수도 있습니다

—하지만 목숨이 두 장이라서

—증식하는 이마주 쪽이라서

—당신은 어느 쪽이지요?

—공장은 이마주를 증식시킵니다

—그쪽입니까?

—그쪽입니다

—파편들 하나하나가 다 나타났다가 사라집니다

—파편들 하나하나가 다 나타났다가요?

—사라집니다. 매번 왔다가는 작별을 고하지요.

—매번 왔다가요? 죽음입니까?

—당신도?

—당신도?

다시 서서히 암전, 모니터의 화면에서 어지럽게 지나가던 얼굴들이 느린 속
도로 바뀌어 지나가다가 끝내 정지, 두 화면에 같은 얼굴이 나타난다. 완전히
어두워진 무대의 모니터에 정지된 한 사람의 두 얼굴이 다음의 대화를 한다. 그
얼굴은 유명한 연예인의 얼굴이다. 다음 대화의 목소리 하나는 여자, 또 하나는
남자다.

—나는 당신을 몰라요

—나는 당신을 몰라요

—하지만 나는 당신을 알아요

—그래요 나도 당신을 알아요

—많이 보았어요

—한번도 못 보았어요

—결국, 나는 당신을 몰라요

—결국, 나는 당신을 몰라요

—여보세요

—여보세요

—누구시죠

—누구시죠

—여보세요

—여보세요

—누구시죠

—누구시죠

—여보세요

—여보세요

—누구시죠

—누구시죠

(………)

계속되면서, 서서히 목소리가 작아지며 fade out. 여보세요, 누구시죠……가
반복될 즈음부터, 루핑한 느린 acid jazz풍의 리듬이 천천히, 천천히 흐른다.

　　　　　　　—성기완의 「환생(幻生), 혹은 죽음에 이르는 병」의 부분

　이 시를 해독하지 못한다고 해서 보편적인 교양을 갖추지 못한 무지한
독자라고 비난할 사람은 아무도 없을 것이다. 이 시에는 현대의 기계화된
문명과 인간 소외, 복제 등의 여러 메커니즘이 한 편에 집약되어 있을 뿐
아니라 시 형식도 기존과는 다른 양상을 보여 주고 있다. 이런 점에서 본

다면 이 시는 난해한 시라고 규정할 수 있을 것이다.

김수영은 시의 난해성에 대해 언급하면서 '난해시(難解詩)'와 '불가해시(不可解詩)'를 구분하고 있다.[16] 난해시는 해석하기 어려운 시일 뿐, 아예 해석이 불가능한 시와는 다르다는 것이다. 그는 「포오즈의 폐해(弊害)」라는 글에서 난해시가 나쁜 것이 아니라 난해시처럼 꾸며 쓰는 것이 나쁘다고 주장한다. 그리하여 오히려 난해시는 시단에 가장 필요한 것이라고 역설하고 있다.

이에 비해 신경림은 자신이 가지고 있는 세계관에 근거하여 난해시에 대해 철저하게 비판적인 생각을 견지하고 있다.

최근 특히 시에 관해서 말씀드린다면, 지금 대부분의 독자들은 시를 외면합니다. 무슨 말장난인지 모르겠다는 타박을 저는 제 주위 사람들로부터도 많이 듣습니다. 너무 어렵다는 것이지요. 대학 4년을 마친 사람들도 전혀 짐작할 수 없는 내용이라면 거기 어떤 문제가 있는 것이 아니겠느냐 이것입니다. (중략)

우리 나라의 난해시, 어려운 시를 얘기하면서 서구의 근대문학사까지 끌어다 붙일 것은 없겠지만, 현대는 개인주의가 극도로 발달한 세상입니다. 이 개인주의는 한 개인을 사회로부터 소외시키고 매스 미디어 등 의사교통 수단의 극도의 발달에도 불구하고 한 사람 한 사람을 고립시킵니다. (중략)

그러나 우리는 난해시, 어려운 시에도 그 나름의 사정이 있다고 덮어놓고 이해만 하고 있을 수는 없습니다. 이러한 어떠한 그럴 듯한 구실에도 불구하고, 난해시가 생겨나는 가장 큰 원인은 민중적 바탕을 잃은 데 있는 것입니다. 바꾸어 말하면 이것은 민중에 대한 지적 오만 내지 경멸이 그 밑바탕에서 작용하고 있는 것이라고 말하지 않을 수 없습니다. 나아가서 시는 극소수의 선택된 자들에 의해서만 소유되는 것이 당연하다는, 반역사적 반민중적 엘리트주의가 여기 깔려 있는 것이라는 비난조차 면하기 어려울 것이라고 생각됩니다.[17]

---

16) 김수영, 「생활현실과 시」, 『김수영 전집 2—산문』, 민음사, 1981, 198면.
17) 신경림, 「나는 왜 시를 쓰는가」, 최동호 편저, 『현대시창작법』, 집문당, 1997, 58~59

난해시는 이해하지 못하는 독자의 문제가 아니라 그렇게 쓰는 작가의 문제라는 것이다. 난해시라는 현상을 둘러싸고 있는 이러한 책임 소재를 묻는 논란은 쉽게 해결될 수 있는 문제는 아닐 듯싶다.

그러나 오늘날에 이르러서는 이러한 개념이 오히려 긍정적인 차원에서 언급되는 현상을 발견할 수 있다. 난해성이라는 개념 자체가 주는 부정적인 인상을 면하기 위해 난해라는 개념 대신 실험이나 전위 등의 용어를 빌어 그것의 정당성 및 새로움을 주장하고 있는 것이다.[18] 이는 매우 바람직한 양상이라고 할 수 있다.

이제 우리에게 남은 것은 선택의 문제다. 난해라는 개념을 사용할 것인가. 실험이나 전위 등의 용어를 사용할 것인가. 김춘수의 다음 시를 읽으며 생각해 보자.

序詩

울고 간 새와/ 울지 않는 새가/ 만나고 있다./ 구름 위 어디선가 만나고 있다./ 기쁜 노래 부르던/ 눈물 한 방울/ 모든 새의 혓바닥을 적시고 있다.

Ⅰ

돌려다오./ 불이 앗아간 것, 하늘이 앗아간 것, 개미와 말똥이 앗아간 것,/ 女子가 앗아가고 男子가 앗아간 것,/ 앗아간 것을 돌려다오./ 불을 돌려다오. 하늘을 돌려다오. 개미와 말똥을 돌려다오,/ 女子를 돌려주고 男子를 돌려다오./ 쟁반 위에 별을 돌려다오./ 돌려다오.

면 참조.

18) 유영희, 「새로운 시 쓰기와 독자의 인식」, 『독서연구』 창간호, 한국독서학회, 1996, 200면.

II

구름 발바닥을 보여다오./ 풀 발바닥을 보여다오./ 그대가 바람이라면/ 보여다오./ 별 겨드랑이를 보여다오./ 별 겨드랑이의 하얀 눈을 보여다오.

III

살려다오./ 북 치는 어린 곰을 살려다오./ 북을 살려다오./ 오늘 하루만이라도 살려다오./ 눈이 멎을 때까지라도 살려다오./ 눈이 멎은 뒤에 죽여다오./ 북 치는 어린 곰을 살려다오./ 북을 살려다오.

IV

애꾸눈이는 울어다오./ 성한 한눈으로 울어다오./ 달나라에 달이 없고/ 人形이 脫腸하고/ 말이 자라서 辭典이 되고/ 起重機가 올라갔다 내려오고 올라갔다 내려오고/ 올라갔다 내려온다고/ 애꾸눈이가 애꾸눈이라고/ 울어다오. 성한 한눈으로 울어다오.

V

불러다오./ 멕시코는 어디 있는가./ 사바다는 사바다, 멕시코는 어디 있는가,/ 사바다의 누이는 어디 있는가,/ 말더듬이 一字無識 사바다는 사바다,/ 멕시코는 어디 있는가,/ 사바다의 누이는 어디 있는가,/ 불러다오./ 멕시코 옥수수는 어디 있는가,

X

앉아다오./ 손바닥에 앉아다오./ 손등에 앉아다오./ 내리는 눈 잔등에 여치 한 마리, 여치 두 마리,/ 앉아다오.

*

봄을 지나 여름을 지나/ 개울을 지나/ 늙은 가재가 사는 개울을 지나,/ 살구꽃 지는 마을을 지나/ 소쩍새와 銀魚가 사는 마을을 지나,/ 봄을 지나 여름을 지나/

개울을 지나,

XI

새야 파랑새야,/ 울어다오./ 로비비아 꽃필 때에 울어다오./ 녹두낡에 꽃필 때에 울어다오./ 바람아 하늬바람아,/ 울어다오. 머리 풀고 다리 뻗고/ 三分—0秒만 울어다오./ 울어다오.

　　*

키큰해바라기./ 네잎토끼풀없고/ 코피./ 바람바다반딧불.

毛髮또毛髮. 바람./ 가느다란갈라짐.

XII

잊어다오./ 어제는 노을이 죽고/ 오늘은 애기메꽃이 핀다./ 잊어다오. 늪에 빠진/ 그대의 蛾眉,/ 휘파람새의 짧은 휘파람,

　　*

물 아래 물 아래 가던 새,/ 본다./ 호밀밭에 떨군/ 나귀의 눈물,/ 딱나무가 젖고/ 뭇 별들이 젖는다.

지렁이가 울고/ 네가래풀이 운다./ 개밥 순채,/ 물달개비가 운다./ 하늘가재가 하늘에서 운다./ 개인 날에도 울고 흐린 날에도 운다.

　　—김춘수의 <처용단장 제2부(處容斷章 第二部)>의 「들리는 소리」

생각할 거리

1. 김수영의 '난해시'와 '불가해시'의 구분에 대해 생각해 보고, 타당하다면 어떤 점에서 그렇게 생각하는지 자신의 견해를 정리해 보자.

2. 난해시가 쓰여지게 된 이유가 무엇일지 생각해 보자.

3. 난해한 작품을 '일탈'이니 '실험적'이니 '전위적'이니 하는 개념으로 소개하는 이유는 무엇인지 생각해 보고, 그런 개념의 사용이 적절한지 생각해 보자.

시의 방법

선량한 '휴머니스트'의 일군은 표현이라는 말을 묘사라는 말과 대립시켜서 고조한다. 표현주의자(表現主義者)는 말한다.

예술이 자연을 묘사하는 것은 예술의 모욕이다. "예술은 자연을 모방한다"고 한, '플라톤'의 말은 그가 생존한 시대가 현대에서 먼 것처럼 그렇게 현대의 '제네레이숀'과도 거리가 먼 것이라고.

그들에게 있어서 '오스카 와일드'의 그 반대의 명제 즉 "인생은 예술을 모방한다"는 명제가 더 절실하다.

그것은 옳은 일일까.

표현주의자(표현파까지 포함하여)는 객관성은 예술에 있어서 아무것도 의미하지 않는다는 의견을 가지고 있다. 그러므로 표현주의는 일종의 '히로이즘'이다. 그것은 이윽고 목적성(目的性)을 포기하고 발작적으로 탈선하는 것을 예술에 있어서의 영웅적 행위라고 칭찬한다. 거기는 조직과 질서와 조화가 대담하게 무시되고 격렬한 주관의 자연발생적인 전율(戰慄)이 요구된다. 이러한 의견을 보증하는 과학적 근거를 우리는 초기의 심리학 속에서 구할 수 있다. 정적 활동을 정신 활동의 일분야로서 명확하게 구분할 수 있다는 초기의 요소 심리학의 가정이 이 정적 활동을 예술 속에서 극단으로 고조하는 표현주의자에게 있어서는 유력한 증인이될 수 있었던 것이다.

여기에 한 사람의 시인이 있어서 어떠한 때에 발동하는 자신의 주관을 의식한다고 하자. 그것을 그대로 문자로 옮겨놓았을 때에 '시(詩)다!'

하고 감격하였다고 하자. 우리 시단은 격정적인 '센티멘탈'한 이 종류의 너무나 소박한 시가(詩歌)의 홍수로써 일찍이 범람하고 있었다. 나는 그것들을 일괄해서 자연발생적 시가라고 명명하려 한다. 그것들은 길가에 한 그루의 나무가 서 있는 것처럼 한 개의 조약돌이 물가에 있는 것처럼 그렇게 있다. 거기는 혹은 동기의 미는 있을지 모른다. 그러나 시가 그 발생적 동기에 있어서 어떻게 미적이었다고 하는 것은 그 시의 결국의 가치를 결정하는 것은 못 된다. 우리들이 비판의 대상으로 삼는 것은 시의 생성 과정에 있어서의 시인의 상념과 태도가 드디어 정착해 버린 한 완성된 시 그것이다. 시인은 시를 제작하는 것을 의식하지 않으면 아니 된다. 시인은 한 개의 목적=가치의 창조로 향하여 활동하는 것이다. 그래서 의식적으로 의도된 가치가 시로서 나타나야 할 것이다. 이것은 소박한 표현주의적 방법에 대립하는 전연 별개의 시작상의 방법이다. 사람들은 흔히 그것을 주지적(主知的) 태도라고 불러왔다. 그래서 이러한 방법에 입각한 주지적 시인은 "나는 나의 작품에서 전연 예기하지 아니한 종국에 도달하였다"고 한 '드 퀴시'인가의 고백은 진실이라고 믿지 아니하며 존중하지도 아니할 것이다. 이러한 신비주의는 시인의 '길드'적 심리에서 발생한 일종의 거짓이라고 밖에 생각도 하지 않는 것이다.

자연발생적 시는 한 개의 '자인'[存在]이다. 그와 반대로 주지적 시는 '졸렌'[當爲]의 세계다. 자연과 문화가 대립하는 것처럼 그것들은 서로 대립한다. 시인은 문화의 전면적 발전 과정에 의식한 가치창조자로서 참가하여야 할 것이다.

이러한 주지적 방법은 자연발생적 시와 명확하게 대립하는 것처럼 단순한 묘사자와도 대립한다. 시에 있어서 객관 세계의 묘사를 극도로 경멸하고 주관 세계의 표현만을 열심으로 고조하는 표현주의자는 실상에 있어서는 한 개의 묘사자에 그쳤다. 왜 그러냐 하면 그는 생리적으로 정신적으로 움직이는 자연의 일단편으로서의 자기를 충실하게 묘사하고 있는 까닭이다.

시는 나뭇잎이 피는 것처럼 물이 흐르는 것처럼 자연스럽게 쓰여져서는 안 된다. 피는 나뭇잎, 흐르는 시냇물을 지배하는 것은 자연의 법칙이다. 가치의 법칙은 아니다. 시는 우선 '지어지는 것'이다. 시적 가치를 의욕하고 기도하는 의식적 방법론이 있지 않으면 아니된다.

그것이 없을 때 우리는 그를 시인이라고 부르는 대신에 단순한 감수자(感受者)라고 부를 것이다. 그는 다만 가두에 세워진 호흡하는 '카메라'에 지나지 않는다. '카메라'가 시인이 아닌 것처럼 그도 시인은 아닐 것이다. 시인은 그의 독자의 '카메라 앵글'을 가져야 한다. 시인은 단순한 표현자, 묘사자에 그치지 않고 한 창조자가 아니면 아니된다.

―『조선일보』(1932. 4)에서

넷째 마당─시와 사회

시와 리얼리즘

女僧은 合掌하고 절을했다
가지취의 내음새가났다
쓸쓸한낮이 넷날같이 늙었다
나는 佛經처럼 설어워졌다

平安道의 어늬 山깊은 금덤판
나는 파리한女人에게서 옥수수를샀다
女人은 나어린딸아이를따리며 가을밤같이차게 울었다

섭벌같이 나아간지아비 기다려 十年이갔다
지아비는 돌아오지않고
어린딸은 도라지꽃이좋아 돌무덤으로갔다

山꿩도 설게울은 슳븐날이있었다
山절의마당귀에 女人의머리오리가 눈물방울과 같이 떨어진날이있었다
　　　　　　　　　　　　　　─백석의 「여승(女僧)」

1939년 전현웅이 문장지에 쓰고 그린 백석의 프로필

　시는 시인의 내면과 깊은 관련을 맺고 있어 주관적인 특성이 나타난다. 시가 외부의 객관적인 세계의 단순한 모사가 아니라는 점은 널리 인정되고 있다. 시에서는 현실의 일원으로 참여하고 있는 시인이 세계의 여러 현상에 의하여 초래된 사상과 감정을 표현한다. 달리 표현하면 시의 창작 주체인 시인이 시적 화자의 관점이나 목소리를 빌어 현실 세계에서 느낀 정서를 형상화하는 것이다.

　문학은 객관적인 총체성을 확보하여야 한다. 이 때의 객관적이라는 것은 주관성을 배제하는 것이 아니라, 창조적 자아의 주관성이 작용하는 것이다. 루카치의 표현을 빌면, 현상과 본질의 객관적 변증법은 본질에 접근하는 주관적 변증법에 의하여 실현[1]된다는 것이다.

서정시는 기본적으로 인간으로 살아가는 창작 주체의 현실에 대한 표현의 한 형태다. 이 때 창작 주체는 담론적으로는 표현의 대상이 되는 세계와 세계가 문학적으로 형상화된 실체인 작품 사이에 놓이는 존재다. 그래서 창작 주체의 세계관이나 생활, 체험 등의 요소들이 작품 속에 끊임없이 작용하게 된다.

그런데 작품에 작용하는 서정이나 정서는 그것만으로 뛰어난 형상을 창조하였다고 할 수 없다. 즉 창작 주체에 의한 창작적 실천의 과정에는 생활의 객관적인 인식 과정에서 나타나는 서정이나 정서 외에도, 언어 · 운율 · 상상력 · 이미지 · 비유 · 상징 등이 같이 작용하여 훌륭한 문학적 형상을 이루게 된다.[2]

다른 각도에서 설명하면, 시가 표현하는 정서의 문제는 중요한 요소의 하나다. 아울러 정서의 문제는 단순히 언어가 내포하고 있는 통일적이고 논리적인 의미와 내용에만 관련되는 것은 아니다. 이에 못지 않게 중요한 것은 문체 · 리듬 · 어조 · 억양 · 어휘의 선택 및 결합 방식, 그리고 이들의 상호작용에 의해서 형성되고 드러나는 분위기와 대상에 대한 태도 등이다. 게다가 이런 정서의 문제는 시 창작 일반에까지 확대된다. 즉 시에 작용하는 모든 요소들이 같이 작용할 때 훌륭한 시적 형상은 이룩되는 것이다.

창작의 과정에서 주관성이 깊이 작용하는 서정 장르의 고유한 특성으로 인하여, 시는 일반적으로 서정의 직접적인 토로의 형태를 띠고 있다. 이런 서정의 형성은 생활과 시인 자신의 체험 속에서 우러나오는 것이어야 한다. 시적으로 형상화된 정서는 앞에서도 잠깐 언급한 바와 같이 시인이 구사하는 운율 · 이미지 · 상상력 등의 요인이 작용하면서 비유적 형상으로 나타난다. 즉 창작 주체의 창조력이라는 역량에 의하여 문학적 형상으로 구체화된다.

---

1) P. Egri, "The Lukacsian Concepts of Poetry", J. Odmark ed., *Linguistic & Literary Studies in Eastern Europe*, Amsterdam ; John Benjamin B. V., 1980, p.233.
2) P. Egri, 위의 글, 235~236면 참조.

사회를 구성하는 여러 계층의 사람들은 나름의 생활이 있고, 이런 생활 속에서 각기 체험을 하며 살아간다. 그리고 이런 생활과 체험 속에서 그들은 나름의 정서나 서정을 느끼고 지향하게 된다. 노동자의 서정, 농민의 서정, 소시민의 서정, 중산층의 서정 등이 그것이다. 그러므로 순수 문학론자들이 말하는 것처럼 '인간의 보편적인 서정'에 충실한 보편성의 추구라는 문학론은 어찌 보면 이상에 지나지 않는다. 서정이 시로 승화되기 위해서는 시인 즉 창작 주체의 창조적 역량이 적극적으로 작용하므로, 창작주체의 개별적 서정이 문학에서 중요한 위치를 차지할 것이기 때문이다.

또 창작의 과정에서 우리가 간과하지 말아야 할 것은 전대의 문학적 유산이다. 우리의 문학사에 남아 있는 훌륭한 유산들은 문학의 전통 계승이라는 측면에서 적극적으로 작용하고 있다. 예를 들면, 시조의 긍정적인 측면과 부정적인 측면, 그리고 민요의 유연한 가락이나 민중성, 설화가 가지고 있는 이야기의 전달성 등이 우리의 새로운 문학 창조에 영향을 끼치고 있다. 이를 우리는 달리 민족 형식이라고도 말할 수 있을 것이다.

문학적 유산은 우리의 생활과 학습의 과정을 통하여 이미 우리의 것으로 육화되어 있다고 해도 과언이 아니다. 판소리의 사설과 가락을 느끼게 하는 김지하의 담시, 민요의 운율과 뗄 수 없는 관계를 가지고 있는 신경림의 시, 상당 부분 이야기의 전달성에 의존하고 있는 고은이나 최두석의 '이야기 시', 함축되고 절제된 언어를 통하여 자신들의 사상을 전달하려 했던 시조의 현대적 계승, 선경후정(先景後情)을 통하여 자연과 인간의 조화를 꾀하려 했던 한시의 전통은, 우리가 알게 모르게 받아들인 전대의 문학 유산이 우리 주변에 산재해 있다는 사실을 잘 보여 준다. 이런 측면에서 최두석이 적극적으로 설명하고 있는 '이야기 시'도 서정시의 한 형태라고 보아야 한다.

이제 리얼리즘을 구현하기 위해서 형상적 시도를 보이는 시에 대하여 구체적으로 점검하여 보자. 여기서는 시의 리얼리즘을 보장하는 여러 요건들 중에서, 리얼리즘시가 전달하는 시적 상황의 문제를 중점적으로 살

피고자 한다. 이 문제는 엥겔스의 명제[3] 중에서 전형적인 환경의 문제와
깊은 관련이 있다. 이것이 '전형'의 단계에까지 이르고 있느냐 그렇지 않
느냐, 소설적 전형과 어떤 차이가 있느냐 하는 문제는 별로 논란거리가 되
지 못한다. 다시 말하면, 엥겔스가 밝힌 생활의 진실에 대한 세부적 묘사
라는 측면은 크게 문제삼지 않을 것이다.

엥겔스의 명제는 두 가지 문제를 내포하고 있는데, 그 하나는 생활의
진실성이며, 다른 하나는 세부적 묘사다. 이들 중에서 전자의 문제는 시에
서도 현실을 반영할 수 있다면 별로 문제가 되지 않는다. 시에서의 현실
반영은 가능하다는 것이 이제는 일반적인 생각인 듯하다. 다만 역사와 사
회의 합법칙성이나 전망 등을 적절히 형상화하는 올바른 반영론의 관점이
문제가 될 수 있다. 소설과는 다른 장르적 특성을 지닌 시는 생활의 세부
에서 느끼는 정서를 진솔하게 드러낸다는 특성이 있는데, 이것이 바로 이
문제의 핵심적인 열쇠일 것이다. 시에서 '감정의 디테일'이 가능하다는 논
의[4]가 러시아의 시를 논하는 자리에서 나오기는 했으나, 별로 긍정적이지
는 않은 것 같다.

결국 시라는 갈래는 내포적이고 함축적인 언어를 구사하여 적절한 시적
형상을 창조하고, 이를 통하여 독자에게 다가간다. 그래서 우리는 시에서
구체적인 상황을 영화나 소설을 보듯이 느끼지는 못한다. 다만 시에 진술
된 시적 상황과 문학 외적 객관의 상황을 통하여 머리 속에 그 형상을 그
려볼 뿐이다. 언어로 표현된 것들을 통하여 이미지나 정서 · 사상 등을 재
현하는 것이다. 이런 과정에서 중요시되는 것은 시에 나타난 비유나 상징
적 형상이다. 즉 시적 상황은 비유적 형상이 보여 주는 상황일 따름이다.

---

3) F. Engels, 「마가렛 하크네스에게 보내는 편지」, K. Marx and F. Engels, *On Literature and Art*, Moscow; Progress Press, 1976, 89~92면.
  엥겔스는 리얼리즘을 세부 묘사(디테일)의 충실성(진실성) 이외에도 전형적인 상황
  에서의 전형적인 성격(인물)들의 충실한 재현이라고 설명하고 있다.
4) G. Fridlender, 이항재 역, 『리얼리즘의 시학』, 열린책들, 1986, 260~261면.

그래서 시의 창작 주체는 시적 형상을 창조하기 위하여 자신의 창작에 심혈을 쏟는다. 시적 상황의 형상화가 잘못된 경우에는 독자들에게 전혀 감흥을 주지 못할 수도 있다. 실제로 적절한 형상으로 창조된 시의 경우에도 그 시가 보여 주는 서정이나 정서와는 다른 세계에 살고 있는 사람들에게는 전혀 엉뚱한 시로 받아들여질 수도 있다.

수용의 과정은 시가 형상화한 상황에 대한 기초적인 이해를 가진 능동적인 독자[5]를 만나야만 비로소 조화롭게 이루어질 수 있다. 그래야 시는 제대로 이해되고, 감상된다. 즉 문학 작품은 작가의 측면에서는 주관성의 표현이지만, 일단 창작된 이후에는 객관적인 것이 된다. 그러므로 주-객의 상호 관련 속에서 통합적으로 느껴지는 형상이 전형이고, 특수성일 것이다. 리얼리즘시에서 시적 형상은 전형적으로 형상화될 때에만 독자에게 설득력을 지니게 된다. 이런 올바른 관계에 놓이는 작품을 생산하기 위하여 창작 주체는 무엇이 진실이고, 어떻게 하면 그 진실을 드러낼까라는 문제에 대하여 심각하게 고민하지 않을 수 없다. 그리고 이런 문제들이 바로 리얼리즘의 실현과 직접적인 관계를 맺는다. 이제 리얼리즘의 측면에서, 시적 상황과 시가 형상화하고 있는 정서의 구체적인 모습을 작품을 통하

---

5) 구비 문학에서 사용되는 능동적인 창자나 구연자의 '능동적'이라는 용어에 독자라는 말을 새롭게 첨가하여 쓴 용어다. 어쩌면 능동적인 독자는 시가 형상화하고 있는 상황과 그 정서를 적극적으로 이해하려는 노력과 그 바탕이 되는 정보를 가지는 또는 가지려는 일부의 독자에 국한될 수도 있다. 사실 이런 능동적인 독자는 그리 많지 않다. 시의 이해 과정에서 당혹감을 드러내는 독자를 우리는 종종 접할 수 있다. 예를 들어 리얼리즘시로서 어느 정도의 작품성을 가지고 있는 작품으로 평가되는 임화의 「우리 오빠와 화로」나 이용악의 「낡은 집」, 「전라도 가시내」 등에 대한 일반 독자들의 태도를 살펴보면, 이런 시가 보여 주는 상황에 대한 인식이 없는 독자들은 '이해할 수 없다'는 거부감을 나타낸다. 이는 제도 교육의 시적 판단 기준에 길들여진 탓이라고 할 수 있다. 그런데 박노해, 김남주, 고은 등의 리얼리즘시에 대해서는 독자들도 호오(好惡)의 판단을 분명하게 하는 현상을 발견할 수 있다. 전자에 대해서는 모르겠다는 표현을 하던 독자들도 후자에 대해서는 나름의 기준(이 역시 제도 교육에서 제공되는 기준들이 암암리에 삼투되어 있지만)에 의하여 '좋다'든지 '나쁘다'든지 자신의 의사를 명확히 표현하는 데 더 이상 망설이지 않는 것이다.

여 살펴보자.

> 안개 자욱한 이른 새벽
> 채 눈이 뜨이기도 전에 손이 왔다
> 손은 수염이 검숭검숭
> 눈만 날카롭게 살아 있어
> 아 쫓기어 다니는
> 민주주의의 애국자
> 우리 아버지와 같은 사람
>
> 주섬주섬 옷고름을 여미고
> 부엌으로 나갔다
> 초라한 끼니를 끓여보자
> 석화 사란 소리를 살붓이 불렀다
> ―한 그릇 사십오 원
> 알주먹 십 원어치 흥정은
> 생각조차 말아야 할 것을―
>
> 소금물 같은 간장과
> 시늉만 한 깍두기가
> 왼통 찾이해버리는 상을 바쳐
> 뜨거운 밥만 내보았다
> 손은 유독히 달게 먹었다
> 손은 무슨 일에 뻐쳤음인지
> 그만 추한 듯 곤히 잠들어버린다
>
> 검숭검숭한 수염

무거웁게 울려나오는 숨소리

그러나 참히 맑은 얼골

누구네가 잘 살게 되기에

저렇게도 고생들 하는 건가

한시도 잊을 수 없는

근로 인민이란 네 글ㅅ자가

눈앞에 크─다란 나래를 펴다

─최석두의 「손」

간결한 표현과 구어체의 시어로 되어 있는 위의 시는, 특정한 이야기와 사건을 전제로 하고 있다. 이 시는 해방 정국의 진보적 민주주의 운동에 전념하던 사람의 모습을 형상화하고 있으며, 이 사람을 귀중한 손님으로 대접하는 아낙의 정서를 진솔하게 표현하고 있다. 이 시의 시적 화자는 밤새 어둠을 뚫고서 이곳저곳을 돌아다니다가, 안개가 자욱한 이른 새벽에 검숭검숭한 그리고 눈만 빛나는 초췌한 모습으로 나타난 손님을 형상화하고 있다. 그리고 그 손님의 모습 속에서 결코 남이 될 수 없는 아버지(보다 적극적인 측면에서는 남편)의 모습을 발견한다.

이 시의 서술자인 아낙은, 이 손님 아니 아버지를 위해서 초라한 밥상을 마련한다. 석화와 대비되는 간장과 보잘것없는 깍두기만을 얹은 상인데도 달게 먹는 손님과 그를 대접하는 아낙의 정서가, 이 시의 2~3연에 걸쳐 진솔하게 그려지고 있다. 또한 맑은 얼굴로 곤히 자고 있는 손님의 모습에서 시의 화자인 아낙은 현실의 어려움을 극복하고자 하는 사람들의 고되지만 아름다운 노력과 그들의 전망(perspective)을 그려 보이고 있다.(이 시가 발표된 시기는 이런 전망의 확보가 불투명했던 시기다. 그러나 시의 말미에 1946년 11월로 부기되어 있는 것을 보면, 시대적으로 가능하지 못한 전망은 아니다. 이런 점에서 보면 현실에 대한 전망의 문제가 시의 방향이나 시 세계에 중요한 영향력을 끼친다[6]고 볼 수 있다. 시에서의 리얼

리즘 문제는 이런 관점에 대해서도 깊은 탐구가 있어야 한다)

이 시는 미군정과 우익 보수주의자들의 탄압 속에서 지하 운동으로 전개될 수밖에 없었던 이 땅의 민주주의 운동 상황을 서술하고 있다. 그러나 이 시가 리얼리즘의 측면에서 뛰어난 서정시라는 판단에 이런 상황적 요건의 형상화라는 점만이 관여한 것은 아니다. 더 중요한 것은 이런 상황을 살아가는 아낙의 소중한 마음과 정서가 잘 나타나 있다는 점이다. '주섬주섬 옷고름을 여미고' 부엌에 나가는 아낙은, 우리의 전통 사회에서 흔히 볼 수 있었던 정다운 모습이다. 이런 우리네 아낙의 마음 씀씀이는 지나가는 석화 장사를 '살봇이' 부른다는 부분에 요약적으로 나타나고 있다. 구체적으로는 대화인지 독백인지 구별할 수 없는 "—한 그릇 사십오 원/ 알주먹 십 원어치 흥정은/ 생각조차 말아야 할 것을—"이라는 표현에서 안타까우면서도 따뜻한 마음씨를 느낄 수 있다. 어떤 아낙이 머리카락을 잘라 판 돈으로 음식을 장만하여 손님을 대접했다는 옛 이야기와도 연결되면서, 이와는 다른 상황에서 정서 표출에 성공하고 있다.

결과적으로 이 시에는 손님을 맞이하는 아낙의 정서가 진솔하게 나타나 있으며, 그 과정도 담담하게 그려지고 있다. 아울러 아낙의 꼼꼼하고 소중한 마음씨를 똑같이 소중하게 받아들이고 있는 손님의 모습도 담아 내고 있다. 이런 과정을 통하여 아낙과 손님은 근로 인민의 미래를 준비하는 사업에 함께 참여하고 있음을 보여 준다.

한편 이 시는 비약과 여운을 간직한 시어와 짤막한 시행을 구사하면서, 함축적이고 비약이 허용되는 시 세계의 진면목을 유감없이 보여 주고 있다. 아울러 '석화'와 '간장', '깍두기'의 대비적 효과, '검숭검숭한 수염'이 주는 시각적 이미지나 '뜨거운', '달게', '곤히', '맑은' 등의 일상적인 시어들이 주는 시적 효과도 시적 형상화에 긍정적인 역할을 하고 있다.

시적 형상화에 작용하고 있는 이러한 다양한 측면이 결합되어 비로소

---

6) 최두석, 『리얼리즘의 시정신』, 실천문학사, 1992 참조.

'좋은(?) 시'라는 평가를 가능하게 한 것이다. 그리고 이 시에서 보여 준 시적 상황과 인물들의 관계는 시적 대상[7]의 역할을 하기도 한다. 여기서 시적 대상화는 시적 화자를 포함한 시 전체가 어떤 정서를 느끼게 하는 대상의 차원에 있다는 관점에서 쓰고 있다. 특히 이런 관점은 시의 전형에 대한 제한된 논의의 틀을 벗어나려는 시도와도 관련된다.

시인을 포함한 시적 화자는 이야기의 전달이나 흐름을 통하여 자기에 대한 공감을 표현하도록 하는 데 머물면 안 된다. 이런 측면에서 시와 리얼리즘 문제를 논의할 때 핵심적인 문제 중의 하나인 '전형'의 문제는 여러 측면을 고려하면서 규정되어야 한다. 특히 '전형'의 제한된 틀을 극복하기 위한 방법으로 시적 대상화가 언급되고 있다. 그러나 시적으로 대상화된 시의 이야기가 정서의 '전형성' 문제를 부각시킬 수는 있겠지만, 아직은 시적 대상의 '전형'과 시적 대상이 주는 정서의 '전형성'에 대한 명확한 변별점을 제대로 찾아 내지 못하고 있는 실정이기 때문에 여러 가지로 보완해야 할 점이 많다.

다시 위의 시를 살펴보면, 시적 대상에 대하여 시적 화자인 아낙은 섬세한 자신의 정서를 드러내고 있다. 그런데 문제가 되는 것은 이런 화자와 시적 상황—즉 대상화된 이야기나 사건, 인물—은 시적 화자의 삶이나 생활과 무관하지 않다는 점이다. 이 시에서는 객관적인 상황이나 대상이 자기 주변 아니 자기 자신의 이야기로 변하고 있다. 그것은 손님의 모습에서 자기 아버지의 모습을 찾는 부분에 잘 나타난다. 어느덧 그 손님은 자신의 집을 가족처럼 거리낌없이 드나들 수 있는 사람, 그리고 자기 집처럼 편하게 곤히 잘 수 있는 인물로 변모해 있다. 이처럼 시적 화자는 단지 시적 대상을 객관적으로 대할 수 있는 관조자나 심정적 지지자에만 머물지 않

---

7) 오성호, 「시에 있어서의 리얼리즘 문제에 관한 시론」, 『실천문학』 1991 봄, 185~188면.
   김형수, 「서정시의 운명을 밝히는 사실주의」, 『한길문학』 1991 여름, 30면, 33~34면 참조.

박노해 시인의 모습

는 인물이다.

우리가 소위 '이야기 시'를 바라보는 관점도 이런 측면과 밀접히 관련된다. 상황에 따라서는 정서의 직접적인 토로라는 형태로 표현되는 '순수 서정시'의 세계보다는 이런 이야기를 통해 얻을 수 있는 또 다른 정서가 감동을 낳을 수도 있다. 최두석의 표현처럼 이야기와 더불어 오래 남아서 두고두고 여운을 전달할 수도 있다.[8] 그것이 시적인 전형성을 확보할 수만 있다면 시적 상황이든 시적 대상이 되든, 리얼리즘의 성과로 충분히 논의될 수 있다. 그리고 이런 형상을 창조하기 위하여 창작 방법의 측면에서 리얼리즘이 작용하고 있기도 하다. 또 주-객, 개성-보편의 관계에 두루 적용되는 전형이나 특수성의 문제도 이런 관점에서 설명될 수 있을 것이다.

긴 공장의 밤
시린 어깨 위로
피로가 한파처럼 몰려온다

드르륵 득득
미싱을 타고, 꿈결 같은 미싱을 타고
두 알의 타이밍으로 철야를 버티는
시다의 언 손으로
장미빛 꿈을 잘라

---

8) 최두석의 「이야기와 시」, 「이야기 시론」 등의 논문을 참조한다.

이룰 수 없는 헛된 꿈을 싹뚝 잘라
피 흐르는 가죽본을 미싱대에 올린다
끝도 없이 올린다

아직은 시다
미싱대에 오르고 싶다
미싱을 타고
장군처럼 당당한 얼굴로 미싱을 타고
언 몸뚱아리 감싸 줄
따스한 옷을 만들고 싶다
찢겨진 살림을 깁고 싶다

떨려 오는 온몸을 소름치며
가위질 망치질로 다림질하는
아직은 시다,
미싱을 타고 미싱을 타고
갈라진 세상 모오든 것들을
하나로 연결하고 싶은
시다의 꿈으로
찬 바람 치는 공단거리를
허청이며 내달리는
왜소한 시다의 몸짓
파리한 이마 위로
새벽별 빛나다

　　　　　　　　　　　　　　　　　　　　　　　－박노해의 「시다의 꿈」

생각할 거리

1. 시에서 리얼리즘 논의가 가능하다면 그 이유는 무엇인지 생각
   해 보자.

2. 박노해의 「시다의 꿈」이 당시의 전형적 삶의 모습을 그려내고
   있다고 생각하는가? 그렇다면 그 이유는 무엇인지 생각해 보자.

3. 현대시에는 현실에 대한 전망이 어떤 방식으로 나타나 있는지
   생각해 보자.

시와 여성성

女子가
裝飾을 하나씩
달아가는 것은
젊음을 하나씩
잃어가는 때문이다

「씻은 무우」 같다든가
「뛰는 生鮮」 같다든가
(陳腐한 말이지만)
그렇게 젊은 날은
「젊음」 하나 만도
빛나는 裝飾이 아니었겠는가

때로 거리를 걷다 보면
쇼우윈도우에 비치는
내 초라한 모습에
사뭇 놀란다
어디에
그 빛나는 裝飾들을
잃고 왔을까
이 피에로 같은 生活의 衣裳들은
무엇일까

안개 같은 疲困으로

門을 연다
피하듯 숨어 보는
거리의 꽃집

젊음은 거기에도
滿發하여 있고
꽃은 그대로가
눈부신 裝飾이었다

꽃을 더듬는
내 흰 손이
물기 없이 마른
한장의 落葉처럼 쓸쓸해져

1964년 '청미 시화전에서'. 왼쪽부터 김후란, 홍윤숙, 박화성, 허영자, 김숙자, 추영수, 김혜숙, 김선영, 박영숙

돌아와
몰래
진보라 고운
紫水晶 반지 하나 끼워
달래어 본다

－홍윤숙의 「장식론(裝飾論)1」

　여성성을 따로 문제삼는 발상 자체가 구시대적인 것일는지도 모른다. 그러나 페미니즘 운동이 전 세계적으로 맹위를 떨치고 있는 요즘에도 여전히 여성성은 정확하게 명명되지 못하고 있다. 아마도 여러 복합적인 성질의 총체가 여성성이기 때문일 것이다.

　그렇다면 시에서 여성성이라는 것은 무엇을 의미하는 것일까. 여성성이 드러나는 작품은 어떤 작품을 말하는 것일까. 여기에서는 후자에 관해 답변해 보기로 한다. 여성성이 드러나는 작품은 크게 세 범주로 나누어 생각할 수 있을 것이다.

　첫째, 여성이 쓴 모든 문학 작품. 이른 바 우리가 여류 시인이라고 알고 있는 생물학적 성이 여성인 시인이 쓴 모든 작품을 들 수 있다. 홍윤숙, 노천명, 김남조, 강은교, 김혜순, 김승희 등이 쓴 모든 작품이 여기에 해당된다.

　둘째, 여성적인 정조가 배어 있는 작품. 남성이 쓰긴 하였지만 여성의 목소리가 담겨 있는 시들이다. 한용운, 윤동주, 김소월 등의 작품이 그것이다.

당신이 아니더면 포시럽고 매끄럽든 얼굴이 웨 주름살이 접혀요.
당신이 기룹지만 않더면, 언제까지라도 나는 늙지 아니할 테여요.
맨 츰에 당신에게 안기든 그때대로 있을 테여요.

그러나 늙고 병들고 죽기까지라도, 당신 때문이라면 나는 싫지 안하여요.

한용운 시인의 시비

나에게 생명을 주던지 죽음을 주던지, 당신의 뜻대로만 하셔요.

나는 곧 당신이여요.

─한용운의 「당신이 아니더면」

여성적 화자를 채용하는 대표적인 시인으로 알려진 한용운의 위의 작품
에서 우리는 전통적인 여성상의 특성을 추출해 낼 수 있다. 어조라든가 복
종이나 순종의 정서, 늙음과 관련한 시어 등등이 그것이다. 사실 이러한
특성들이 여성성에만 속하는 것인지에 대해서는 진지하게 다시 검토해 보
아야 한다. 여성성과 대비되는 남성성을 강조하고 그들의 기득권을 지키
기 위한 의사 여성성으로서 이러한 여성성을 강조하고 있는 것이지 진정
한 여성성의 본질로 보기는 어렵다는 주장도 충분히 제기될 수 있기 때문
이다.

셋째, 여성 작가로 등단한 사람들이 쓴 작품에서 보이는 일반적인 특성
모두가 나타나 있는 작품이다. 이는 엄밀한 의미에서 모든 시를 지칭하는 것

으로서, 군이 여성성으로 명명하는 것 자체가 의미가 없다고 할 수 있다.

여성성이라는 개념을 따로 구분하다 보면 오히려 '여성적인 것'의 극단으로 흐르기 쉽다는 점에서 이 개념을 따로 떼어놓고 보는 것은 위험하다는 지적을 하는 사람들도 많다. 그러나 확실하게 규정할 수는 없지만 실체의 덩어리가 있다는 사실조차 부정할 수는 없다.

나는 새로운 것이 보고 싶었다.
설거지가 끝나지 않은 역사말고. 정말 새로운 것. 설거지감 냄새가 묻지 않은
그런 새로운 것.

나는 엘리베이터를 타고 마구마구 올라갔다.
투명 유리 엘리베이터 창 아래로
하늘이 마구마구 내려갔다.

믿을 수 없는 높이까지 내가 올라갔어도 믿을 수 없으리만큼 새로운 것은 존재하지 않았다. 넝마 한 벌—하늘과 설거지감—산하. 환멸만큼 정숙한 칼이 있을까. 있음을 무자비하게 잘라버리니까.

아아, 난 새로운 것을 보려면
그 믿을 수 없는 높이의 옥상 꼭대기에서
뛰어내려야 한다는 것을 알았다.

뛰−어−내−려?
뛰−어−내−려!

—김승희의 「늑대를 타고 달아난 여인」

나뭇잎들, 여리기도 해라, 내 가슴,

가늠할 수 없는 먼 진원지에서부터
흔들리네…가여워라 예쁜 것들

내가 북받치듯 그것들을 명치께에
꼭 보듬어안네 아가야 금방 커버릴
솜덩이들 윤곽이라곤 하나도 없는
오 저항하지 않는 귀여운 작은

너무나 위태위태한… 몰랑몰랑한 우주들
이제 막 생겨난…

내가 정신없이 그것들을 내품에
숨겨싸안네 다칠라 내 새끼들

거기… 늘 회한의 깊은 바람
어둡게 부는 동굴에서 너희들을
잘 기를 수 있을지 알 수 없지만
그러나 가끔은 알 수 없는

어떤 어렴풋한 날개들
쉭쉭 날아다닌다네 내 검은 영혼
온통 투명한 불빛으로
물들이는, 아주 이따금

―김정란의 「오월, 햇살, 나뭇잎들, 금방 스러질」

김승희와 김정란의 위의 시에서 우리는 여성이 아니면 택할 수 없는 소
재와 마주치게 된다. 물론 두 시의 분위기는 사뭇 다르다. 그리고 두 시

모두 전통적인 여성시와는 다른 분위기를 만들어 내고 있다는 사실도 확인할 수 있다. 김승희의 시에서는 길들여지고 순종하는 여인의 모습이 아니라 새로운 것을 추구하고 자아를 발전시켜 나가려 하는 주체로서의 여성의 모습을 지향하고 있고, 김정란의 시에서는 강한 모성애를 지닌 본원적인 여성의 정조를 그려내고 있지만, 그것이 기존의 여성 시인들이 쓴 작품과는 시어나 어조 차원에서 변별되고 있다는 사실을 노천명의 「사슴」과 같은 시를 감상하는 자리에서 확인할 수 있다.

> 목아지가 길어서 슬픈 짐승이여
> 언제나 점잔은편 말이 없구나
> 冠이 香그러운 너는
> 무척 높은 族屬 이였나 부다
>
> 물속의 제 그림자를 듸려다 보고
> 일헛든 傳說을 생각해 내곤
> 어찌할수 없는 鄕愁에
> 슬푼목아지를하고 먼데山을 쳐다본다

여성적 감성과 슬픔의 정조가 배어 나오지만, 그것이 여성으로서의 주체적 자각을 통해 만들어진 것은 아니다. 그저 '물 속의 제 그림자'를 들여다보며 눈물지을 수밖에 없는 나약하고 유약한 존재로서의 여성상이 나타나 있을 뿐이다.

다시 김승희와 김정란의 시로 돌아가 보자. 우리는 이 두 시인의 작품에서 여성만이 택할 수 있는 소재나 시어를 발견하게 된다. 김승희의 시에 나타난 '설거지'와 관련된 시어들, 가사 노동에서 벗어나려는 욕구 등과 김정란의 시에서 추출할 수 있는 '가여워라 예쁜 것들', '명치께에/ 꼭 보듬어안네'와 같은 시어들, 육아에 대한 불안, 여성으로서 독립적으로 살고

자 하는 욕구 등이 그것이다. 노천명의 시에서 시적 화자는 슬픔의 원인을 명확히 파악하지 못한 채 눈물지었지만, 김승희나 김정란의 시에 나타난 시적 화자는 자신이 처한 상황의 문제점을 명확히 파악하고, 그로 인해 고민하고 있다.

　지금까지의 언급에서도 드러났지만, 여성성을 가지고 있다고 판단되는 시의 스펙트럼은 매우 다양하다. 이제 이에 대해 좀더 확실하게 살펴보기로 하자.

　　쓸쓸히 검은 머리
　　풀고 누워도
　　이적지 못가져 본
　　너그러운 사랑

　　너를 위하여
　　나 살거니
　　소중한건 무엇이나 너에게 주마

　　이미 준 것은
　　잊어버리고
　　못다 준 사랑만을 기억하리라
　　나의 사람아

　　　　　　　　　　－김남조의 「너를 위하여」의 부분

　　사랑은
　　눈멀고
　　귀먹고
　　그래서 멍멍히 괴어 있는

물이 되는 일이다

물이 되어
그대의 그릇에
정갈히 담기는 일이다

　　　　　　－허영자의 「그대의 별이 되어」의 부분

　이러한 시들을 보면서 여성 시인이 쓴 시를 비판하고자 하는 사람들은
감상적이니, 소녀 취향이니, 세상이 어떻게 돌아가고 있는데 매일 사랑 타
령만 하고 있느니 어쩌니 말들이 많다. 물론 이런 시들이 '섬세하지만 감
상적'인 시 분위기를 자아내는 것은 틀림없는 사실이다. 그러나 이런 부류
의 모든 시들을 부정적이라고 평가할 수는 없다.

떠나고 싶은 자
떠나게 하고
잠들고 싶은 자
잠들게 하고
그러고도 남는 시간은
침묵할 것.

또는 꽃에 대하여
또는 하늘에 대하여
또는 무덤에 대하여

서둘지 말 것
침묵할 것.

그대 살 속의
오래 전에 굳은 날개와
흐르지 않는 강물과
누워 있는 누워 있는 구름,
결코 잠 깨지 않는 별을

쉽게 꿈꾸지 말고
쉽게 흐르지 말고
쉽게 꽃피지 말고
그러므로

실눈으로 볼 것
떠나고 싶은 자
홀로 떠나는 모습을
잠들고 싶은 자
홀로 잠드는 모습을

가장 큰 하늘은 언제나
그대 등뒤에 있다.

— 강은교의 「사랑법」

이런 시에서 우리는 지나친 감상성이라고 비판할 수 있는 그러한 정서를
더 이상 발견할 수가 없다. 많은 여성 시인들은 이제 새로운 시의 정신을 터
득해 나가고 있고, 온몸으로 언어로 그러한 시 정신을 표출하고 있다. 제목
과 함께 읽어야만 의미가 통하는 다음 시에서 우리는 그러한 저항의 정신을
읽는다. 그리고 여성 시인의 새로운 시적 지향도 간파할 수 있다.

전문적으로 죽여주는 자리

그 의자에 앉기 위해 이력서의 빈칸을 채웠다

키: 상대에 따라 늘었다 줄었다
몸무게: 잴 때마다 다름
나이: 주는 대로 먹었음
주소: 오늘 내가 거하는 곳
혈액형: B형, 흥분하면 에이-B형으로 역류함
취미: ?

뜨거운 반역의 피가 흘러
살아 꿈틀대는 너는
검은 금 밖으로
창백한 흰 종이 너머로
뛰쳐 나가고파

네 전공은 사는 것.
전문적으로 生을 탕진하라!

　　　　　　　　　　　　　　　－최영미의 「전문직이란?」

생각할 거리

1. 여성성이 강하게 드러나는 작품에는 어떤 것이 있는지 생각해 보자.

2. 전통적인 여성성과 현대의 여성성에 차이가 있다고 생각하는가? 그렇다면 그 차이는 어디에서 발생한 것인지 생각해 보자.

시와 문화 그리고 전통

집을 치면, 精華水 잔잔한 위에 아침마다 새로 생기는 물방울의 신선한 우물
이었을레. 또한 윤이 나는 마루의, 그 끝에 平床의, 갈앉은 뜨락의, 물냄새 창창
한 그런 집이었을레. 서방님은 바람같단들 어느 때고 바람은 어려올 따름, 그
옆에 順順한 스러지는 물방울의 찬란한 春香이 마음이 아니었을레.

하루에 몇번쯤 푸른 산 언덕들을 눈아래 보았을까나. 그러면 그때마다 일렁
여오는 푸른 그리움에 어울려 흐느껴 물살짓는 어깨가 얼마쯤 하였을까나. 진실
로, 우리가 받들 山神靈은 그 어디 있을까마는, 산과 언덕들의 萬里같은 물살을
굽어보는, 春香은 바람에 어울린 水晶빛 임자가 아니었을까나.

—박재삼의 「수정가(水晶歌)」

문학 교육은 제도 교육이라는 반강제적 형태로 이루어지는 교육 현장을
벗어나면 문화라는 새로운 장에서 만날 수 있다. 실제로 제도 교육의 밖은

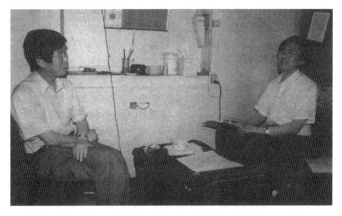

박재삼 시인의 대담 모습

대중 문학 또는 대중 문화에 무방비 상태로 노출되어 있다. 따라서 장애물 없이 다가오는 대중 문화와 문학에도 대응할 수 있는 능력을 독자에게 길러주어야 한다. 이런 측면에서 대중 문학과 문화의 향유자들에게 고급 문학 또는 문화를 접근할 수 있는 기회를 제공하는 제도적인 장치와 전문가들의 노력이 절실히 요청된다.

비록 이런 시도들이 '순문학주의', '엘리트주의', '보수주의'라는 비판을 받는 한이 있더라도, 문학을 교육하는 사람들은 이런 사태를 강 너머 불 보듯이 방치할 수만은 없다. 소비 사회라는 대세의 흐름 속에서 대중 문학이나 문화와는 다른 건전한(?) 문학과 문화가 설 자리를 마련해야 한다. 그리고 제도 교육은 이런 고급 문학과 문화가 지속적으로 향유될 수 있는 기틀을 마련해야 한다.

이런 차원에서 문학 교육을 문화라는 큰 틀 속에서 논의하려는 최근의 시도들은 새로운 시사점을 제공한다. 즉 문학의 일시적 위기론이나 흐름과는 차원이 다른 큰 흐름과 맥락에서 문학의 존재론적 배경과 그 현상, 원리(속성), 작용의 문제를 바르게 구명할 수 있는 계기를 문화론과 문학 교육의 문화 교육적 측면에서 찾고 있다.

특히 이미 형성되어 있는 현상으로서의 문화가 아닌 작용태로서 문화를 보는 관점은 문화와 문화 향유자 간의 상호 작용을 중시한다[9]는 측면에서, 문학 작품이 교육되는 우리 문화의 원리와 배경을 살피는 것은 문제의 핵심에 다가갈 수 있는 길의 하나다. 문제는 발생론적인 차원이 아니라 수용론적인 차원에서 그 문화적 배경과 작용 원리를 교육 현장에서 살펴보아야 한다는 점이다. 이제 서정주의 「국화 옆에서」를 중심으로 이에 대하여 알아보도록 하자.

---

9) 김동환, 「1930년대 말기의 산문 정신과 글쓰기의 유형」, 『국어교육연구』창간호, 서울대 국어교육연구소, 1994, 17~38면.

R. Williams, 나영균 역, 『문화와 사회』, 이화여대 출판부, 1988, 12~19면.

Ken Hirschkop(ed), *Bakhtin and Cultural Theory*, Manchester Univ. Press, 1989, pp.1~38.

한송이의 국화꽃을 피우기위해
봄부터 솥작새는
그렇게 울었나보다

한송이의 국화꽃을 피우기위해
천둥은 먹구름속에서
또 그렇게 울었나보다

그립고 아쉬움에 가슴 조이든
머언 먼 젊음의 뒤안길에서
인제는 돌아와 거울앞에 선
내 누님같이 생긴 꽃이여

노오란 네 꽃닢이 필라고
간밤엔 무서리가 저리 네리고
내게는 잠도 오지 않았나보다

이 시는 해방 직후 『경향신문』(1947. 11. 9)에 발표된 서정주의 대표작 중의 하나[10]로 『서정주 시선』(1956)에 수록되어 있다. 특히 '생명파'로 지칭 되던 초기의 시 세계를 넘어서 중기 시의 세계인 '신라 정신'으로 넘어가 는 과정에 놓이는 작품이다. 강렬한 생명 의식의 추구나 신비로운 동양적 전통관과도 일정한 거리가 있으며, 일제 강점기 말기의 친일이라는 개인 적 부끄러움도 어느 정도는 극복하고 있다.

---

10) 「국화 옆에서」가 대표작이라는 근거는 시선집이 나올 때마다 대표적으로 수록되는
   작품이며, 이 시를 표제시로 한 시집이 여러 권 나왔다는 데에서 찾을 수 있다. 즉
   1975년 삼중당, 1984년 동서문화사, 1987년 자유문학사, 혜원출판사, 1988년 자유문학
   사에서 『국화 옆에서』라는 표제의 시선집이 간행되었다.

미당이 손수 흙을 빚어 자기를 굽고 자작시를 새겨 넣은 도자기

이 작품에 대해서는 대지와의 수평적 자세로부터 하늘로 향한 일어섬의 수직적 상상력의 발현이며, 정신적 삶의 소중함 또는 상승적 삶의 경건함을 강조하고 있다[11]고 평가하고 있다. 여기서는 이 시에 대해 해석이나 의미 부여를 하기보다는, 이 작품이 교육 제재로 수용되는 근거를 문화적 배경을 중심으로 살펴보도록 하겠다.

문학 교육에 이 작품이 수용되는 문화적 배경에는 여러 가지가 있다. 그 중 중요한 것이 이데올로기다. 또 시인의 의식 속에 암암리에 작용하는 문화적 전통이나 생활 속에서 사유를 지배하는 사고 과정이 논의될 수 있다. 그리고 이 시를 쉽게 받아들일 수 있는 문화적 전통을 들 수도 있다. 즉 전통 시가의 대표적 갈래인 시조에서 많이 나타나는 전경후정이라는 시작법과 서정시의 여성주의 문학 경향, 전통적 4음보 율격의 실현 등이 그것이다. 또 국화로 대표되는 소재의 상징적 의미 실현도 거론할 수 있다.

이와 같은 시가의 전통은 특히 시조의 양식적 특성이었으며, 그 정신적 배경은 양반으로 대표되는 사대부 정신과 주자학이라는 유교 정신이었다.

---

11) 김재홍, 「미당 서정주」, 『한국현대시인론』, 일지사, 1986, 330면.

아울러 발생론적 측면에서 이런 전통의 수용은 서정주가 어린 시절 한문을 수학했던 체험의 산물이기도 하다. 그리고 이런 한국의 전통적인 정서와 사상은 그에게서 창조적으로 발전 계승되어 우리 시의 폭을 확충하였으며, 깊이를 심화시키는 원동력이 되었다.

또한 이 시는 시작법상 전경후정의 이분법을 쓰고 있지만, 논리의 전개 방식으로는 기승전결의 4단 구성에 의존하고 있다. 이분법이나 4단 구성의 논리 전개 방식은 전통적인 시가인 시조의 구성 원리로 설명되는 것[12]으로, 서정주의 「국화 옆에서」 역시 이런 구성 원리와 논리 전개 방식을 수용하고 있다. 우리 시가의 서술 방식을 통하여 논리 구조와 사유 체계, 문화 체계를 설명할 수도 있다[13]는 점을 고려한다면, 이 특성 역시 문화적 전통을 수용하고 있다는 맥락으로 설명된다. 결국 중요한 것은 이 시의 사유 방식이 우리의 시가나 교술적인 글의 사유 방식과 그대로 연결되어 있다는 사실이다.

마지막으로 이 시는 이데올로기적으로도 전통적인 충효(忠孝)의 이념으로 대표되는 순응주의를 계승하고 있다. 어떤 시련도 저항하기보다는 견디고 적응하기를 권하는 삶의 모습을 은연중에 나타내고 있다. 이는 시인의 유교적 학문 체험이나 성장 과정에서 겪은 불교적 종교 체험과도 밀접한 관련을 맺는다. 특히 우리 나라 불교는 호국 불교로 설명될 수 있는 대승불교의 맥을 계승하고 있다는 점에서, 그의 종교적 체험 역시 충효로 대표되는 순응주의와 맥을 같이 함을 알 수 있다.

이러한 정신, 사상, 종교의 기반 위에서 형성된 이데올로기가 그의 작품의 기조를 이루며, 해방 이후 그의 문학 세계의 전개에 핵심이 되는 경

---

12) 김대행, 『한국시가 구조 연구』, 삼영사, 1976, 219~238면.
   한상련, 「한국 논리학의 구조」, 『동국대 논문집』 5집, 동국대, 1969.
13) 김대행은 시조 형식을 '대상(object)―관계(relation)―의미(meaning)'로 분석하고, 이 서술 방식이 문학 교육, 문화론 등과 어떤 관계를 가지고 있는지 분석하였다.
   김대행, 「손가락과 달―시조 형식을 통해 본 문학 교육의 지표론」, 『운당구인환교수 정년퇴임기념논문집』, 1995.

향이었다. '인고(忍苦)', '생명 탄생의 지난(至難)' 등의 용어로 설명되는 「국화 옆에서」는 그의 이러한 이데올로기적 지향성의 산물이라고 할 수 있다. 아울러 이러한 경향은 어려운 시대를 참고 견디기를 바라는 국가의 지향성과 맞아 떨어졌으며, 이 작품이 교과서에 수록되는 근거가 되기도 했다.[14]

물론 서정주의 모든 작품을 순응주의로 설명할 수는 없다. 그의 「화사」, 「바다」로 대표되는 초기 시의 세계는 보들레르 류의 상징주의나 서구(근대) 지향의 모더니즘 경향으로 설명된다. 그러나 이후의 시 특히 1960년대 이후 신라 정신을 구현하는 시들은 불교적 세계관과 더불어 이념적 지향성을 잘 보여 준다.

서정주의 「국화 옆에서」는 이런 문화적 배경 속에서 학습자와 독자를 만난다. 그리고 이런 맥락 속에서 교육되어야 정책이 요구하는 교육의 목표를 달성할 수 있다. 아울러 문학 교육 연구자들은 이런 문화적 맥락을 바르게 파악할 수 있어야 한다. 그래야만 문학의 이름으로 진행되는 교육의 문화적 맥락을 밝혀 낼 수 있을 것이다.

문화는 그 문화를 향유하는 사람들(정신이나 이데올로기)에 의해 그 특징이 규정된다. 그리고 문화의 결정체(結晶體)라고 일컬어지는 문학이 왜 가르쳐져야 하는가는, 그 작품이 가지고 있는 문화적 배경과 그것을 가르치는 사회의 문화적 배경과 관련이 있다. 또 이런 배경이 일치할 때 그 효과는 극대화될 수 있다. 이런 측면에서 문학 교육은 문학을 포함하는 전(全) 문화의 본질과 속성, 작용의 원리를 제대로 밝힐 수 있어야 한다. 그러므로 문학의 이론이 필요하고, 더 넓게는 문화 일반을 설명할 수 있는 이론의 학습이 필요하다. 다만 이런 이론들은 문학주의나 문화주의의 틀에서 벗어나 교육의 실천적 현장을 항상 고려한 가운데에서 검토되고 적용되어야 한다.

---

14) 서정주의 「무등을 보며」가 교과서에 많이 수록되는 이유도 같은 맥락에서 설명할 수 있을 것이다.

아울러 언어 예술로서의 시는 다른 언어 예술과는 확연히 구분된다. 그 변별점은 절제된 언어와 함축적인 언어라는 시어의 특성에서 확인할 수 있다. 시는 짧고 간결하게 진술되면서도 많은 내용을 담아 낸다. 창작 주체는 한 자의 단어도 의미 없이 선택하지 않는다.(다른 언어 예술도 마찬가지겠지만) 이야기로 다 풀어서 말하지 않는 이런 시의 미덕은 서정시의 중요한 특징이다. 옛 시인들은 20자 또는 28자의 짧은 한시에, 45자 내외의 시조에, 자신들의 정서나 사상을 완전하게 형상화하고자 했다. 적어도 시라는 갈래를 창작할 때에는 많은 말을 필요로 하지 않았다. 오히려 말하지 않는 가운데 다 말하고자 했다. 이런 시학 원리는 시인들의 학문이었으며, 미학이었고, 문화였다. 이는 고대 가요에서 향가, 고려 가요, 한시, 시조, 근대나 현대의 순수 서정시로 이어지는 전통이다.

이처럼 절제하는 미덕은 학문하는 자, 문학하는 자의 덕목이었으며, 그것은 선비의 정신과도 통하는 것이었다. 그렇기에 산문의 시대, 말이 많은 시대에도 서정 단시는 시의 백미(白眉)로 꼽혔으며, 시인들은 이런 시 형식을 꾸준히 세련시켰다. 정을 담았으며, 뜻을 폈다. 도를 담아 내고, 삶의 이치를 보여 주고자 했다. 어떤 때에는 직접 서술로, 때로는 자연 대상에 의탁하여 자신이 표현하고자 하는 바를 그려냈다.

특히 정형시로서의 한시나 시조가 그 의미를 상실한 후에도 단형의 시학은 계속되었다. 우리 시와 우리 문학에 단형 서정의 미학이 하나의 문화적 전통으로 자리를 잡은 것이다. 정형 파괴의 자유시, 장형을 추구하는 산문시라는 형식 실험과 그 세력 확장의 공세에도 불구하고, 단형을 추구하는 순수 서정시의 미학은 여전히 계승되고 있다. 옛날의 전통 그대로가 아니라 창조적 변이를 거쳐서, 새로운 시 형식으로 정착하고 있다.

어느 계집이 제 서답을 빨지도 않고
능선마다 스리슬쩍 펼쳐놓았느냐

용두질 끝난 뒤에도 식지 않은, 벌겋게 달아오른 그것을
햇볕 아래 서서 꺼내 말리는 단풍나무들

— 안도현의 「가을 산」

그렇다면 이제 서정시(抒情詩, 敍情詩, Lyric)라는 용어에 대하여 다시 생각해 보아야 한다. 대체로 이 개념은 다음과 같이 정의(定義)되고 있다. 즉 자기의 감정을 읊거나 토로한(抒) 시. 자기의 감정을 서술한(敍) 시. 고대 희랍의 lyre라는 악기에 맞추어 부른 시. 자기의 감정·정서를 주관적으로 표현한 시의 총칭. 시인의 사상과 감정을 표현한 그리 길지 않은 시 등등.

이런 서정시의 정의는 대부분 '감정'과 '표현'이라는 공통 분모를 가지고 있다. 그리고 우리의 서정시는 이런 정의의 내포에 충실한 갈래였다. 여기에 시(詩)를 정의한 동양의 문학관, 학문관이 내포되어 있다. 즉 '시언지(詩言志)'와 '사무사(思無邪)'라는 동양의 공리적이고 교훈적인 시관이 수용되어 있는 것이다. 그렇기에 서정시는 감정(情)을 표현하는 것이라는 관점과 더불어 도(道)와 뜻[意], 앎[知]을 전달하는 것이라고 생각했다.

우리 전통 시가, 근·현대시는 이런 시의 본질을 문화로 또는 전통으로 계승하고 있다. 시 또는 서정 갈래의 상위 갈래, 하위 갈래를 막론하고 서정시는 이 문화적 전통을 학습하면서, 그것을 지속적으로 실천하고 있다고 말할 수 있다. 과거에도 현재에도 앞으로도 이런 서정의 추구는 다함이 없으리라.

冬至ㅅ둘 기나긴 밤을 한 허리를 버혀 내어,
春風 니불 아래 서리서리 너헛다가,
어론 님 오신 밤이여든 구뷔구뷔 펴리라.

— 황진이의 시조

생각할 거리

1. 문학 교육을 문화라는 큰 틀에서 논의한다는 것이 어떤 의미
   인지 생각해 보자.

2. 우리 시가의 전통에는 어떤 것이 있는지 생각해 보자.

3. 황진이의 시조를 사회와 문화, 전통이라는 관점에서 해석할 때,
   집중적으로 논의되어야 할 것은 무엇인지 생각해 보자.

시와 자연

뒷동산 살구꽃은 가지가지 봄빛이다
앞못에 창포잎은 층층에 움돋는다

—아산 지방의 「이앙요」

모시야적삼 안섶안에 연적같은 검은젖보소
많이야 보고가면 병되나니 손톱만치
보고가소

—경산 지방의 「이앙요」

　자연은 시 문학의 갈래에서 가장 중요한 제재였다. 그래서 고전 시가뿐
만 아니라 현대시에서도 나무나 풀과 같은 자연물을 시적 제재로 하여, 시
인의 사상, 감정, 정서를 두루 표현하고 있다.[15] 즉 인간은 자신이 터전을
삼고 있는 자연과 뗄 수 없는 관계를 맺고 있으며, 그렇기에 그 자연을 통
하여 자신들을 표현하고자 했다. 자연은 인간의 삶의 공간으로서 의미를
지니며, 자연은 인간의 마음을 투영하고 있는 존재라는 점에서 인간과 밀
접한 관계를 맺고 있는 것이다.
　이런 관점에 의하면, 인간은 오래 전부터 자연을 통해 인간의 정신적
가치를 추구하고 인간의 감흥을 노래하였다는 사실을 자연스럽게 받아들
일 수 있다. 거꾸로 보면 자연은 인간 정신에 의존하여 그 존재를 확인할
수 있었다. 즉 개인적인 감정의 차원에서 자연을 바라보고 그것을 인간의
정신 세계와 관련지을 때, 자연은 비로소 문학 또는 시 속에 표현될 수 있
었다. 그리고 이처럼 자연을 인간의 정신과의 관련 속에서 보는 관점은,

---

15) 김대행, 『한국시의 전통 연구』, 개문사, 1980.
　　이숭원, 「한국 근대시의 자연표상 연구」, 『근대시의 내면구조』, 새문사, 1988.

자아의 각성이라든가 낭만적 상상력의 문제와 밀접하게 연결된 낭만주의적인 세계관과도 관련이 있다.

이 세상
우리 사는 일이
저물 일 하나 없이
팍팍할 때
저무는 강변으로 가
이 세상을 실어 오고 실어 가는
저무는 강물을 바라보며
팍팍한 마음 한 끝을
저무는 강물에 적셔
풀어 보낼 일이다.
버릴 것 다 버리고
버릴 것 하나 없는
가난한 눈빛 하나로
어둑거리는 강물에
가물가물 살아나
밤 깊어질수록
그리움만 남아 빛나는
별들같이 눈떠 있고,
짜내도 짜내도
기름기 하나 없는
짧은 심지 하나
강 깊은 데 박고
날릴 불티 하나 없이
새벽같이 버티는

마을 등불 몇 등같이
이 세상을 실어 오고 실어 가는
새벽 강물에
눈곱을 닦으며,
우리 이렇게
그리운 눈동자로 살아
이 땅에 빚진
착한 목숨 하나로
우리 서 있을 일이다.

—김용택의 「섬진강 5—삶」

 섬진강을 보며 미약한 존재로서 선하게 살아갈 것을 다짐하는 시적 화자의 내면 고백을 담고 있는 시다. 이처럼 인간은 자연을 자신의 삶의 터전이자 자신의 삶을 반성하고 성찰하는 계기로 삼았다.

섬진강을 가로지른 철교의 모습

이는 예전에도 마찬가지였다. 예로부터 인간은 경치(산과 들, 강)나 정자 등과 같은 자연을 삶의 공간이자 완상(玩賞)의 대상인 경물(景物)로 인식하였다. 민중은 이를 주로 삶의 공간으로 인식했으며, 사대부들은 완상의 대상으로 삼았다. 그리고 그들은 각기 다른 자신들의 문학적 갈래를 통하여 각각 다른 정서와 감정을 표현하였다. 민중은 민요를 통하여 삶의 애환과 노동 현장의 생동감을 표현했으며, 사대부들은 한시나, 시조, 가사 등을 통하여 자신들의 사상이나 정서를 형상화하였다. 자연은 시적 대상이었으며, 이를 즐겨 향유한 인간들의 정서를 표상하는 문학적 상징이었던 것이다.

예를 들면 사대부들은 자신들의 절제된 세계와 순결, 지조의 마음을 표현할 때, 이화(梨花), 국화, 매화, 대나무, 소나무 등을 동원하였다. 그리고 연꽃은 불교적인 세계의 표현을 위해, 도화(桃花)는 도교적인 세계와 이들이 꿈꾸는 이상향의 세계를 표현하는 고전 시가나 문학 작품에 등장하였다. 자연 특히 꽃의 아름다움과는 또 다른 자연의 속성을 찾아 내어, 이를 자신들의 정서나 사상과 연결시키고자 하였다. 시에서 노래되고 있는 자연의 아름다움은 아름다움 그 자체만을 위한 것이 아니었으며, 차라리 그것은 이를 노래하고 있는 인간의 마음이었다.

> 나모도 아닌 거시 플도 아닌 거시
> 곳기는 뉘 시기며 속은 어이 뷔연는다
> 더러코 四時예 프르니 그를 됴하ᄒᆞ노라
>
> ─윤선도의 「오우가」의 부분

이 시조는 선비가 지녀야 할 '절개'라는 고결한 마음을 대나무에 비겨 표현한 작품이다. 「오우가」의 여섯 수의 시조에서, 윤선도는 자연물 즉 수(水), 석(石), 송(松), 죽(竹), 월(月)의 다섯을 친구로 가까이 하는 이유를 읊고 있다. 이 자연 제재들은 주로 선비가 지녀야 할 덕목을 시적으로 표현한 것이라고 할 수 있다. 그리고 이런 시적 형상은 하나의 상징적 형상으로 자리를 잡으면서, 문화적 · 문학적인 전통으로 작용하기도 한다.

한편 자연물은 시인이 처한 사회적 환경의 변화에 따라, 그 상징적 속성이 변하게 된다. 즉 자연물이 상징하는 바가 변하게 된다. 다음의 시는 위에서 든 대나무가 현대에는 다른 의미로 형상화될 수 있음을 보여 주는 예다.

동학 농민군이 북상하다 장성 부근에서 쉴 때 농군들은 대밭에서 새 죽창을 다듬고 죽순도 꺾어 갔다. 이 죽순은 그날 저녁 식사 때 농군들의 목젖을 타고 넘어가 다음날은 전주성을 향해 떠났고 당시 대밭에 남아 있던 죽순은 자라서 반 세기 세월을 응어리져 갔다. 뿌리는 뿌리대로 한 마디씩 땅을 경작하며 호남선 철도, 레일에 찢긴 이파리를 달고.

마침내 이 대나무가 베어진 것은 육이오 동란 겨울, 한 병사가 낫으로 날카로운 죽창을 다듬었으니.

—최두석의 「대꽃 4-죽순」

이 시에서 대나무는 선비의 지조를 넘어서는 의미로 형상화되고 있다. 이 땅의 억압받는 민중에게는 모순과 억압, 외세에 대항하는 '죽창'으로 대나무가 인식되고 있는 것이다. 이처럼 시로 표현된 자연의 의미는 시대에 따라 변하며, 때로는 비슷한 의미를 나타내는 자연물도 사회가 변함에 따라 변하는 현상을 발견할 수 있다. 옛 시인들이 이상향의 상징물로 '무릉도원(武陵桃源)'의 복숭아꽃을 주로 노래했다면, 근대시에서는 살구꽃을, 현대의 민중시에서는 진달래꽃을 주로 읊고 있다. 인간은 끊임없이 자연을 중요한 시적 제재로 삼고 있지만, 그 문학적 자연 형상의 의미는 변화하고 있다. 즉 시에 형상화된 자연은 통시적인 측면에서 변화하고 있다. 이는 인간의 삶의 조건이 바뀌는 한 반드시 밟아야 할 필연적인 노정이라고 할 수 있다.

왜 푸른 산중에 사느냐고 물어봐도　　　　　　問余何事棲碧山
대답없이 빙그레 웃으니 마음이 한가롭다.　　　笑而不答心自閑
복숭아꽃 흐르는 물따라 묘연히 떠나가니　　　桃花流水杳然去
인간세상이 아닌 별천지에 있다네.　　　　　　別有天地非人間

　　　　　　　　　　　　　　　　　　　　　—이백의 「산중문답(山中問答)」

살구꽃 핀 마을은 어디나 고향같다
만나는 사람마다 등이라도 치고지고
뉘집을 들어서면은 반겨 아니 맞으리

바람 없는 밤을 꽃그늘에 달이 오면
술 익는 초당마다 젊은 꿈도 익으리니
나그네 저무는 날에도 마음 아니 바빠라

　　　　　　　　　　　　　　　　　　　—이호우의 「살구꽃 핀 마을」

날더러 진달래꽃을 노래하라 하십닛가 이가난한詩人더러 그寂寞하고도 간엷
흔꽃을
　　일은봄산골작이에 소문도업시 피엿다가
　　하로아츰 비바람에 속절업시 쩌러지는그꽃을
　　무슨말로 노래하라 하십닛가

노래하기에는 너머도슯흔 사실이외다 百日紅가치 붉게 붉게 피지도못하는꽃
을
　　국화와가치 오래 오래 피지도못하는꽃을
　　모진 비바람 맛나흣터지는 가엽슨 꽃을 노래하느니 차라리 붓들고울것이외
다

친구께서도 이미그꽃을 보섯스리다
화려한꽃들이 하나도 피기도전에
찬바람 오고가는 산 허리에 쓸쓸하게피어있는봄의先驅者 연분홍의 진달래꼿
을 보섯스리다

진달래꼿은 봄의先驅者외다
그는 봄의消息을 먼저傳하는 預言者이며
봄의모양을 먼저그리는 先驅者외다
비바람에 속절업시지는 그 엷은 꼿입은
先驅者의 不幸한 受難이외다

엇지하야 이나라에태여난 이가난한詩人이
이가치도 그꽃을붓들고우는지 아십닛가
그것은 우리의先驅者들 受難의모양이
넘우도만히 나의머리속에 잇는까닭이외다

봄 산에 핀 진달래꽃

노래하기에는 넘우도濕혼 사실이외다
百日紅가치 붉게 붉게 피지도못하는꼿을
국화와가치 오래 오래 피지도못하는꼿을
모진비바람 맛나 흐터지는 가엽슨꼿을
노래하느니 차라리붓들고 울것이외다

그러나 진달래꽃은 오랴는봄의모양을 그머리속에 그리면서
찬바람 오고가는 산허리에서 오히려우스며 말할것이외다
「오래오래 피는것이 꼿이아니라
봄철을 먼저아는것이 정말 꼿이라」고—.
—박팔양의 「너머도 濕흔 사실—봄의선구자(先驅者) 「진달래」를 노래함」

생각할 거리

1. 인간이 시 속에 자연의 모습을 담아 내는 이유가 무엇인지 생각해 보자.

2. 우리 시가에 나타난 자연의 모습은 어떤 양상을 띠고 있으며, 현대에 이르러 어떤 식으로 변모하고 있는지 생각해 보자.

3. 우리 시가에 나타난 자연의 모습을 '강', '산', '꽃' 등의 주제별로 찾아보고, 각각 무엇을 상징하고 있는지 생각해 보자.

인간의 영원한 서정시, 연가(戀歌)

서정시라는 시 형식이 생기면서부터 시인들이 끊임없이 시적 대상으로 삼은 것 중의 하나가 사랑이다. 시 속에 구현된 사랑은 남녀간의 사랑을 기본으로 하여 부모 자식간의 사랑, 자기가 살고 있는 고향이나 나라에 대한 사랑, 자기 이웃에 대한 사랑 등의 다양한 양상을 띠고 있다. 이 중에서 사람간의 관계, 특히 남녀간의 사랑을 노래한 것이 제일 먼저 창작되기 시작했을 것으로 추정해 볼 수 있다. 이런 형태의 시를 우리는 연시(戀詩) 또는 연가(戀歌)라고 부른다.

여기서는 우리가 그 동안 시적 형상화 작업에서 꾸준히 추구하였던 주제[16]라고 할 수 있는 임에 대한 사랑의 노래를 살펴보도록 하자. 내가 아닌 남을 사랑하면서 얻게 되는 열병(熱病)을 전하기 위하여 불렀던 노래, 그러나 벙어리 냉가슴 앓듯이 전하지 못하고 말았기에 더욱 애절한 사랑의 마음을 표현한 노래. 이런 측면에서 사랑의 노래는 매우 주관적으로 보이면서도 일견 우리 모두의 마음을 엿보인 듯한 착각을 일으키게 한다.

사랑이여, 보아라
꽃초롱 하나가 불을 밝힌다.
꽃초롱 하나로 천리 밖까지
너와 나의 사랑을 모두 밝히고
해질녘엔 저무는 강가에 와 닿는다.
저녁 어스름 내리는 서쪽으로
流水와 같이 흘러가는 별이 보인다.
우리도 별을 하나 얻어서

---

16) 김대행, 『한국시의 전통 연구』, 개문사, 1980.

꽃초롱 불 밝히듯 눈을 밝힐까.

눈 밝히고 가다가다 밤이 와

우리가 마지막 어둠이 되면

바람도 풀도 땅에 눕고

사랑아, 그러면 저 초롱을 누가 끄리.

저녁 어스름 내리는 서쪽으로

우리가 하나의 어둠이 되어

또는 물 위에 뜬 별이 되어

꽃초롱 앞세우고 가야 한다면

꽃초롱 하나로 천리 밖까지

눈 밝히고 눈 밝히고 가야 한다면.

　　　　　　　　　—박정만의 「작은 연가(戀歌)」

　위의 시에서 풀어 설명할 수 없는 간절한 사랑의 마음은 어둠 속에서도 빛나는 꽃초롱과 별이라는 구체적인 대상을 통하여 표현되어 있다. 그러나 이를 더 이상 구체적으로 설명할 수는 없다. 누군가가 말한 바와 같이 사랑은 느끼는 것이고, 더구나 이런 사랑을 노래한 시는 느끼는 것으로 만족해야 하는 것이다. 그래야만 말로는 다 설명할 수 없는 사랑의 마음을 온전히 감지할 수 있다.

　또 누군가가 말했다. 사랑의 힘은 위대하다고. 이런 사랑의 본질에 대하여 우리는 서로가 느끼면 되는 것이다. 그럼에도 불구하고 연가는 사랑의 마음을 말로 표현할 수 있는 인간의 전유물이다. 따라서 연가는 인간의 정서적 일체감을 확인시켜 주는 영원한 유산이라고 할 수 있다. 혼자가 아니고 누군가와 같이 살 수밖에 없는 인간의 고유한 특성을 드러내는 장치이기도 하다.

　연가는 임이 나와 같이 있지 않을 때, 즉 임이 내 곁을 떠났을 때 더욱 절실하게 표현된다. 어찌 보면 임과 같이 있을 때에는 느끼지 못하는 것이

사랑의 마음일 수도 있다. 임과의 사랑에 눈멀어 있던 시간에는 그 소중함
과 고마움을 미처 표현하지 못한다. 그러다가 임이 떠난 후에야 그 존재를
새삼 인식하게 되고, 그 소중함을 노래할 수 있는 시간을 가지게 된다. 그
래서 우리에게는 임을 이별하면서 부르는 노래가 무척 많다. 임과의 이별
이나 사랑을 노래한 시는, 고대 가요나 향가는 물론 「가시리」, 「서경별곡」
과 같은 고려 가요, 황진이의 시조, 가사, 한시, 현대시에 이르기까지 꾸준
히 명맥을 이어오고 있다.

　그리고 임이라는 사랑의 대상도 연인에서 부모, 임금, 조국 등으로 확대
된다. 사모하는 대상을 임으로 표현하여, 그 상실의 아픔이나 재회의 바람
을 간절하게 표현하고 있다. 이런 시적 대상으로서의 임은 우선적으로 연
인으로 한정하여 이해할 필요가 있다. 그 다음 단계의 이해나 감상은 연인
으로서의 임에 대한 이해나 감상을 바탕으로 확대하거나 변용할 수 있다.[17]

　　빗속에서 쑥국새가 운다
　　한 개의 별이 되어
　　창 밖을 서성이던
　　당신의 모습도
　　오늘은 보이지 않는다
　　이렇게 비가 내리는 밤이면
　　당신의 영혼은
　　또 어디서 비를 맞고 있는가.

　　　　　　　　　　　　　　　　　　-도종환의 「쑥국새」

　「접시꽃 당신」으로 대표되는 연시로 대중의 사랑을 받았던 시인의 시
다. 이 시를 비롯하여 『접시꽃 당신』에 실린 많은 시는 연가의 기본적인

---

17) 윤여탁, 「시 감상의 어려움에 대하여-한용운의 시를 중심으로」, 『시 교육론』, 태학
　　사, 1996.

약점인 센티멘탈의 정서와 말초적·찰나적 감상을 훌륭하게 극복한 작품
이라는 평가를 받고 있다. 특히 이 시에는 주로 '접시꽃'으로 형상화되었
던 임이 '쑥국새'로 모습을 바꾸어 드러내고 있다. 꽃의 향기나 모습과 같
은 후각이나 시각적 이미지로 그려지던 임의 형상이 이 시에서는 청각적
이미지인 울음으로 바뀌어 있다. 더구나 비가 내리는 밤의 감상적인 상황
은 임이 없는 외로움을 더욱 간절하게 표현하고 있다.

　그런데 임의 상실을 표현하는 방식도 현대시에 이르러서는 많이 달라졌
음을 알 수 있다. 김소월의 「진달래꽃」이나 한용운의 「님의 침묵」에서 엿
볼 수 있는 이별의 정조는 신현림의 다음과 같은 시에서는 전혀 찾아볼
수 없다.

　　담배불을 끄듯 너를 꺼버릴 거야

　　다 마시고 난 맥주 캔처럼 나를 구겨버렸듯
　　너를 벗고 말 거야
　　그만, 너를, 잊는다,고 다짐해도
　　북소리처럼 너는 다시 쿵쿵 울린다

　　오랜 상처를 회복하는 데 십년 걸렸는데
　　너를 뛰어넘는 건 얼마 걸릴까
　　그래, 너는 나의 휴일이었고
　　희망의 트럼펫이었다
　　지독한 사랑에 나를 걸었다
　　뭐든 걸지 않으면 아무것도 아니라 생각했다
　　네 생각 없이 아무 일도 할 수 없었다

　　너는 어디에나 있었다 해질녘 풍경과 비와 눈보라,

바라보는 곳곳마다 귀신처럼 일렁거렸다
온몸 휘감던 칡넝쿨의 사랑
그래, 널 여태 집착한 거야

사랑했다는 진실이 공허히 느껴질 때
너를 버리고 나는 다시 시작할 거야
—신현림의 「이별한 자가 아는 진실」

이별시의 절창이라고 불리워지는 한용운의 「님의 침묵」이나 김소월의 사랑과 이별을 주제로 한 많은 시에서 우리는 결코 "너를 버리고 나는 다시 시작할 거야" 류의 진술을 발견할 수 없다. 이는 사랑의 속성이 그만큼 달라지고 연인간의 관계도 다양한 양상을 보이고 있음을 실증하는 예라고 하겠다.

현대시에서 이런 연가들은 문학 소녀적인 감각이나 취향에만 주로 의존하여 창작되고, 아직도 베스트셀러의 자리를 차지하고 있음도 쉽게 확인할 수 있다. 그러나 이런 현상을 대중 문학의 경박성이니 예술성의 부족이라고 재단하는 문학주의의 틀 속에서만 설명할 수는 없다. 적어도 시 교육의 장에서는 대중의 능동적인 문학 수용이라는 측면에서, 연가의 긍정적인 의의를 찾아야 한다. 점점 문학으로부터 멀어지고 있는 독자들이 연가를 읽음으로써 시에 가까이 갈 기회를 부단히 제공하여야 한다. 독자 없는 시, 동업자들 사이에서만 읽히는 시는 결코 문학의 기능을 다하고 있다고 볼 수 없다. 우선 독자의 사랑을 받을 수 있는 시에 대해 관심을 가지고, 이를 기반으로 하여 그 영역을 확대할 필요가 있다. 이런 측면에서 연가 풍의 시는 나름의 기여를 한다고 평가할 수 있다.

사실 김소월이나 한용운의 시도 연가의 범주 속에서 이야기할 수 있으며, 박인환의 감상적인 시나 존재의 언어를 표현한 김춘수의 시, 신앙적 구도의 세계를 추구하고 있는 김남조의 사랑 시도 연가의 범주에 포함된

박인환이 경영했던 서점 '마리서사' 앞에 선 박인환과 임호권

다. 또한 민중시를 주로 썼던 이시영이나 김용택 등의 연가 풍의 시도 긍정적인 차원에서 논의할 수 있다.

그리하여 1950년대 모더니즘시의 대표작이라거나 예술가의 내면에 대한 관심에서 연유하는 비관적 인식이 자기 응시와 절묘한 조화를 이루고 있다는 문학적인 해석과는 달리, 다음의 시는 임을 잃은 사람의 사랑 노래로 읽힐 수 있는 것이다.

한잔의 술을 마시고
우리는 버지니아·울프의 生涯와
木馬를 타고 떠난 淑女의 옷자락을 이야기 한다
木馬는 主人을 버리고 거저 방울소리만 울리며
가을 속으로 떠났다 술병에서 별이 떨어진다
傷心한 별은 내가슴에 가벼웁게 부숴진다
그러한 잠시 내가 알던 少女는
庭園의 草木옆에서 자라고

文學이 죽고 人生이 죽고
사랑의 진리마저 愛憎의 그림자를 버릴때
木馬를 탄 사랑의 사람은 보이지 않는다
세월은 가고 오는 것
한 때는 孤立을 피하여 시들어 가고
이제 우리는 作別하여야 한다
술병이 바람에 쓰러지는 소리를 들으며
늙은 女流作家의 눈을 바라다 보아야 한다
……燈臺에 ……
불이 보이지 않아도
거저 간직한 페시미즘의 未來를 위하여
우리는 처량한 木馬소리를 記憶하여야 한다
모든 것이 떠나든 죽든
거저 가슴에 남은 희미한 意識을 붙잡고
우리는 버지니아·울프의 서러운 이야기를 들어야한다
두개의 바위 틈을 지나 靑春을 찾은 뱀 과 같이
눈을 뜨고 한잔의 술을 마셔야한다
人生은 외롭지도 않고
거저 雜誌의 表紙처럼 通俗 하거늘
한탄할 그 무엇이 무서워서 우리는 떠나는 것일까
木馬는 하늘에 있고
방울소리는 귓전에 철렁 거리는데
가을 바람소리는
내 쓰러진 술병 속에서 목매어 우는데

─박인환의 「목마(木馬)와 숙녀(淑女)」

생각할 거리

1. 사람들이 즐겨 읽고 쓰는 시가 연시인 이유는 무엇인지 생각
   해 보자.

2. 우리 시에 나타난 사랑의 모습은 어떤 양상을 띠고 있으며, 현
   대에 이르러 어떤 식으로 변모하고 있는지 생각해 보자.

시(詩)여, 침을 뱉어라

- 힘으로서의 시(詩)의 존재(存在)

　　나의 시에 대한 사유(思惟)는 아직도 그것을 공개할 만한 명확한 것이 못된다. 그리고 그것을 조금도 부끄럽게 생각하고 있지 않다. 이러한 나의 모호성은 시작(詩作)을 위한 나의 정신 구조의 상부(上部) 중에서도 가장 첨단의 부분을 차지하고 있는 것이고, 이것이 없이는 무한대의 혼돈에의 접근을 위한 유일한 도구를 상실하는 것이 되기 때문이다. 가령 교회당의 뾰죽탑을 생각해 볼 때, 시의 탐침(探針)은 그 끝에 달린 십자가의 십자의 상반부의 창끝이고, 십자가의 하반부에서부터 까마아득한 주춧돌 밑까지의 건축의 실체의 부분이 우리들의 의식에서 아무리 정연하게 정비되어 있다 하더라도, 시작 상(詩作上)으로 그러한 명석(明晳)의 개진은 아무런 보탬이 못되고, 오히려 방해가 되는 것이다. 시인은 시를 쓰는 사람이지 시를 논하는 사람이 아니며, 막상 시를 논하게 되는 때에도 그는 시를 쓰듯이 논해야 할 것이다.

　　그러면 시를 쓴다는 것은 무엇인가. 그리고 시를 논한다는 것은 무엇인가. 그러나 이에 대한 답변을 하기 전에 이 물음이 포괄하고 있는 원주가 바로 우리들의 오늘의 세미나의 논제인, 시에 있어서의 형식과 내용의 문제와 동심원을 이루고 있다는 것을 우리들은 쉽사리 짐작할 수 있는 것이다. 따라서 시를 쓴다는 것-즉 노래-이 시의 형식으로서의 예술성과 동의어가 되고, 시를 논한다는 것이 시의 내용으로서의 현실성과 동의어가 된다는 것도 쉽사리 짐작할 수 있는 것이다.

　사실은 나는 20여 년의 시작 생활을 경험하고 나서도 아직도 시를 쓴
다는 것이 무엇인지를 잘 모른다. 똑같은 말을 되풀이하는 것이 되지만,
시를 쓴다는 것이 무엇인지를 알면 다음 시를 못 쓰게 된다. 다음 시를
쓰기 위해서는 여직까지의 시에 대한 사변(思辨)을 모조리 파산을 시켜야
한다. 혹은 파산을 시켰다고 생각해야 한다. 말을 바꾸어 하자면, 시작(詩
作)은 '머리'로 하는 것이 아니고, '심장'으로 하는 것도 아니고, '몸'으로
하는 것이다. '온몸'으로 밀고 나가는 것이다. 정확하게 말하자면, 온몸으
로 동시에 밀고 나가는 것이다.

　그러면 온몸으로 동시에 무엇을 밀고 나가는가. 그러나 ―나의 모호성
을 용서해 준다면― '무엇을'의 대답은 '동시에'의 안에 이미 포함되어
있다고 생각된다. 즉 온몸으로 동시에 온몸을 밀고 나가는 것이 되고, 이
말은 곧 온몸으로 바로 온몸을 밀고 나가는 것이 된다. 그런데 시의 사변
에서 볼 때, 이러한 온몸에 의한 온몸의 이행이 사랑이라는 것을 알게 되
고, 그것이 바로 시의 형식이라는 것을 알게 된다.

　그러면 이번에는 시를 논한다는 것이 무엇인가를 생각해 보자. 나는
이미 '시를 쓴다'는 것이 시의 형식을 대표한다고 시사한 것만큼, '시(詩)
를 논한다'는 것이 시의 내용을 가리키는 것이라는 전제를 한 폭이 된다.
내가 시를 논하게 된 것은 ―속칭 '시평(詩評)'이나 '시론(詩論)'을 쓰게
된 것은― 극히 최근에 속하는 일이고, 이런 의미의 '시를 논한다'는 것
이, 시의 내용으로서 '시를 논한다'는 본질적인 의미에 속할 수 없다는
것을 알면서도, 구태여 그것을 제일의적(第一義的)인 본질적인 의미 속에
포함시켜 생각해 보려고 하는 것은 논지의 진행상의 편의 이상의 어떤
의미가 있을 것 같기 때문이다. 구태여 말하자면 그것은 산문의 의미이
고, 모험의 의미다.

　시(詩)에 있어서의 모험이란 말은 세계의 개진(開陳), 하이데거가 말한

'대지(大地)의 은폐'의 반대되는 말이다. 엘리오트의 문맥 속에서는 그것은 의미 대(對) 음악으로 되어 있다. 그리고 엘리오트도 그의 온건하고 주밀한 논문 '시(詩)의 음악(音樂)'의 끝머리에서 "시(詩)는 언제나 끊임없는 모험 앞에 서 있다"라는 말로 '의미(意味)'의 토를 달고 있다. 나의 시론이나 시평이 전부가 모험이라는 말은 아니지만, 나는 그것들을 통해서 상당한 부분에서 모험의 의미를 연습해 보았다. 이러한 탐구의 결과로, 나는 시단의 일부의 사람들로부터 참여시의 옹호자라는 달갑지 않은, 분에 넘치는 호칭을 받고 있다.

산문이란, 세계의 개진이다. 이 말은 사랑의 유보(留保)로서의 '노래'의 매력만큼 매력적인 말이다. 시에 있어서의 산문의 확대 작업은 '노래'의 유보성에 대해서는 침공(侵攻)적이고 의식적이다. 우리들은 시에 있어서의 내용과 형식의 관계를 생각할 때, 내용과 형식의 동일성을 공간적으로 상상해서, 내용이 반 형식이 반이라는 식으로 도식화해서 생각해서는 아니 된다. '노래'의 유보성, 즉 예술성이 무의식적이고 은성적(隱性的)이기는 하지만, 그것은 반이 아니다. 예술성의 편에서는 하나의 시 작품은 자기의 전부이고, 산문의 편, 즉 현실성의 편에서도 하나의 작품은 자기의 전부다. 시의 본질은 이러한 개진과 은폐의, 세계와 대지의 양극의 긴장 위에 서 있는 것이다.

그런데 여기에서 중요한 것은 시(詩)의 예술성이 무의식적이라는 것이다. 시인은 자기가 시인이라는 것을 모른다. 자기가 시의 기교에 정통하고 있다는 것을 모른다. 그리고 그것은 시(詩)의 기교라는 것이 그것을 의식할 때는 진정한 기교가 못 되기 때문에 그렇게 되는 것이다. 시인이 자기의 시인성을 깨닫지 못하는 것은, 거울이 아닌 자기의 육안으로 사람이 자기의 전신을 바라볼 수 없는 거나 마찬가지다. 그가 보는 것은 남들이고, 소재이고, 현실이고, 신문이다. 그것이 그의 의식이다. 현대시

에 있어서는 이 의식이 더욱더 정예화(精銳化)-때에 따라서는 신경질적
으로까지-되어 있다. 이러한 의식이 없거나 혹은 지극히 우발적이거나
수면 중에 있는 시인이 우리의 주변에는 허다하게 있지만 이런 사람들을
나는 현대적인 시인이라고 부를 수는 없다.

　현대에 있어서는 시뿐만이 아니라 소설까지도, 모험의 발견으로서 자
기 형성의 차원에서 그의 '새로움'을 제시하는 것이 문학자의 의무로 되
어 있다. 지극히 오해를 받을 우려가 있는 말이지만, 나는 소설을 쓰는
마음으로 시를 쓰고 있다. 그만큼 많은 산문을 도입하고 있고 내용의 면
에서 완전한 자유를 누리고 있다. 그러면서도 자유가 없다. 너무나 많은
자유가 있고, 너무나 많은 자유가 없다. 그런데 여기에서 또 똑같은 말을
되풀이하게 되지만, "내용의 면에서 완전한 자유를 누리고 있다"는 말은
사실은 '내용'이 하는 말이 아니라, '형식'이 하는 혼잣말이다. 이 말은
밖에 대고 해서는 아니 될 말이다. '내용'은 언제나 밖에다 대고 "너무나
많은 자유가 없다"는 말을 해야 한다. 그래야지만 "너무나 많은 자유가
있다"는 '형식'을 정복할 수 있고, 그 때에 비로소 하나의 작품이 간신히
성립된다. '내용'은 언제나 밖에다 대고 "너무나 많은 자유가 없다"는 말
을 계속해서 지껄여야 한다. 이것을 계속해서 지껄이는 것이 이를테면
38선을 뚫는 길인 것이다. 낙숫물로 바위를 뚫을 수 있듯이, 이런 시인의
헛소리가 헛소리가 아닐 때가 온다. 헛소리다! 헛소리다! 헛소리다! 하고
외우다 보니 헛소리가 참말이 될 때의 경이. 그것이 나무아미타불의 기
적이고 시의 기적이다. 이런 기적이 한 편의 시를 이루고, 그러한 시의
축적이 진정한 민족의 역사의 기점이 된다. 나는 그런 의미에서는 참여
시의 효용성을 신용하는 사람의 한 사람이다.

　나는 아까 서두에서 시에 대한 나의 사유가 아직도 명확한 것이 못 되

고, 그러한 모호성은 무한대의 혼돈에의 접근을 위한 도구로서 유용한 것이기 때문에 조금도 부끄러울 것이 없다는 말을 했다. 그리고 이러한 모호성의 탐색이 급기야는 참여시의 효용성의 주장에까지 다다르고 말았다. 그러나 나는 아직까지도 '여직까지 없었던 세계가 펼쳐지는 충격'을 못 주고 있다. 이 시론은 아직도 시로서의 충격을 못 주고 있는 것이다. 그 이유는 여직까지의 자유의 서술이 자유의 서술로 그치고, 자유의 이행을 하지 못한 데에 있다. 모험은, 자유의 서술도 자유의 주장도 아닌 자유의 이행이다. 자유의 이행에는 전후좌우의 설명이 필요없다. 그것은 원군(援軍)이다. 원군은 비겁하다. 자유는 고독한 것이다. 그처럼, 시는 고독하고 장엄한 것이다. 내가 지금 -바로 지금 이 순간에- 해야 할 일은 이 지루한 횡설수설을 그치고, 당신의, 당신의, 당신의 얼굴에 침을 뱉는 일이다. 당신이, 당신이, 당신이 내 얼굴에 침을 뱉기 전에……. 자아 보아라, 당신도, 당신도, 당신도, 나도 새로운 문학에의 용기가 없다. 이러고서도 정치적 금기에만 다치지 않는 한, 얼마든지 '새로운' 문학을 할 수 있다는 말을 할 수 있겠는가. 정치적 자유를 인정하지 않는 사회에서는 개인의 자유도 인정하지 않는다. '내용'을 인정하지 않는 사회에서는 '형식'도 인정하지 않는 것이다. 이러한 문학의 성립의 사회 조건의 중요성을 로버트 그레이브스는 다음과 같은 평범한 말로 강조하고 있다.

사회 생활이 지나치게 주밀하게 조직되어서, 시인(詩人)의 존재를 허용하지 않게 되는 날이 오게 되면, 그 때는 이미 중대한 일이 모두 다 종식되는 때다. 개미나 벌이나, 혹은 흰개미들이라도 지구의 지배권을 물려받는 편이 낫다. 국민들이 그들의 '과격파(過激派)'를 처형하거나 추방하는 것은 나쁜 일이고, 또한 국민들이 그들의 '보수파(保守派)'를 처형하거나 추방하는 것은 마찬가지로 나쁜 일이다. 하지만 사

람이 고립된 단독의 자신이 되는 자유에 도달할 수 있는 간극(間隙)이
나 구멍을 사회 기구 속에 남겨 놓지 않는다는 것은 더욱더 나쁜 일이
다.―설사 그 사람이 다만 기인(奇人)이나 집시나 범죄자나 바보얼간이
에 지나지 않는다 하더라도.

이 인용문에 나오는 기인이나, 집시나, 바보 멍텅구리는 '내용'과 '형
식'을 논한 나의 문맥 속에서는 물론 후자 즉 '형식'에 속한다. 그리고 나
의 판단으로는 아무리 너그럽게 보아도 우리의 주변에서는 기인이나 바
보 얼간이들이, 자유당 때하고만 비교해 보더라도 완전히 소탕되어 있다.
부산은 어떤지 모르지만, 서울의 내가 다니는 주점은 문인들이 많이 모
이기로 이름난 집인데도 벌써 주정꾼다운 주정꾼 구경을 못한 지가 까마
득하게 오래 된다. 주정은커녕 막걸리를 먹으러 나오는 글쓰는 친구들의
얼굴이 메콩 강변의 진주를 발견하기보다도 더 힘이 든다. 이러한 '근대
화'의 해독은 문학 주점에만 한한 일이 아니다.
    그레이브스는 오늘날의 '서방측의 자유 세계'에 진정한 의미의 자유가
없는 것을 개탄하면서, 계속해서 이렇게 말하고 있다.

    그 (서방측의 자유 세계의) 시민들의 대부분은 군거(群居)하고, 인습
에 사로잡혀 있고, 순종하고, 그 때문에 자기의 장래에 대해 책임을 질
것을 싫어하고, 만약에 노예 제도가 아직도 성행한다면 기꺼이 노예가
되는 것도 싫어하지 않을 정도. 하지만 종교적 정치적, 혹은 지적(知
的) 일치(一致)를 시민들에게 강요하지 않는 의미에서, 이 세계가 자유
(自由)를 보유하는 한 거기에 따르는 혼란은 허용되어야 한다……

이 인용문에서 우리들이 명심해야 할 점은 "혼란은 허용되어야 한다"

는 것이다. 나는 자유당 때의 무기력과 무능을 누구보다도 저주한 사람 중의 한 사람이지만, 요즘 가만히 생각해 보면 그 당시에도 자유는 없었지만, '혼란'은 지금처럼 이렇게 철저하게 압제를 받지 않은 것이 신통한 것 같다. 그리고 보면 '혼란'이 없는 시멘트 회사나 발전소의 건설은, 시멘트 회사나 발전소가 없는 혼란보다 조금도 나을 게 없는 것 같은 생각이 든다. 이러한 자유와 사랑의 동의어로서의 '혼란'의 향수가 문화의 세계에서 싹트고 있다는 것은, 그것이 아무리 미미한 징조에 불과한 것이라 하더라도 지극히 중대한 일이다. 그리고 이러한 문화의 본질적 근원을 발효시키는 누룩의 역할을 하는 것이 진정한 시의 임무인 것이다.

　시는 온몸으로, 바로 온몸을 밀고 나가는 것이다. 그것은 그림자를 의식하지 않는다. 그림자에조차도 의지하지 않는다. 시의 형식은 내용에 의지하지 않고 그 내용은 형식에 의지하지 않는다. 시는 그림자에조차도 의지하지 않는다. 시는 문화를 염두에 두지 않고, 민족을 염두에 두지 않고, 인류를 염두에 두지 않는다. 그러면서도 그것은 문화와 민족과 인류에 공헌하고 평화에 공헌한다. 바로 그처럼 형식은 내용이 되고, 내용이 형식이 된다. 시는 온몸으로, 바로 온몸을 밀고 나가는 것이다.

　이 시론도 이제 온몸으로 밀고 나갈 수 있는 순간에 와 있다. '막상 시(詩)를 논하게 되는 때에도' 시인은 '시(詩)를 쓰듯이 논해야 할 것'이라는 나의 명제의 이행이 여기 있다. 시도 시인도 시작하는 것이다. 나도 여러분도 시작하는 것이다. 자유의 과잉을, 혼돈을 시작하는 것이다. 모기소리보다도 더 작은 목소리로 시작하는 것이다. 모기소리보다도 더 작은 목소리로 아무도 하지 못한 말을 시작하는 것이다. 아무도 하지 못한 말을. 그것을─.

─『김수영 전집 2─산문』(민음사, 1968)에서

다섯째 마당 – 현대시와 시 교육

시 교육과 사고력의 신장

시를 가르치고 배우는 곳은 실로 다양하다. 그런 만큼 시를 가르치고 배우는 방법이나 목적도 다양하다. 초·중·고등학교에서 시는 국어나 문학의 교과 내용으로 국어 교육 또는 문학 교육의 목표에 맞는 활동의 자료로 활용되고 있다. 이에 비하여 대학에서는 교양 교과나 전공 교과의 내용으로 다루고 있다. 나아가서 일반인들에게는 시를 가르치고 배우는 행위가 취미나 여가 활동 차원에서 이루어지지만, 시인을 지망하는 사람들에게는 자신들이 지향하는 삶의 목표가 되며, 시인이나 연구자들(교사, 교수, 평론가 등)에게는 직업이 되기도 한다.

이처럼 시 교육은 우리 사회의 곳곳에서 다양하게 이루어지고 있는데, 초·중·고등학교 교육만큼 그 영향력이 절대적인 것은 없다. 실제로 학교 교육에서 시 교육은 제도 교육이라는 강제적 틀 속에서 이루어지는 활동으로, 교육의 보편적인 목적을 달성하기 위한 방편이 된다. 즉, 학교 교육에서 시는 말하기/듣기와 읽기/쓰기와 같은 활동의 자료이면서, 국어 활동 그 자체가 되기도 한다. 또한 시는 언어 예술의 특성을 잘 보여 주는 것으로, 이 시기의 시 학습은 언어와 예술에 대한 우리 일상인의 태도와 이해의 기본 틀을 제공하여 준다.

이런 시 교육의 목표 역시 문학 교육 일반의 목표[1]에서 벗어날 수 없다. 다만 다른 문학 갈래와 현격한 차이가 있는 시의 특수성을 고려하는 차원에서 시 교육의 목표를 설정할 수 있으며, 사고력 교육으로서의 문학 교육[2]의 틀 속에서 시 교육 역시 포괄적으로 논의할 수 있다. 동일한 관점에서 문학 교육 또는 시 교육의 틀 속에서 인간의 사고력을 신장하기 위한 교수-학습 방법을 구안할 수 있으며, 이 같은 원칙에 따라 시 교수-학습 활동 방안을 구체화하여 제시하는 것이 이 글의 목적이다.

이를 위하여 여기에서는 먼저 사고력의 유형과 작용 방식을 살피고, 시 교육이 목적으로 삼는 사고력의 특성을 밝힐 것이다. 아울러 이 같은 논의를 통하여 함축적인 언어로 형상화된 시 갈래가 보여 주는 시적 사고를 교수-학습함으로써, 학습자의 사고력을 신장시킬 수 있을 것이라는 시 교육의 의의를 설명하고자 한다. 또한 문학적 사고력이 작품의 수용과 창작의 양 측면에 작용하는 것임도 밝힐 것이다. 특히 이 점은 사고력과 경계에 놓여 있는 창의성, 상상력 등이 작품의 이해와 표현의 양 측면에서 작용한다는 사실[3]과도 깊은 연관이 있다.

'생각하는 힘'이라고 풀이할 수 있는 사고력은 학문적으로는 "의도적인 정신 작용의 운용력"[4]으로, 사고 대상에 대한 인식의 변화를 수반하는 고

---

1) 문학 교육은 '언어 능력의 증진', '개인의 정신적 성장', '개인적 주체성 확립', '문화의 계승과 창조 능력 증진', '전인적 인간성 함양'을 목표로 한다.
   김대행 외, 『문학교육원론』, 서울대 출판부, 2000, 38~67면.
2) 김대행, 「문학과 사고력」, 김광해 외, 『초등용 사고력 신장 프로그램 개발 연구』, 서울대 국어교육연구소 보고서, 1998, 288~293면.
   이 글에서는 문학과 사고력의 관계를 '다양성으로서의 사고력', '문학의 형상성과 유추적 사고', '문학의 체험성과 사고력의 구체성', '문학의 인위성과 비판적 사고' 등의 측면에서 설명하고 있다.
3) 윤여탁, 「문학교육에서 상상력의 역할—시의 표현과 이해 과정을 중심으로」, 『문학교육학』 제3호, 한국문학교육학회, 1999 여름.
   김중신, 「창의적 사고력과 문학교육」, 『문학교육학』 제4호, 한국문학교육학회, 1999 겨울.
4) 서울대학교 국어교육연구소, 『국어교육학사전』, 대교출판, 1999, 380면.

등 사고를 일컫는다. 그 동안 사고력에 대해 교육학에서는 주로 문제 해결력으로 보았으며, 국어 교육에서는 주로 인지적 능력을 중심으로 어휘 능력, 사실적 사고 능력, 추리·상상적 사고 능력, 비판적 사고 능력, 논리적 사고 능력 등으로 규정하였다.

그러나 문학 교육의 영역에서 인지적 능력만을 중심으로 사고력을 설명할 수는 없으며, 이밖에도 정의적 정신 작용이나 심미적 정신 작용과 관련 있는 사고력도 설명할 수 있어야 한다. 이런 차원에서 국어 교육에서 사고력을 인지적 사고력과 정의적 사고력으로 크게 나누고, 인지 영역에 사실적 사고, 추리적 사고, 비판적 사고, 논리적 사고의 하위 범주를, 정의 영역에 정서적 사고, 심미적 사고, 윤리적 사고의 하위 범주를 설정하는 분류 방식을 최근의 사고력 연구에서 제안하였다.[5]

이 중에서 정의 영역은 일상 생활의 여러 국면에서 작용하는 능력이지만, 문학을 비롯한 예술 교과의 교육 활동에서 특별히 고려해야 할 부분이다. 인간의 정서나 미의식, 윤리 등은 인간 교육에서 항상 고려해야 할 것이지만, 예술 교육으로서의 문학 교육은 물론 언어 교육으로서의 문학 교육[6]에 작용하는 중요한 내용인 것이다. 더구나 문학은 정의적인 텍스트이기 때문에 이를 교수-학습할 때에는 학습자가 문학 작품 읽기를 통하여 정서적, 심미적, 윤리적인 감동을 체험하는 것이 중요하다. 이런 점에서 문학 교육을 통해 신장시킬 수 있는 사고력 유형은 인지적 능력뿐만 아니라 정의적 능력에까지 확대할 필요가 있다.

이 점은 문학 교육에서 실체라고 할 수 있는 문학 이론이나 문학사 지식에 대한 교육보다는 문학의 속성이 제공하는 맥락에 대한 교육, 절차적 지식 또는 방법적 지식으로서의 문학의 실체나 속성을 활용하는 활동 중

5) 김광해 외, 앞의 책, 14~20면.
   이삼형 외, 『국어교육학』, 소명, 2000, 211~288면.
6) 오성호 외, 「언어자료와 예술자료로서의 문학과 교육」, 『문학교육학』 제4호, 한국문학교육학회, 1999 겨울.

심의 교육이 중시되는 지향[7]과도 맞물려 있다. 즉 인지적인 지식을 교수-학습하는 문학 교육보다는 문학의 속성이나 내용을 말하기/듣기, 읽기/쓰기와 같은 언어 활동으로 활용하는 문학 교육으로 전환하여, 알아야 할 지식으로서의 문학보다는 이를 통하여 국어 또는 언어 능력을 함양할 수 있는 자료로 제공해야 한다.

그러면 이 같은 사고력을 문학 교육에서 어떻게 다루어야 하는지 살펴보자. 우선 문학 교육의 이해와 표현이라는 측면에 주목할 필요가 있다. 그것은 문학을 이해하는 과정에서 인지적 사고력과 정의적 사고력을 신장시킬 수 있으며, 문학을 표현하는 과정에서도 이런 두 사고력은 신장시킬 수 있다. 이와 같은 표현과 이해 또는 창작과 수용 과정에 사고력이 작용하는 층위는 대략 세 단계로 나눌 수 있는데, 표현의 단계에 작용하는 경우, 이해의 단계에 작용하는 경우, 이해/표현(이해를 표현하는) 단계에 작용하는 경우가 그것이다.

그 구체적인 작용 양상을 시를 중심으로 설명하면, 전체적으로 정의적 사고력이 작용의 중심에 놓인다. 먼저 표현의 단계 즉, 시를 창작하는 단계에서는 시의 표현 대상이나 현실에 대한 글쓴이의 인지적 사고력이 작용하여 이를 미적, 정서적, 윤리적으로 형상화하게 되는데, 이 과정에서는 주로 정의적 사고력이 작용한다. 이 경우 특히 문학 형상화에 중요하게 작용하는 상상력의 힘을 빌어 글쓴이의 생각이 구체화된다.[8] 여기서 정의적 사고력의 하위 영역이기도 한 상상력이 같이 작동하기 때문에 둘 사이의 작용 관계나 그 작용의 명확한 경계를 짓기는 어렵다.

그리고 이렇게 창작된 시 작품에 대한 이해의 국면에서는 작품을 이해하는 과정에 인지적 사고력과 정의적 사고력이 동시에 또는 시의 종류에 따라 각각 달리 작용한다. 예를 들어, 시를 시적 속성을 중심으로 분석하는 단계에서는 인지적 사고력이 작용하지만, 이런 분석을 넘어 동화(同化),

---

7) 김대행 외, 앞의 책, 10~25면.
8) 유영희, 「시적 상상력의 어제, 오늘 그리고 내일」, 『문학과 교육』 16, 2001 여름.

감동, 이화(異化), 내면화되는 과정에서는 정의적 사고력이 주로 작용한다. 개인의 느낌이나 생각을 표현한 서정시의 경우에는 정의적 사고력이, 사회 현실에 대한 글쓴이의 현실 인식이 표현된 모더니즘시나 리얼리즘시의 경우에는 인지적 사고력이 이해의 중심에 놓인다.

이에 비하여 이해/표현의 단계에서는 표현의 욕구와 필요성에 따라 다를 수 있지만, 기본적으로 정의적인 사고력이 작용하여 갖게 되는 감상자의 동화, 감동, 이화, 내면화된 느낌이나 생각이 다른 형태의 글쓰기나 말하기 형태로 표현된다. 이때 이해의 과정에서는 정의적 사고력이, 표현의 단계에서는 인지적 사고력이 주로 작용한다. 어떤 시에 대해 감상자가 잘 이해하고 있더라도 정의적인 측면에서 동감하지 않는다면 다음 단계의 표현으로 확장 또는 전이될 수 없으며, 이 확장·전이의 과정에서는 효과적인 표현을 위한 인지적 사고력이 작용하게 되는 것이다.

이처럼 시 교육의 여러 단계에 따라 사고력은 각각 다르게 작용하기 때문에, 사고력을 신장하기 위한 시 교육의 방법 역시 달라야 한다. 특히 다른 문학 갈래에 비하여 시는 정의적 특성이 강하기 때문에 정의적 사고력 신장에 적합하다는 점도 고려해야 한다. 이런 점에서 문학 교육, 특히 시 교육은 인간의 정서적, 미적, 윤리적 사고력 신장에 중점을 두어야 한다. 아울러 일상 언어 생활의 특별한 형태인 시에 대한 교육 역시 일상 언어 생활에 대한 이해와 표현 교육으로 확장할 수 있어야 한다.

그런데 이처럼 시의 종류나 내용에 따라, 그 표현과 이해의 과정에 따라 각 사고력이 다르게 작용하기 때문에, 인지적 사고력과 정의적 사고력의 작용 양상을 전부 살필 수는 없다. 그렇기 때문에 여기서는 시 이해의 과정에 인지적 사고력이 구체적으로 어떻게 작용하고, 이 같은 시 이해 과정에서 인지적 사고력을 어떻게 신장시킬 수 있나를 중점적으로 살피고자 한다.

일반적으로 인지적 사고력의 유형에는 사실 이해, 추리, 비판, 논리 등이 있다. 이 중에서 논리는 시 교육과는 다소 거리가 먼 사고력 유형이다. 물론 시 교육의 과정에 논리적 사고력이 작용하지 않는 것은 아니지만, 시적 언어가 비논리적 언어의 대표적인 예라는 점에서 적합하지 않다.(다만 감상이 드러난 글이나 말의 논리성은 설명할 수 있다. 즉 독자가 시에 대한 이해를 서술할 때 글의 구조나 추론 과정에는 논리적 사고력이 작용한다) 그렇기 때문에 여기서는 시의 이해 과정이 잘 나타난 비평문을 분석하여, 시의 내용이나 형식에 대한 감상 과정에서 나타나는 사실 이해, 추리, 비판 활동을 설명하고자 한다. 그 이유는 시에 대한 분석·감상이 글이나 말의 형태로 표현되거나 정서적으로 내면화되기도 하지만, 글이나 말로 표현되지 않은 감상에서는 사고력의 작용 양상을 구체적으로 확인할 수 없기 때문이다.

　다음은 우리 근대 문학사와 문학 교육에서 비중 있게 설명되고 있는 서정시 한 편과 이 시에 대한 전문 비평가의 비평문 중 한 부분으로, 독자가 시를 이해하고 감상하는 과정에 작용하는 인지적 사고력의 한 단면을 잘 보여 주는 예다.

　　　모란이 피기까지는
　　　나는 아즉 나의봄을 기둘리고 있을테요
　　　모란이 뚝뚝 떠러져버린날
　　　나는 비로소 봄을여흰 서름에 잠길테요
　　　五月어느날 그하로 무덥든 날
　　　떠러져 누은 꽃닢마져 시드러버리고는
　　　천지에 모란은 자최도 없어지고
　　　뻐쳐오르든 내보람 서운케 문허졌느니
　　　모란이 지고말면 그뿐 내 한 해는 다 가고말아
　　　三百예순날 한양 섭섭해 우옵내다
　　　모란이 피기까지는
　　　나는 아즉 기둘리고있을테요. 찰란한슬픔의 봄을
　　　　　　　　　－김영랑의 「모란이 피기까지는」

(가) 이 작품의 기본 골격은 '모란—기다림—좌절—기다림—찬란한 슬픔'으로 되어 있다. 그러면 '모란'이란 무엇인가? 그것은 일차적으로 영랑이 실제로 가꾸고 즐겼던 집 뜰의 모란, 그 외 넉넉한 관조와 취미의 삶을 구성하는 가장 화려한 일부분이다. (나) 그러나 이 작품의 구도 속에서 모란은 또한 그 이상의 것—하나의 상징이다. 상징적 의미를 남김 없이 밝히기란 거의 불가능한 일이겠지만, 우리는 일단 '순간 속에 존속하다가 소멸해야 하는 지상적(地上的) 아름다움—삶의 심미적 도취의 순간을 열어주는, 부서지기 쉬운 황홀'로 그것을 파악할 수 있다.(중략) (다) 자명한 사실이지만 도취의 순간을 향한 '나'의 주관적 요구가 아무리 강렬하다고 해도 외계의 물질성은 변하지 않는다. 절대적인 소멸의 질서는 스스로의 자족성을 실현하고 따라서 좌절은 필연적이다. 그러면 영랑은 여기에 머무르고 마는가? 그렇지 않다. 마지막 두 줄에서 명백해진 좌절의 필연성에도 불구하고 '나는 아직' 모란이 피기까지 기다린다.[9]

위의 인용문에서 (가) ~ (다)는 김영랑의 시에 대한 감상이지만, 각 단계에서 보여 주는 설명의 기준이나 내용은 각기 다르다. 이를 인지적 사고력의 유형에 따라 설명하면, 먼저 (가) 부분은 내용 전개와 구조, 시의 제재에 대한 설명으로, 주로 사실적 내용을 확인하는 차원에서 기술되고 있다. 즉 내용 파악의 차원에서 시에 형상화된 내용이나 이를 이해하기 위해 동원되는 배경 지식 등을 설명하는 부분이다. 시를 감상하는 전체 과정 중에서 기초적인 단계에서 이루어지는 활동으로 사고력의 유형 중 비교적 객관적인 독자의 사실 이해가 중심이다. 이런 점에서 이 단계의 활동은 압축적으로 표현된 시의 여백(餘白)을 채우는 작업으로, 동양화나 한시, 시조 등의 이해 활동과 의미화 작업에서 쉽게 확인할 수 있다.[10]

9) 김흥규, 「모란이 피기까지는」, 장영우 외 엮음, 『대표 시 대표 평론』, 실천문학사, 2000, 84~85면.
10) 윤여탁, 「서정 단시의 갈래적 속성과 전통」, 『시 교육론—방법론 성찰과 전통의 문제』 2, 서울대 출판부, 1998.

이 같은 기초적인 이해 단계를 거쳐, (나) 부분에서는 이 시의 핵심어이자 제재인 '모란'의 의미를 설명하고 있다. 이 과정은 시인이 가꾸고 즐겼던 자연 대상인 모란의 상징적 의미를 서술하고 있는데, 추리와 상상을 통해 독자가 나름대로 이해한 의미를 추출하는 부분이다. 인지적 사고 유형 중 추리적 사고가 작동하고 있는 것이다. 그런데 이 같은 추리의 과정이나 정도는 시를 읽는 사람에 따라 다르기 때문에 그 상징적 의미도 다를 수밖에 없다. 독자의 시에 대한 지식은 물론 추리력, 상상력이 깊이 작용하는 단계다.(이 점에 대해서 글쓴이는 '상징적 의미를 남김 없이 밝히기란 거의 불가능'하다고 서술하고 있다)

그리고 마지막 부분인 (다)에서는 외적인 준거(도취의 순간을 향한 '나'의 주관적 요구가 아무리 강렬하다고 해도 외계의 물질성은 변하지 않는다)와 내적인 준거(마지막 두 줄에서 명백해진 좌절의 필연성에도 불구하고 '나는 아직' 모란이 피기까지 기다린다)를 들어 시인이 좌절에 머물지 않고, 이를 극복하는 정신적 자세를 보여 준다고 기술하고 있다. 이런 설명은 독자의 감상 과정에 인지적 사고력 중에서 비판적 사고력이 작동한 결과의 산물이라고 할 수 있다. 그렇기 때문에 이 비판 과정에는 시에 대한 독자의 주관적인 가치 평가가 나타난다.

이처럼 독자가 시를 이해하는 과정은 몇 단계로 설명할 수 있으며, 이 과정에는 대체로 인지적 사고력이 중요한 역할을 한다. 아울러 이 글의 글쓴이처럼 고급 독자의 경우에는 그 분석이나 서술이 정밀하게 이루어지겠지만, 일반 독자의 경우에도 시에 대한 사실 이해를 바탕으로 하여, 추리 또는 상상하거나 시에 대해 비판하는 순서를 밟기도 한다. 특히 강조할 것은 시의 이해나 감상 과정에서 사실 이해의 폭과 깊이가 중요하며, 여기에는 시를 분석하는 능력과 시에 대한 배경 지식이 작용하고, 이런 이해의 차이에서 비평문의 수준이 결정된다는 사실이다.[11]

---

11) 고급 독자인 전문 비평가와 저급 독자인 일반인이나 학생들의 비평문의 차이는 이 같은 사실 이해의 수준차에서부터 생긴다. 특히 시와 같이 비유, 상징, 이미지 등의

앞에서도 언급한 바와 같이 창작 과정에는 인지적 사고력과 정의적 사
고력이 함께 작용한다. 즉 꼭 표현하고 싶은 생각이 있다고 하더라도 시인
이 이에 깊이 빠지지 않으면 안 된다. 그 역으로 어떤 대상이나 정서에 깊
이 빠졌더라도 이 대상이나 정서에 대한 올바른 이해가 없으면 표현에서
실패하고 만다.

그러나 일반적으로 시의 표현, 특히 창작에는 정의적 사고력이 중요하
게 작용한다. 시인은 자신이 표현하고 싶은 것에 대하여 정서적으로, 심미
적으로 또는 윤리적으로 동의할 수 있어야 하며, 이 요소들은 정의적 사고
력의 중요한 유형이기도 하다. 이처럼 시의 표현 과정에 작용하는 정의적
사고력의 역할을 살피기 위하여, 이제 한 시인의 시 창작 과정에 대한 고
백을 분석하고자 한다. 이를 통하여 창작의 각 단계에 어떤 요소들이 영향
을 미치고 있는지를 구체적으로 확인하여 보자.

> 하늘은 날더러 구름이 되라 하고
> 땅은 날더러 바람이 되라 하네
> 청룡 흑룡 흩어져 비 개인 나루
> 잡초나 일깨우는 잔바람이 되라네
> 뱃길이라 서울 사흘 목계 나루에
> 아흐레 나흘 찾아 박가분 파는
> 가을볕도 서러운 방물장수 되라네
> 산은 날더러 들꽃이 되라 하고
> 강은 날더러 잔돌이 되라 하네
> 산서리 맵차거든 풀속에 얼굴 묻고
> 물여울 모질거든 바위 뒤에 붙으라네
> 민물 새우 끓어넘는 토방 툇마루

시적 장치와 함축적이고 압축적인 언어로 표현되는 문학에 대한 이해에서는 추리력
이나 비판력의 차이보다는 사실 이해력의 차이가 중요하다.

석삼년에 한 이레쯤 천치로 변해
짐부리고 앉아 쉬는 떠돌이가 되라네
하늘은 날더러 바람이 되라 하고
산은 날더러 잔돌이 되라 하네

　　　　　　　　　　　　　－신경림의 「목계장터」

(가) 「목계장터」란 제목으로 나는 시를 꼭 세 번 썼다. 74년 봄 『경향신문』에 「목계장터」를 쓴 것이 처음이다. 열심히 쓰느라고 썼는데, 발표된 시는 적이 나를 실망시켰다. 주제의 안이성, 방법의 상투성은 내 눈에조차 확연했다. 마침 『자유공론』지에서 청탁이 있길래, 발표되었던 시를 대폭으로 고쳐서 주겠다고 미리 양해를 구하고 「목계장터」를 두 번째로 써서 실었다.

　　그러나 여기서도 안이성과 상투성은 여전했다.(중략)

　　목계 길바닥에 주저앉아 두어 시간을 기다려도 버스는 오지 않았다. 나는 슬슬 나루터를 향해 나루터가 보이는 언덕까지 나가보았다. 언덕에 선 채 옛 나루터까지 가볼까 어쩔까 망설이고 있는데 투망을 어깨에 멘 아직 소년 티를 벗지 못한 젊은이 둘이 노랫가락을 흥얼대며 언덕 위로 올라오고 있었다.

　　(나) 나는 문득 실패한 내 두 편의 목계장터를 생각했다. 그것들이 실패작이 되고 만 까닭을 이내 깨달은 것이다. 우리 고유의 가락－그것이 빠져 있어서는 「목계장터」는 결코 한 편의 시로 될 수 없다는 생각이 들었다.

　　그 무렵 나는 민요에 적지않이 열중해 있었다. 민요에 관심을 갖기 시작한 것은 첫째는 내 시가 또 한번 껍질을 벗기 위해서는 민요에서 그 가락을 배워와야 하고, (다) 또 참다운 민중시라면 민중의 생활과 감정, 한과 괴로움을 가장 직정적이고도 폭넓게 표현한 민요를 외면할 수 없다는 매우 의도적이요 실용적인 동기에서였으나, 민요가 보여 주는 참 삶의 모습, 민중은 원한과 분노, 지배계층에 대한 비판과 풍자는 원래의 동기와는 관계없이 차츰 나를 깊숙이 민요 속으로 잡아끌었다.[12]

위의 고백에는 이 시인이 한 편의 시를 어떻게 완성하였는지가 잘 나타
나 있다. 먼저 (가) 부분에서는 같은 제목으로 두 차례 쓴 시가 왜 실패작
이 되었는지를 깨닫게 되는 인지적 사고의 과정과 이를 다시 써야 한다는
심리적 부담감이 나타나 있으며, 어린 시절부터 마음속에 간직되어 있었
던 시적 형상화의 대상인 '목계장터'에 대한 아련한 추억을 되새기는 모습
을 발견할 수 있다. 이 과정에서 노랫가락을 흥얼대는 젊은이들을 목격하
게 되며, 이를 계기로 시를 다시 쓸 수 있게 된다. 오랫동안 간직하고 있
던 목계장터의 분위기나 상황을 표현하기 위하여, '내용에 대한 반응'이나
'상황에 대한 연상'과 관련된 정서적 사고력을 발동시키고 있음을 서술하
고 있다.

그리고 이를 계기로 하여, (나) 부분에서는 이 즈음에 자신이 빠져 있던
민요의 형식과 내용의 정당성을 확인하고, 일찍이 자신이 범했던 실패의
경험을 되돌아보고 있다. 그것은 시의 내용과 형식에 민요적 요소를 도입
함으로써 극복할 수 있다는 확신으로 이어져서, 민요의 형식을 빌어 자신
의 시를 다시 쓰게 된다. 즉 '형식의 미추 판단'이라는 음악성을 잘 보여
주는 민요를 시에 도입함으로써 그 심미성을 확보할 수 있었고, 이를 통하
여 다시 쓴 시는 어느 정도 형상화에 성공하였음을 시사하고 있다. 이 같
은 서술을 통해 심미적 사고력이 창작 과정에 어떻게 작용하는지를 알 수
있다.

(다) 부분에서는 주로 시인이 왜 민요를 찾아 헤매었으며, 이 민요가 시
창작에 어떻게 작용하는지를 민요의 내용과 정신의 측면에서 밝히고 있
다. 시인은 자신의 민요 지향이 민중시를 창작하는 시인의 사명감에서 시
작되었으며, 이런 지향은 어느덧 자신의 삶의 일부가 되었다고 고백하고
있다. 민중 시인으로서의 의도적 실용적 선택이 자신의 삶과 창작에 자연
스럽게 투영되는 단계에 이르렀으며, 이 선택은 민중성이라는 '세계관과

---

12) 신경림, 「내 시에 얽힌 이야기들」, 윤여탁 엮음, 『나의 시, 나의 시학』, 공동체,
   1992, 217~220면.

관련된 정신적, 윤리적 사고'의 결과로 이루어졌음도 밝히고 있다. 그리고 이 같은 진술은 정의적 사고력 중에서 윤리적 사고력이 창작에 작용하고 있음을 밝히는 대목이기도 하다.

이처럼 한 편의 시가 완성되기까지는 시인의 다양한 체험과 정서가 작용하는데, 이런 체험과 정서는 시적 대상, 특히 표현 대상이 된다. 그리고 이 시적 대상에 대한 시인의 사고력, 사고력의 하위 영역이기도 한 상상력이 작동하여 시가 형상화된다. 이 과정에는 시라는 문학의 특성인 갈래, 언어, 표현적 요건들이 중요하게 고려되어야 하며, 연상, 상상, 내면화 등의 사고력이 같이 작용한다. 따라서 하나의 시적 표현의 결과물인 시는 이런 여러 사고력 유형들이 엮어내는 결정(結晶)이라고 할 수 있다.

이제 끝으로 시 교육과 사고력의 관계에 대해 생각해 보자. 지금까지 살핀 바와 같이 시 교육은 시에 대한 표현, 이해, 이해/표현의 전 과정에서 이루어지는 교육적 활동이다. 이 활동은 국어 교육, 문학 교육의 틀 속에서 이루어지는 것이며, 그렇기 때문에 국어 교육 또는 문학 교육의 목표와 관련하여 이루어져야 한다. 이런 점에서 먼저 국어 교육의 관점에서 시 교육을 말하면, 시는 국어 활동 즉 말하기/듣기, 쓰기/읽기의 자료이며, 자료로 제공되는 시와 시에 대한 지식이나 시의 속성은 국어 활동의 원리와 지식으로 작용해야 한다.

이는 문학 교육의 관점에서도 마찬가지다. 시를 배우는 것은 문학의 본질, 문학사적 지식, 문학의 구성 요소 등과 같이 전통적인 문학 교실에서 교수-학습되는 내용을 배우는 것이다. 뿐만 아니라 시라는 글쓰기를 통하여 우리말과 글의 표현 원리와 그것이 전달하고자 하는 내용을 배우고, 이를 우리 학습자의 언어 생활은 물론 일상 생활에 적용할 수 있도록 내면화하여야 한다. 즉 일상의 생활 속에서 문학 또는 시가 의미 있는 존재가 되어야 하며, 이 나름대로 주어진 자리에서 역할을 수행할 수 있어야 한다.

아울러 시 또는 문학 교육과 관련하여 고려하여야 할 사항은, 우선적으로 이해 활동에 초점이 맞추어지는 것이 우리 시 교육의 현실이라는 사실이며, 이 같은 이해 활동을 넘어 표현 활동으로 확장·전이되어야 하는 것이다. 그렇기 때문에 사고력과 관련한 문제 역시 시의 이해를 통하여, 이런 시에 작용하고 있는 사고력을 추출할 수 있어야 한다. 그리고 시의 이해나 표현 과정에 대한 교수-학습을 통해 알게 된 시적 사고력의 작용 원리를 학생들의 표현 활동에 적용할 수 있어야 한다.

이 때 시적 사고와 시 교육을 통한 사고력 신장도 논의할 수 있다. 시 교육의 다양한 장면, 즉 시를 쓰거나, 시에 대해서 배우고, 시를 활용하는 모든 과정에 사고력은 작용한다. 더구나 시는 의미와 상황이 자세하게 제시되는 갈래가 아니기 때문에 독자가 의미를 재구성하는 활동이 중요하다. 이런 과정에 독자의 상상력, 사고력이 작용할 수밖에 없다. 결국 시를 교수-학습한다는 것은 학습자의 사고의 폭과 깊이를 확인하는 작업이기 때문에, 시 교육을 사고력 신장 교육이라고 요약하여 말할 수 있다.

생각할 거리

1. 국어 교육에서 시 교육은 어떤 의미를 지니는지 생각해 보자.

2. '시 교육은 사고력 신장 교육'이라는 관점이 구체적으로 무엇을 의미하는지 생각해 보자.

비판적 담론으로서의 시 교육

괘씸하다 서양 되놈
無君無父 天主學을
네 나라나 할 것이지
단군 기자 동방국의
충효 윤리 밝았나니
어희 감히 여어 보자
興兵加海 나왔다가
防水城 불에 타고
鼎足山城 총에 죽고
남은 목숨 도생하자
바삐바삐 도망한다

— 신재효의 「괘씸한 서양 되놈」

　문학 작품이 언어 예술이며, 언어에 의하여 의사 소통이 이루어지는 예술 형식임은 비교적 널리 인정되고 있다. 또한 언어 예술을 연구할 때에도 언어의 형식적인 측면에 중점을 두고 접근하는 방식과 언어가 이루어 내고 있는 내용적인 측면 즉 이념에 주목하는 방식으로 크게 나눌 수도 있다. 이런 연구 방향들은 언어 예술로서의 문학 작품이 지니는 의의를 추상화하는 데에는 의미가 있었지만, 이들 상호간에 서로를 보완하는 방향으로 나아가지는 못했다는 데 그 한계가 있다. 그리고 이런 한계의 구체적인 예는 초기의 형식주의나 신비평과 마르크스주의 문학론에서 쉽게 확인할 수 있다.

　바흐친은 문학 작품에서 언어를 분석하고, 작품을 형상화하는 구체적인 언어는 이를 구사하는 주체들의 이념을 표현한 것이며, 이 언어들은 의사

소통적인 맥락 속에 놓여 있음을 설명하고 있다. 그리고 이런 이념을 교환하는 언어 현상을 언술 또는 담론(談論, discourse)이라는 개념으로 정리하고 있다. 달리 말하면, 그는 문학 작품에서 언어에 의해 의견 교환이 이루어지는 현상, 즉 소리의 차원에서부터 극히 추상적인 의미의 차원에 이르기까지의 모든 측면을 망라하여 본질적으로 사회적 성격을 지닌 것으로 이해하고자 하였다.[13]

특히 그의 「소설 속의 담론」이라는 글은 문학 작품 연구의 형식적, 내용적 측면의 단면만을 연구하였던 한계를 극복하려는 의도와 성과를 잘 보여 주는 예다. 문학 작품은 어떤 특정한 이념 체계를 구현하는 것이며, 이런 이념 체계는 문학 작품의 언어, 인물, 행동 등으로 구체화된다는 것이다. 또한 시의 경우에는 비교적 단일한 이념이 주도적으로 나타남에 비하여, 소설의 경우에는 각기 다른 이념들이 다른 방식으로 형상화되어 서로 대화적 관계를 형성한다는 것이다. 따라서 문학 작품에 나타난 묘사나 서술, 대화와 같은 모든 언어 현상이나 인물이나 배경, 행동 등은 바흐친에게 이념을 실현하는 장치일 뿐이다. 다만 문학 작품의 장르적 성격이나 현실과의 관계에 따라 이념의 존재 방식이 다르게 나타난다. 그래서 문학적으로 형상화된 이념들은 나름의 이념 체계를 더욱 공고히 하는 방향으로 작용하거나, 서로 다른 이념들과 경쟁 관계를 이루면서 대결하기도 한다.

결국 어떤 문학 담론도 사회적으로 독립적일 수 없으며, 이런 사회의 이념에서 자유로울 수 없다. 바흐친은 이런 이념을 표현하는 장치나 요소를 이념소(理念素, ideologeme)라고 명명하였다.[14] 이런 관점에서 본다면, 문학 형상은 이념소에 의하여 구현되고 있는 이념 표현 형태이며, 이 이념소들을 통하여 작가는 자신의 이념을 실현한다. 이를 위하여 작가는 같은 이념을 반복하여 제시하거나 자신과는 다른 이념을 의도적으로 대결시키는

---

13) M. M. Bakhtin, 전승희 외 역, 『장편소설과 민중언어』, 창작과비평사, 1988, 64면.
14) M. M. Bakhtin, 위의 책, 150면.

방식을 취한다.

우리는 장작불 같은 거야
먼저 불이 붙은 토막은 불씨가 되고
빨리 붙은 장작은 밑불이 되고
늦게 붙는 놈은 마른 놈 곁에
젖은 놈은 나중에 던져져
활활 타는 장작불 같은 거야

몸을 맞대어야 세게 타오르지
마른 놈은 단단한 놈을 도와야 해
단단한 놈일수록 늦게 붙으나
옮겨붙기만 하면 불의 중심이 되어
탈거야 그때는 젖은 놈도 타기 시작하지

우리는 장작불 같은 거야
몇 개 장작만으로는 불꽃을 만들지 못해

장작은 장작끼리 여러 몸을 맞대지 않으면
절대 불꽃을 피우지 못해
여러 놈이 엉겨붙지 않으면
쓸모없는 그을음만 날 뿐이야
죽어서도 잿더미만 클 뿐이야
우리는 장작불 같은 거야

— 백무산의 「장작불」

공동체적 단결을 강조하고 있는 이 시에서 우리는 작가가 지향하고 있

백무산 시인의 모습

는 이념이 무엇인지 어렵지 않게 추출해 낼 수 있다. 그것은 이 작품의 핵심적인 요소이며 작가가 작품을 생산해 낸 의도와 연결되는 것이라고 할 수 있다.

따라서 이념을 담고 있는 문학 담론을 감상하는 단계는 이념소를 분석하여 그 특징을 알아 내고, 이런 이념소에 담긴 이념을 확인하는 것이라고 할 수 있다.[15] 문학 감상은 기본적으로는 이념태로서의 문학 담론의 특성을 아는 것이며, 이차적으로는 이런 담론의 이념을 자신의 이념과 동일시하거나 역동일시하여 자신의 이념을 새롭게 정립하는 과정이다. 또한 이 과정에서 이념태로서의 문학 담론은 미시적 측면에서 문학 작품의 내부에서 서로 대화 관계를 형성하기도 하고, 거시적으로는 문학 작품 자체의 담론과 문학 외적인 여러 형태의 담론들과 대화 관계를 맺기도 한다.[16]

문학 담론 중에서 소설 담론은 이념태로서의 특성을 잘 보여 주며, 특히 바흐친이 다성성(多聲性) 또는 대화주의(對話主義)라고 개념을 들어 설명한 것처럼 다양한 담론의 대결이 일어나고 있다. 이에 비하여 시 담론은 비교적 단일한 이념을 표현하는 담론 구성 방식을 취하고 있다.[17] 시 담론

---

15) 그렇다고 해서 문학 담론의 감상이 이념소와 이념의 이해에 국한되는 것은 아니다. 문학 담론이 주는 지식 재생산의 측면이나 정서나 감정을 내면화하는 측면, 담론 표현의 전통이나 원리, 문화를 확인하는 측면 등 다양하게 감상될 수 있다.

16) 윤여탁, 「시 교육에서 언어의 문제-정지용을 중심으로」, 『국어교육』 90호, 한국국어교육연구회, 1995, 58~71면.

L. Althusser, 김동수 역, 「이데올로기와 이데올로기적 국가 장치」, 『아미엥에서의 주장』, 솔, 1991, 75~130면.

17) 시 담론이 단성적이라는 사실은 어느 정도 인정할 수 있다. 그러나 일부 시 담론에서 보이는 다성성 연구의 가능성에 대해서는 다음의 글에서 이미 제시한 바 있다. 윤여탁, 「시의 多聲性 연구를 위한 시론」, 『민족문학사연구』 11호, 민족문학사연구

의 이런 단성성은 시 작품 자체의 내적인 담론간의 관계에 국한될 때 어
느 정도 설득력을 가진다. 그러나 거시적 관점으로 담론 분석의 시각을 확
대하면, 이런 일반론은 많은 한계를 지닌다. 즉, 거시적 관점에서는 시 담
론 역시 담론이 생산된 사회의 이념이나 이들의 담론과 대화 관계에 놓이
게 된다.

이러한 관점에 따르면 모든 문학 담론은 이념을 표현하는 것이며, 나름
의 대화적 구조 속에 위치하게 된다. 시적 담론의 이러한 이중적인 특성은
정철(鄭澈)의 다음과 같은 사대부 시조에서도 쉽게 확인할 수 있다.

> 이고 진 뎌 늘그니 짐 푸러 나를 주오
> 나는 졈엇거니 돌히라 무거울가
> 늘거도 셜웨라커든 지믈조차 지실가
>
> ─정철의 「훈민가(訓民歌)」

이 시조는 일반적으로 조선 중기 사회의 지배적 이념이었던 주자학적
세계관과 질서관을 보여 주는 것이며, 그러한 이념을 적극적으로 선전하
는 문학 담론이라고 할 수 있다. 그러므로 조선 사회의 지배 계급이자 이
념 생산층이었던 선비들의 사회와 현실을 보는 생각이 시적 형상으로 표
현된 형태라고 할 수 있다. 아울러 이 작품은 이념의 생산자이자 실천자라
고 할 수 있는 목민관(牧民官) 정철이, 백성을 계몽하고 교화하기 위하여
자신들이 지향했던 유교적 윤리관과 주자학적 이념을 단성적으로 담아 낸
시적 담론이다.

그러나 이 시 담론을 대화 관계라는 관점에서 설명하면, 원칙적인 차원
에서 작용하는 사대부 중심의 질서관으로서의 이념과 이 이념만을 충실하
게 신봉하면서 살 수 없는 또 다른 계층들에서 나타나는 이념간의 거리를

소, 1997, 194~213면.

표현한 것이라고 할 수 있다. 이 관점을 극단적으로 확대하면, 이 시의 담론이 보여 주는 사회적인 의미는 주자학적 이념만을 충실하게 신봉하면서 살 수 없는 또 다른 계층인 백성들의 삶과 그들의 세계를 역설적으로 보여 주고 있다고 해석할 수도 있다. 아울러 사대부들의 삶과 백성들의 삶 사이의 거리가 벌어지고 있는 사회적 현실을 반영하고 있다고도 볼 수 있다.

이처럼 어떤 문학 담론이건 나름의 이념을 실현하는 이념태로 보는 문학관은, 이념간의 대화 관계라는 틀 위에서 살필 때에야 비로소 그 의미가 제대로 설명될 수 있다. 특히 국가 이데올로기나 그 이데올로기 장치로 작용하는 이념뿐만 아니라 이와 대결하고 맞서는 이념은 언제나 생성될 수 있으며, 이런 적대적인 이념들은 행동(혁명이나 반역 등)이나 직접적인 담론(상소문이나 반론과 같은 비판적 담론)으로 표현될 수도 있다. 이런 여러 이념 표현 방식 중에서 문학 담론은 비판적 대화로서의 이념을 간접화하여 보여 주는 좋은 예다.

비판적 담론으로서의 시는 우리 문학사의 자리에서 면면히 이어온 전통으로 작용하고 있다. 일찍이 다산 정약용의 한시로부터 개화기의 대표적

1945년 8월 15일 오전 11시 서대문형무소에서 석방된 독립투사들과 환호하는 군중의 모습

인 시가였던 개화 가사에 이르기까지 비판적 담론이라는 문학사적, 정신
사적 전통은 지속적으로 계승되어 왔다. 또한 근대 이후 1920~30년대 프
로 시나 1930년대 후반의 일부 시, 해방 정국의 조선문학가동맹에 속했던
시인들의 시, 1960년대 참여시나 1970년대 이후 민중시도 역시 이런 시적
범주 내에서 논의할 수 있을 것이다.

> 그날이 오면 그 날이 오며는
> 三角山이 일어나 더덩실 춤이라도 추고
> 漢江물이 뒤집혀 용솟음칠 그 날이,
> 이 목숨이 끊치기 전에 와 주기만 하량이면
> 나는 밤하늘에 날으는 까마귀와 같이
> 鐘路의 人磬을 머리로 들이받아 울리오리다,
> 頭蓋骨은 깨어져 散散 조각이 나도
> 기뻐서 죽사오매 오히려 무슨 恨이 남으오리까.
>
> 그날이 와서 오오 그날이 와서
> 六曹 앞 넓은 길을 울며 뛰며 딩굴어도
> 그래도 넘치는 기쁨에 가슴이 미어질 듯하거든
> 드는 칼로 이 몸의 가죽이라도 벗겨서
> 커다란 북[鼓]을 만들어 둘처메고는
> 여러분의 行列에 앞장을 서오리다,
> 우렁찬 그 소리를 한 번이라도 듣기만 하면
> 그 자리에 꺼꾸러져도 눈을 감겠소이다.
>
> −심훈의 「그날이 오면」

생각할 거리

1. 시와 사회적 이념과의 관련성에 대해 생각해 보자.

2. 우리 시에서 비판적 담론이 잘 나타나 있는 작품을 찾아보자. 그리고 어떤 점에서 그러하다고 생각하는지, 그 양상은 어떠한지 정리해 보자.

감동적인 체험으로서의 현대시 교육

하늘의 무지개를 볼 때마다

내 가슴 설레느니,

나 어린 시절에 그러했고

다 자란 오늘에도 매한가지,

쉰 예순에도 그렇지 못하다면

차라리 죽음이 나으리라.

어린이는 어른의 아버지

바라노니 나의 하루하루가

자연의 믿음에 매어지고자.

— 워즈워스(W. Wordsworth)의 「무지개」

　우리는 일상 생활 속에서 다양한 목적으로 문학 또는 시를 배우고 접한다. 시간을 보내기 위해서나 관심 있는 독자의 한 사람으로 시를 만나기도 하고, 시를 비평하고 해석하기 위한 전문적인 독자로 시를 읽기도 한다. 그러나 이런 경우는 극히 예외에 속한다고 할 수 있다. 대부분의 사람들은 제도 교육이 끝나는 시점에서부터 시와는 인연을 끊고 살아간다. 따라서 우리가 시에 대해서 아는 것은 고등학교까지의 국어나 문학 과목에서 배운 내용이 전부라고 해도 과언이 아니다.

　극단적으로 말하면 시에 대해서 우리가 아는 것은 아무것도 없다고 할 수 있다. 왜냐 하면 모든 것들이 세월의 흐름에 따라 잊혀져 가는 것처럼, 다람쥐 쳇바퀴 돌 듯하는 일상 생활을 반복하면서, 학교에서 배운 시도 이루어지지 않은 첫사랑의 아련한 기억 정도로 남기 때문이다. 다만 아주 강렬하거나 인상적인 시의 구절이나 깊은 감동을 주었던 시가 먼 기억의 강 너머에 파편처럼 남아 있을 뿐이다. 그래서 시라는 것은 지금의 우리와는 전혀 다른 세계의 이야기 정도로 치부되기도 한다.

　이처럼 학교에서 배운 시마저도 기억할 수 없는 이유는 무엇일까? 더구나 아련하게 남아 있던 것들마저도 우리의 지금 생활과 결합하지 못하고 흐릿한 기억의 강을 자꾸만 넘어가는 이유는 무엇일까? 이런저런 이유들을 거론할 수 있다. 먼저 개인적인 이유로 시를 멀리하거나 시를 배우는 학습 방법이 잘못되어서 일찍부터 흥미를 잃은 경우도 있다. 다음으로 학교 성적을 올리기 위해서나 상급 학교에 진학하기 위한 시험을 보기 위해서, 필요한 지식을 외운 것도 시에 대한 흥미를 잃게 하였다. 또한 교과서에 수록된 시의 세계가 우리의 생활과 동떨어져서 감동을 주지 못하거나 우리의 현재적인 경험이나 삶에 비추어서 이해할 수 없는 세계를 형상화하고 있기 때문이기도 하다. 이 밖에도 여러 이유가 있을 수 있다. 시는 천재들이나 창작할 수 있는 최고의 언어적 형상물이기 때문에, 범인(凡人)들은 쉽게 이해할 수 없는 것이라는 선입견이 작용한 결과이기도 하다.

　그러나 이 글은 이런 이유를 찾아 나열하고 비판하려는 것이 아니다. 오히려 그 이유를 진단하고, 그 대책을 마련하는 데 목적이 있다. 따라서 이 글에서는 우리가 학교에서 배운 시나 시에 대한 내용이 가지고 있는 문제점을 두 가지 관점에서 접근하여 살펴보고, 이를 통하여 감동적인 체험으로 남을 수 있는 시 학습의 방향성을 생각해 보고자 한다.

　여기서는 먼저 학습 목표와 학습 내용의 조직화, 위계화(位階化) 문제를 점검하여, 지식 중심으로 이루어지고 있는 현대시 교육의 방향을 바꿀 수 있는 방법을 모색하고자 한다. 그리고 이런 관점과 일정하게 관련이 있는 학습 제재의 선정 문제를 중심으로, 우리에게 감동을 주면서 학습 목표를 실천할 수 있는 방안을 탐색하고자 한다.

　실제로 학교 교실에서 시 학습이 이루어지는 과정은 대략 다음과 같은 구조를 축으로 하여 전개된다. 먼저 교육 과정이라는, 국가 단위에서 제시하는 문서를 통하여 일반적인 국어나 문학(시) 학습의 목표와 내용, 실제가 규정되며, 이를 기초로 하여 보다 구체적으로 실천할 수 있는 내용과 제재를 수록한 교과서가 개발된다. 그리고 이런 교과서는 교사와 학습자들이 만나는 교실이라는 학습 현장에서 각기 다른 상황과 학습 방법, 학습 과정을 통하여 교수-학습된다.

이 중에서 국가 단위에서 결정되어 문서화된 교육 과정과 교과서는 하드웨어이며, 다양한 문학 학습이 이루어지는 교실은 이 하드웨어를 적용하여 이루어지는 소프트웨어라고 할 수 있다. 여기서 하드웨어에 해당하는 부분은 시 교수-학습의 원리와 방향을 원칙적인 차원에서 기술하고 있는 비교적 불변적인 것이며, 소프트웨어에 해당하는 부분은 시 교수-학습이 이루어지는 문학 교실의 여러 변인들이 작용하여 각기 다른 모습으로 진행되는 가변적인 것이다. 그리고 시 교육은 이런 두 측면이 유기적이고 역동적으로 함께 작용하여 이루어지는 전 과정(全過程)이라고 할 수 있다.

여기서 우리는 학교 교육에서 이루어지는 시 교육의 몇 가지 문제점을 지적할 수 있다. 먼저 지적할 것은 우리의 시 교육에서 교육 과정상의 지향점과 교과서가 조화를 이루지 못하고 있다는 사실이다. 상위에 놓이는 교육 과정상의 학습 목표와 하위에 배치되는 교과서의 학습 목표가 일치하지 않으며, 따라서 실제 시 학습이 이루어지는 교실에서의 학습 내용은 이 두 목표 사이에서 방황할 수밖에 없다. 상위의 학습 목표에 초점을 맞추면 시 작품의 다양한 이해와 감상을 지향할 것이고, 하위의 학습 목표에 중점을 두면 시 작품을 해석하고 감상하기 위한 지식을 이해할 것을 강조하게 된다.

또한 학습 내용과 평가의 보편성과 객관성이 보장되어야 하는 문학 교실의 상황 때문에, 실제 시 학습은 '학습 활동'으로 구체화되는 특성인 문학 지식을 중심으로 진행될 수밖에 없다는 점을 지적할 수 있다. 따라서 문학 작품의 다양한 이해와 감상보다는 지식을 중심으로 시 작품을 이해하고 감상하는 방식을 취할 수밖에 없게 된다. 그리고 이런 학습의 방향 때문에 학습자는 상상력을 동원하고 자신의 체험이나 문학 지식에 비추어 시 작품을 감상하기보다는 시에 관한 지식을 암기하는 방향으로 나아가거나 이런 지식을 시 작품에서 확인하는 방식을 취하게 된다. 소위 학문 중심의 교육 과정기라고 할 수 있는 제3차나 제4차 교육 과정기에서 강조되었던 문학 지식 중심의 분석주의적 시 교육이 이루어지게 되는 것이다.

마지막으로 지적할 수 있는 것은, 시 학습의 내용과 이를 실현하기 위해 수록된 시 제재의 구성에서 일반 원칙을 찾을 수 없다는 점이다. 즉, 학습 내용 및 제재 조직의 위계성에 문제가 있다.

이런 점들을 보면, 우리 시 교육의 목표와 내용, 실제가 서로 부합하지 않음을 알 수 있다. 따라서 앞으로 교육 과정을 개정하거나 교과서를 개편할 때에는, 학습 목표와 내용 설정 및 제재 선정에 나타나는 모순(?)을 합리적으로 개선할 수 있는 방안을 모색하여야 한다. 즉 교육 과정상의 목표에 부합하는 단원의 학습 목표를 세우고, 이를 바르게 학습할 수 있는 시 제재를 선정하여야 하며, 이를 효과적으로 실현할 수 있는 '학습 활동'을 구성하여야 한다.

그렇게 하기 위해서는 시 또는 문학 학습 목표에 대하여 재고하고, 학습의 내용과 학습 단계의 위계를 고려한 시 제재 목록을 우선적으로 선정할 필요가 있다. 이런 원칙에 의해서 체계적으로 시 학습이 이루어졌을 때, 학생들이 학교를 졸업하자마자 잊어버리는 또는 잊을 수밖에 없는 지식 중심의 시 교육이 가지고 있는 한계를 극복할 수 있을 것이다.

이상에서 논의한 것은 크게 시 교육의 위계화 문제라고 할 수 있다. 이제부터는 위계의 문제와도 어느 정도 관계가 있는 시 교육의 제재 선정 문제를 중심으로, 감동적인 경험으로 재구성될 수 있는 시 감상의 문제를 살피고자 한다. 우리는 앞에서 시 교육을 원칙적으로 규정하고 있는 교육 과정에서는 거듭 시 감상의 중요성을 강조하고 있음을 확인하였다. 그러나 실제 시의 교수-학습은 이를 효과적으로 달성하지 못하고 있음도 확인하였다. 따라서 우리가 배운 시들은 교실에서 배운다는 의의 이상의 실천력을 지니지 못하고 있다.

그런데 국어로 표현된 국어 문화의 학습은 결코 이런 제한된 시·공간에서 부분적인 목적만을 위해서 이루어지는 것이 아니다. 개인적으로는 개인의 성장을 도모하고, 이를 통하여 현실을 비판적으로 볼 수 있는 주체로 성장할 수 있도록 도와야 한다. 그리고 개인적인 목적뿐만 아니라 현대 사회를 살아가는 데 필요한 언어 능력을 갖추고, 민족 문화의 전통을 계승하고 문화적 공동체의 한 사람으로 성장하여, 국가와 민족의 발전에 공헌할 수 있는 인간상을 만들어야 한다.[18]

이런 국어 교육의 목표를 실현하는 차원에서 문학 또는 시 교육은 이루어져야 한다. 특히 정신적으로나 육체적으로 성장하는 과정 중에 있는 기초적인 교육의 단계에서는, 우리가 직접 경험할 수 없는 다양한 삶의 모습을 문학 작품이나 시 작품을 통하여 간접 체험하게 된다. 따라서 교실에서의 문학 수업은 자신이 직접 체험한 것과 다름없는 체험을 하게 하는 것이며, 이를 통하여 진한 감동과 교훈을 얻게 한다.

시 교육은 특히 국어 교육의 목표 중에서 감동과 내면화의 측면에 중점을 두어야 한다. 시를 통하여 우리말의 아름다움을 배울 수도 있고, 비판적인 주체로서의 자기 위치를 확인할 수도 있다. 또 문학에 관한 지식을 습득하여 교양 있는 지식인으로 성장하게 할 수도 있다. 시 교육의 경우에는 이야기나 말과 몸짓으로 표현하거나 알리기를 목적으로 하는 다른 문학 갈래의 교수-학습과 다른 특성에 초점을 맞추어 그것이 어떻게 활용될수 있을 것인가를 우선적으로 고려하여야 한다. 그래서 시를 통하여 얻을수 있는 감동이 다른 문학 갈래가 주는 감동과 어떻게 다른가를 부각시키고, 시를 배우는 자리에서 이를 올바르고 효과적으로 실천할 수 있도록 해야 한다.

그렇지만 실제 중학교 교과서를 보면, 학습자의 체험으로 전환 또는 승화시키기 어려운 작품들이 다수 발견된다. 성장 단계의 학습자들이 쉽게 이해할 수 없는 수준의 시와 내용이 학습의 제재와 내용으로 제시되어 있

---

18) 김대행, 「국어과교육의 목표와 영역」, 『선청어문』 25, 서울대 국어교육과, 1997.

다. 이런 시 교육의 경향을 단적으로 보여 주는 것이, 어린 학습자들의 정
서와는 어울리지 않는 고전적(古典的)인 시 작품들이다.

 문학 교실에서 학습하는 시는, 남의 이야기가 아니라 학습자들이 공감
할 수 있으며 공감을 통하여 자신의 것으로 전환할 수 있는 것이어야 한
다. 이런 점에서 학교의 문학 교실에서 학습 제재로 선택되는 시 중에는
1930년대의 시나 아련한 추억 속에서나 살아 있는 고향에 대한 그리움을
어른들의 관점[19]에서 형상화하고 있는 시들이 많은 것도 앞으로 개선하여
야 할 부분이라고 생각한다. 그렇다고 해서 굳이 동시대적인 감수성에 호
소하여 학습자의 감동을 이끌어 낼 필요는 없지만, 그래도 어느 정도는 학
습자의 체험과 공감대를 이룰 수 있는 시들을 학습 제재로 선택해야 한다.

 따라서 학습 제재의 선정에는 교과서 편찬자의 시각보다는 학습자에 대
한 배려가 주가 되어야 한다. 구체적으로 예를 들면, 초등학교 단계에서의
시 학습은 어린이들의 문학적 세계를 그들의 언어로 표현한 동시나 동요
를 통하여 이루어져야 한다.[20] 그리고 이를 통하여 어린이 학습자들은 시
나 문학의 속성이나 본질보다는 우리말의 아름다움을 학습하는 것은 물
론, 이렇게 형상화된 문학 세계를 체험하여 자신들의 세계로 전환할 수 있
어야 한다.

 교육에서 가장 중요한 변인은 학습자 변인이다. 즉 학습자 자신들의 수
준에서 감동하고, 이를 내면화할 수 있는 제재를 통하여, 시 학습이 이루

---

19) 이와 비슷한 예로, 텔레비전에서 농촌을 배경으로 하는 드라마를 예로 들 수 있다.
 「전원일기」나 「대추나무 사랑 걸렸네」 등과 같은 농촌 드라마가 장년층의 떠나온
 고향에 대한 추억이나 향수를 자극하고, 이런 특성 때문에 비교적 장수하는 프로그
 램으로 자리를 잡고 있다는 것은 널리 알려진 사실이다.
20) 어린이에게 학습되는 제재인 어린이 동화나 동시는 누가 썼느냐 하는 문제보다는
 문학적 형상화의 관점에서 세계를 바라보는 시각이 문제다. 이런 관점에서 최근 베
 스트셀러가 되었던 안도현의 『연어』 등과 같은 동화는 어른들의 유아 취미 또는 회
 고의 산물이라고 할 수 있다. 이런 작품들은 어른들의 시각에서 어린이들의 세계를
 바라본 또는 어른들의 관점에서 쓰여진 동시나 동화로, 독자층을 성인으로 하는 어
 른들에게나 공감될 수 있는 것이다.

어져야 한다. 이런 학습을 통하여 시 학습이 이루어질 때, 학교에서 배운 시와 시적 감동은 사회에 나가서도 잊혀지지 않고, 일상 생활에서는 물론 문화 생활을 향유하면서도 날로 새롭게 살아날 수 있을 것이다. 이런 차원 에서 학습자의 이해와 감상 수준에 맞는 학습 내용과 이를 효과적으로 실 현할 수 있는 제재 선정은, 문학 교육에서 가장 우선적으로 고려하여야 할 요건이라고 할 수 있다.

우리의 시 교육이 학교 교육에서 한 걸음도 벗어나지 못하고 있다는 현 실적인 문제점을 극복하기 위해서, 시적 감동의 문제를 우선적으로 고려 해야 한다. 특히 이런 감동은 학습자 자신의 살아 있는 체험으로 전환되어 야 한다. 그리고 이런 방향에서 시 학습이 이루어질 때, 제6차 교육 과정 에서 문학 과목의 학습 목표로 삼고 있는 '문학 작품의 이해와 감상'도 실 천할 수 있으며, 제7차 교육 과정에서 문학 과목의 교육 목표로 삼고 있는 '문학 작품의 수용과 창작'[21]이라는 목표도 구현할 수 있다.

이 부분에서는 현재 중학교 현대시 교육에서 보이는 두 가지 문제점을 집중적으로 살펴보았다. 먼저 국가 단위의 교육 목표를 문서로 설명하고 있는 교육 과정과 이를 구체적으로 반영하여 구현하고자 하는 교과서의 목표가 조화를 이루지 못하고 있음을 밝혔다. 그리고 이런 이유로 하여 시 작품의 다양한 이해와 감상보다는 단편적인 문학 지식 학습이 시행됨으로 써, 학습자들이 문학 교실을 떠나면서 시에 대해서 배운 것을 잊어버리게 되는 우리의 교육 현실을 비판해 보았다.

다음으로는 학교 교실에서의 시 교육이 객관적인 근거나 타당한 논리에 의하여 위계적으로 구조화되지 못하고 있으며, 교수-학습의 제재가 되고 있는 시 작품들이 학습자의 체험역과는 너무 거리가 멀다는 점을 지적하 였다. 따라서 학습자들은 시 학습을 감동적인 체험 학습으로 받아들이기 보다는 상급 학교에 진학하기 위해서 배워야 할 지식 정도로 간주하거나,

---

21) 교육부, 『제7차 국어과 교육 과정』, 대한교과서, 1997, 150~151면.

자신들의 체험과는 다르지만 교양 있는 지식인이 되기 위해 배워야 할 문학적 세계라고 신비화[22]하여 받아들이고 있음을 밝혔다.

이 글에서는 우리 현대시 교육에 대한 현상 진단을 통하여 바람직한 시 교육의 하드웨어적인 측면에 대한 개선 방안을 중점적으로 모색하여 보았다. 특히 학습자의 수준에 맞는 학습 목표와 제재 선정의 문제를 중심으로 하여, 그 위계화의 문제를 본격적으로 검토하여야 한다는 점과 학습자의 감수성에 부합할 수 있는 제재를 선택하여야 함을 밝혔다. 그리고 이런 문제를 고려하면서 시 교육이 이루어진다면, 앞으로는 학교에서의 현대시 교육이 생활 속에서 살아 숨쉬는 것이 될 수 있으며, 시를 통한 감동의 세계를 항상 느끼면서 살아갈 수 있는 사람으로 성장할 수 있을 것이라는 점을 드러내고자 했다.

아울러 우리 시 교육의 현상 진단을 통해 하드웨어적인 요건보다는 소프트웨어적인 요건이 중요하다는 점을 인식하여야 함을 밝혔다. 여기서 구체적으로 교수-학습이 이루어지는 교실 상황이 교육의 성패를 좌우하기 때문에, 교실의 교육 주체인 교사는 어느 누구보다 중요하다. 이런 맥락에서 현대시 학습을 실제로 진행하는 교사가 열린 관점에서 학습 제재를 바라보아야 하며, 그러한 교육관에 입각하여 또 다른 교육 주체의 한 사람인 학습자와 대화하면서 시 학습을 전개하여야 한다.

같은 맥락에서, 교육 과정 연구진이나 교과서 편찬자들, 즉 교육부나 한국 교육 과정 평가원의 편수 책임자, 집필자, 검토 및 연구 위원들은 모두 열린 관점에서 학습자들의 시각을 받아들일 필요가 있다. 이를 통하여 교육의 하드웨어적인 요건을 바람직한 방향에서 정립하고, 이를 근거로 하여 문학 교실에서의 시 교수-학습이 이루어져야 한다. 이렇게 될 때, 우리의 현대시 교육은 감동적인 체험으로서의 역할을 바르게 수행할 수 있으며, 우리의 일상 생활 속에서도 살아 있는 것이 될 수 있다.

---

22) 김남희, 「현대시 수용에 관한 문화 기술적 연구-고등학생 독자를 중심으로」, 서울대 대학원, 1997, 52~56면.

생각할 거리

1. 우리가 시를 제대로 생활화하지 못하는 이유는 무엇인지 생각해 보자.

2. 현재의 시 교육이 가지고 있는 문제점을 정리해 보고, 해결 방안에는 어떤 것이 있을지 생각해 보자.

3. 시 교육에서 '감동과 내면화'라는 목표를 달성하기 위해서는 교육 현장이 어떻게 바뀌어야 할지 생각해 보자.

시 교육과 다매체 언어

　새로운 세기, 즉 21세기의 현대 사회에서는 문자 중심으로 이루어졌던 문학이라는 예술 활동 부분은 급격한 변화의 국면을 맞고 있다. 이미 과거처럼 문자나 언어 중심의 문학만이 아니라 사이버(Cyber) 공간이나 영화, 텔레비전과 같은 대중 문화 매체들이 예술 활동의 중요한 자리를 차지하고 있다. 또한 이 같은 대중 문화 매체들이 문학과 교류를 확대하면서, 부분적으로는 오래 전부터 우리 인간의 몸과 마음 속에서 문학이 차지하고 있던 자리를 심각하게 위협하고 있다.

　실제로 우리는 눈만 뜨면 대중 문화 매체가 전달하는 무수한 정보의 홍수 속에서 살고 있다. 그래서 오늘날의 문학이나 문화 향유자들은 시간적 여유를 가지고 시나 소설을 읽거나, 공연장에 찾아가서 연극을 보려고 하지 않는다. 구태여 발걸음을 떼기조차 어려운 자리에 가지 않더라도, 리모콘만 누르면 텔레비전이나 비디오를 통하여 문학의 전환물들을 볼 수 있고, 컴퓨터의 키만 누르면 책이나 극장과는 다른 공간에서 손쉽게 문학을 만날 수 있기 때문이다.

　이처럼 우리가 손쉽게 만날 수 있는 문학 작품 또는 유사 문학은, 책으로 보는 문학 작품보다 흥미를 끌 만한 다양한 실험과 장치들을 통하여 시청자나 독자에게 사실적으로 다가온다. 움직이는 그림으로 사건의 전개를 보여 주고 있으며, 목소리로 그 내용을 전달한다. 글자로 읽는 내용조차도 배경 음악이 잔잔하게 깔려서, 이를 수용하는 사람을 정서적으로 몰입하게 한다.

　더구나 현대 사회에서의 학습자들은 기성 세대보다도 더 많이 대중 문화 매체에 노출되어 있다. 대중 문화 매체와 같이 호흡하면서 성장한다고 해도 과언이 아닐 것이다. 그들은 만화 영화나 그림책, 만화로 동화나 동시를 배우기 시작했으며, 텔레비전 인형극이나 만화로 고전 명작을 기억하고 있다. 만화 영화의 주제가를 부르면서 노래를 배웠듯이, 우리의 청소년들은 고전 명작들도 그 정도 수준에서 인식하고 있다. 최근에는 컴퓨터 게임에 빠져들면서, 『삼국지』와 같은 소설도 가상 공간에서 일어나는 우주 전쟁이나 별 차이가 없는 게임 정도로 생각하고 있다.

이처럼 현대 사회가 급격히 변화함에 따라 문예학에서 사회 현실을 반영하는 것으로 설명되고 있는 문학 역시 그 내용은 물론 형식까지 빠르게 바뀌고 있다. 아울러 앞에서도 밝혔듯이 이를 수용하는 독자 역시 변화하고 있으며, 이에 따라 필연적으로 문학 작품을 창작하는 작가도 변하고 있다. 사이버 공간을 찾는 독자를 위해, 동영상을 찾는 시청자들을 위해서, 현대 사회의 문학은 변하지 않으면 안 될 상황에 직면하고 있는 것이다. 실제로 독자의 변화에 발맞추어, 사이버 공간을 활용하여 나름의 문학 세계를 구축하고 있는 작가들을 보면, 문학 작품의 창작과 수용 공간이 변화되고 있음을 실감할 수 있다.

이런 새로운 시대와 문학의 변화에 부응하여 문학 교육 역시 새로운 방향에서 그 방법론과 실천 방안을 모색하여야 한다. 그 동안의 학교 교육에서 보여 주었던 것처럼, 문자를 중요한 매체로 하는 문학 교수-학습 활동으로는 더 이상 변화하는 현대 사회의 문학과 그 교육적 요구들을 제대로 감당할 수 없다. 따라서 현실 사회와 현대 사회에서의 문학 창작과 수용, 존재 등의 변화에 발맞추어, 문학 교육 역시 새로운 방법론을 찾아야 할 필요성이 절실해졌다. 이런 점은 문학은 물론 교육 전반에서 제기되는 문제로, 현대 사회에서 지식 교육만이 아니라 인간 교육을 담당할 수 있는 교과에서 공통적으로 제기되고 있는 사항이기도 하다.

이 부분에서는 문학 또는 문학 교육이 위기에 봉착하고 있다는 진단을 바탕으로 하여, 문학 교육의 현실을 타개하기 위한 구체적인 방법을 모색해 보고자 한다. 이를 위하여 문학의 교수-학습에 다양한 매체 언어를 도입하는 방법과 그 이론적 근거를 찾고자 한다. 이는 그 동안 문학 교육에서 매체 언어가 도입되어야 한다는 당위론 차원의 주장을 극복하고자 하는 것이며, 현장의 문학 교실에서 다양한 형태로 실시되고 있는 매체 언어 교육의 이론적 기틀을 제공하고자 하는 것이다.

이런 분야는 대중 문화론이나 매체 공학의 분야에서는 중요한 학문 연구 분야로 자리를 잡고 있다. 그러나 국어 교육, 좁혀서 말하면 문학 교육의 분야에서는 이에 대한 심층적인 탐구가 부족하였다. 앞에서도 언급한 것처럼, 당위론만이 무성할 뿐이다. 이제 이런 점을 극복하기 위하여 이론적 바탕 위에서 실천 가능한 방법을 찾아야 한다. 이런 연구를 더 이상 실용의 차원으로만 떠넘길 수 없기 때문이다. 상업적 목적으로 여러 사람들에 의하여 여러 형태로 제안되는 매체 언어 교육의 문제에 대해서는 더이상 방관적인 자세로 일관할 수 없다. 그러므로 이 글에서는 기존의 문자를 매체로 하는 현대시 교육의 매체 활용 방법과 현대시 교육과 관련시킬 수 있는 새로운 표현 매체 언어에 대한 교수-학습 방법의 가능성을 살펴보고자 한다.

앞에서 우리는 시 교육의 방법론을 소개하면서, 시 교육의 몇 가지 지향에 대하여 밝힌 바 있다. 예를 들면 학습자 중심, 표현 교육의 시각 보완, 문학의 속성을 일상 언어 생활에 활용하는 시 학습의 방향을 지향하여야 한다고 하였다. 이런 방향성은 이제 문학 교육이 문학이나 작품을 중심에 놓고 하는 내용 학습 활동보다는 문학을 향유하는 사람을 중심에 놓아야 한다는 사실과 관련을 맺는다. 즉 문학이나 작품에 대한 이해와 활동은 이를 향유하는 인간을 중심에 놓고서, 그 교육의 내용과 목표가 설정되어야 하는 것이다.

이 부분에서는 이처럼 현대 사회에서 문학의 판도와 문학 교육의 판도가 변하고 있음을 적극적으로 반영하여, 그 동안 문자와 음성 언어를 중심으로 이루어졌던 현대시 교수-학습의 방법을 개선하기 위한 대안으로 다매체 언어(Multi-media)를 활용하는 방법을 모색하고, 그 구체적인 실천 방법을 탐색하고자 한다. 즉 영화, 비디오, 방송물(라디오, 텔레비전, 인터넷 방송 등), 컴퓨터 동영상, 뮤직 비디오는 물론 사진, 그림, 만화 등과 같은 새로운 매체 언어를 적극적으로 활용하는 현대시 교육의 방법론을 구체적으로 제시해 보고자 한다.

현대시 교육이 이루어지는 교실 장면을 염두에 두면, 시 교육의 경우에도 텍스트에 대한 이해 과정에서 다매체 언어를 도입할 수 있다는 사실이 낯설지 않다. 그리고 이런 방법을 선택할 때, 현대시 교육은 기존의 평가에서처럼 선택형 문제에 대한 답을 하는 것으로 만족할 수 없다. 앞에서 살핀 바와 같이 시를 이해하고, 이를 또 다른 글쓰기 즉 산문이나 이야기로 표현할 수 있으며, 그림이나 만화로도 표현할 수 있다. 시가 그림이나 만화, 영상으로 표현되어 교육될 수 있는 것처럼 말이다. 이런 활동이 제대로 이루어질 때, 현대시의 교수-학습은 문학 작품에 대한 이해를 넘어서 학습자 자신의 이야기로 전환되는 표현 단계의 목표를 달성할 수 있다.

이는 현대시 교육에서 현대 기계 문명의 발달에 힘입어 도입된 다양한 매체 언어가 교수-학습에서 활용될 수 있을 뿐만 아니라, 이해의 단계를 넘어서는 표현의 단계에서도 활용될 수 있다는 말이다. 예를 들면 학습자들이 이해한 시의 세계에 대하여 그림만이 아니라 영화나 드라마, 연극, 만화, 광고 등으로 매체 전환을 하는 활동을 할 수 있다. 이 경우 현대시 학습은 시만이 아니라 문학 또는 다른 예술 영역과 교류하게 되며, 이런 관계를 고려함으로써 각기 다른 매체의 특성도 교수-학습하는 효과를 얻을 수 있다.

과거 20세기의 우리 근·현대 문학사에서도 문학은 다른 표현 매체와의 만남을 다양하게 추구했었다. 일찍이 이상이 건축이나 미술과의 만남을 시도하였고, 박태원이나 김기림이 영화의 기법을 소설이나 시에 적용하였다. 이 같은 경향은 1980~90년대 들어 많은 문인들에 의하여 다양한 형태로 시도되었다. 특히 포스트 모더니즘이라는 문예 사조의 기법과 정신이 그 영향력을 확대하면서 키치, 패러디, 패스티쉬 등의 방법론을 통하여 문학과 매체의 행복한 만남이 본격적으로 시도되었다. 여기에서는 현대시의 한 예를 통하여 문학과 다른 표현 매체의 만남을 살펴보고, 이를 현대시 교육에 활용할 수 있는 가능성을 논의하여 보겠다.

우선 박남철, 황지우, 장정일, 유하 등으로 대표되는 현대시의 포스트모더니즘적인 경향을 생각해 보자. 물론 시작(詩作)의 기반은 조금씩 달랐지만, 크게 보아 이들이 기법의 혁신을 통하여 새로운 시대 정신을 반영하고 있다는 점에서는 동일하게 평가할 수 있다. 그것은 단일한 시대 정신보다는 다원주의적 시대 정신의 반영이었으며, 전통적으로 받아들여졌던 시의 개념에서는 낯설고 실험적인 것이었다. 그들의 이 같은 실험은 구태여 시가 아니어도 가능했을 것이지만, 글쓰기의 시작(始作)이 시(詩)였기에 시를 선택했을 뿐이라는 사실을 짐작할 수 있다. 이 점은 그들의 표현 행위가 다양한 장르를 넘나들고 있는 사실에서도 쉽게 확인된다.

이제 한 예를 통하여 우리의 현대시가 다른 표현 매체와 어떤 만남을 시도하고 있으며, 이를 통하여 우리에게 왜, 무엇을 보여 주고자 했는지 살펴보자.

映畵가 시작하기 전에 우리는
일제히 일어나 애국가를 경청한다
삼천리 화려 강산의
을숙도에서 일정한 群을 이루며
갈대 숲을 이룩하는 흰 새떼들이
자기들끼리 끼룩거리면서
자기들끼리 낄낄대면서
일렬 이렬 삼렬 횡대로 자기들의 세상을
이 세상에서 떼어 메고
이 세상 밖 어디론가 날아간다
우리도 우리들끼리
낄낄대면서
깔쭉대면서

우리의 대열을 이루며
한세상 떼어 메고
이 세상 밖 어디론가 날아갔으면
하는데 대한 사람 대한으로
길이 보전하세로
각각 자기 자리에 앉는다
주저앉는다

－황지우의 「새들도 세상을 뜨는구나」

영화를 시작하기 전에 '애국가'와 같이 나오는 화면을 보면서, 관객들이 느끼는 바를 이 시는 표현하고 있다. 화면에 나온 새들의 비상을 보면서, 비상을 꿈꾸는 우리 인간들의 욕망을 시인은 상상하고 있다. 그러나 화면은 이런 인간의 상상을 끝까지 허락하지 않으며, 다시 일상의 삶이나 영화 속의 현실로 돌아갈 것을 강요한다. 인간들의 꿈 꿀 권리를 제한하고, 현대 문명이 유도하는 대로 살아갈 것을 강요한다. 이것이 현대 사회를 살아가는 인간들이 할 수 있는 전부이며, '주저앉는다'는 마지막 진술은 이들이 선택할 수 있는 행동의 한계를 잘 보여 준다.

그러나 이런 메시지보다 더욱 주목하여 보아야 할 것은, 이 시가 영상을 소재로 하고 있다는 점이며, 이미 영상이 우리들의 삶 속에 깊이 작용하고 있다는 사실이다. 가장 순수하고, 고급스러운 언어 활동이라고 할 수 있는 시라는 문학의 장르에 영상이 침투(?)하고 있는 것이다. 이러한 현상은 영상이 이미 우리들의 삶을 통제하고, 사유를 지배하는 위치로 격상되고 있음을 나타낸다. 영상은 우리가 조용히 관조할 수 있는 여유를 주지 않는다. 우리의 삶에 미치는 기계의 힘과 위력을 최대한 과시하며 영역을 넓혀 가고 있다.

시인 황지우는 언어를 구사하여 시를 쓰고 있지만, 그가 그려내는 것은 현대 사회를 지배하는 다양한 표현 매체다. 따라서 그가 시의 소재로 쓰

「춘향전」의 다양한 영화 포스터

고 있는 만화, 신문 기사, 전단이나 벽보, 광고, 음악, 전자 오락 등은 소재 차원에 머물지 않는다. 우리가 살면서 직면할 수밖에 없는 새로운 시대의 표현 매체들과의 피할 수 없는 만남을 주선하고 있으며, 문학 아니 시가 왜 이런 매체에 대해 관심을 가져야 하는가를 대변하고 있다. 더 이상 우리는 이것들과 떨어져서는 살 수 없다는 사실, 매체의 홍수 속에서 살아가야만 할 운명이라는 사실을 웅변하고 있다.

우리의 문학 교실은 이런 현실을 받아들여야 하며, 현대시 교육은 이러한 부분을 교육의 대상으로 삼아야 한다. 그리고 이제 다양한 표현 매체를 통한 교육이 아니라 매체 자체에 대한 교육으로 나아가야 한다. 다양한 표현 매체가 우선은 현대시를 가르치기 위한 수단이 될 수 있지만, 궁극적으로는 매체 언어 자체를 교육하는 쪽으로 나아가야 한다. 역으로 이 과정에서 매체에서 활용하고 있는 문학적 속성을 찾아 내는, 매체 교육과의 만남을 모색할 수도 있다.

이제 다른 표현 매체가 현대 사회의 문화적, 예술적 경향을 선도하고 있다는 예측은 더 이상 허무맹랑한 것이 아니다. 언어를 매체로 하는 문학이 주류가 아니라 다른 표현 매체를 쓰는 양식이 주류를 차지할 수도 있다. 컴퓨터 통신망을 표현 매체로 하는, 소위 판타지 문학이 좋은 예가 아닐까 한다. 그리고 국어 교육, 문학 교육, 현대시 교육은 이 같은 현상에 대하여 눈을 감고 못 본 체할 수만은 없다.

그렇다면 다양한 표현 매체가 지배하는 새로운 시대에 문학은 어떤 자리에서 어떤 역할을 할 수 있을까 생각해 볼 필요가 있다. 지난 세기의 예술이 보여 주는 현상들에서 이에 대한 단초를 끌어 낼 수 있다. 소설이나 희곡과 같은 문학 작품이 영화나 드라마로 재창작되었는데, 이는 문학 작품을 시나리오와 드라마의 원작으로 하여, 문학 작품이 전달하고자 하는 이야기를 재구성하는 방식을 취하고 있다. 이 경우 소설은 독서의 대상이기보다는 영화를 전제로 창작된 시나리오나 드라마 극본의 밑그림으로 인식된다. 지난 세기에 소설과 영화가 맺은 관계는 대부분 이런 양상을 띠고 있었다.

그런데 최근에는 보다 적극적으로 문학 작품이 영화 창작의 발상 단계에 작용하거나 소재 차원에서 활용되는 현상이 급증하고 있다. 2년 전에 개봉된 「셰익스피어 인 러브」에서 보듯이, 영화라는 새로운 매체 창작 과정에서 문학은 원작으로서의 기능도 상실하게 된다. 이미 영화라는 표현 매체가 이 관계에서는 지배적임을 보여 주는 단적인 예다. 이 영화에서 셰익스피어의 「로미오와 줄리엣」이라는 본래의 이야기는 사라지고, 희곡의 내용(대사)의 일부가 허구적으로 재구성된 셰익스피어의 사랑을 다룬 영화의 소재로 활용되고 있다.

이와 비슷한 예로, 몇 년 전에 개봉된 한국 영화 「편지」를 들 수 있다. 이 영화 역시 황동규의 시 「즐거운 편지」가 주인공들의 사랑을 전달하는 매체로 동원되었으며, 이 영상 메시지는 사회적으로 편지 쓰기 붐을 조성하기도 했다.(물론 이 영화의 흥행이나 창작은 일본 영화 「러브 레터」와 밀접한 관련이 있다) 이처럼 현대 사회에서 주도적인 영향력을 행사하고 있는 다양한 표현 매체들은 문학을 소재의 차원에서 활용하고 있으며, 이 경우 문학은 매체가 전달하는 메시지에서 종속적인 역할만을 담당한다. 문학의 목소리가 더 커 보이는 경우에도 흥행을 목적으로 문학이나 작가의 명성을 배경 차원에서 이용하는 정도임을 알 수 있다.

이처럼 영상과 언어의 만남이 이루어지는 영화나 만화 외에도, 그림이나 사진과 언어가 만나는 광고를 통해 우리는 다른 표현 매체에서 문학을 어떻게 활용하고 있는가를 알 수 있다. 특히 상품에 대한 구체적인 정보를 전달하는 광고 내용보다는 광고의 시적 카피에서, 상품 광고보다는 기업 이미지 광고나 공익(公益) 광고에서 이런 현상이 두드러지게 나타난다.

그 남자를 처음 만난 날
그때의 설레임을 아직도 기억합니다.
환하게 웃는 그의 얼굴을 볼 때면
하루 종일 기분이 좋았습니다.
그 남자에서 내 남자가 된 지금,
매일매일 보고 또 보는 얼굴이지만
언제나 새로운 느낌으로 다가옵니다.
잠시만 곁에 없어도 그리워지는 얼굴
볼수록 사랑스런 내 남자입니다.

가까워질수록 마음 편한 사람
가까이할수록 기분 좋은 기업

　이 광고에는 눈을 감고 하얀 이를 드러낸 채 미소짓는 30대 초반의 여성 사진이 들어있다. 이 광고는 한 편의 시처럼 인식된다. 이 경우 여인의 사진은 시의 분위기를 보조하는 배경으로서의 이미지 기능을 한다. 독자에게 쉽게 받아들여지는 아주 쉬운 시, 화자의 솔직한 감정을 표현한 시, 누구나 한 번쯤은 그런 감정에 빠지고 싶은 착각을 일으키는 시다. 이 시가 광고라는 사실은 마지막 구절 외에서는 찾을 수 없다. 그러나 엄연히 광고의 메시지는 시라는 문학적 표현을 활용하고 있다.

　이 광고에서 사용된 시적 메시지는 이미지 외의 다른 시적 속성과는 특별히 관련이 없다. 즉 시의 속성인 비유나 상징, 리듬, 역설, 반어와 같은 것들보다는 일상적인 언어를 반복하면서, 독자들에게 낯설지 않은 언어로 친근하다는 메시지를 전달한다. 이는 시가 고급스러운 언어 활동이라는 기존의 관념을 깨트리고 있으며, 일상의 언어가 항상 시의 언어가 될 수 있다는 사실을 증명한다. 또한 시적 언어는 일상의 언어에 기반하고 있다는 사실도 깨우쳐 준다.

이처럼 현대의 표현 매체들은 문학을 널리 활용하는 추세다. 상품에 대한 정보를 제공하는 경우에도 예외는 아니다. 이 밖에도 이야기라는 서사의 속성이나 만화의 속성을 활용하는 광고도 있다. 소위 시리즈 광고가 그 예다. 이 경우에는 이야기가 광고 메시지의 주된 요소다. 애니메이션이나 컴퓨터 게임의 구성 역시 서사나 극의 이야기 구성 방식을 활용하고 있다. 다만 이 경우에는 게임을 조작하는 자, 컴퓨터 오락을 하는 사람들이 이야기의 전개를 선택하여 즐기거나 스스로 문제를 선택하여 해결한다. 즉 새로운 표현 매체의 제작이나 수용에 문학적인 속성이나 요소가 깊이 작용한다.

이 같은 현상은 문학 활동 영역이 앞으로는 문자라는 단일한 매체로 제한되지 않을 것임을 증명하는 예다. 문학이 새로운 매체와의 만남을 통하여 그 영역을 확대할 것이며, 새로운 매체 역시 문학을 활용하여 그 효과를 극대화시킬 것이다. 특히 영상으로 대표되는 새로운 표현 매체가 지배하는 현대 사회에서는 그 동안 문학이 독점적으로 맡았던 고유한 역할보다 언어 또는 문자라는 매체가 감당할 수 있는 부분적인 최소한의 역할을 담당하게 될 것이다. 이처럼 수동적이고 보조적인 역할이 주어지는 한, 문학은 속성의 차원에서 존재할 수 있을 뿐이다.

따라서 국어 교육, 나아가서는 문학 교육은 실제 생활에 도움을 줄 수 있는 구체적인 교육 방법을 모색하여야 한다. 이 일을 가장 효과적으로 수행할 수 있는 사람은 문학을 교육하는 교사다. 앞으로의 문학 교사는 이 같은 사회 문화적 현상을 외면하고 옛날을 추억하면서 살아갈 수 없다. 물론 추억할 수 있는 자유는 여전히 허용되겠지만, 그것은 개인적인 일일 뿐 더 이상 문학 교실에서 고집되어서는 안 된다.

앞에서 새로운 문학 교육의 방향성을 반영하는 시 교육은, 학습자가 일상 생활 속에서 활용할 수 있는 것을 교수-학습하여야 하며, 학습자의 삶에 대한 성찰이나 삶의 태도를 정립하는 데 도움이 되는 활동이 되어야 한다고 규정하였다. 이런 차원에서 시 학습은 교사와 학생 사이에 벌어지는 활동이라는 제한된 틀을 극복할 필요가 있다. 특히 이런 지향성은 제7차 교육 과정의 체계가 수준별, 통합적 학습과 수행 평가를 통해서, 문학 작품을 즐겨 읽는 '태도'를 확립하는 학습으로 나아가는 목표 설정과도 밀접한 관련이 있다.

시의 학습 방식은 시에 대한 학습자의 이해에 목표를 두는 것이 아니라, 자신들의 삶 속에서 그 의미를 찾는 활동이 중심이 되어야 한다. 그리하여 학습자 자신의 것이 되는 시 교육이 이루어져야 한다. 종전처럼 교사가 중심이 되어 암기할 지식을 주입하는 교육이나 배운 문학 지식을 고등학교를 졸업하는 순간에 까맣게 잊어버리는 교육이 아니라, 우리의 기억 속에 생생하게 살아 있어서 언어 활동이 이루어지는 어떤 자리에서나 활용될 수 있는 교육이어야 한다.

이 같은 차원에서 다양한 표현 매체를 중심으로 하여, 우리의 시 교육에서 가능한 새로운 학습 활동 방법과 효과, 그 의미를 살펴보았다. 이를 통하여 다양한 시 교수-학습 전략이 궁극적으로 노리는 목표 또한 점검해 보았다. 예를 들면 시를 다른 매체로 전환하는 교육 등을 통하여 문학이라는 제한된 틀을 벗어나고자 하는 학습 전략들의 의도와 효과를 확인할 수 있을 것이다. 그러므로 이제 다양한 맥락에서 사용된 '새로운' 학습의 교육적 가치와 이를 실천하면서 고려해야 할 점을 생각해 볼 시기다.

생각할 거리

1. 매체가 우리 생활에 미치는 영향에 대하여 생각해 보자.

2. 교육 현장에서 매체를 적극적으로 활용해야 하는 이유는 무엇인지 생각해 보자. 그리고 현 단계에서 가능한 매체 활용 방안으로는 어떤 것이 있는지 생각해 보자.

3. 미래 사회에서 시 교육은 어떤 모습을 띨지 생각해 보자.

키치와 시 교육

청소년들을 둘러싸고 있는 현대의 문화적 상황을 전제로 할 때, 교육의 문제는 이제 제도 교육으로만 한정할 수 없게 되었다. 학교의 교육과정이 한 축이 되고, 대중문화가 하나의 축이 되어 오늘의 청소년 교육을 이끌어 가고 있다고 해도 과언이 아닐 것이다. 이런 상황에서 '학교 교육 따로, 현대 문화 따로' 식의 자세는 이제 탈피해야 할 때가 왔다. 학교 교육의 관점에서, 청소년들에게 막강한 영향력을 미치고 있는 현대 문화에 대해 어떻게 대처해 나갈 것인가를 논의할 시기에 이른 것이다. 제7차 교육과정에 의거하여 개발된 초·중·고 국어 교과서는 이런 관점을 수용한 것으로 보이기는 하지만 아직 초보적인 단계라 할 수 있다.

이러한 문제의식 하에 여기에서는 현대문화를 학교 교육에 수용하기 위한 기초적인 방안의 하나로서, 청소년을 대상으로 하는 문화 상품을 어떻게 다루어야 할 것인가에 관하여 생각하고자 하며, 특히 시를 중심으로 하여 다루고자 한다.[23] 여기에서는 현대 사회에서 중요시되는 문화의 한 형태인 '키치'를 중심으로 하여 다룰 것이다.

'키치'라는 용어가 원래 미술 영역에서부터 발전해 왔기 때문에, 키치 문학에 대해서는 그리 활발하게 논의되지 않았었다. 키치는 원래 1860년대에서 1870년대 사이에 뮌헨의 화가와 화상의 속어로 사용되었던 용어다. 오늘날 키치라는 용어는 지극히 폭넓고 다양할 뿐 아니라 다차원적인 현상들을 포괄하고 있다. 키치는 통상 다른 어떤 예술 관련 용어보다도 부정적인 함의를 갖는 것으로, 다시 말하면 나쁜 취미 내지는 나쁜 예술로 이해된다. 미적인 가치의 측면에서 본다면 '훌륭한' 예술품과 대조되는 하

---

23) 문화 상품의 논리는 청소년을 주된 독자로 하는 시집을 엄청난 분량으로 쏟아 놓고 있는데, 그것은 분량의 문제뿐만 아니라 실제 많은 청소년을 사로잡고 있다는 점에서 검토해 볼 가치가 있다.

찮고 천박하며 조야한 미완성품으로, 그 결과 윤리적인 차원에서는 모
조·위조·거짓말 등의 특성을 지닌 것으로, 그리고 산업적으로는 대체로
대량 생산된 값싼 상품이라는 특징을 갖는 것으로 이해된다. 하지만 '문화
의 키치화' 현상이 고도화됨에 따라 이러한 일상적 용례로는 포괄할 수
없는 또 다른 수많은 사례들이 날로 증가하고 있다.[24]

이러한 성격을 지닌 키치는 기본적으로 현대 산업사회의 산물이다. 문
화 형태로서의 키치는 원래 근대에 대한 대응 방식의 하나로 등장하였다.
아도르노는 근대의 일상적 삶의 단조로움에서 벗어나기 위한 쾌의 문제로
선택된 것이 키치라고 하였다.[25] 물론 이러한 키치적 욕구와 대상이 그 이
전에도 존재했겠지만 키치적 욕구가 사람들에게 보다 보편화된 형태로 존
재하는 상황, 그리고 바로 이러한 욕구들을 이용하는 엄청난 규모의 문화
산업이 생겨나는 시대는 현대 사회에 이르러 비로소 가능해지며 그 본격
적인 모습은 현대 산업사회에서 두드러지는 현상이라 할 수 있다.

캘리니스쿠(Calinescu)에 의하면 키치를 문학에 제한할 때, 두 개의 아주
포괄적인 범주를 구성할 수 있는데, 각각은 무한한 수의 종 혹은 아종으로

---

24) M. Calinescu는 키치가 '미적 부적절성(aesthetic inadquacy)'의 개념을 함축한다고 하면
　　서 키치의 범위를 크게 세 가지 차원에서 논의하고 있다. 첫째, 미적 부적절성은 그
　　형식적 특질들(재료, 형태, 크기 등)이 문화적 내용이나 의도에 관련해서 부적합한
　　단일 대상들에서 볼 수 있다. 골동품 차원으로 화한 그리스 조상은 그 대표적인 예
　　다. 둘째, 개별적으로 보면 절대로 키치적이지 않은 대상들도 그 결합이나 배열과 관
　　련해서 키치의 효과를 야기할 수 있다. 따라서 백만장자의 가정용 엘리베이터 안에
　　걸린 진짜 렘브란트 그림은 키치가 된다. 풍요의 상징으로 진열해 놓은 미적 대상이
　　키치 자체는 아니라 할지라도 그 역할은 키치의 세계에서 전형적인 것일 수 있다.
　　셋째, 쉽게 입수할 수 있는 다양한 사물에-그것은 예술과 거의 관련이 없다-미적
　　의의를 부여하여 진정한 예술 대상에 돌려야 할 존경을 갖고 그것들을 다루는 경우
　　다. 점점 더 늘어가는 수많은 향수(鄕愁) 상점에서 팔고 있는 끔찍하게 낡아버린 '골
　　동품'들이 그 예다. 단순히 부를 의미하는 것으로 축소당한 진정한 예술과 미적 위
　　신을 부여한 특허품인 비예술 사이에는 미적 부적절성의 개념을 적용할 수 있는 무
　　수한 단계가 있다. M. Calinescu, 『모더니티의 다섯 얼굴』(이영욱 외 옮김), 시각과 언
　　어, 1993, 292~295면 참조.
25) M. Calinescu, 위의 책, 286~287면 참조.

구성되어 있다. 즉 1) 선전을 위해 생산된 키치(정치적 키치, 종교적 키치 등을 포함한다)와 2) 주로 오락을 위해 생산된 키치(연애 소설, 로드 매켄 유형의 선물상점용 시, 돈벌이용 예술작품, 고급잡지)가 그것이다.[26] 동시에 이런 대상들 외에도 키치는 '키치 상황'이라고 부를 수 있는 향수의 방식에도 적용되는 개념이다.[27] 이것으로부터 우리는 키치 문학에 대한 중요한 특성을 추출해 낼 수 있는데, 그것은 키치 문학이 자신들의 상업적인 혹은 기타 다른 목적을 달성하기 위해 본래적인 문학, 즉 고급 문학이 지닌 여러 특성들을 모조한다는 것이다. 키치 문학은 고급 문학과의 거리를 끊임없이 의식하는 문학 형태로서 문학적인 것, 문학적인 포즈를 취함으로써 고급 문학을 모조한다.

현대 사회에서 키치는 그 발생의 근거를 가지고 있으며, 수많은 학생들이 키치 문학을 탐닉하고 있다는 사실 또한 부인할 수 없는 실정이다. 키치 문학은 질적으로 낮은 것으로 평가받아 왔기 때문에 그 동안 논의의 대상조차 되지 못하였으며 문학 교육에서도 관심을 두지 않았었다. 그러나 키치 문학이 많은 학생들의 실질적인 '문학 교육'에 관계하고 있음을 우리는 알고 있다. 현대 사회에서 학생들이 학교라는 틀 내에서 접하는 문학적 소통의 양은 그야말로 미약하다. 오늘날 학생들이 접하는 문학적 소통의 공간은 엄청난 물량공세로 이어지는 현대 문화의 틀 속에 그 중요한 한 축을 형성하고 있다. 이러한 상황에 대해 무방비 상태로 대하고 있는 현재의 문화적 상황에서 문학 교육이 담당해야 할 역할이 가시화 된다. 키치 문학을 문학교육의 틀 속에서 적극적으로 사고하는 작업이 필요한 것이다.

우선 다음 두 편의 시를 보면서 논의를 계속해 보자.[28]

---

26) M. Calinescu, 앞의 책, 293면.
27) 이에 대한 자세한 논의는 주6) 참조. 또 나가다 겐이치, 「근대 시민사회에 있어서 미적인 것의 운명과 교육」, 최범 역, 『상품미학과 문화이론』, 눈빛, 1993, 112면 참조.
28) 여기에서 인용하고 있는 두 편의 시는 최근 학생들이 많이 읽는 시집 중에서 선정한 것이다.

외롭다
너무나 외롭다
심심한 것보다 외로운 것이 더 지겨운 거구나
되게 외로워서
거울을 봤는데
거울 속에 나는 더 외로워 보인다
거울은 또 내가 봐주기까지
얼마나 외로웠을까
그러구보니까
내방 침대도, 책상도, 오디오도, 장농도
지금 이 볼펜도
내가 만져주기까지 엄청 외로웠겠네
쯧쯧!
나보다 더 불쌍한 놈들같으니라고…….

　　　　　　　　　　　　　　　－원태연의 「드디어 헛소리를…」

풍금이 놓여 있는
하얀 악기점 앞에서,
바람이 윙윙대던 차가운 오후
네거리 빨간 신호등에 멈춰 섰을 때,
애플파이가 향긋한
촛불이 가로수처럼 늘어서 있던
레몬나무숲 카페에서,
비 내리는 골목길
젖은 모퉁이에서,
그 어디에서든
난 그대를 볼 수 있어

두 눈만 감으면.

-이풀잎의 「비창」

「드디어 헛소리를…」에서는 시적 화자가 일상 속에서 느끼는 '지겨운 외로움'이 표현되어 있다. 그 외로움은 시적 화자만이 느끼는 것이 아니라 자신을 둘러싼 모든 것들, 즉 거울, 침대, 책상, 오디오, 장농, 심지어 볼펜까지도 느꼈을 것이라고 토로하고 있다. 시적 화자가 느끼는 외로움의 정서가 사물들에도 전이된 것으로 보고 있는 것이다.

「비창」은 사랑으로 인한 '그리움'을 표현하고 있다. 그리움의 표현은 시적 화자가 다니는 어떤 곳에서든, 즉 하얀 악기점 앞, 네거리 빨간 신호등 앞, 레몬나무숲 카페, 비 내리는 골목길 젖은 모퉁이 등 어느 곳에서도 두 눈만 감으면 그대를 볼 수 있다고 하는 것으로 나타난다. 특히 이 시는 '하얀 악기점', '애플파이', '레몬나무숲 카페' 등의 시어를 통해 그리움의 정서를 감상적이면서도 이국적인 것으로 포장하려는 시도를 하고 있다.

두 편의 시는 오랜 세월을 두고 많은 시가 읊어왔던 '외로움'이나 '그리움'의 정서를 노래하고 있다. 그런데 이들 시에 나타난 정서는 그 자체만을 위한 것이라고 할 수 있다. 시적 화자는 즉자적인 '외로움'이나 '그리움'의 정서에서 한치도 앞으로 나아가지 못하고 있다. 시의 외장만을 갖추고 있을 뿐 외로움이나 그리움으로 인해 환기되는 내면의 깊이가 없는 것이다. 즉자적으로 표현된 외로움과 그리움의 정서는 독자로 하여금 어떤 방식의 사고 과정도 요구하지 않으면서 독자에게 그대로 전달될 수 있다. 그래서 이 시를 읽으면서 독자는 내적인 사유의 과정을 거쳐 어떤 새로운 깨달음에 도달하기보다는 그저 자신의 내부에 정서의 형태로 존재하던 '외로움'이나 '그리움'의 정서를 확인하는 것으로 끝난다. 이미 독자들 내부에 도식화되어 존재하고 있던 정서를 확인시켜 주는 것에 다름 아닌 것이다.

이러한 시가 지니고 있는 공통점은 다음과 같다.

첫째, 이 시들의 공통적인 특성은 '연상 체계의 진부함'을 지니고 있다는 점이다. 「드디어 헛소리를……」에서 심심한 것보다 외로운 것이 더 지겹다는 것, 그리고 내가 외롭다 보니 내 주변의 모든 사물이 다 외로워 보인다는 것은 별다른 매개 없이 연상될 수 있는 시상들이다. 그리고 「비창」에서 "풍금이 놓여있는/ 하얀 악기점"이나 "애플파이가 향긋한/ 촛불이 가로수처럼 늘어서 있던/ 레몬나무숲 카페"나 "비내리는 골목길/ 젖은 모퉁이" 등의 표현은 무언가 향기롭고 로맨틱한 분위기, 감상적이면서도 이국적인 분위기를 작위적으로 만들어 내기 위한 상습적인 연상 체계를 지니고 있다.

아브라함 몰르에 의하면 키치 문학에서의 발상이란 거의 자동적인 연상 작용으로 추출된 것이며 그로 인해 아무런 저항 없이 모두에게 수용되는 특징을 지니고 있다고 한다.[29] '연상 체계의 진부함'으로 인해 이 시들은 독자에게 쉽게 읽힐 수 있다는 특성을 지닌다. 독자들은 이 시가 무엇을 의미하고 있는지, 혹은 이 시를 통해서 무엇을 얻어야 하는지에 대해 고민할 필요가 없다. 그 이전에 이미 이 시들은 그것을 너무나도 쉽게, 미리 제조하여 보여 주기 때문이다. 그린버그는 키치는 관객에게 쉽게 이해되도록 미리 정제하여 소화되기 쉽게 만든 제품[30]이라고 하였다. 작품은 '미리 소화된 것'으로 주어지기 때문에 감상 과정에서 독자는 별다른 노력없이 쉽게 작품을 수용할 수 있다. 여기서 주의해야 할 것은 쉽게 읽을 수 있다는 것 자체가 아니라, 그 과정에서 키치 문학은 독자로 하여금 '자기 망각[31]'을 증가시킨다는 점이다. '자기 망각'이란 독자가 작품을 읽으면서 읽기 주체로서의 역할을 망각한다는 것을 의미한다.[32] 특히 이러한 특징은

---

29) Abraham Moles, 엄광현 역, 『키치란 무엇인가』, 시각과 언어, 1995, 140면.
30) Dwight Macdonald, 대중문화의 이론(『대중문화론』, 강현두 편역, 나남, 1987), 49면에서 재인용.
31) James Gribble, 나병철 역, 『문학교육론』, 문예출판사, 1987, 219~220면.
32) 이것은 '동화'의 과정과 다르다. '동화'란 이미 작품을 읽는 주체의 정서와 작품 사이에 심리적 거리가 확보되고, 읽기 주체가 작품에 몰입하면서 점차로 그 거리를 좁

"청소년층을 주요 고객으로 하고 있는 현대 대중영화, 비디오 게임, 뮤직 비디오 등의 새로운 미디어 문화에서 공통적으로 드러나는 것이 사고를 요구하는 담론성(discursive)의 문화가 아니라 비사고적이고 감각적인 성격이 더욱 강한 문화"[33]라는 사실과도 관련이 있다.

둘째, 이 시들을 읽으면서 독자는 대상과의 교감으로부터 얻어낼 수 없는 정서를, 이미 자신 속에 고착화되어 존재하는 정서를 확인함으로써 얻어내며 또 만족을 얻는다. 「드디어 헛소리를……」에서 독자는 '외로움'이라는 정서와 만나는 듯하지만 시와의 대화를 통해 그런 정서를 성취하는 것은 아니다. 시는 그런 정서의 존재만을 확인시켜줄 뿐 실제적인 대화의 과정은 독자의 자아와 텍스트 사이에 존재하는 것이 아니라, 작품과 분리된 채로 독자의 자아와 자아의 감정 사이에서 존재한다. 키치 문학에서 성립하는 미적 주체-객체 관계는 "자아와 자아의 감정 사이의 주객 관계"[34]인 것이다. 독자는 시를 기제로 하여 시에는 존재하지 않는 섬세한 감정들을 자신의 정서 내에서 만들어 낸다. 존재하지 않는 감정들을 만들어 내고 이를 또한 중화시킨다는 것은 키치에서 사라지지 않고 끈질기게 남아 있는 특성들 가운데 하나다.[35] 이런 점에서 위의 시들은 시적 화자의 내면 공간이 존재하기는 하지만 독자의 내면과의 내적 대화를 요구하지 않는, 독자로 하여금 독백적인 심리적 거리만을 갖게 한다고 할 수 있다. 고민하지 않는 것, 시에 표현되어 있는 비애나 슬픔조차도 독자 자신의 거짓 정서와 만나게 함으로써 심리적 평형을 성취하는 것, 이것은 키치의 주 소비자인 중산 계층이 추구하고자 하는 '쾌적함'의 심리 상태와 관련된다. 키치 문학을 선호하는 독자들은 그 쾌적함 속에서 자신의 삶을 영위하고자 하며, 그

혀가는 정서적 작용이다. 이에 비해 '자기 망각'은 독자의 정서와 작품 사이의 거리를 없애 버린다.

33) 박명진, 「청소년의 해로운 미디어문화—포스트모던 문화의 관점」, 『문화연구 어떻게 할 것인가』, 현실문화연구, 1994, 45면.

34) 이영욱, 키치/진실/우리 문화, 『문학과 사회』 1992 겨울, 1227면.

35) Adorno, 홍승용 역, 『미학이론』, 문학과 지성사, 1985, 370면.

렇기 때문에 그 쾌적한 심리 상태의 파괴를 달가워하지 않는다.[36]

셋째, 이 시들을 읽으면서 독자는 시를 읽고 있다는 자족감을 느낄 수 있다. 키치 문학과의 만남 속에서 독자는 시를 읽었다는 데서 오는, 문학적 소통 속에 자신을 위치시켰다는 것에서 오는—이것은 '키치 상황'과도 관련된다—자족감을 얻게 되는 것이다. 이 때 독자에게 욕구 대상은 '시를 통해 얻는 인식의 새로움'이 아니라 시를 읽고 있다는 상황 자체다. 시를 읽는 것 자체가 욕구이면서 위안이 되는 심리적 정서만을 확인하는 것이다. 이런 경우 그리움, 외로움, 사랑, 달콤함 등의 정서만을 확인할 뿐 '시'와의 만남을 통한 진지한 대화는 존재하지 않는다.

현대 사회의 독자들은 일상적 삶의 단조로움으로부터 벗어나기 위한 방편의 하나로 문학 작품을 읽기도 한다. 어떤 독자는 우리가 그 동안 훌륭한 문학 작품이라고 명명해 왔던 문학 작품(여기서는 일단 '고급 문학'이라고 명명하고자 한다)을 통해서, 또 어떤 독자는 키치 문학을 통해서 일상성을 극복하고자 한다. 고급 문학을 읽건, 키치 문학를 읽건 독자는 미적 체험을 통해 동일하게 '즐거움'을 느낀다. 단지 미적 체험을 통해 '즐거움'을 느낀다는 점에서 두 문학 형태는 동일한 특성을 지니고 있다고 할 수 있다. 그러나 그 즐거움의 종류는 다르다. 이것은 각 텍스트에서 독자가 느끼는 '만족의 종류에서의 차이'[37]가 다르기 때문이다.

키치 문학의 경우, 독자가 느낄 수 있는 미적 체험은 고급 문학이 가져올 수 있는 미적 체험과 그 종류가 다르다. 현대 사회의 독자들은 문학에 투자할 수 있는 시간이 아주 짧기 때문에 그 시간 전체를 최대한 이용하고자 한다. 그들은 쉽게 구할 수 있고 빨리 읽히며, 이해하는 과정에서 깊이 생각할 필요가 없는 책을 선호한다. 자족적이며 쉽게 즐길 수 있는 미를 필요로 하는 것이다. 그 즐김을 통해 얻을 수 있는 만족은 우선 '편안함'과 관련된다. 복잡하고 소란한 것들로부터 벗어나 편안함을 느끼는 것

---

36) Abraham Moles, 앞의 책, 138면.
37) John Story, 『대중문화와 문화연구』, 경문사, 2002, 94면.

인데, 편안하다는 느낌은 키치의 가장 중요한 정서적 의식[38]이다. 또 앞에서 논의한 '쾌적함'의 심리 상태 또한 키치 문학을 통해 얻을 수 있는 중요한 정서다. 키치 문학의 미적 체험으로 인한 즐거움은 이러한 '편안함, 쾌적함'에 한정된다. '편안함, 쾌적함'을 통한 행복감을 성취하기 위해 키치 문학은 문학의 모든 장치를 이용한다. 그리고 행여 그 즐거움을 느끼는 것에 방해가 되는 것들을 미리 예방하기 위해 작품과 독자의 정서 사이에 존재할 수 있는 심리적 거리를 차단시키고 독자 자신의 독백적인 거리만을 남겨둔다.

한편 고급 문학은 키치 문학과는 다른 방식으로 즐거움을 제공한다. 그 즐거움은 작품과의 진지한 대화를 통해 좀더 나은 자아를 형성하는 데서 온다. 고급 문학의 경우, 작품과 독자의 정서 사이의 심리적 거리를 통해 독자는 작품과 내적 대화를 하게 된다. 그 과정에서 독자는 키치 문학처럼 미리 소화된 것을 수용하는 것이 아니라, 독자 고유의 '미적 소화'를 할 수 있다.[39] 독자 나름대로의 미적 소화를 하는 과정에서 독자는 다양한 미적 체험을 하게 된다.[40] 이 미적 체험은 때로는 기쁨을 때로는 고통스러움을 수반하기도 하지만 항상 새로운 깨달음으로 종결된다. 새로운 깨달음은 독자로 하여금 보다 발전된 자아로의 전진을 가능하게 한다.

이상으로 키치 문학과 고급 문학의 차별성에 대해 각 문학을 향유할 때

---

38) Abraham Moles, 앞의 책, 30면.

39) 독자의 이러한 미적 체험은 서사 텍스트의 감상 과정에 대한 논의에서 주로 등장했던 '거리 두기, 동화'와도 관련을 지닐 수 있다. James Gribble, 앞의 책, 219~220면 참조.

40) 김중신은 독자가 서사 텍스트를 읽으면서 하게 되는 심미적 체험의 구조를 '가치 상향적 행위와 선망성(羨望性)', '가치 하향적 행위와 감계성(鑑戒性)', '가치 평형적 행위와 동정성(同情性)'으로 유형화하였다. 독자가 텍스트와 교유하면서 가지게 되는 심미 체험에 대한 이러한 논의는 본고의 논의와 관련되는 것이라 하겠다. 비록 서사 텍스트를 중심으로 유형화한 것이기는 하지만 꼭 동일한 것이 아니라 하더라도 시 텍스트의 경우 그와 유사한 심미 체험이 가능하리라고 본다. 김중신, 「서사 텍스트의 심미적 체험의 구조와 유형에 관한 연구」(서울대 박사논문, 1994) 참조.

생기는 '즐거움'의 차이를 중심으로 살펴보았다. 이러한 차별성에 대한 논의는 국어 교육에서 키치 문학을 어떠한 방식으로 수용해야 할 것인가에 대해 많은 시사점을 줄 수 있다.

학교 교육의 한 측면이 학교 환경에서 생성되는 문화와 경험을 학교 외의 경험에도 적용시키는 것을 목적으로 하는 것이라고 할 때, 문학 자체가 상품의 모습으로 대량 유통되는 상황에서 나타난 키치 현상을 학교 교육의 교육과정으로 끌어들이는 작업은 이제 필수적이라 할 수 있다.

현재, 많은 학생들은 학교에서 배우는 시와 키치 문학으로서의 시 사이에 존재하는 차이를 제대로 느끼지 못하고 있다.[41] 오히려 자신들의 정서를 키치 문학이 더 잘 대변해 주고 있다고 느끼는 경우도 있으며, 학교에서 배운 시를 자신의 생활 속에서 즐기고 있다는 자족감을 느끼는 경우도 있다. 고급 문학과 키치 문학의 차이를 무화시킨 상태에서 무차별적으로 감상하고 있는 것이다.

이제까지의 논의를 토대로 할 때, 학생들의 이러한 감상 태도에 대해 문학 교육은 올바른 교정을 할 필요가 있다. 이를 위하여 키치 문학 수용 방안에 대해 다음 몇 가지를 제안할 수 있을 것이다. 단, 이 논의는 키치 문학을 긍정적으로 이용하려는 방향과 관련이 있다. 키치 문학이 가지는 질적인 한계 내에서 긍정성을 검토하고 그것을 문학 교육에 수용하는 방안에 대한 논의가 필요하다고 보기 때문이다.

첫째, 문학 교육 내용에 관한 확충이 필요하다. 시 교육을 중심으로 논의할 경우, 기존의 시 교육의 중심 내용인 운율, 심상, 화자 등의 개념에 대한 교육만으로는, 또 시 작품을 읽는 방법이나 창작 등에 대한 교육만으

---

41) 이것은 키치가 일반적으로 지니고 있는 특징에서 기인하는 바가 크다. 키치에서는 자신 속에서 이끌어낸 정서가 거짓 정서라는 것이 확인되지 않는다. 아니 키치의 키치다움은 그것이 거짓임을 보지 못하게 하는 데 있다. 우리는 키치의 거짓 정서로 기꺼이 빠져들며 바로 이것이 키치의 자기 기만이 가지는 독특성이다. 이영욱, 앞의 글, 1227면.

로는 키치 문학 혹은 현대 문화에 대한 대응력을 제대로 기를 수 없다. 예컨대 키치 문학의 경우도 시에서는 운율, 심상, 화자 등, 그리고 소설에서는 화자, 플롯, 시점 등의 모든 문학적 형식들을 다 갖추고 있다. 물론 그런 논의가 문학 교육에 있어서 필수적인 논의임은 두말할 여지가 없다. 그러나 키치 문학과 고급 문학이 지니고 있는 차별성을 전제로 할 때 운율, 심상, 화자 등과 같은 문학적 장치에 대한 논의뿐 아니라 각 형태의 문학을 읽고 감상하면서 미적 주체로서의 독자가 활동하는 방식에 대한 좀더 심도 깊은 교육이 이루어져야 할 것이다.

둘째, 고급 문학과 키치 문학 각각의 문학 형태가 지니고 있는 객관적인 특성에 대한 교육 역시 필요할 것이다. 고급 문학과 키치 문학은 여러 면에서 차이를 지니고 있다. 우선 그 차이에 대하여 교육해야 한다. 차이에 대한 지도는 키치 문학을 부정하기 위한 것이 아니라 키치 문학의 특질을 명확히 이해하고 그 한계 내에서 이것을 감상하거나 이용하도록 하는 방안을 지도하기 위한 것이다. 그 감상이나 이용 방법은 문학 형태에 따라 다를 것이며, 그것에 따라 독자가 읽기를 통해 목표로 삼을 수 있는 것도 달라져야 한다. 키치 문학도 나름의 미적 체험을 가능케 하며, 그 체험을 통해 현대 사회의 독자가 요구하는 '편안함, 쾌적함'이라는 즐거움을 제공한다. 그 즐거움은 분명 현대 사회가 필요로 하는 정서 중의 하나다. 여기서 중요한 것은 그 즐거움을 누리기는 하되, 그것이 지니고 있는 한계에 대해서도 객관적으로 지도해야 한다는 것이다.

이런 태도가 키치에 대해 질적으로 높은 점수를 주기 위한 것은 아니다. "키치는 현실로 존재하는 일정한 경향"[42]이지 우리가 삶의 목표로 삼아야 할 것은 아니다. 우리의 삶에 막강한 영향력을 미치고 있다는 점에서 중요하게 다루어야 한다는 것이지 그렇다고 그것을 가치로운 것으로 추구하자는 태도는 아닌 것이다.

---

42) Abraham Moles, 앞의 책, 30면.

이런 태도의 문제와 함께 염두에 두어야 할 사항은 학생들의 취향을 키치 문학에서 고급 문학으로 이전시키는 교육적 방안을 모색해야 한다는 점이다. 학교 교육은 학생이라는 문화 수용자들의 키치 문학에 대한 편향성에 주의를 기울이고, 이를 긍정적인 방향으로 이끌 필요가 있으며, 또 이를 통하여 비평적인 안목을 수립하는 것이 필요하다. 키치 문학을 통해 얻을 수 있는 '즐거움'을 누리기는 하되 그 즐거움을 좀더 향상시켜 고급 문학과 관련을 지닐 수 있는 방향으로 나아가도록 해야 한다는 것이다.

셋째, 키치 문학은 고급 문학에 도달할 수 있는 과정에서 기초적인 역할을 수행할 수 있다. 이는 앞의 논의와 밀접한 관련이 있는데 특히 이것을 시 교육과 관련시킬 때, 시 감상을 위한 초보적인 단계에서 키치 문학을 이용할 수 있다. 키치 문학은 고급 문학을 모조한다고 이미 지적하였다. 모조의 내용은 시라는 장르가 가지는 형식적 장치에 대한 것에서부터 시작된다. 키치 문학의 경우에도 시적 화자가 있고, 운율이, 심상이 있다. 그리고 그런 형식적인 장치들을 한 편의 시에서 운용하는 방식도 있다. 여기서 중요하게 생각할 수 있는 것이 시적 화자가 자신의 정서를 주변의 사물을 통하여 혹은 다른 사물에 투사시켜 표현하는 방식이다. 예를 들면 키치 문학이 지니고 있는 연상 체계를 들 수 있다. 키치 문학은 진부한 연상 체계를 지니고 있다고 논의하였다. 비록 진부한 연상 체계라 하더라도, 아니 오히려 진부하기 때문에 그것은 시적 화자의 정서가 어떠한 연상 과정을 거쳐 어떤 사물을 통해 표현되는가를 아는 데 쉽게 도움을 줄 수 있을 것이다. 독자들로 하여금 기초적이고도 일상적인 연상 체계를 보여 줄 수 있으며, 그것을 토대로 하여 시적 표현 방식의 기초를 교육할 수도 있을 것이다.

예를 들어 「드디어 헛소리를……」의 경우 시적 화자는 자신이 느끼고 있는 '외로움'을 그냥 '외롭다'라고 표현하지 않고 '침대, 책상, 오디오, 장롱, 볼펜' 등에 투사시키고 있다. '나의 외로움'은 '내 주변의 사물들의 외로움'으로 연상되고 있는 것이다. 그리고 그 외로움이란 '내가 만져주기'

로 인해 해소될 수 있다고 표현하고 있다. 즉 외로움이란 관계 속에서 생겨나며, 또 관계 속에서 해소될 수 있다는 것이다. 시상들이 별다른 매개 없이 연상되고 있지만 그렇기 때문에 시적 화자의 정서와 사물들 간의 연상의 관계를 쉽고도 선명하게 보여 주고 있다.

「비창」에서는 그대에 대한 그리움을 표현하기 위해 향기롭고 로맨틱한 분위기를 작위적으로 만들어 내기 위한 상습적인 연상 체계를 지니고 있다고 논의하였다. '하얀 악기점', '애플파이', '레몬나무숲 카페', '비 내리는 골목길/ 젖은 모퉁이'로 이어지는 연상은 그대에 대한 그리움을 감상적이면서도 이국적인 것으로 나타내려는 의도와 적절하게 결합하고 있다. 즉 이 시에 나타난 연상들은 '그리움'의 정서를 어떤 식으로 포장할 수 있는가를 보여 주고 있는 것이다.

사실 고급 문학에 표현되어 있는 연상 체계에 쉽게 들어가기란 어려운 일이다. 고급 문학을 제대로 감상하기 위해서는 많은 숙련을 필요로 한다. 이러한 과정으로 나아가기 위한 초보적인 과정을 키치 문학은 제공할 수 있다. 물론 키치 문학이 할 수 있는 역할은 기초적인 것에 제한되어 있기는 하지만 말이다. 이와 관련하여 언급할 수 있는 것이 아브라함 몰르(Abraham Moles)와 캘리니스쿠의 논의다.

오늘날 사회에서 키치가 기본적으로 맡고 있는 역할 중 하나가 교육적인 기능이다. '좋은 취미'를 얻기 위한 가장 단순한 방법은 '나쁜 취미'를 하나하나 다양하게 경험해 나가면서 그 결과로서 자신의 취미를 정화시켜 '사회적 업적 피라미드'에 필적하는 '질의 피라미드'의 정상에 도달하는 방법이다.……키치가 갖는 교육적 기능은 지금까지 일반적으로 무시되어 왔다.……그러나 이 부르주아 사회에서, 보다 일반적으로 말하면 이 사회적 업적 중시의 사회에서 키치라는 우회로를 통해 진정한 것으로 나아갈 수 있다는 사실은 당연한 이치다.[43]

---

43) Abraham Moles, 앞의 책, 91면.

키치는 거의 모두에게 알려진 유명한 예술 형식의 "복제품"을 제공하면서 원품들로 향하는 길을 제시해 줄 수 있는 가능성을 제공해 준다는 점에서 그렇다. 이것은 키치가 전적으로 진실한 미적 경험이라는 포착하기 힘든 목표를 향해 난 길로 내딛기 위한 필수적인 한 걸음으로 작용할 수 있다는 것이다.[44]

넷째, 학교 바깥의 문학소통을 위한 별도의 하위 커리큘럼이 여러 가지 사회적 문화적 메커니즘을 통해 구비되어야 하며, 교육 내용을 개발하는 데 있어서도 문학의 사회적 문화적 소통 현상을 의미있게 고려해야 한다.[45] 그것은 여러 다양한 문화 매체들, 예컨대 영화, 만화, 비디오 등에 대한 고려를 의미한다. 기존의 문학 교육에서 해온 대로 고급 문학을 교육시키는 것만이 정도는 아니다. 최근 문학 교육 논의에서 현대 문화 매체들에 대한 문학 교육의 수용 문제에 대하여 본격적으로 논의가 이루어지고 있는데 이는 매우 바람직한 현상이다. 이것은 현대 문화가 행사하고 있는 영향력에 대해 암묵적인 동의를 했기 때문이며, 또 그러한 매체가 지니는 매체언어로서의 속성에 주목했기 때문이기도 하다. 이와 함께 문학 교육적 입장에서의 대중 문화 혹은 대중 문학에 대한 연구도 계속해야 할 것이다.

여기서 하나 간과하지 말아야 할 것이 있다. 고급 문학과 키치 문학을 구별해 내는 것이 키치 문학을 배격하는 것으로 나아가서는 안 된다는 것이다. 다만 언급하고자 하는 것은 이미 현대 사회는 키치를 엄연한 하나의 문화 현상으로 인정할 수밖에 없다는 점, 이 상태에서 키치에 대한 무조건적인 배격보다는 키치의 본질을 제대로 알고 그것을 인정하면서 동시에 그것을 넘어서는 작업을 현실화하는 것이 필요하다는 점, 그 넘어섬은 키치를 무조건 부정함으로써가 아니라 오히려 키치를 이용함으로써 가능할 수도 있다는 점이다.

---

44) M. Calinescu, 앞의 책, 320면. 그리고 일본의 미학자 나가다 겐이치도 이 점에 대해 간략하게 언급하고 있다. 나가다 겐이치, 앞의 글, 112~114면 참조.
45) 박인기, 「문학교육과정의 구조에 관한 연구」, 서울대 박사논문, 1994, 63면 참조.

그리고 또 키치가 지니고 있는 막강한 영향력도 고려하여야 한다. 키치가 지니고 있는 막강한 영향력 때문에 일반적으로 키치 문학에만 탐닉하게 되면 키치가 아닌 것, 즉 고급 문학조차도 키치적으로 감상하려는 '키치맨'이 될 우려가 있다. 즉 키치에 의하여 지속적으로 형성된 "키치적 향수 방식이 일단 확립되면, 어떤 한 대상이 원래 키치로서 의도되었든 아니든 상관없이 모든 대상에 영향을 미칠"[46] 우려가 있는 것이다. 키치 문학에 대한 올바른 교육은 이런 태도를 지양하기 위한 것이기도 하다.

---

46) 나가다 겐이치, 앞의 글, 112~113면.

생각할 거리

1. 현대 사회에서 키치 문학이 어떤 특성을 지니고 있으며, 또 어떤 역할을 하는지 생각해 보자.

2. 시 교육에서 키치 시를 어떻게 활용할 수 있을지 생각해 보자.

시에 대한 생각 다섯－조지훈

시 「승무(僧舞)」의 시작 과정

이제 나는 한 편의 시가 이루어지기까지에는 어떠한 과정을 밟는가 하는 데 대해서 졸시 「승무(僧舞)」의 작시 체험을 말함으로써 시의 비밀을 토로하겠다.

내가 승무를 시화해 보겠다는 생각을 가지기는 열아홉 때의 일이다. 나는 이 승무로써 나의 시 세계의 처녀지를 개척하려고 무척 고심하였으나 마침내 이보다 늦게 구상한 「고풍의상(古風衣裳)」에게 자리를 양보하지 않을 수 없었다. 이 난산(難産)의 시를 회잉(懷孕)하기까지 나는 세 가지의 승무를 사랑하였다. 첫 번은 한성준(韓成俊)의 춤, 두 번째는 최승희(崔承喜)의 춤, 세 번째는 어떤 이름 모를 승려의 춤이 그것이다.

나는 무용 비평가가 아니므로 그 우열을 논할 수 없으나, 앞의 두 분 춤은 그 해석이 나의 시심에 큰 파문을 던지지는 못했다. 그러나 나로 하여금 승무에의 호기심을 일으켜 몇 번의 기녀가 추는 승무에까지 이끌려 갔던 것이니 승무를 시화케 한 최초의 모멘트가 된 것은 사실이다.

내가 참 승무를 보기는 열아홉 살 적 가을이다. 그 가을 어느 날 수원 용주사(龍珠寺)에는 큰 재(齋)가 들어 승무 밖에 몇 가지 불교 전래의 고전음악이 베풀어지리라는 소식을 거리에서 듣고 난 나는 그 자리에서 곧 수원으로 내려가지 않을 수 없었다. 그 밤 나의 정신은 온전한 예술 정서에 싸여 승무 속에 용입(溶入)되고 말았다.

재(齋)가 파한 다음에도 밤늦게까지 절 뒷마당 감나무 아래서 넋없이 서 있는 나를 깨닫지 못하였던 것이다. 지금도 그렇지만 나는 시정을 느낄 땐 뜻 모를 선율이 먼저 심금에 부딪힘을 깨닫는다. 이리하여 그 밤의 승무의 불가사의한 선율을 안고 서울에 돌아온 나는 이듬해 늦은 봄까지 붓을 들지 못하고 지내 왔었다. 춤을 묘사한 우리 시가로 본보기가 될 만한 것이 아직 없을 때이라 나에게는 오직 우울밖에 가중되는 것이 없었다.

이와 같이 한 마디의 언어, 한 줄의 구상도 찾지 못한 채 막연한 괴로움에 싸여 있던 내가 승무를 비로소 종이 위에 올리게 된 것은 내 스무 살 되던 해의 첫 여름의 일이다. 미술 전람회에 갔다가 김은호(金殷鎬)의 「승무도(僧舞圖)」 앞에 두 시간을 서 있은 보람으로 나는 비로소 무려 78매의 스케치를 가질 수 있었다. 움직임을 미묘히 정지태로 포착한 이 한 폭의 동양화에서 리듬을 찾을 수 있는 것은 당연한 발견이었으나, 이 그림은 아마 기녀의 승무를 모델한 성싶어 내가 찾는 인간의 애욕과 갈등 또는 생활고의 종교적 승화 내지 신앙적 표현이 결여되어 그 때의 초고는 겨우 춤의 외면적 양자(樣姿)를 형성하는 정도의 산만한 언어의 나열에 지나지 않았다. 그러나 이 그림을 통해서 내가 잡지 못해 애쓰던 어떤 윤곽을 잡을 수 있었던 것만은 사실이다.

나는 이 초고를 몇 날 만지다 그대로 책상에 버려둔 채 환상이 가져오는 소위 시수(詩瘦)에 빠지게 되었으니 이 승무로 인하여 떠오르는 몇 개의 시상을 아낌없이 희생하기까지 하였으나 종시 뜻을 이루지 못하였던 것이다. 그러면 나는 용주사의 춤과 김은호의 그림을 연결시키고도 왜 시를 형성하지 못했던가? 이는 오직 춤을 세밀하게 묘사하면 혼의 흐름의 표현이 부족하고 혼의 흐름에 치중하면 춤의 묘사가 죽는, 말하자면 내용과 형식, 정신과 육체, 무용과 회화의 양면성을 초극하지 못하기 때문이었다. 내가 이것을 초극하고 한 편 시를 만들기는 또 다시 몇 달이 지난 그 해 10월 구왕궁(舊王宮) 아악부(雅樂部)에서 「영산회상(靈山會相)」의 한 가락을 듣고 난 다음날이었다. 아악부를 나서면서 나는 몇 개의 플랜을 세우게 되었으니 이것이 곧 시를 이루는 골자가 되는 것이다.

먼저 초고에 있는 서두의 무대 묘사를 뒤로 미루고 직접적으로 춤추려는 찰나의 모습을 그릴 것,

그 다음, 무대를 약간 보이고 다시 이어서 휘도는 춤의 곡절로 들어갈 것,

그 다음, 움직이는 듯 정지하는 찰나의 명상의 정서를 그릴 것, 관능의 샘솟는 노출을 정화시킬 것,

그 다음, 유장한 취타(吹打)에 따르는 의상의 선을 그리고 마지막 춤과 음악이 그친 뒤 교교한 달빛과 동터오는 빛으로써 끝막을 것.

이것이 그 때의 플랜이었으니 이 플랜으로 나는 사흘 동안 퇴고에 퇴고를 거듭하여 스무 줄로 한 편의 시를 겨우 만들게 되었다. 퇴고하는 중에도 가장 괴로웠던 것은 장삼의 미묘한 움직임이었다. 나는 마침내 여덟 줄이나 되는 묘사를 지워버리고 나서 두 줄로

소매는 길어서 하늘은 넓고
돌아설듯 날아가며 사뿐이 접어 올린 외씨보선이여

라 하고 말았다. 이리하여 나는 전편 15행의 다음과 같은 시 하나를 이루었던 것이다.

얇은 紗 하이얀 고깔은 고이 접어서 나빌네라

파르라니 깎은 머리 薄紗 고깔에 감추오고
두 볼에 흐르는 빛이 정작으로 고와서 서러워라

빈 臺에 黃燭불이 말없이 녹는 밤에
오동잎 잎새마다 달이 지는데

소매는 길어서 하늘은 넓고
돌아설듯 날아가며 사뿐이 접어 올린 외씨보선이여

까만 눈동자 살포시 들어
먼 하늘 한 개 별빛에 모도우고

복사꽃 고운 뺨에 아롱질 듯 두 방울이야
세사에 시달려도 煩惱는 별빛이라

휘어져 감기우고 다시 접어 뻗는 손이
깊은 마음 속 거룩한 合掌인 양하고

이밤사 귀또리도 지새우는 三更인데
얇은 紗 하이얀 고깔은 고이 접어서 나빌네라

오래 앓던 작품을 완성하였을 때의 즐거움은 컸다 하지 않을 수 없었
으나, 처음 의도에 비해서 너무나 모자라는 자신의 기법에 서글픈 생각
이 그에 못지 않게 컸던 것도 사실이다. 어떻든 구상한 지 열한 달, 집필
한 지 일곱 달만에 겨우 이루어졌다는 이야기로써 나의 「승무」의 비밀은
끝난다. 써 놓고 보니 이름 모를 승려의 춤과 김은호의 그림과 같으면서
도 다른 또 하나의 승무를 만들게 되었던 것이다. 말하자면 이 춤은 내가
춘 승무에 지나지 않는다. 춤추는 승려는 남성이더랬는데 나는 이승(尼

僧)으로, 그림의 여성은 장삼 입은 속녀(俗女)였으나 나는 생활과 예술이 둘 아닌 상징으로서의 어떤 탈속한 여인을 꿈꾸었던 것이다. 무대도 나중에는 현실 아닌 환상 속에 이루어진 것이다.

　이것이 곧 이 승무는 나의 춤이 되는 까닭이 된다. 그 때 어떤 선배는 나의 시에서 언어의 생략을 충고하였으나, 유장한 선을 표현함에 짧고 가벼운 언어만으로써는 도저히 뜻할 수 없어 오히려 리듬을 위해서는 부질없는 듯한 말까지 넣지 않을 수 없었다. 자연한 해조(諧調)를 이루는 빈틈없는 부연은 생략보다도 어렵다는 것을 나는 여기서 절실히 느꼈다.

─『시(詩)의 원리』(나남, 1996)에서

여섯째 마당 – 시 교육의 실제

공감적 시 읽기와 비판적 시 읽기

그립다
말을할까
하니 그리워

그냥 갈까
그래도
다시 더한番……

저山에도 가마귀, 들에 가마귀,
西山에는 해진다고
지저귑니다.

앞江물, 뒷江물,
흐르는물은
어서 짜라오라고 짜라가쟈고
흘너도 넌다라 흐릅듸다려.　　　　　　　－김소월의 「가는 길」

아주 오래 전부터 우리는 시를 즐기며 살아왔고, 그 이유에 대한 해답을 얻기 위해 쾌락설, 교훈설 등을 동원하며 설명해 왔다. 어떤 설명 방식이든 간에 오랫동안 시를 즐기며 살아온 이유는, 아마도 시에 담겨진 정서나 생각에 공감하거나 혹은 시를 통해 비판적으로 생각할 수 있는 기회를 마련할 수 있었기 때문일 것이다.

시를 읽는 방법에는 관점에 따라 여러 가지가 있을 것이다. 다만, 여기서는 시를 읽으면서 경험할 수 있는 미적 경험의 종류를 크게 '공감'과 '비판'으로 설정하고, 그러한 미적 경험이 각각 어떤 방식으로 이루어지는가에 초점을 맞추어 시 읽기 방법의 특성을 생각해 보고자 한다.

'공감(共感)'이란 다른 사람의 의견이나 생각 또는 느낌에 대하여 자기도 동일하거나 비슷하게 느끼는 것을 의미한다. 다른 사람의 의견이나 생각 또는 느낌이 원래 내 의견이나 생각 또는 느낌과 동일하기 때문에 공감할 수 있는가 하면, 한 번도 동일한 의견이나 생각, 느낌을 가져 본 적은 없지만 상상 과정을 통해 공감할 수도 있다. 또 이미 내가 경험한 것이기 때문에 쉽게 공감할 수 있는가 하면 아직 경험하지 않은 것에 대해서도 그것을 마음에 그려본다거나 상상함으로써 공감에 이를 수 있다. 마찬가지로, 시를 읽을 때에도 시적 장치에 의해서 환기되는 시적 화자의 느낌이나 정서, 생각 등을 그려보거나 상상하면서 공감할 수 있을 것이다. 좀 더 본격적으로 논의하기 위해 앞에서 소개한 김소월의 「가는 길」을 중심으로 하여 생각해 보자.

이 시의 화자는 그리운 이와 함께 있던 곳을 혼자 떠나야 할 상황이다. 떠나기 전에 임에게 그립다고 말을 한 번 하고 싶지만 그것을 직접 말하지 못하고 망설이고 있다. 3연과 4연은 주변 풍경을 통해 그러한 심정을 잘 드러내고 있다. 까마귀는 서산에 해 진다고 지저귀는 듯하고, 흐르는 강물은 마치 빨리 가자고 재촉하는 듯하다. 우리는 이 시를 읽으면서 그립다고 말하고 싶지만 제대로 말하지 못하고 머뭇거리면서 망설이는 화자의 심정을 이해할 수 있다.

우리는 누구나 그리움과 이별의 경험을 지니고 있으며, 그러한 경험이 있기에 시적 화자의 심정을 쉽게 이해할 수 있다. 그런데 이 시에 드러난 시적 화자의 심정을 단순히 이해하는 것으로 공감적 시 읽기가 이루어지는 것은 아니다. 공감적 시 읽기는 시에 드러난 정서를 이해하는 것 이상을 요구하는데, 그것은 바로 그 정서를 독자가 상상적으로라도 느낄 때 가능하다. 독자가 상상을 통해 시적 화자의 의식이나 감정과 정서적으로 제휴할 때 가능해지는 것이다.

이 시를 읽으면서 우리는 직접 이 시의 화자가 되어 볼 필요가 있으며, 그러기 위해서는 상상력을 발휘해야 할 것이다. 나는 지금 누군가를 몹시 그리워하고 있는데, 나의 이런 마음을 안타깝게도 상대방은 모르고 있다. 이제 그리운 이와 함께 있던 곳을 떠나야 할 상황이고, 마지막으로 그에게 나의 마음만은 전하고 싶다. 가려던 발길을 돌려 말하고 싶지만 용기가 나지 않아서 말할까 말까 주춤거리며 망설이고만 있다. 주변을 둘러보니 까마귀 지저귀는 소리는 서산에 해가 진다고 말하는 것 같고, 흐르는 강물은 자꾸 따라오라고 말하는 것만 같다. 발길을 재촉하는 까마귀 소리와 강물 소리는 점점 크게 들리는 듯하고, 그 소리에 둘러싸인 채 나는 어찌할 바를 모르고 망설이고 있다.

이렇듯 시적 화자의 심정이나 정서를 이해하는 것에서 더 나아가 상상을 통해 시적 화자의 감정에 나를 몰입시켰을 때, 비로소 이 시에서 말하는 그리움을 마음으로 느낄 수 있을 것이며, 그러할 때 이 시를 제대로 감상했다고 할 수 있을 것이다. 이전의 자신의 경험을 떠올릴 수도 있고, 그런 경험이 없다면 이 시를 감상하는 순간이라도 상상적으로 시적 화자가 되어 봄으로써 시의 정서를 느껴 볼 수 있을 것이다. 어느 경우라도 이러한 공감적 시 읽기에서 중요한 것은 '감정 이입'이라 할 수 있다. 시적 화자의 감정에 시를 읽는 독자의 감정을 이입하여 읽는 것이 공감적 시 읽기에서는 중요한 계기로 작용한다. 다른 사람에 대한 감정 이입이나 정서적 동일시를 통하여 다른 사람의 느낌이나 정서, 생각에 대한 공감이 이루어질 수 있으며, 대상에 대한 자아의 몰입이 가능해질 수 있다.

이와 같은 공감의 경험을 통해 우리는 자기 자신과 비슷한 사람의 목소리를 듣는가 하면 매우 다른 느낌과 생각을 대하기도 한다. 쉽게 경험할 수 없는 사람의 목소리를 들을 수도 있다. 그 느낌과 생각은 여기, 지금, 우리의 것이 아니라 시기적으로 아주 오래 된 것일 수 있으며 공간적으로 아주 먼 곳과 관련이 있을 수도 있다. 그렇다 하더라도 그러한 느낌이나 정서, 생각을 이해하고 또 몰입할 수 있다면 공감적 시 읽기는 가능하다.

공감적 시 읽기를 하는 과정에는 시적 화자의 정서를 형성하는 데 기여하는 시적 장치, 때로는 그 시가 배경으로 하고 있는 사회, 문화, 역사적 상황에 대한 이해도 필요할 경우가 있다. 이 경우 공감은 크게 작품에 나타난 작품 세계, 다시 말하면 그 시에서 활용하고 있는 시적 장치와 결합되면서 환기되는 그 시만의 독특한 특성, 상황 등에 대한 이해를 토대로 한다.

이제까지의 논의를 정리하면, 공감적 시 읽기는 감정 이입 혹은 정서적 동일시를 통해 가능한데, 감정 이입과 정서적 동일시의 대상은 시적 화자의 감정 혹은 정서, 느낌, 생각 등이다. 감정 이입이란 대상의 감정에 자신의 감정을 이입시킴으로써 대리경험을 하는 것을 의미한다. 한편, 동일시란 어떤 개인이 그가 선택한 모델의 양식을 본떠 자아를 형성하려는 거의 의식적인 노력이라 할 수 있다.[1] 정서적 동일시란 자신이 선택한 대상을 통해 환기되는 정서와 자신의 정서를 같은 것으로 유지하는 것을 의미한다.

감정 이입을 위해서는 특정 사람이 어떤 상황에서 그렇게 느끼는 '이유'를 파악하는 것이 필요하다고 한다.[2] 그리고 또 감정 이입을 하는 동안

---

1) James Gribble, 나병철 역, 『문학교육론』, 문예출판사, 1983.
2) James Gribble, 앞의 책. 그는 '공감'과 '감정 이입'을 구별할 것을 제안하고 있다. 그에 의하면 '공감'은 대상을 '긍정적으로 동정'하는 것이고, '감정 이입'은 대상과 '더

독자의 감정이 감정 이입 대상의 '감정'과 아주 똑같지는 않다는 점도 중요하다고 한다. 왜냐하면 독자는 특정 상황에 반응하는 사람에게 다시 반응하기 때문이다.[3] 「가는 길」의 경우, 이별의 상황을 안타까워하는 시적 화자의 반응에, 독자가 다시 반응하는 과정에서 감정 이입이 이루어진다. 따라서 시적 화자의 정서에 감정 이입한다 할지라도 시적 화자의 감정과 독자의 감정이 똑같지 않을 수 있다.

'감정 이입'을 통한 공감적 시 읽기는 시를 감상하는 데 필수적인 과정이라 할 수 있으며, 동시에 우리가 옛날부터 시를 지속적으로 감상해 온 이유이기도 하다. 유리왕의 「황조가」가 지금도 몇 천 년을 이어오면서 우리들에게 읽히는 그 생명력은 바로 「황조가」가 드러내는 정서에 '공감'할 수 있었기 때문이다. 이러한 공감이 가능한 까닭은 바로 상상력 때문이라고 할 수 있다. 상상력은 시를 쓸 때도 작용하는 것이지만 시를 읽는 데도 작용하는 중요한 힘이다.

이제까지 논의했던 공감적 시 읽기와는 다른 읽기를 생각해 볼 수 있다. 우리는 이러저러한 이유로 시에 드러난 느낌이나 정서, 생각 등에 쉽게 공감하지 않을 수 있다. 그 이유는 내가 경험하지 않은 것이거나 혹은 모르는 것이기 때문이기도 하지만, 그보다는 감정 이입이나 정서적 동일시보다는 심리적으로 거리를 두고 읽는 것이 더 적절한 경우가 있기 때문이다. 이러한 경우에 이루어지는 시 읽기를 '비판적 시 읽기'라고 명명하자.

비판적 시 읽기란 비판적 사고의 과정을 거치면서 시를 읽는 것을 의미

불어 감정을 느끼는 것'을 의미한다고 한다. 어떤 사람에 공감한다는 것은 그가 어떻게 느끼는지를 알고 그것을 염려한다는 것인 반면에 감정 이입은 어떤 사람이 어떻게 느끼는지를 알고 그와 똑같은 종류의 감정을 느끼는 것을 의미한다는 것이다. 그러나 본고에서는 시 감상의 경우, 대상과 '더불어 감정을 느끼는 것'이 대상을 '긍정적으로 동정'하는 것의 계기가 될 수 있다는 점, 즉 '감정 이입'이 '공감'의 계기적 측면을 지닌다는 점을 부각시켜 논의하고자 한다.

3) James Gribble, 앞의 책.

한다. 일반적으로 비판적 사고란 어떤 사태에 처했을 때 감정 또는 편견에 사로잡히거나 권위에 맹종하지 않고 합리적이고 논리적으로 분석·평가·분류하는 사고를 말한다.[4] 이런 관점에 비추어 볼 때, 비판적 시 읽기란 시에 드러난 시적 화자의 느낌이나 정서, 생각 등에 대하여 분석·평가하면서 시를 읽는 것이라 할 수 있다. 여기서 비판이란 작품의 느낌이나 정서, 생각을 둘러싼 미적 가치를 객관적으로 판단하는 과정을 포함한다. 그렇다면 이러한 비판적 시 읽기는 구체적으로 어떤 방식으로 이루어지는지 생각해 볼 필요가 있다.

> 가장 無力한 사내가 되기 위해 나는 얼금뱅이었다
> 세상에 한 女性조차 나를 돌아보지는 않는다
> 나의 懶怠는 安心이다
>
> 양팔을 자르고 나의 職務를 회피한다
> 이제는 나에게 일을 하라는 자는 없다
> 내가 무서워하는 支配는 어디서도 찾아볼 수 없다
>
> 歷史는 무거운 짐이다
> 세상에 대한 辭表 쓰기란 더욱 무거운 짐이다
> 나는 나의 문자들을 가둬버렸다
> 圖書館에서 온 召喚狀을 이제 난 읽지 못한다
>
> 나는 이젠 세상에 맞지 않는 옷이다
> 封墳보다도 나의 의무는 적다
> 나에겐 그 무엇을 理解해야 하는 苦痛은 완전히 사그라져버렸다

---

4) 서울대학교 국어교육연구소, 『국어교육학 사전』, 대교, 1998.

나는 아무 때문도 보지는 않는다
그렇기 때문에 나는 아무것에게도 또한 보이지 않을 게다
처음으로 나는 완전히 卑怯해지기에 성공한 셈이다

　　　　　　　　　　　　　　—이상의 「회한(悔恨)의 장(章)」

　이 시는 시적 화자가 세상에 대해 느끼는 이질감을 잘 드러내고 있다. '가장 무력(無力)한 내가 되기 위해', '양팔을 자르고 나의 직무(職務)를 회피한다' 등의 표현에 드러나는 표면적인 능동성은 세상에 대해 느끼는 이질감과 그로 인한 공포를 드러낸 것이라 할 수 있다. 시적 화자가 이러한 세계에 대처하는 방식은 이 세계에서 가장 무력한 사내가 되는 것이고, 양팔을 자르고 나의 직무를 회피하는 것이며, 세상에 대해 사표를 쓰는 것 등인데, 그것은 세상에 대해 '완전히 비겁(卑怯)해지는 것'이며 자신을 '세상에 맞지 않는' 존재로 위치시키기 위한 것이다.

　이 시는 일상적인 삶의 모든 것으로부터 소외되어 있는 무기력한 인간의 언어로 세상을 보고 판단하고 해석하고 있다. 표면적으로는 마치 시적 화자가 적극적으로 세상과 맞지 않는 존재가 되기 위해 노력하고 있는 듯하지만 그것은 세계가 자신에게 부여한 충격의 체험을 극복할 수 없는 상태에서 취할 수 있는 저항의 방식으로 볼 수 있다. 자신을 세상으로부터 단절시키는 것은 동시에 그 세상을 거부하는 것이기도 하다. 이것은 시적 화자의 목표가 갖는 의미를 살펴보면 알 수 있다. '나'의 목표는 한 마디로 완전히 비겁해지는 것, 즉 일상적인 삶을 완전히 거부하는 것이다. 세상이 당연하게 해야 한다고 가르치는 것, 혹은 가르치지 않아도 의당 체득하고 있어야 할 사실들을 부정함으로써 자신이 속하고 있는 세상에 대한 거부를 드러내고 있는 것이다.[5]

　우리들은 이 시를 앞에서 읽었던 김소월의 「가는 길」과는 다른 방식으

---

5) 최미숙, 『한국 모더니즘시의 글쓰기 방식과 시 해석』, 소명, 2000.

로 읽을 수 있다. 독자에 따라 이 시는 앞에서 읽었던 시와 동일한 종류의 정서적 반응을 불러일으키지 않을 수 있기 때문이다. 이러한 시는 때로 우리의 감성을 당황하게 만들고 때로는 곤혹스럽게까지 한다. 이러한 시는 감정 이입보다는 시가 표현하고 있는 느낌이나 정서, 생각 등에 대하여 일정한 거리를 두면서 깊이 생각하고 고민하고, 더 나아가서 판단할 것을 요구한다. 왜냐하면 이 시는 우리가 일상적으로 생각하고 있는 것에 대하여 문제 제기를 하면서 우리들로 하여금 그 일상적인 것에 대하여 다시 한번 생각하고 판단할 것을 권유하기 때문이다.

이 시를 읽기 위해 독자는 시적 화자의 정서나 생각에 대하여 분석하고 판단하는 과정을 거칠 것이다. 주체적으로 분석하고 판단하기 위해 독자는 시적 화자의 느낌이나 정서에 몰입하거나 시적 화자에 감정 이입하기보다는 심리적인 거리를 유지해야 할 것이다. 그 심리적인 거리를 매개로 할 때 시에 나타난 정서나 생각 등에 대해 분석하거나 평가할 수 있기 때문이다. 비판적 시 읽기의 경우, 공감적 시 읽기처럼 독자가 시 세계와의 거리를 없애고 시적 화자의 정서에 몰입하여 동일시되는 것이 아니라 독자의 정서와 시에 나타난 시적 화자의 정서 사이에 심리적 거리가 형성되면서 시의 정서나 시에 드러난 시적 화자의 생각을 분석하고 평가한다. 이렇듯 비판적 시 읽기에서 중요한 것은 독자와 대상 사이에 이루어지는 '심리적 거리두기'라 할 수 있다.

거리두기는 독자가 시적 화자의 정서에 동화되는 것을 중지하고 그 정서를 대상화함으로써 객관화시키는 방식이다. 다시 말하면, 심리적 거리두기란 공감에 의한 감정 이입보다는 객관적인 태도로 시적 화자의 느낌이나 정서, 생각을 대상화하면서 판단하는 읽기 태도다. 이러한 심리적 거리두기를 통해 우리는 자신을 끊임없이 의식하면서 자신의 관점이나 자신의 가치 체계로 혹은 자신의 미적 기준으로 시를 읽을 수 있을 것이다.

한편 이제까지 논의한 공감적 시 읽기와 비판적 시 읽기가 서로 완전히 다른 성격을 지닌 배타적인 읽기 방법을 의미하는 것은 아니라는 점에 유의할 필요가 있다. 공감적 시 읽기 활동과 비판적 시 읽기 활동이 엄격하게 구분되는 것은 아니기 때문이다. 일반적으로 공감적 시 읽기 방법으로 시를 읽는 것이 적절한 경우가 있는가 하면, 비판적 시 읽기 방법으로 읽는 것이 적절한 경우가 있다. 독자의 취향이나 시 읽기 목적에 따라 적절한 읽기 방법을 선택할 수도 있으며, 또는 두 방법을 적절하게 혼합하여 활용할 수도 있다. 공감적 시 읽기 활동이 자연스럽게 비판적 시 읽기 활동으로 연결될 수도 있으며, 비판적 시 읽기를 하다가 부분적으로 공감적 시 읽기 활동을 할 수도 있다. 다시 말하면 독자가 시의 세계에 몰입하기 위해서 처음에는 감정 이입을 통해 공감적 시 읽기를 하지만, 점차 시 세계에 대하여 심리적 거리를 취하면서 특정 기준으로 미적 가치를 판단하고 그것을 계기로 비판적 시 읽기를 할 수도 있다는 것이다.

이것은 공감적 시 읽기와 비판적 시 읽기가 서로 다른 특성을 지니고 있기는 하지만 서로 영향을 주고받을 수도 있는 방법임을 의미한다. 시의 특성이나 종류에 따라 공감적 시 읽기 방법을, 또 비판적 시 읽기 방법을 활용할 수 있지만, 경우에 따라서는 한 편의 시를 읽으면서 두 가지 읽기 방법을 계기적으로 적용할 수 있는 것이다. 그러한 방법을 선택하는 기준은 읽어야 할 시의 특성 혹은 시를 읽는 목적에 따라 마련될 것이다.

김소월의 「가는 길」을 공감적 시 읽기가 아니라 비판적 시 읽기 방식으로 읽을 수도 있으며, 「가는 길」보다는 이상의 「회한의 장」에 더 공감하는 독자도 있을 것이다. 일반적으로 「회환의 장」은 공감적 시 읽기의 방법으로 읽기 어려운 경우가 많다. 그럴 경우 비판적 시 읽기를 통해서 시적 화자 혹은 시인의 생각에 동의하거나 동의하지 않는 태도를 취할 수 있으며, 동의할 경우 비판적 시 읽기 후에 공감적 시 읽기가 가능할 수도 있다. 이러한 논의는 문학 작품에 대한 감정 이입이 미적 '총체성'의 견지에서 끊임없이 저지되고 열리며, 다시 통제되고 조정된다는 논의[6]에서도 확인할 수 있다. 따라서 작품에 제대로 반응하기 위해서는 감정 이입의 측면과 심리적 거리두기의 측면으로부터 발생하는 힘 사이의 긴장을 잘 조절하는 능력, 다시 말하면 시적 화자의 생각이나 느낌에 이끌려 들어가면서 동시에 거리감을 두며 감상할 수 있는 능력을 기르는 것이 필요할 것이다.

---

6) James Gribble, 앞의 책.

생각할 거리

1. 공감적 시 읽기 방식과 비판적 시 읽기 방식은 어떤 것인지 생각해 보자.

2. 공감적 시 읽기 방식과 비판적 시 읽기 방식으로 읽기에 적절한 시는 무엇인지 생각해 보자.

창의적 사고력을 위한 시 교육 방법

여보게 젊은 친구
역사란 그런 것이 아니라네
자네가 생각하듯 그렇게
변증법적으로 발전하는 것이 아니라네
문학도 그런 것이 아니라네
자네가 생각하듯 그렇게
논리적으로 변모하는 것이 아니라네
자네는 젊어
아직은 몰라도 되네
그러나 역사와 문학이 바로
그런 것이 아니라고 깨달을 때쯤
자네는 고쳐 살 수
없는 나이에 이를지도 모르지
여보게 젊은 친구
머리 속의 이데올로기는
가슴 속의 사랑이 될 수 없다네
우리의 주장이 서로 달라도
제각기 자기 몫을 살아가는 것은
얼마나 다행한 일인가
그리고 이렇게 한 번 살고
죽어 버린다는 것은 또
얼마나 아쉬운 일인가
우리는 죽어 과거가 되어도
역사는 언제나 현재로 남고

얽히고설킨 그때의 삶을
문학은 정직하게 기록할 것이네
자기의 몸이 늙어가기 전에
여보게 젊은 친구
마음이 먼저 굳어지지 않도록
조심하게

－김광규의 「늙은 마르크스」

우리 문학 교실에서의 시 학습에 대하여 생각해 보기로 하자. 우리가 옛날에 그랬던 것처럼, 시인에 대하여 알아보고, 시의 운율, 주제, 제재, 비유, 이미지 등의 개념들에 대한 학습 내용을 시 작품에서 확인하는 작업을 지금도 하고 있을까? 지금은 그렇지 않을 것이라는 희망적인 판단과 이런 일이 있다고 하더라도 아주 부분적인 현상일 뿐이라는 소박한 진단을 내리고 싶은 게 솔직한 심정이다. 예전처럼 시와 관련된 지식을 암기하는 단계는 이미 지났고, 다양한 방법으로 시 학습이 이루어지고 있을 것이다.

여기서는 문학 교사들이 교실에서 시를 재미있게 가르치고, 학습자가 재미있게 시를 배우기 위해서는 어떻게 해야 하는지 알아보기로 한다. 교수-학습의 과정에서 시 작품이 고급스런 예술 자료로서의 문학 작품이 아니라 일상 생활에서 흔히 만날 수 있는 언어 자료로서 시의 속성들을 활용할 수 있는 가능성을 탐색하고자 하는 것이다.

먼저 생각할 수 있는 점은 이해 교육을 넘어 표현 교육을 지향하여야 한다는 명제다. 이 점은 이미 제7차 국어과 교육 과정에도 명시된 것으로, 문학에 대한 지식을 학습했던 제4차 교육 과정이나 문학 작품의 이해와 감상을 목표로 했던 제5차와 제6차의 교육 과정기에 대한 비판을 바탕에 두고 있다. 제7차 국어과 교육 과정에서는 문학 작품의 수용과 창작(표현)을 목표로 하고 있다. 따라서 앞으로의 문학 교육은 문학 작품의 이해와 창작을 구체적으로 실천할 수 있는 방법론을 적극적으로 모색하여야 한다.

다만 이 논의에서는 '창작'이라는 용어를 전문적인 작가의 창작 행위가 아니라 학습자 수준의 자기 표현 행위를 지향하는 정도로 규정하며, 나아가서는 문학 작품에 대한 이해와 감상에 대한 학습자의 비평적인 감상문 쓰기나 말하기와 같은 표현 행위로 해석하고자 한다. 따라서 앞으로의 논의에서는 이미 제한적인 의미로 사용되고 있는 '창작'이라는 용어보다는 좀더 포괄적인 용어인 '표현'이라는 용어를 주로 사용할 것이다.

또한 앞으로 우리가 모색할 수 있는 교수-학습의 전략은 문학의 이해와 표현 또는 수용과 창작을 분리하지 않으며, 이 과정에는 인간의 창의력이나 사고력이 다양하게 나타날 수 있음을 전제로 한다. 즉, 문학의 이해와 표현 단계는 학습자의 각기 다른 특성이 창조적으로 발현되는 과정이며, 우리의 문학 교육은 이런 문학에 대한 이해를 통해서 학습자 자신들의 생각을 적극적으로 말하거나 쓸 수 있어야 하고, 그리하여 이해와 표현을 아우르는 문학 교육의 목표를 구체화할 수 있어야 한다.

이해와 표현을 아우르는 문학 교육의 목표를 위한 교수-학습 전략은 실제 예를 중심으로 접근할 것이다. 예를 들면 위에서 제시한 이해/표현의 학습 전략으로 '시의 제목만으로 시의 내용을 표현하기'라는 학습을 생각할 수 있다.(반대로 '제목 없는 시에 제목 붙이기'도 생각할 수 있다) 이런 학습 활동은 교과서에 수록된 시는 물론 수록되지 않은 시에 대한 구체적인 학습에 들어가기 전에 시의 제목을 학습자에게 제시하여, 표현이 가능한 시의 내용을 발표하게 하는 방법이다. 이 과정에서 추상적인 시의 제목은 물론 구체적인 시의 제목이 각기 어떻게 작용하는가를 알 수 있으며, 학습자의 수준에 맞는 다양한 관점의 내용이 제시될 수 있다.

이러한 학습 활동을 통해 학습자는 문학 작품 수용 과정에서의 단선성(單線性)을 극복할 수 있다. 수용을 넘어 보다 적극적인 관점에서 문학을 창작하는 단계에 대하여 사고할 수 있게 된다. 특히 이 과정에서는 학습자의 상상력이 작동하여 다양한 문학 형상화의 가능성을 확인할 수 있다. 아울러 이런 활동은 그 동안의 교과서에 수록된 정전 중심의 시 이해 교육을 학습자 중심의 시 표현 교육으로 전환시킬 수 있으며, 학습자의 정서나 이해 수준과 유리(遊離)된 기성 시인들의 시 작품을 중심으로 교수-학습 활동이 이루어지는 시 교육의 한계도 극복하게 할 수 있을 것이다.

또한 이런 교수-학습을 통해 학습자의 표현 능력은 물론 창의력이나 사고력을 확인할 수 있으며, 부수적으로는 다른 어떤 갈래보다 중요한 의미를 지니는 시의 제목에 대해서도 바르게 이해할 수 있다. 문학에 대한 제반 지식을 암기하는 것이 아니라 문학의 속성을 이해하여 이를 언어 생활에서 활용하고, 문학 학습이 우리의 일상 생활과 별개의 특별한 것이 아니라 우리 주변의 이야기를 표현하는 것이라는 사실을 실천적으로 확인할 수 있다.

우리의 일상 언어 속에는 많은 문학 표현들이 알게 모르게 활용되고 있다. 직접적으로 표현하기 어렵거나 보다 사실적으로 표현하기 위하여 돌려서 말하기 또는 빗대어 말하기의 방식이나 비유적, 상징적 표현을 빌어 말하는 방식을 쓴다. 또한 강조하거나 강하게 긍정 또는 부정하기 위하여 역설적이거나 반어적인 말하기를 활용한다. 때로는 의문을 제기하여 자신이 옳다는 사실을 강조하기도 한다. 이처럼 우리는 시 작품이 아니라도 일상의 언어에서 다양한 시적 표현들을 만날 수 있다.

바로 이런 언어 활동을 문학의 속성을 활용하는 방식이라고 할 수 있다. 문학의 구체적인 실상에 대하여 교수-학습하는 것이 아니라, 문학의 속성을 교수-학습하여 일상 생활에 적용하는 것이다. 즉, 문학 또는 시의 본질적 속성이라고 할 수 있는 요소들을 일상의 언어 생활에서 다양하게 찾는 방식으로, 문학이 고급스런 예술 활동만이 아니라 일상의 언어 자료로 훌륭하게 활용될 수 있다는 사실을 학습자에게 인식시킬 수 있다.

이런 학습 전략은 우리의 문학 교실에서 널리 활용할 수 있는데 시를 학습하면서 시에 대한 지식 학습은 물론 생활과 관련하여 시의 속성이 활용되는 실제를 확인할 수 있으며, 이를 통하여 학습자의 생활과 유리되지 않은 재미있는 시 학습을 유도할 수 있을 것이다. 문학 학습을 통하여 문

학 교육의 지향점을 확대함은 물론 문학에 대한 올바른 이해의 폭도 증진
시킬 수 있다.

예를 들면, 먼저 이야기를 지니고 있는 시를 이야기로 표현하는 활동을
들 수 있다. 김소월의 「접동새」나 백석의 「여승」과 같이 이야기를 시적으
로 형상화한 작품을 다시 학습자의 수준에서 이야기로 재구(再構)함으로
써, 서사인 이야기 문학과 개인의 정서 표현인 서정 문학의 차이를 이해하
고 서정적 표현을 위해 시인이 표현의 단계에서 고려한 것들이 무엇인지
추론할 수 있다. 이런 방식은 패러디 시 쓰기나 습작 시 쓰기와 더불어 우
리의 문학 교실에서 창작 교육이 그 원래의 개념 수준에서 비교적 충실하
게 이루어지는 효과도 거둘 수 있다.

아울러 이런 시 학습 방법은 시 교육을 표현론의 측면에서 접근할 수
있는 가능성을 열어주며, 이야기 양식과 노래하기 양식의 차이가 단순한
지식의 차원이 아니라 교수-학습 활동을 통해 인지되는 지식으로 자리를
잡을 수 있도록 한다. 이 과정에서 시인이 형상화한 표현 의도도 중요하겠
지만, 바람직한 학습 활동을 위해서는 언제나 학습자를 활동의 중심에 놓
아야 한다는 사실을 잊어서는 안 된다. 따라서 학습자들이 각기 다르게 표
현하는 활동의 의미를 존중하면서, 그렇게 표현한 의도를 되묻는 활동을
통하여 적극적인 표현 교육을 지향하도록 하여야 한다.

다음으로 위의 방식과는 다른 차원에서 시를 산문으로, 산문을 시로 표
현하는 학습이 있을 수 있다. 이 경우에는 시의 언어와 산문의 언어, 문학
의 언어와 일상의 언어가 가지는 특성을 이해하고, 이를 적극적으로 표현
활동에 활용할 수 있게 한다. 특히 시어의 함축성, 간결성, 비유나 상징 등
을 활용하는 특성을 바르게 이해하여, 일상의 말하기나 글쓰기와의 차별성
을 인식하면서 표현 활동에 활용할 수 있도록 한다. 나아가서는 각 표현 매
체에 따른 언어 표현의 차별성을 지식 차원에서 학습할 수도 있을 것이다.

이런 교수-학습 활동은 문학적 언어의 다양한 표현 특성을 학습자 스스
로 체득할 수 있게 하며, 나아가서는 그러한 특성을 활용하는 말하기나 글

쓰기로 전이시킬 수 있다. 즉, 일상의 언어에 가까운 산문의 언어가 어떤 특성 때문에 시적 언어와 다른가를 인식할 수 있으며, 이 과정에서 시적 언어가 활용하는 시의 표현 기교와 그 효과를 학습할 수 있다. 궁극적으로는 시적 언어 역시 일상의 언어를 기반으로 하는 활동이지만, 시적 자유가 보다 널리 허용되는 표현 방식임을 이해할 수 있을 것이다.

또 시의 화자나 주인공에게 편지 쓰기라는 활동을 통하여, 시의 화자에 대한 학습을 할 수 있다. 김소월의 「진달래꽃」의 화자에게 편지를 쓰는 활동을 통하여 시를 화자 중심으로 감상하는 효과뿐만 아니라, 시의 화자를 옹호하거나 비판하는 말하기나 글쓰기 활동을 통하여 학습자 자신의 생각을 표현하는 적극적인 활동을 유도할 수 있다. 이런 시 학습 방법은 시에 대한 이해 또는 시에 대한 지식 학습을 넘어 문학적 표현-창작과는 다른 측면에서 이해를 통한 표현 활동을 같이 학습하는 방안으로, 최근에 문학 교사들이 우리의 문학 교실에서 다양한 방식으로 활용하고 있는 활동의 예다.

이러한 교수-학습 활동은 시적 화자에 대한 정확한 이해를 기초로 하며, 시적 화자가 겪고 있는 처지와 그렇게 표현한 의도를 읽어 낼 수 있을 뿐만 아니라, 궁극적으로는 시가 표현하고자 하는 바를 이해하는 활동이 될 수 있다. 이 활동 단계를 통하여 시 학습은 텍스트 자체에 대한 분석으로 나아갈 수 있으며, 이에 대한 학습자의 관심과 이해를 파악할 수 있게 된다. 또한 시라는 양식의 특성을 충실하게 고려하는 시 학습으로 유도할 수 있으며, 소설이나 희곡과는 다른 양식인 시의 서술자에 대한 이해에도 이를 수 있게 된다.

끝으로 시를 문학적 언어와는 다른 표현 매체로 전환시키는 교수-학습 활동을 전개할 수 있다. 즉, 시를 한 폭의 그림이나 여러 컷의 만화로 표현하거나, 희곡이나 시나리오 등으로 바꾸는 활동이 그 예다. 구체적인 예를 들면 유치환의 「깃발」을 그림으로 그리기 등을 들 수 있다. 이런 활동은 기계 문명의 발달과 더불어 다양한 매체 언어를 활용하고자 하는 현대

사회의 학습 환경에 부응하는 활동이 될 수 있으며, 현대 사회의 다양한
매체에 익숙한 학습자의 흥미와 결부시키는 교수-학습 활동을 구안하게
한다는 점에서 의의가 있다.

아울러 이런 학습 활동은 시가 궁극적으로 표현하고자 하는 바, 즉 시
의 주제에 대한 이해에 이를 수 있으며, 학습자의 관점에서 이런 주제를
이해하는 주제의 자기화를 실현할 수 있다. 시에 대한 이해의 핵심이라고
할 수 있는 시의 주제가 학습자들에게는 어떻게 받아들여졌는가를 학습함
으로써, 시와 문학의 효용성에 관해 생각해 볼 수도 있다. 그리고 문학 교
육이 궁극적으로 지향하는 자기화 또는 자기 이해라는 목표를 실현할 수
있게 한다.

이상의 활동들이 가능한 문학 교실에서의 시 학습은 새로운 교수-학습
의 목표와 그에 부응하는 방법과 전략을 적극적으로 모색하는 것과 병행
되어야 한다. 제7차 교육 과정기에서의 문학 교실은 문학 작품의 이해와
감상 중심의 한계를 넘어서 문학 작품의 표현과 창작이라는 관점을 표방

교실에서의 연극 장면

하고 있으며, 문학의 실체를 학습하는 방향이 아니라 문학의 속성을 학습하여 일상의 언어 생활 속에서도 활용할 수 있는 문학 교육을 지향하기 때문이다.

앞에서 시 교육의 방법론을 소개하면서, 시 교육의 몇 가지 지향에 대하여 살핀 바 있다. 예를 들면 학습자 중심, 표현 교육의 시각 보완, 문학의 속성을 일상 언어 생활에 활용하는 시 학습의 방향을 지향하여야 한다고 하였다. 이런 방향성은 문학 교육이 문학이나 작품을 중심에 놓고 하는 내용 학습 활동보다는 문학을 향유하는 사람을 중심에 놓아야 한다는 사실과 관련을 맺는다. 즉, 문학이나 작품에 대한 이해와 활동은 이를 향유하는 인간을 중심에 놓고서, 그 교육의 내용과 목표가 설정되어야 한다.

따라서 이런 관점을 반영하는 시 교육은 학습자가 일상 생활 속에서 활용할 수 있는 것을 교수-학습하는 형태로 이루어져야 하며, 학습자의 삶에 대한 성찰이나 삶의 태도를 정립하는 데 도움이 되는 활동 중심으로 이루어져야 한다. 이런 차원에서 시 학습은 교사와 학습자 사이에 벌어지는 활동이라는 제한된 틀을 극복할 필요가 있다. 특히 이런 지향성은 제7차 교육 과정의 체계가 수준별, 통합적 학습과 수행 평가를 통해서 문학 작품을 즐겨 읽는 '태도'를 확립하는 학습으로 나아가는 목표 설정과도 밀접한 관련이 있다. 시에 대한 학습자의 이해에 목표를 두는 것이 아니라 자신들의 삶 속에서 그 의미를 찾는 활동이 중심이 되어야 하며, 학습자 자신의 것이 되는 시 교육이 되어야 한다는 말이다.

그렇다면 이러한 목표를 위한 교수-학습 방법에는 어떤 것들이 있을까? 먼저 모둠 수업을 통한 시화(詩畵) 만들기라는 활동을 생각해 볼 수 있다. 시화 만들기란 학습자들이 교과서나 다른 부교재에 제시된 시에 대한 토론을 하는 활동을 바탕으로 하여, 시와 그림이 같이 있는 자료를 공동 작업으로 완성하는 활동이다. 이 경우에는 학습자들의 각기 다른 다양한 사고와 시에 대한 이해를 활용할 수 있으며, 이런 다양성이 조정되는 과정을 통하여 바람직한 토론 문화를 함양하고, 여럿이 같이 살아야 하는 공동 사회에서 요구하는 삶의 자세도 키울 수 있다.

물론 이런 교수-학습 활동은 참여자 모두에게 비슷한 역할과 지위가 부여된다면, 비슷한 수준의 독자가 있는 문학 교실이 아닌 서로 다른 수준의 독자가 같이 살고 있는 가정에서도 가능하다. 특히 이 활동은 다른 표현 매체를 활용하게 하는 효과도 거둘 수 있다. 그리고 이를 통하여 참여자 모두가 하나라는 사실을 확인하고, 공동의 작업에 같이 책임을 지는 자세를 확립하게 하는 효과를 거둘 수도 있다. 따라서 이런 학습에서는 학습자의 능력에 따라 역할을 분담하게 하기보다는 골고루 역할을 담당하게 할 필요가 있으며 우열(優劣)로 결과를 평가하기보다는 맡은 일에 최선을 다하여 정해진 목표를 실현할 때 보상이 따른다는 사고를 심어 줄 필요가 있다. 이 과정에서 제시되는 학습자의 다양한 사고나 이해는 항상 똑같이 존중해야 한다.

다음으로는 가족 구성원 모두가 참여하여 시 낭송 테이프를 만드는 활동을 예로 들 수 있다. 이런 과정은 토론이나 책임보다는 공동 작업을 통해서 하나의 조화로운 완성을 지향하는 학습 활동으로 이끌어야 한다. 상당 부분 시화 만들기 작업과 같은 효과를 얻을 수 있지만, 표현 매체에 차이가 있기 때문에 그 효과 또한 차이가 있을 것이다. 특히 문자 언어와 더불어 가장 중요한 문학 언어를 음성 언어로 전환시킴으로써, 표현 언어의 차이를 학습할 수 있다.

이처럼 시를 낭송하거나 암기하는 방식은 문화 교육의 관점에서도 그 의미를 찾을 수 있다. 시를 암기하여 일상 생활에 활용하면 보다 풍요로운 언어 생활을 영위해 나갈 수 있다. 아울러 녹음 테이프 제작 과정에서 배경 음악을 삽입함으로써, 시 감상에 상황적, 주변적 요소가 어떻게 작용하는가를 알 수 있다. 특히 이는 다른 양식에 비해 정서적인 측면이 강한 시에서 배경 음악과 같은 보조 자료를 활용함으로써 시를 인지적(認知的) 차원뿐만 아니라 정의적(情意的) 차원에서 감상하도록 한다는 점에서 주목할 만하다.

山에 언덕에

申東曄 作詞
白秉東 作曲

신동엽의 「산에 언덕에」 악보

　시 학습에서의 매체 활용의 활동들은 말하기/듣기/쓰기/읽기/국어지식/문학 등을 통합적으로 수행하는 교육 활동에 도움을 줄 수 있다. 국어지식 중심의 제한된 틀을 벗어날 수 있는 방법, 나아가서는 문학이 문자나 음성 언어의 테두리를 벗어날 수 있는 방법을 현시적(顯示的)으로 보여 줄 뿐만 아니라, 학습자들의 다양한 취향과 흥미를 충족시키면서도 교육적으로 유익한 시 학습을 전개할 수 있다.

　시 교육의 제반 활동은 그 활동 자체에 머물지 않고, 국어 교육의 제반 활동 특히 말하기, 쓰기와 밀접한 관련 속에서 이루어져야 한다. 왜 그렇게 표현했는가를 말하기와 글쓰기라는 활동을 통하여 점검함으로써, 이런 활동을 다른 학습자에게 전이시키는 활동이 이루어지도록 해야만 한다. 아울러 시 교육이 문학을 대상으로 한다는 측면에서 문학 교육의 중요한 목표인 문학을 통한 문화 교육, 개인 성장 교육, 주체 양성 교육, 실용적인 언어 생활 교육이라는 목표도 달성할 수 있어야 한다.

이 부분에서는 주로 우리의 시 교육에서 가능한 새로운 학습 활동을 중심으로 하여 그 효과와 의미를 기술하였다. 이제 이런 다양한 시 교수-학습 전략이 궁극적으로 노리는 목표가 무엇인지 살펴보자. 우리가 모색하고자 하는 새로운 시 교육 방법론은 한 마디로 창의력, 사고력 함양 교육으로서의 시 학습이라고 요약할 수 있다. 우리 모두의 외양(外樣)이 다르듯이 생각이 각기 다르기 때문에, 학습 자료로 제공되는 텍스트를 바라보는 관점은 다를 수밖에 없다. 따라서 이런 다양한 이해와 감상 또는 표현과 창작 활동을 통하여 학습자들이 다양하게 사고하는 모습을 확인하고, 이를 통하여 독창적이고 창의적으로 생각할 수 있는 능력을 함양하는 교육을 지향하여야 한다.

이 과정에서 먼저 고려하여야 할 사항은 학습자 변인의 다양성이라는 측면이다. 굳이 수용 미학이라는 거창한 이론적 무기를 거론하지 않더라도 문학 작품에 대한 다양한 접근 태도는 허용해야 하며, 적어도 정의와 인지의 양면성과 이론과 실천의 양면성을 지닌 시(문학) 교육은 이 점에 대하여 무한한 가능성을 열어 놓아야 한다. 그리고 이를 적극적으로 받아들일 수 있는 학습 방법은 물론 평가 방법도 같이 모색하여야 한다.

아울러 고려해야 할 사항은 교육 일반이 그렇듯이 시 교육 역시 인간들에 의하여 인간이 만들어 내는 문학에 대한 학습이라는 사실이다. 인간학을 다루는 교수-학습 활동이기 때문에 인간 중심, 학습자 중심으로 학습할 수 있는 활동을 그 구체적인 내용으로 하여야 한다. 따라서 문학 교육 활동의 목표는 인간 교육이 지향하는 일반적인 목표이기도 하지만, 통합 교과적인 성격을 지닌 국어 교육에서 특별히 배려하여야 하는 목표이기도 하다.

이런 목표들은 시 교육 나아가서는 문학 교육, 국어 교육이 주어진 틀 속에 갇혀서 활동하는 교육이 아니라, 창의적인 사고력을 함양하는 교육을 지향할 때 제대로 달성할 수 있다. 실제로 모든 교육은 국가의 지배 이데올로기 재생산이라는 목표를 가지고 있다. 그러나 인간 교육이라는 측면 때문에 이런 목표는 비판적 주체 양성이라는 목표의 끊임없는 도전을 받는다. 이 과정에서 인간은 창의력, 사고력을 발현하게 되며, 시(문학) 교육은 바람직한 교육 목표를 실현하는 방안이 될 수 있다.

또 이 과정에서 우리는 다음과 같은 사항도 잊지 말아야 한다. 학습자들이 흥미를 느낄 수 있는 내용이나 활동들은, 자신들의 체험이나 사고 영역 내에서만 이해하고 표현할 수 있는 정도로 아주 제한되어 있다는 점이다. 이 점은 학습자들이 아직은 발달 단계에 놓여 있다는 특성과 밀접한 관련이 있는 사항으로, 상위 단계의 교육 과정 설계는 물론이고 구체적인 시 학습 내용이나 방법을 결정함에 있어 위계화(位階化)의 문제를 항상 고려하지 않을 수 없게 한다.

생각할 거리

1. 사회의 변화에 따라 교수-학습 활동의 변화를 모색해야 하는 이유는 무엇인지 생각해 보자.

2. 학습자의 창의적, 비판적 사고 능력을 배양할 수 있는 활동에는 어떤 것들이 있는지 생각해 보자.

3. 교수-학습 전략을 제대로 구현하기 위해서는 교사와 학습자와의 관계를 어떻게 설정해야 할지 생각해 보자.

시 교육에서의 평가

제임스 그리블(James Gribble)은 "문학 독서가 우리와 다른 사람의 삶을 조망하는 데 중요하리라는 생각이 무너져 가는 큰 이유 중의 하나로, 문학이 전세계의 수백만 학생들이 선택하는 시험볼 수 있는 「교과 과목」이 되었다는 사실"[7]을 들고 있다. 여기에서의 초점은 '교과 과목'으로 되었다는 사실 그 자체보다는 '시험볼 수 있는' 과목이 되었다는 점에 있을 것이다. 문학 작품의 감상이 시험의 대상으로 되는 순간부터 문학 작품의 즐거운 읽기 활동, 감동을 주는 읽기 활동은 사라지고, 형해화된 진술만이 살아남게 되는 것이다. 이런 지적을 송두리째 거부할 수 없는 이유는 아마도 우리가 그런 경험을 했기 때문일 것이다. 그 동안 선택형 평가, 특히 단순한 문학사적 지식이나 일률적으로 정해진 감상 내용을 바탕으로 한 평가 문항을 통해서 경험한 바 있다. 미리 정해진 하나의 정답을 고르는 일에 익숙해지면서 스스로 읽고 감상하고 즐기는 능력을 기를 수 없었으며, 나아가서는 소홀히 하는 지경에까지 이르렀던 것이다.

이 문제를 해결하기 위해 좀더 근원적인 문제로 돌아가야 한다. 그것은 우리는 왜 문학 작품을 읽는가 하는 문제다. 나의 정서나 심리세계를 확인하기 위해서, 다른 사람의 일상사를 간접적으로 경험하기 위해서, 여유 시간을 즐기기 위해서, 무엇인가 한 차원 높은 사고를 하고 싶어서, 여러 인간 군상이 살아가는 모습을 보고 싶어서, 언어를 통해 이루어지는 세밀한 정서의 결을 느끼고 싶어서 등 다양한 이유가 가능할 것이다. 이런 모든 이유들이 가능한 것은 문학 작품이 우리의 삶의 문제를 다룬다는 점, 그것도 언어를 통해 다룬다는 점을 들 수 있다. 그리고 무엇보다도 우리들에게 감동과 즐거움을 주기 때문일 것이다.

---

7) James Gribble, 『문학교육론』, 나병철 역, 문예출판사, 1988, 9면.

그러나 그 동안의 문학 교육은 그러한 내용을 담아내지 못했다. 교수-학습 방법이 그러했고, 평가 방법이 그러했다. 시의 주제, 형식상의 분류, 내용상의 분류, 표현법에 대한 기계적인 이해 등으로 일관했던 교육 내용이 문학 작품에 대해 친숙하게 하기보다는 오히려 더 멀어지게 했다. 결국 그런 교육 내용과 평가 방법을 통해 문학 작품을 우리 삶에 대한 문제 제기와 고민으로부터 멀어지게 만들었으며, 그로 인해 감동과 즐거움이 사라진 문학 교육이 되어 버린 것이다. 이제, 감동과 즐거움을 주는 문학 교육을 복원하기 위해 바람직한 평가 방안을 모색할 필요가 있다. 문학 교육에서의 평가를 논의하는 것은 만만치 않은 일이다. 감상이란 "작품을 이해하여 즐기고 평가하는 일체의 행위"[8]라 할 수 있다. 독자의 주체적인 감상을 강조하면서도 "감상의 자의성을 무한대로 허용하는 것도 바람직하지 않은 것"[9]이라는 입장을 효과적으로 조율해야 하는 것이 현재 문학 교육이 해결해야 할 딜레마 중의 하나이기 때문이다. 이 문제는 문학 교육에서의 평가 문제를 논의하는 이 연구에서 풀어나가야 할 가장 주요한 과제라 할 수 있다.

문학 교육에서의 평가가 쉽지 않은 것은 다음과 같은 이유 때문이다.

첫째, 특정 자극에 대하여 동일한 반응을 기대하기 어렵다. 동일한 자극 자료, 즉 동일한 문학 작품을 읽고서도 독자 개개인의 조건에 따라 개별적으로 다양한 반응이 나올 수 있기 때문이다. 세상 모든 사람이 모두 감동을 받는 작품이라 해도, '나'는 개인적으로 감동을 받지 않을 수 있다. 특정 독자는 주인공의 삶의 방식에 공감하면서 자신도 그렇게 살겠다고 다짐할 수 있지만, 또 다른 독자는 그것 자체를 거부할 수 있다. 또 특정 독자는 시에 표현된 정서의 섬세한 결에 감동 받으면서 세상을 바라보는 눈을 확장할 수 있지만, 또 다른 독자는 자신만의 이유에 의해 그것을 거부할 수 있다.

---

8) 서울대학교 국어교육연구소, 『국어교육학 사전』, 대교출판, 1999, 11면.
9) 위의 책, 12면.

둘째, 특정 자극에 대한 반응 과정에서 분명히 교수 과정에서 전달된 가시적 내용 이외의 반응도 가능하다는 점도 고려해야 한다. 교수-학습 과정에서 인물의 성격을, 혹은 시적 화자의 어조를 통한 표현 방식을 지도하였고, 또 그것을 평가하고자 하였지만, 독자는 주어진 범주를 넘어 반응할 수 있으며, 주어진 범주의 반응을 보이는 경우에도 문항에서 요구한 것보다 한층 더 복잡하거나 섬세한 반응을 보일 수 있다. 다시 말하면 문학 교육 평가에서의 난점은, 미리 정해진 답이 없으며, 동일한 반응을 기대하기도 어렵고, 특정 결론이나 반응에 도달하기 위한 과정도 표준화하기 어렵다는 점에서 기인하는 경우가 많다.

셋째, 독자들이 보이는 반응을 위계화하기 어렵다. 문학 교육에서의 평가란 독자 개별적인 주체성에 근거한 정서적 반응을 평가하는 것이기 때문이다. 개별 독자가 보여 주는 개별적인 감동과 통찰력은 위계화가 어렵다. 왜냐하면 문학적 반응은 설명하기 어려운 방식으로 개인의 구체적인 경험과 혹은 개인의 구체적인 일상 생활 경험과 연결되기 때문이다. 독자가 자신의 반응이나 생각을 쉽게 설명할 수 있다면 다행이겠지만, 쉽게 논리적으로 설명하지 못하는 것도 자연스러운 현상이며 그것을 용인할 수 있어야 하는 어려움이 있다.

넷째, 성취 기준에 대한 도달 정도를 정확하게 측정하기가 어렵다. 그 이유는 앞에서 논의했던 것처럼, 일정한 정답이 없으면서 동시에 반응의 유형이 다양하기 때문이다. 의도하지 않은 반응이 얼마든지 나올 수 있다는 점을 고려해야 한다. 이 부분에 대해서는 뒤에서도 논의하겠지만, 이런 이유 때문에 성취기준과 평가기준을 총체적이고 포괄적으로 진술하는 방향을 취할 필요가 있을 것이다.

위에서 제시한 난점을 효과적으로 해결할 수 있는 방안을 제시하기는 어려울 것이다. 그렇다 하더라도 바람직한 문학 교육을 위해 그 문제를 해결하고자 지속적으로 노력해야 할 것이며, 여기에서는 그 해결의 실마리를 찾아보고자 한다.

344 시와 함께 배우는 시론

첫째, 반응의 유형을 다양화·위계화하여 평가하는 방안이 가능하다. 우선, 학생 개인의 다양하면서도 자유로운 반응을 전제로 하되 반응의 유형을 중심으로 하여 평가하는 방안이 가능하다. 이러한 방안이 필요한 이유는 문학 작품에 대한 감상이 개인의 정서나 태도, 가치관, 나아가서는 자신이 속해 있는 집단, 그 사회의 문화에 따라 다르게 나타날 수 있기 때문이다. 개인에 따라 정서나 경험도 다르고 생각하는 방식도 다르기 때문에, 또 각 개인의 관심사가 다르기 때문에 같은 이야기를 듣거나 같은 자료를 읽거나 또 같은 문학 작품을 읽고도 생각하는 것 혹은 표현으로 드러내는 방식이 다양할 수 있다. 이런 점을 고려하여 다양한 종류의 반응을 인정하되, 그 반응이 문항이 요구하는 조건에 합당하다면 모두 동일한 수준을 지닌 것으로 판단해야 한다. 그리고 평가 도구에서 제시하고 있는 요구 조건에 비추어 반응의 정도를 위계화하는 방안도 동시에 고려해야 할 것이다. 다음 평가 도구를 예로 들면서 논의를 계속하고자 한다.

※ 다음 시를 읽고 물음에 답하시오.

「귀촉도(歸蜀途)」

서정주

눈물 아롱 아롱
피리 불고 가신님의 밟으신 길은
진달래 꽃비 오는 서역(西域)* 삼만리.
흰 옷깃 여며 여며 가옵신 님의
다시오진 못하는 파촉(巴蜀)** 삼만리.

신이나 삼어줄걸 슬픈 사연의
올올이 아로새긴 육날 메투리.***
은장도 푸른 날로 이냥 베어서
부질없는 이 머리털 엮어 드릴 걸.

초롱에 불빛, 지친 밤 하늘
굽이 굽이 은하수 물 목이 젖은 새,
참아 아니 솟는 가락 눈이 감겨서
제피에 취한 새가 귀촉도 운다.
그대 하늘 끝 호올로 가신 님아

* 서역(西域): 인도를 가리키는 말. 여기서는 열반, 즉 죽음 이후에 가야 할 저 승길을 의미함.

** 파촉(巴蜀): 촉 나라. 촉(蜀)의 제후인 '두우'가 나라를 빼앗기고 죽은 뒤 소쩍 새가 되어 밤마다 피를 토하며 운다는 전설과 관련 있음.

***육날 메투리: 여섯 개의 날줄을 기준 삼아 짚으로 엮어 만든 아름다운 신발.

[서술형 문항] 이 시의 새와 시적 화자의 관계가 구체적으로 드러나도록 글 자 수 15자 내외로 쓰시오.(6점)[10]

[모범 답안]

1) 새와 시적 화자의 정서를 동일시하는 경우

   ① 새는 시적 화자의 모습을 투영하고 있는 대상

---

10) 이 평가 도구는 2000년에 한국교육과정평가원에서 실시한 '중·고등학교 학생들 의 국어 기초학력 평가 연구'에서 활용한 문항이다.

② 새는 시적 화자 자신의 모습

③ 새는 시적 화자의 감정이 이입된 대상

④ 시적 화자와 새가 동일시되고 있다.

2) 새를 시적 화자가 사랑한 임의 표상으로 보는 경우

⑤ 새는 시적 화자가 사랑하는 임을 의미한다.

⑥ 새는 시적 화자가 사랑하는 임의 모습이다.

3) 시적 화자와 임을 연결해 주는 매개로 보는 경우

⑦ 시적 화자와 임을 이어주는 대상

⑧ 시적 화자와 사랑하는 임의 모습을 동시에 투영하고 있는 대상

⑨ 시적 화자와 임의 모습이 중첩되어 있는 대상

[채점 기준]

상(6점): ▶ 모범 답안 ①~⑨ 중에서 하나를 쓴 경우

중(4점): ▶ 새와 시적 화자의 관계는 드러나 있지 않지만 의미는 적절한(통하
　　　　　　는) 경우

　　　예) · 감정 이입

　　　　　 · 감정 이입이 된 대상

　　　　　 · 동일시

하(2점): ▶ '시적 화자'와 '시인'을 혼동하여 서술한 경우

　　　예) · 시인의 감정이 이입된 대상

　　　　　 · 시인 자신의 모습

　이 평가 도구는 독자의 능동적이고 주체적인 문학 감상 능력을 평가하
고자 의도한 것이다. 앞에서 논의한, 독자의 다양한 반응을 인정하는 방식
을 이 평가 도구에서는 채점 기준을 다양화하는 것으로 구현하였다.

　'채점 기준'에서는 이 시의 '새'와 시적 화자의 관계를 설정할 수 있는

가능한 경우를 고려하여 반응의 유형을 크게 세 가지로 범주화하였다. '새와 시적 화자의 정서를 동일시하는 경우', '새를 시적 화자가 사랑한 임의 표상으로 보는 경우', '시적 화자와 임을 연결해 주는 매개로 보는 경우'가 그것이다. 이것은 독자가 이 시를 독자적으로 감상하면서 반응할 수 있는 경우의 수를 모두 망라한 것이라 할 수 있다. 기존의 선택형 문항이 하나의 반응만을 설정했다면, 이 문항은 학생들의 다양한 반응을 강조한 것이다.

특히, 이 채점 기준은 학생들의 반응을 '다양화·위계화'하여 제시했다는 특성을 갖는다. 모범 답안에 제시한 세 가지 반응 유형은 반응을 다양화한 것이다. 하나의 반응만을 가정한 것이 아니라 문항의 조건에 맞는 것이라면 어떤 유형의 반응이 나오더라도 모범 답안으로 처리할 수 있다는 것이다. 한편 채점 기준에서 '상', '중', '하'를 제시하는 방식은 반응을 위계화한 것이다. 이는, 평가 상황에서 어떤 특정 자극에 대해 보일 수 있는 반응을 위계화하여 제시한 것으로서, 상·중·하 모두 문항이 요구하는 것과 관련된 반응이되 그 수준이 높은 것에서부터 낮은 것까지 나열한 것이다. 채점 기준을 이런 방식으로 작성할 경우, 평가 후 교수·학습 계획을 수립하는 데 있어서나 학생들에게 피드백하는 데 있어서도 매우 유용한 정보를 제공할 수 있다.

둘째, 특정한 종류의 반응을 유도한 후 평가하는 방안이 가능하다. 이 경우, 특정한 종류의 반응이란 교육적으로 유의미한 반응의 유형을 상정한 것이다. 예를 들면, '다음 작품을 읽고, 인간의 삶과 소유의 관계에 대한 자신의 생각을 자유롭게 쓰라.' '이 시에서 보여 주고 있는, 시적 화자가 사물을 보는 방식에 대한 자신의 생각을 쓰라' 등의 발문을 통해, 무한정 자유로운 반응이 아니라 특정 종류의 반응을 유도하는 방식이 그것이다. 전자의 경우 서술해야 하는 내용은 '인간의 삶과 소유의 관계'에 대한 것이어야 하며, 후자의 경우 시적 화자가 사물을 보는 방식을 구체적으로 밝히고 그에 대한 자신의 생각을 서술해야 한다. 이와 관련이 없는 반응을

보였을 경우 그 반응은 문제를 제대로 해결한 것이 아니므로 낮은 수준이
라는 평가를 받게 된다.

셋째, 교육적으로 유의미한 몇 개의 항목을 중심으로 학생들의 반응을
시기적·공간적으로 자유롭게 열어 놓는 평가가 가능하다. 이 경우, 소위
포트폴리오형 평가 도구[11]를 활용하면 좋다. 작품에 대한 반응을 완결된
한 편의 글로 쓰는 것도 가능하겠지만, 자신의 생각이나 느낌을 항목별로
기록하는 것도 시도할 필요가 있다. 특히 문학 감상 기록장을 활용하는 것
이 좋은데, 감상 기록장이란 학생들이 평소에 읽은 문학 작품에 대한 감상
이나 생각을 수시로 기록한 결과물의 모음집을 말한다. 한 학기나 일년 단
위로 기록하게 한 뒤, 기록 과정과 결과를 평가할 수 있다. 학생들이 문학
작품이나 글을 읽고 자신의 생각을 정리할 수 있도록 정리 항목을 정해
주는 것이 좋다.

문학 감상 기록장을 한 달에 한 번 정도 교사가 수합하여 교사의 의견
란에 학생의 기록 상황에 대해 교사가 조언과 격려의 말을 쓴다. 학기 초
에 미리 교사나 학교가 선정한 문학 작품 목록을 제시할 수도 있고, 학생
스스로 자신이 읽고 싶은 책을 찾아서 읽고 기록하도록 권장해도 된다. 학
생들이 스스로 문학 작품을 찾아서 읽고, 항목에 따라 자유롭게 자신의 생
각을 표출할 수 있다는 점, 그리고 시간에 구애받지 않고 평소에 읽은 책
에 대한 생각을 드러낼 수 있다는 장점이 있다. 단, 이 평가 도구는 '태도
및 습관' 영역을 평가하기 위한 것이라는 점을 고려하여 기록하는 횟수
등에 대해 자율적으로 하게 하되, 성실성, 내용의 충실성 등을 기준으로

---

11) 포트폴리오(portfolio)란 보통 자신이 쓰거나 만든 작품을 누가적이면서도 체계적으
로 모아 둔 개인별 작품집 혹은 서류철을 의미한다. 예컨대 어떤 화가 지망생이 유
명한 화가에게 지속적으로 지도를 받으면서 자신의 작품을 그린 순서대로 차곡차곡
모아 둔 것을 들 수 있다. 그럼으로써 자기 자신의 변화·발전 과정을 스스로 파악
할 수 있고, 그 작품집을 이용하여 자기의 스승뿐만 아니라 다른 사람에게도 쉽게
평가를 받을 수 있다. 그림뿐 아니라 글짓기한 것, 독서장, 관찰 기록, 일화 노트 등
을 정리한 자료집을 이용하여 평가할 수 있다.

하여 평가하는 것이 좋다.

넷째, 학생들이 감상한 내용을 아무런 내용적, 형식적 조건없이 자유롭게 쓰도록 하고 평가하는 방안이 가능하다. 그야말로, 그 작품에 대한 자신의 생각을 자유롭게 서술하는 방식이다. 다음 인용문은 '비평적 에세이' 쓰기를 통해 그러한 서술을 강조하고 있다.

> 비평적 에세이란 문학 작품에 대해 자신이 사고한 바를 깊이 있게 써나가는 글이다. 일정한 형식이나 절차를 필요로 하지 않는 글쓰기의 유형이다. 흔히 말하는 '쓰기'의 부담에서 벗어나기 때문에 자유로운 사고활동이 이루어진다. 작품의 어떤 한 면모에 대해 이런 저런 생각들을 외곬으로 파고들면 된다. 주인공의 말 한마디에 깊은 인상을 받아 그것과 관련된 자신의 이야기를 하염없이 늘어 놓아도 좋고 사건의 진행과정에 스치듯 등장하는 엑스트라의 행위나 존재에 대해 물고 늘어져도 좋은 것이 비평적 에세이다. 다만 중요한 것은 그 내용이 얼마나 설득력을 지니고 있는지의 여부다.[12]

그런데 이러한 감상 표현 방법 또한 평가의 장면에서 생각해 보면 몇 가지 난점을 발견할 수 있다. 교수-학습 활동과 긴밀한 연계를 가지면서 이루어지는 평가일 경우, 분명 가르쳐야 하고 배워야 하는 학습 목표(혹은 성취 기준)가 있게 마련이다. 학교 현장에서는 그 학습 목표에 적합한 문학 작품을 택하여 지도하고 평가한다. 위의 인용문은 그것을 배제한 상태에서 독자의 자유로운 생각을 표현하도록 하고 있다. 또 위의 방법대로 할 경우, 무정부적인 감상 내용을 그대로 용인할 수밖에 없을 것이다. 물론 '그 내용이 얼마나 설득력을 지니고 있는지의 여부'를 문제삼아야 한다고 하고 있지만, 그 '설득력'을 중심으로 하여 평가하기 위해서는 학생들이 보여야 할 반응의 유형이나 방향을 제시해야 한다는 모순이 존재한다. 그

---

12) 김동환, 「비평적 에세이 쓰기」, 『문학과 교육』 제7호, 문학과교육연구회, 1999, 55면.

렇지 않을 경우, 학생이 보인 반응 중에 무엇이 적절하고, 무엇이 적절하지 않은가에 대한 정보를 효과적으로 제공하기 어려울 것이기 때문이다. 그러나 이러한 평가 도구가 갖는 장점은 학생이 생각한 내용이나 사고의 흐름을 자유롭게 쓰게 한다는 점에서 다양한 반응을 가능하게 한다는 점일 것이다.

다섯째, '반응의 과정을 중심으로 채점 기준을 작성하는 방안'을 들 수 있다. 반응의 과정을 드러낼 수 있도록 평가 문항을 상세하게 구조화하고, 반응이 충실하게 드러나는 과정을 기준으로 채점 기준을 작성하는 방안이다. 이는 교수-학습을 통해 학습한 문학 작품 감상 방법을 제대로 적용했느냐를 중심으로 하여 평가하자는 의미다. 전광용의「꺼삐딴 리」와 김동리의「화랑의 후예」를 읽고, 이인국과 황진사와의 공통점과 차이점을 비교 분석하고, 자신이 생각하는 바람직한 인간상을 제시하라는 평가 문항을 예로 들어 생각해 보자. 이 문항에서 학생들이 써야 할 내용은 크게 두 가지다. 하나는 이인국와 황진사의 공통점과 차이점에 관한 내용이고, 다른 하나는 자신이 생각하는 바람직한 인간상에 관한 내용이다. 그런데 후자의 내용 자체에 대해서는 수준차를 두어 채점하기 어려운 것이 사실이다. 그야말로 학생의 수만큼이나 다양한 반응이 가능할 것이기 때문이다. 그렇다면 후자의 질문에서 보이는 반응의 다양성은 인정하되, 그 반응의 과정에서 거쳐야 할 사항을 중심으로 채점 기준을 작성하는 방안이 가능하다. 예를 들면, 이인국과 황진사라는 인물의 성격에 대해서 제대로 파악했는지, 그것을 토대로 그들이 대표하고 있는 인간형의 공통점과 차이점을 제대로 서술했는지, 두 부류의 인간형에 대한 논평을 중심으로 자신이 바람직하다고 생각하는 인간상을 제시했는지 하는 사항 등이다. 이 항목들은, 주어진 평가 문항에서 요구하는 반응을 위해서는 당연하게 거쳐야 할 과정에 해당하는 내용을 담고 있다. 물론, 평가 문항에 따라 다른 채점 기준을 작성할 수도 있을 것이다. 시 감상에 관한 평가 문항일 경우, 감상 내용 자체는 다양성을 열어 두되 그 감상에 이르는 구체적인 경로를 쓰도

록 문항을 구조화하고, 그 경로를 중심으로 채점 기준을 작성하는 방안이
가능할 것이다.

　문학 교육 논의에서, 학교 교육을 통해 감동과 즐거움을 동반한 문학
교육을 제대로 할 수 있을까 하는 의구심을 품었던 시기가 있었다. 그것은
앞에서도 논의했듯 그 동안의 문학 교육이 제대로 역할을 하지 못한 데서
기인한 의구심이라고 보아야 할 것이다. 감동이나 즐거움이 제거된 문학
교육은 그 존재 근거 자체가 흔들릴 우려가 있다는 점에 유의해야 할 것
이다. 물론, 문학 교육에서의 평가가 완벽한 형태로 이루어지기에는 아직
그 길이 멀고도 험할 것이다. 그러나 감동과 즐거움을 동반한 문학 교육,
그런 문학 능력을 신장시키기 위한 평가 방안을 모색하려는 노력은 지속
적으로 해 나가야 할 것이다.

생각할 거리

1. 시 교육에서의 평가가 어려웠던 이유에 대해 다시 한번 생각
해 보자.

2. 시 교육의 본령을 살릴 수 있는 평가 방안에 대해 생각해 보자.

창작 교육과 삶의 교육

사랑을 잃고 나는 쓰네

잘 있거라, 짧았던 밤들아
창밖을 떠돌던 겨울 안개들아
아무것도 모르던 촛불들아, 잘 있거라
공포를 기다리던 흰 종이들아
망설임을 대신하던 눈물들아
잘 있거라, 더 이상 내 것이 아닌 열망들아

장님처럼 나 이제 더듬거리며 문을 잠그네
가엾은 내 사랑 빈집에 갇혔네

―기형도의 「빈집」

　특수한 학과 내지는 특수한 집단, 그리고 특별한 사람만을 대상으로 창
작 교육을 해야 한다는 관념이 바뀌기 시작한 것은 그리 오래 전의 일이
아니다. 이 때문에 한동안 창작 교육에 대해서는 논의의 필요성조차 제기
되지 않았다. 아직도 개인의 관점에 따라 그런 논의가 불가능하다고 보는
이들도 있을 것이다. 전문적이고 직업적인 작가의 글쓰기를 염두에 두고
있다면 다수의 학습자에게 그러한 교육을 시행한다는 사실 자체에 거부감
을 느낄 수도 있다. 그러나 창작 교육은 전문적이고 직업적인 이들의 글쓰
기 형태를 모방하는 것에 만족하지 않는다. 전문적, 직업적 작가의 글에는
수준이 미치지 못하지만 진솔한 자기 고백이 담겨 있는 글이라면 모두 가
치가 인정된다. 표현 욕구를 가지고 있는 학습자로서의 창작 주체를 설정
하고 그들이 더욱더 쉽게 자신의 내면과 생각을 표현할 수 있도록 하는

것이 창작 교육의 목표인 것이다. 그리고 국어 교육의 틀 속에서 표현과 이해의 균형을 잡는 것도 중요한 목표 중 하나다.

창작 교육에 관심을 기울이고 있는 이들은 몇 가지 사항에 대해 먼저 고려하는 것이 창작 교육 시행 이전에 선행되어야 할 조건이라는 데 동의하고 있다. 관심에 따라 차이가 있긴 하지만, 대부분 공통된 몇 가지 사항을 들고 있다. 창작 교육과 창작 주체의 개념, 그것과 창작 주체가 처한 세계와의 관련성이다. 이는 창작 교육의 지향이나 목표와 매우 밀접한 관련을 맺는다는 점에서 꼼꼼히 검토해 보아야 할 요소들이다.

먼저 창작 교육의 개념에 대해서 생각해 보자. 창작 교육은 굉장히 넓은 범주의 개념이다. 창작이라는 말 자체가 여러 행위에 골고루 적용될 수 있는 말이기 때문이다. 주체의 창조적인 행위와 결부된다면 어떤 행위에도 창작 개념이 적용된다. 예컨대 한평생 구두를 수선하고 만드는 데 일생을 바친 구두 수선공이 자신의 모든 혼과 정열을 담아서 새로운 형태의 아름다운 구두를 만들었다고 할 때, 그 구두도 창작 행위에 의거한 결과물인 것이다.

이 글에서 언급하는 창작 개념은 글쓰기 행위에 한정하고자 한다. 다른 모든 예술 행위나 창조적 행위와 글쓰기가 관련을 맺고 있는 것은 분명하다. 그러나 다른 창조 행위와 글쓰기의 공통점과 차이점을 추출하고 그 관련성에 대해 언급한 뒤 상위 차원에서 개념을 확립하기 위해서는, 각 분야에서 정립된 이론을 종합하고 체계화하는 작업이 선행되어야 한다. 그러므로 여기에서는 범주를 한정해 글쓰기로서의 창작에 초점을 두고 개념에 대해 고찰할 것이다. 물론 글쓰기로서의 창작 개념을 설정한다고 해서 모든 사람이 창작 교육의 개념을 선명하게 인식할 수 있는 것은 아니다. 지금까지 사용해 왔던 창작 교육 관련 개념과 국어 교육에서의 창작 교육 개념간의 거리를 좁혀야 하는 문제가 여전히 남기 때문이다.

지금까지 창작 교육은 사회 교육이나 제도 교육 차원에서 미진하나마 지속적으로 이루어져 왔다. 여기에서 사회 교육은 문화 강좌나 창작에 관심이 있는 사람을 중심으로 소집단을 형성해 이루어지는 교육을 말한다. 그리고 제도 교육은 중등·고등 교육을 말한다. 이 글에서 언급하고자 하는 창작 교육은 이 모든 교육을 포괄하는 거시적인 차원의 것이다. 세부적인 계획이나 절차는 각 단계별로 신중하게 설계할 것이나, 창작 교육의 방향이나 목표 등은 제 각각일 수가 없기 때문이다.

그렇다면 창작 주체는 누구인가? 창작 주체는 창작을 행하는 실천적 주체다. 창작 주체는 엄밀한 의미에서 학습자인데, 여기에서의 학습자는 교실에서 교사를 통해 지식을 전수 받는 학습자의 범주를 뛰어넘는다. 창작 주체는 이제 막 습작을 시작한 초보적인 단계의 주체에서부터 문단에 등단하고 어느 정도 인정을 받은 전문적인 단계의 주체까지를 포괄한다. 이 두 수준의 주체 사이의 간극이 너무 크다는 이의가 제기되는 것은 당연하다. 두 수준의 주체를 한꺼번에 같은 층위에서 언급하기 위해서는 많은 단계를 생략해야 하기 때문이다. 그러나 비록 간격이 벌어진다 하더라도 두 수준의 주체가 창작을 행하는 이유는 같다. 그들은 모두 글쓰기를 통해 나름의 성취감이나 기쁨을 얻는다.

창작 주체는 개별성을 가지고 있는 존재다. 그러므로 각 개체는 여러 가지 다양한 조건을 가지고 있다. 창작에 관심이 있는 주체와 그렇지 않은 주체, 창작을 할 만한 능력에 도달한 주체와 기초적인 것부터 새로 습득해야 하는 주체 등등. 그러나 그러한 개체적 특성 못지 않게 그들이 동시대를 살아가며 지니게 되는 집단적 특성에 주목해야 한다. 이상적 교육에서는 각 개체에 대한 개별적 교육을 지향하지만, 현실적으로 그것은 이루어지기 어려울 뿐만 아니라 보편성을 획득하기 위해서는 집단적 특성을 고려해야 하기 때문이다. 그러므로 창작 교육에서 창작 주체에 접근할 때에는 이러한 집단적 특성에 초점을 맞추고 개체적 특성은 교육적 실천 국면에서 세밀하게 살피는 것이 생산적이다.

창작 교육은 창작 주체가 자신이 처한 세계의 조건을 파악하고 자신의 여러 경험을 글로 옮기는 과정과 일정한 관련을 맺는다. 창작 주체가 처한 세계는 창작 주체가 호흡하고 있는 동시대적 세계를 의미한다. 동시대적 세계는 시간적, 공간적으로 동일한 공간에 있는 세계만을 지칭하지 않는다. 시간적, 공간적으로 멀어져 있는 세계라 하더라도 창작 주체가 자신의 세계 속으로 수용해 들여온다면 동시대적 세계 속에 편입될 수 있다. 예컨대 김소월이나 한용운 등은 지금 이 공간 속에 자리잡고 있는 시인이 아니지만, 창작 주체가 즐겨 그들의 시를 애송하고, 그들의 시 세계에 대해 언급하며, 그들에 대해 깊은 애정을 가지고 있다고 한다면, 그 창작 주체에게 김소월과 한용운의 시는 의미 있는 세계의 현상이 된다. 그랬을 때, 21세기에 발을 올려 놓고 있는 창작 주체의 동시대적 세계 속에 김소월과 한용운의 작품이 한 구획을 차지하게 되는 것이다. 이러한 관점으로 세계를 바라보면, 더욱 다양한 세계의 모습을 수용할 수 있게 된다. 한 창작 주체가 전혀 성격이 다른 여러 문학 작품을 좋아하고 향유하는 현상도 이러한 관점에서 보면 매우 자연스럽다.

창작 교육과 창작 주체, 그리고 창작 주체가 처한 동시대적 세계의 개념에 대해서 간단히 살펴보았다. 그렇다면 이제 창작 주체가 왜 창작을 하

서재에서 글을 쓰고 있는 고은 시인

는가에 대해 생각해 보기로 하자. 많은 창작 주체는 자신이 창작을 하면서 기쁨과 함께 고통을 느꼈다고 토로한다. 창작은 기본적으로 자신의 내면 고백이다. 그 내면의 고백이 원하는 갈래로, 원하는 정도만큼 표현되기 위해서는 창작 주체 나름의 훈련이 필요하다. 창작 교육에서는 그 훈련을 일정한 프로그램과 계획에 의거해 창작 주체에게 제시한다. 물론 창작 주체가 훈련을 마쳤다고 해서 창작 행위에 전혀 어려움을 느끼지 않을 거라고 가정하는 것은 어리석다. 창작 행위에 수반되는 고통 또한 창작 주체가 창작을 하는 이유 중의 하나이기 때문이다. 창작 교육에 대한 설계도를 광범위하고도 구체적으로 제시하게 되면 창작에 흥미를 가지고 있는 창작 주체를 발굴할 가능성이 높아진다. 자신이 창작을 잘 할 수 있다는 자신감이 끊임없는 관심으로 연결되고, 그를 통해 지속적으로 창작 행위를 수행하는 수준 높은 주체로 성장할 가능성이 높아지리라는 것은 당연하다.

　훈련을 통해서 창작 행위를 지속하는 주체를 키워낼 수 없다 하더라도 창작 주체는 창작 행위를 통해 일종의 위안을 얻을 수 있다. 「임금님 귀는 당나귀 귀」 이야기는 우리에게 인간의 표현 욕구가 얼마나 참기 힘든 욕구인지를 가르쳐 준다. 한편으로 이 이야기는 표현 욕구를 해소하느냐 못하느냐 하는 점이 인간의 정신 건강에 얼마나 커다란 영향을 미치는지에 대해서도 보여 주고 있다. 창작 행위는 치료 효과를 동반한다. 음악을 통해, 향기를 통해 육체적, 정신적 질병을 치유할 수 있다는 연구 결과는 이미 널리 검증된 바 있다. 그리하여 음악 요법이나 향기 요법 '치료사'라는 전문적인 직업도 생겼고, 일반 병원에서 그러한 요법을 병행하는 사례도 소개되곤 한다. 창작 또한 음악이나 향기를 통한 치료 요법과 마찬가지로 창작 주체에게 내면을 솔직하게 혹은 상징적으로 고백하게 함으로써 정신적인 치유 효과를 가져온다. 자전적 글쓰기 양식이 이 시대에 이처럼 확산되는 건 창작의 이러한 효과와 무관하지 않다.

　창작 교육은 격변하는 세계와도 관련을 맺는다. 하루하루가 다르게 변모해 가는 세계 속에서 개인은 쉽게 좌표를 잃는다. 오늘의 목표가 내일까지 지속되지 못하리라는 좌절에 휩싸일 수도 있고, 한 개인의 힘으로 세계의 빠른 속도를 감당해 낼 수 없다는 불안감에도 맞닥뜨리게 된다. 창작 주체는 격변하는 세계 속에서 흔들리는 개인으로 서 있을 것이 아니라, 정체성을 가진 작은 거인으로 튼튼하게 두 발을 세계 속에 버티고 서 있어야 한다. 그런 의미에서 창작 교육은 창작 주체의 주체다움을 지탱해 주는 버팀목의 기능을 담당할 수 있다.

창작 주체는 자신의 글 속에 세계를 담아 낸다. 그 세계는 창작 주체가 존재하는 세계의 전모가 아니라 창작 주체의 사고 작용을 통해 걸러진 세계다. 그러므로 창작 주체가 세계에 대해 어떤 인식을 하느냐가 중요한 문제로 부각된다. 물론 어떻게 인식하든 간에 그것은 작품 속에서 독특한 양상을 띠며 존재하기 마련이다. 그러나 세계의 억압적 힘에 굴복해 스스로 세계 내의 비굴한 존재로 전락하게 되면 세계의 거대한 모습을 인식하는 건 영원히 불가능하다. 세계를 자신의 의지대로 변혁할 힘은 가지고 있지 못하지만 눈을 부릅뜨고 세계의 변모하는 양상을 지켜볼 때라야, 진정한 의미에서의 주체다움을 획득할 수 있다. 이 주체다움은 주체의 정체성 확립과 관련을 맺는다.

정체성 또한 앞에서 언급한 창작 교육이나 창작 주체처럼 매우 다양한 스펙트럼을 갖는 개념이다. 창작 교육에서 주목하는 정체성은 인간다움 내지는 자율성과 긴밀한 관련을 맺고 있다. 정체성을 확립한 주체는 자율성을 지닌 진정한 의미에서의 인간이어야 하는 것이다. 미래 사회의 글쓰기를 언급하면서 컴퓨터가 창작 활동을 행할 가능성에 대해 예견하고 있는 글을 읽어 본 적이 있을 것이다. 오늘날 세계의 변화 폭은 인간으로서는 점점 예측할 수 없는 것이 되고 있다. 이 때문에 인간 정신 활동의 영역에 컴퓨터가 도입될 것이라는 전망이 자연스럽게, 긍정적으로 검토되고 있다. 창작에 필요한 몇몇 소재와 주제와 스토리와 기법, 스타일 등을 입력한 뒤 원하는 주제와 스타일을 명령하면 컴퓨터가 작성한 몇몇 작품이 제시될 것이고, 인간은 그 중에서 원하는 작품을 선정하기만 하면 창작 행위가 완료된다는 것이다. 이렇게 되면 장편 소설의 경우 스토리라인이 깨어져 앞뒤 글이 서로 모순을 일으킬 염려도 없고, 시의 경우 표현 한두 개를 찾기 위해 고통스런 새벽을 맞이해야 하는 시간 낭비(?)를 할 필요도 없다는 것이다. 그야말로 기계 문명 시대에 어울리는 깔끔하고 간편한 활동이며 사고다. 이런 현상 앞에서 그러나 인간은 절망할 수 있다. 컴퓨터가 인간의 창조적인 활동까지도 척척 해내는 상황에서 인간이 할 수 있는 일은 아무것도 없다는 인식을 하게 될 가능성이 커지기 때문이다.

그러나 창작 교육의 측면에서 바라본다면 세계는 이렇게 절망적이지만은 않다. 창작 교육에서 육성하고자 하는 주체는 정체성을 확립한 주체다. 설사 컴퓨터가 모든 일을 할 수 있는 세계가 펼쳐진다고 하더라도 주체는 컴퓨터에 의존하지 않는다. 컴퓨터의 능력이 인간보다 월등하다고 인정하고 좌절하기보다는 컴퓨터의 기계적 속성을 비판하고 증오할 것이다. 그리하여 스스로 인간다움을 회복할 수 있는 방법을 모색하게 된다. 이것이 바로 자율성을 지닌 인간의 속성이다. 컴퓨터도 결국은 하나의 수단에 지나지 않는다. 인간 고유의 창조성과 자율성을 획득할 수 있는 존재는 되지 못한다. 그런 인식을 통해 창작 주체는 인간이 건설할 세계의 모습을 조망한다. 인간의 창조적이고 자율적인 능력이 극대화되는 세계, 자연과 문명이 공존하면서 서로 조화롭게 살아가는 세계. 그런 세계를 자신의 작품 속에 그려낼 것이며, 그런 세계를 맞이하기 위해 타파해 나가야 할 것들을 작품 속에서 제시한다.

물론 이러한 전망은 지극히 이상적이라고 비판받을 소지가 있다. 그러나 획일화된 교육이 획일화된 사고를 낳음은 경험을 통해 이미 체득하고 있는 바다. 헐리우드의 영화나 디즈니의 만화를 보면서 우리는 왜 저런 상상력을 발휘하지 못하는 것일까 좌절한 경험이 있을 것이다. 그 때마다 늘 교육이 문제점으로 제시되곤 했다. 창조적인 사고를 발휘할 수 있는 교육, 다양한 생각을 전개하고 그것을 실천할 수 있게 하는 교육이 없는 상황에서 결과물만 가지고 잘잘못을 가릴 수는 없는 일이다. 창작 교육은 이러한 현재의 교육에 하나의 대안을 제시한다.

창작은 혼자만의 자율적인 행위다. 작품을 구상하고 구성하는 것은 어디까지나 창작 주체 개인의 몫이다. 최종적인 결과물에 대해 검증하고 평가하는 것 또한 창작 주체가 감당해야 할 몫이다. 물론 그 과정에서 작품을 생산해 본 경험이 있는 사람이나, 작품에 대한 탁월한 안목을 가지고 있는 이의 도움을 받을 수는 있을 것이다. 그러나 그들의 도움이 결정적 역할을 하지는 않는다. 그들의 의견을 수용할 것이냐 말 것이냐 하는 문제는 창작 주체가 최종적으로 결정해야 할 사항이기 때문이다.

창작 교육은 이처럼 개인적인 작업을 고무하고 격려하는 역할을 담당한다. 창작 교육에서 지향하는 글쓰기는 집단 창작이나 공동 집필과 같은 글쓰기가 아니다. 작품을 생산하는 방법을 터득하기 위해 때로 그러한 연습을 해 볼 수는 있을 것이다. 그러나 근본적으로 창작 교육은 창작 주체의 자율적이고 능동적인 행위를 토대로 해서 이루어진다는 사실을 간과해서는 안 된다.

그렇다면 창작 교육을 통해 무엇을 할 수 있을 것인가. 이 질문은 위의 왜 하는가 라는 질문과 거의 유사하지 않느냐고 반문할 이도 있을 것이다. 이 둘은 구체적인 답변을 제시하다 보면 겹치는 부분이 생긴다. 그러나 왜 하는가가 창작 교육이 무엇 때문에 필요한지에 대한 답변을 추구한다면 무엇을 할 수 있는가는 창작 교육이 어떤 가능성을 가지고 있는지에 대한 답변을 요구한다는 점에서 서로 다르다. 그러므로 이 두 가지 질문에 대해 명확하게 답변해 낼 수 있을 때, 진정한 의미에서 창작 교육의 존재 이유를 밝힐 수 있을 것이다.

창작 교육을 통해 무엇을 할 수 있는가를 점검하기 위해서는 창작 교육의 방향과 전망이라는 두 차원에서 접근할 필요가 있다. 창작 교육의 방향은 지금까지의 창작 교육의 문제점을 되짚어 보고 그것을 타파하기 위해서는 어떤 방안을 강구해야 하는지에 대한 논의다. 그리고 창작 교육의 전망은 그야말로 창작 교육이 끊임없이 지속되기 위해서는 어떤 형태로 진행되어야 할 것인지에 대한 예측이라고 할 수 있다. 엄밀하게 말하면 창작 교육의 방향과 전망은 서로 단단히 매듭지어져 있다. 그러므로 이 둘을 구분해서 보는 것 자체가 무의미하다고 판단할 수 있다. 하지만 좀더 구체적으로 이야기를 이끌어가기 위해 다소 무리는 따르지만 나누어서 검토해 보기로 하겠다.

먼저 창작 교육의 방향부터 살펴보기로 하자. 지금까지의 창작 교육은 문학 이론에서 필요한 지식을 창작 주체에게 가르치고 창작 주체에게 지속적인 습작을 하게 하는 방식으로 전개되었다. 물론 이것도 창작 교육의 가능한 한 방법임에 틀림없다. 그러나 창작 교육을 이런 방식으로 지속하다간, 창작 교육 나름의 이론을 정립하는 일이 요원해지고 만다. 문학 교육 이론을 정립하기 위해서 문학 이론을 탈피하려 했던 것처럼, 창작 교육 이론 또한 문학 이론을 탈피하지 않으면 안 되는 것이다.

그렇다면 창작 교육의 이론화는 어떻게 가능할 것인가. 일단 지나친 욕심을 버려야 한다. 한 쾌에 모든 것을 끝내고 말리라는 원대한 포부는 학문을 논하는 자리에서는 그야말로 포부일 뿐이다. 차근차근 정해진 수순을 밟아 가는 일이 필요하다. 예컨대 작은 개념 하나하나를 다시 점검하고 기존의 개념을 창작 교육이라는 큰 틀에서 어떻게 활용할 수 있을 것인지에 대한 세밀한 고찰이 따라야 한다. 이는 논의의 대상을 한정하는 과정에서 더욱 구체화된다. 즉 창작 교육에서도 시 교육, 시 교육에서도 이미지, 운율, 주제, 또 그 속에서도 무엇 하는 식으로 논의의 대상을 점차 한정해야 한다. 물론 거시적인 차원에서 전체 틀을 조감하는 것도 매우 중요한 작업임에 틀림없다. 그를 통해 창작 교육의 성격을 파악하고 전체 상을 머리 속에 그릴 수 있을 것이기 때문이다. 그러나 모든 관심이 거시적인 차원으로 몰려서는 창작 교육의 원론만 존재할 뿐 구체적인 방법론이 도출될 수 없다. 창작 교육에 관심을 가지고 있는 이 모두가 구체적인 방법론에 몰두할 필요는 없지만, 많은 이가 세부적인 개념이나 효과, 표현 방법 등에 대한 관심을 기울여야 다양한 방법론이 모색될 수 있다.

창작 교육은 또한 여러 학문과의 관련성을 검토하는 자리에서 진정한 의미를 획득한다. 문학 교육이 '문학+교육학'의 단순 조합으로 이루어진 것이 아니듯이 창작 교육 또한 '문학+교육학+창작 과정'의 단순한 결합이 아니다. 창작 교육이 제대로 연구되지 못한 그간의 사정은 이러한 인식과 관련이 있다. 창작 교육의 발전을 위해서는 거기에서 고려해야 할 개념과 창작 주체의 성격, 세계의 조건 등을 파악할 수 있는 이론적 보완이 필요하다. 이를 위해서는 다양한 방법이 모색되어야 하는데, 이 과정에서 도움을 줄 수 있는 것이 타학문의 검토 및 그 관련성에 대한 접근이다. 사회학, 인지 심리학, 철학 등의 여러 학문과 문학, 교육학, 창작 과정이 결합할 때 더욱 다양하고 풍부한 방법론이 도출될 수 있다. 이는 지극히 상식적인 언급이지만 창작 교육에 대해 논의하는 자리에서 쉽게 간과되는 경향이 있다.

한편 창작 교육은 쓰기 교육의 전체 틀과 무관하지 않다. 창작 행위 자체가 글쓰기 행위의 한 부분이기 때문이다. 지금까지 쓰기 교육은 국어 교육의 한 범주로서 주로 기능 차원에서 논의되어 왔다. 그러나 아직 부분적이긴 하지만 문학 분야에서 쓰기와 관련해 다양한 이론이 접맥되고 있는 것처럼, 쓰기 교육도 다양한 학문이나 여러 관점과 연결되어야 한다. 실용문을 어떻게 쓸 것인가 하는 식의 논의는 쓰기 교육의 진정한 본질을 파악하는 데 도움을 주지 못한다. 그러므로 쓰기 교육은 교육의 진정한 국면에서 재정립될 필요가 있다. 이를 위해서는 창작 교육, 작문 교육, 쓰기 교육의 모든 부분을 통합해 표현 차원에서 재구성하는 작업이 이루어져야 한다. 모든 글쓰기 행위와 관련되는 부분에 대한 총체적인 점검이 이루어져야 하는 것이다. 그렇게 되면 쓰기 교육에서 쓰기 활동이 인간 사고와 어떤 관련을 맺고 있으며, 그 활동이 인간의 육성에 어떤 영향을 미치는지 고려할 수 있게 된다. 그리하여 단순히 효과적인 몇몇 기능을 습득시키는 것이 아니라 진정한 주체로 성장할 수 있는 인간을 육성해 낼 수 있는 교육 방안이 마련될 수 있을 것이다. 이는 교육의 본래 목적에도 부합된다는 점에서 쓰기 교육의 본질을 회복하기 위한 방안이라고 할 수 있다.

　창작 교육의 전망은 창작 교육에 대한 예측과 맞물린다고 앞에서 밝힌 바 있다. 창작 교육에 대한 예측은 창작 주체와 미래 사회에 대한 예측으로 연결된다. 미래 사회는 매체와 정보가 보이지 않는 관계를 형성하는 속에서 구축될 것이다. 무수히 많은 정보가 매체를 통해 주체에게 공급될 것이며, 주체는 그 속에서 자신에게 의미가 있는 정보를 취사 선택해 자신만의 세계를 구축할 것이다. 그러므로 주체를 둘러싸고 있는 세계는 지극히 협소한 것일 수밖에 없는데, 창작 교육을 통해 이러한 세계가 확대되는 효과를 거둘 수 있다. 여러 창작 주체의 경험을 조합하는 과정에서 거대한 세계의 진면목을 파악할 수 있게 되기 때문이다. 창작 주체의 경험을 조합하는 일은 여러 과정을 통해 이루어진다. 한 창작 주체가 글을 쓰면서 수집하는 정보 속에 다른 창작 주체의 경험이 담길 수도 있으며, 창작 주체의 글을 다른 사람과 함께 읽는 과정에서 다른 창작 주체의 경험이 삽입될 수도 있고, 창작 주체 스스로가 자신의 경험의 방향을 다른 쪽으로 틀어서 작품 속에 투영할 수도 있다. 중요한 것은 그러한 경험의 조합이 세계에 대한 나름의 안목을 수립하는 데 도움을 준다는 것이다. 그러므로 창작 교육은 궁극적으로 인간 교육, 삶의 교육과 밀접한 관련을 맺는다. 미약한 한 인간일 뿐인 창작 주체의 홀로서기 프로그램, 이것이 창작 교육의 본질인 것이다.

생각할 거리

1. 창작 교육이 필요한 이유는 무엇인지 생각해 보자.

2. 창작 교육을 통해 얻을 수 있는 교육적 효과는 무엇인지 생각해 보자.

3. 창작 교육이 인간 교육이나 삶의 교육과 연결된다면, 교수-학습 과정이나 목표 수립 단계에서 고려해야 할 사항에는 어떤 것들이 있을지 생각해 보자.

시(詩)의 자기동일성

—숨과 꿈

　시를 쓰는 사람으로서 말씀드리자면, 시에 대해서 <생각>하는 것은 가장 적절하지 못한 일 중의 하나일 것입니다. 시는 우리가 그것에 대해 생각하기 전에 이미 있는 것이고, 그것에 대해 생각하기 전에 시는 우리에게 오며, 그것에 대해 생각하기 전에 우리는 시 속에 살고 또 시는 우리 속에서 살고 있기 때문입니다. 그것은 마치 나무가 공기나 햇빛 또는 물에 대해서 생각하지 않지만 나무는 그것들 속에서, 그것들에 의해서 사는 것과 마찬가지입니다. 우리가 시를 읽는다는 것(넓게는 독서행위)은 물론 나무의 경우처럼 순전히 수동적인 일은 아닙니다. 읽는다는 것은 우리가 작품을 읽는다는 이야기이고 수동적이라는 것은 우리가 작품에 의해서 겪는 변화를 두고 하는 말입니다. 그러나 이 때의 수동성은 얼마나 능동적인 일입니까. 우주나 자연이 그것을 읽어 내는 사람의 것이듯 시도 그것을 읽어 내는 사람의 것이기 때문입니다. 다시 말하면 자연이 그 속에 수많은 작은 태(胎)와 씨앗을 품고 있는 하나의 커다란 태이듯 시의 공간은 우리를 새로 태어나게 하는 태이며 씨앗입니다. 특히 시의 언어는 다른 종류의 언어에 비해 이러한 태의 성질을 가지고 있습니다. 우리가 시를 읽을 때 감동한다는 것, 시를 읽을 때 우리의 감정과 의식이 팽

---

11) 이 글은 1982년 10월 스웨덴의 스톡홀름대학 및 핀란드의 헬싱키 대학에서 발표한 것이다.

창한다는 것은 (아이를 밴 배에 대한 연상을 통해서 구체적으로 지각할 수 있듯이) 시적 언어의 공간이 우리를 뱄다는 이야기이며 그리하여 우리가 새로 태어난다는 말에 다름 아닙니다. 시는 새로운 존재의 모태입니다. 그리고 옛날이나 지금이나, 아니 오늘날에는 더욱더 사람의 새로운 탄생에 대한 요구는 우리의 가장 강력한 요구로 남아 있습니다. 이것은 우리의 삶과 세계가 살 만한 과정이며 살 만한 자리이기를 바라는 모든 사람들의 꿈일 것입니다.

앞에서 시에 대해서 생각한다는 것은 적절하지 않은 일이라고 한 말은 위에서 얘기한 시의 자기동일성과 관련이 있는 얘기입니다만, 그렇다면 시와 우리와의 접촉 양상을 드러내는 가장 적절한 말은 무엇일까요. 나는 이렇게 말하고자 합니다……우리는 시를 숨쉰다고. 우리는 시를 읽는다기보다는 시를 숨쉽니다. 시를 숨쉰다는 것은 나의 개인적인 체험으로는, 그 말 이외의 다른 말로 설명될 수 없는 말입니다만, 그래도 그렇게 말하는 까닭을 이야기해 볼까 합니다.

숨은 말할 것도 없이 생명의 가장 확실한 징표입니다. 모든 살아 있는 것은 숨을 쉰다는 것이 생물학적 진실이니까요. 그러나 우리가 여기서 말하고 있는 숨의 뜻은, 짐작하셨겠지만, 마음의 차원과 사회적 차원을 다 가지고 있습니다. 말하자면 은유적인 의미를 가지고 있습니다. 우리는 무슨 일이 잘 안되거나 살기가 어려울 때 답답하거나 숨막힌다고 말합니다. 또 곤경에 처하거나 급박한 상황 또는 어떤 일의 와중에서 잠시 벗어날 때 우리는 한숨 돌린다, 숨통이 나온다고 말합니다. 말하자면 심리적 억압이나 육체적 긴장 또는 사회적 억압으로부터 해방되는 순간이지요. 마음 안팎의 답답한 상태, 나쁜 상태로부터 벗어나는 순간입니다. 무거움으로부터의 해방이지요. 마치 무용가가 높이 뛰어올라 도약의 정점에 이를 때 중력으로부터 해방되듯이 시는 우리의 마음에 숨을 불어 넣어 정신으로 하여금 용약하게 함으로써 우리를 무거움에서 해방합니다. 모든 예술이 다 그렇겠습니다만, 시는 우리로 하여금 그러한 해방이나 열림의 순간을 체험케 하기 때문에 우리는 시를 자유의 숨결이라고 말할 수 있습니다. 그래서 숨이란 또 활기의 다른 이름입니다. 우리는 살아가면서, 개인적으로든 사회적으로든 좌절과 정체를 경험합니다. 또 일반적으로 우리의 의식과 감각은 무디어지고 타성적이 되기 쉬운 경향이 있습니다. 이 경향 속에서는 자기방어를 위한 무의식적 고의가 들어 있다고 할 수도 있습니다. 사람의 삶이 유지해야 할 마땅한 수준에 비추어 보아 그러한 상태는 나쁜 상태임에 틀림없습니다. 우리나라에서는, 죽은 고기는 물결에 실려 떠 내려가고 산 고기는 물결을 거슬러 올라간다는 얘기가 있고, 괴테는 『젊은 베르테르의 슬픔』에서 이 세상을 나쁘게 만드는 것은 어떤 간악한 의도보다도 오히려 오해와 타성이라는 내용의 말을 하고 있습니다. 우리가 죽음이라는 말을 쓸 때, 그것은 사실적인 의미로 쓰이기도 하고 은유적인 의미로 쓰이기도 합니다만, 오늘날 우리는 세계의 도처에서 죽음을 봅니다. 실제 죽음은 물론 산 죽음이라고 할 수 있는 현상도 미만해 있습니다. 우리의 의식과 감수성이 충분히 신선하고 민감할 때 우리가 정말 살아 있는 것이라고 한다면 시는 이러한 신선함과 민감성을 회복시키는 숨결입니다. 시는 우리를 마비시키는 모든 것에 대한 저항이기 때문에 우리는 시를 또한 생명의 숨결이라고 말할 수 있습니다. 바람이 우주의 숨이듯 시는 우리의 마음을 바람처럼 움직여 우리를 활력 속으로 열어 놓으며 그래서 세상의 생기의 원천이 되어 왔습니다. 그래서 숨은 또한 정신의 기운, 자체를 일컬으며 심신의 역동적 움직임을 구체적으로 (감각적으로) 느낄 수 있게 하는 말이기도 합니다. 그리고 시는 인간의 문명과 제도와 이데올로기에 의해 왜곡되고 쭈그러든 원초적 자아가 회생(回生)하는 공간이기 때문에 또한 자연의 숨결이기도 합니다.

우리는 시를 읽는다기보다는 시를 숨쉰다고 말하는 것도 위와 같은 연유에서이며 그래서 시를 산다는 말도 가능해집니다.

그런데 숲이 산소의 원천이듯이, 시의 숨의 원천, 따라서 우리의 숨의 원천이 꿈입니다. 한국어의 '꿈'이라는 말은 상상, 몽상, 이상, 비전, 잠자면서 꾸는 꿈, 야심 등의 말들이 뜻하는 의미들을 모두 함축하고 있는 말입니다. 그러니까 그 말이 놓여 있는 문맥에 따라서 뉘앙스가 달라지겠지만, 의미의 층이 그만큼 두터운 말도 흔하지 않을 것입니다.

돌이켜보면 나는 그 동안 꿈이라는 말을 되풀이해서 써 왔습니다. 약 10년 전 나는 「사물의 꿈」이라는 일련의 작품을 발표하기 시작했고 그 제목이 의미하는 바를 에세이로 쓰기도 했습니다. 그 때의 나의 믿음은 사물의 꿈이 곧 나의 꿈이라는 것이었습니다. 즉, 나의 시적 대상들, 내가 노래하는 것들—그게 한 그루 나무이든 사회적 사건이든 아니면 정신적 미덕이든지 간에—은 나를 통해서 그들의 꿈을 실현한다는 것입니다. 또 달리 말해 본다면 나는 나 자신이 내가 노래하는 <그것>이 되어야 한다는 이야기도 됩니다. 옛날 중국의 어떤 화가는 나무를 그리기 전에 자기 자신이 나무가 되기 위해, 나무가 될 때까지 나무를 바라보았다고 합니다만(사실 동양의 선사나 서양의 신비가들에게 있어서 진리를 터득하거나 신을 만나는 데 있어서 '본다'는 것은 매우 중요한 방법이며 과정이었습니다) 그러나 사실상 그것은 불가능합니다. 또 내가 나무가 되면 나는 나무를 그릴 수 없게 됩니다. 나 자신 내가 노래하는 그것이 될 수 없다는 사정 때문에 나는 한때 매우 슬퍼했었고 그것이 또 시인의 비극이라고까지 생각한 적이 있습니다만, 그러나 실은 이 지점에서 시는 탄생합니다.

앞에서 내가 나무가 되는 것은 사실상 불가능하다는 말을 했습니다만, 그러나 그것이 유추적으로는 가능합니다. 시의 언어를 유추적 언어라고 하는 것은 잘 알려진 얘기입니다만, 내가 나이면서 동시에 나무일 수 있는 공간이 시의 공간입니다. 시를 가리켜 예술과 역사, 인간과 자연, 성(聖)과 속(俗)을 연결하는 다리라고 하는 까닭도 그런 데 있을 것입니다.

그런데 그런 융합을 가능하게 하는 것이 꿈 또는 상상입니다. 상상의 구체성이 육체에 의해 획득되듯이 꿈은 현실의 소산이라는 점 때문에 그 구체성을 획득합니다. 즉 꿈의 뿌리는 역사 속에 박혀 있으며 그리고 꿈이 아름답다면 그것이 꿈이 역사=결핍으로부터 양분을 빨아올리고 있기 때문일 것입니다. 이것이 우리 삶의 비극적 구조이기도 합니다.

한용운의 작품에 「님의 침묵」이라는 게 있습니다.

님은 갔습니다. 아아, 사랑하는 나의 님은 갔습니다.

푸른 산 빛을 깨치고 단풍나무 숲을 향하여 난 작은 길을 걸어서 차마 떨치고 갔습니다.

황금의 꽃 같이 굳고 빛나던 옛 맹세는 차디찬 티끌이 되어서 한숨의 미풍에 날아갔습니다.

날카로운 첫 키스의 추억은 나의 운명의 指針을 돌려 놓고 뒷걸음쳐서 사라졌습니다.

나는 향기로운 님의 말소리에 귀먹고 꽃다운 님의 얼굴에 눈멀었습니다.

사랑도 사람의 일이라 만날 때에 미처 떠날 것을 염려하고 경계하지 아니한 것은 아니지만, 이별은 뜻밖의 일이 되고 놀란 가슴은 새로운 슬픔에 터집니다.

그러나 이별을 쓸데없는 눈물의 원천으로 만들고 마는 것은, 스스로 사랑을 깨치는 것인 줄 아는 까닭에, 걷잡을 수 없는 슬픔의 힘을 옮겨서 새 희망의 정수배기에 들어 부었습니다. 우리는 만날 때에 떠날 것을 염려하는 것과 같이 떠날 때에 다시 만날 것을 믿습니다.

아아, 님은 갔지마는 나는 님을 보내지 아니하였습니다.

제 곡조를 못이기는 사랑의 노래는 님의 침묵을 휩싸고 돕니다.

마지막 구절 "제 곡조를 못이기는 사랑의 노래는 님의 침묵을 휩싸고 돕니다"에 주목하기 위해서 작품 전부를 옮겨 보았습니다만, '사랑의 노래'는 「님의 침묵」이 낳은 것입니다. 님은 있을 터이지만 침묵하고 있기 때문에 우리는 님을 들을 수 없고 볼 수 없습니다. 이 시인의 작품에서 님은 있어야 하는데 없는 것, 부재하는 어떤 것, 결핍을 표상하는 것이라고 볼 수 있습니다만, 님을 들을 수 없고 볼 수 없기 때문에, 님이 부재하기 때문에, 있어야 하는 것이 없기 때문에 시인의 사랑의 노래는 걷잡을 수 없이 흘러나와 결핍을 휩싸고 돕니다. 장차 님을 만날 것을 믿는 믿음의 근거는 다름이 아니라 님의 침묵을 휩싸고 도는 사랑의 노래—꿈 때문입니다. 꿈은 움직임이며 행동입니다. 시를 쓰는 것은 그러니까 님을 부르는 주술이며, 님이 오도록 길을 놓는 행위이며, 없음과 있음 사이에 다리를 놓는 일입니다. 이 꿈이 낳은 노래의 숨결은 마침내 그 노래를 듣는 사람의 영혼에 스며들어 우리로 하여금 꿈의 육화에 참여하게 합니다. 이것은 개념적으로 생각하면 결핍의 고통을 나누는 일이겠습니다만, 시를 읽는 순간 우리는 니체가 음악과 춤에 부여한 의미—개별성의 소멸 속에 들어 있는 기쁨을 느낍니다.

우리의 삶은 있는 것과 있어야 하는 것 사이의 긴장입니다. 그러나 아이러니컬하게도 있어야 하는 것은 있는 것으로부터 나옵니다. 있는 것을 있는 그대로 볼 때 그것은 있어야 하는 것을 낳기 시작합니다. 앞에서 우리는 사물의 꿈에 대해 얘기했습니다만, 우리의 꿈이 정당성과 구체성을 획득하는 것은 그것이 구체적인 사물과 역사 속에서 뿌리박고 있기 때문입니다. 꿈은 그러니까 있는 것과 있어야 하는 것 사이에 있는 어떤 공간이며, 시가 꿈의 소산이라고 할 때 그것은 있는 것과 있어야 하는 것을 연결하는 운동이며 접합의 현장입니다.

결핍은 괴로움이고 충족은 기쁨입니다. 우리의 삶과 역사가 괴로운 것이라면 그것은 뭔가 결핍되어 있기 때문에 그럴 터인데, 이 결핍은 그러나 우리로 하여금 꿈꾸게 하고 노래 부르게 하며, 여기에 노래의 위태성이 있습니다. 우리의 삶은 가난하더라도 꿈은 가난한 법이 없으며 그것이 노래인 한 그것은 슬픔의 꿈을 충족시키며 기쁨의 아늑함으로 둘러싸여 있습니다.

모든 창조행위가 그렇겠습니다만, 시를 쓰는 일은 어렵고 괴로운 일입니다. 이 괴로움은 사물의 꿈이 곧 나의 꿈이고자 할 때 오는 것입니다. 또 달리 말해 보자면 예컨대 우리가 자유를 그리워하고 평화를 그리워하고 사랑과 정의를 그리워할 때 그리고 시인이 그 그리움을 노래할 때, 시인 자신이 다름 아니라 자유요 사랑이요 평화이어야 하기 때문에 시를 쓰는 일은 괴로운 일입니다. 또 달리 말해 보자면 시는 모순과 갈등이 부딪쳐서 화해하는 현장이며 이것과 저것, 있는 것과 있어야 하는 것이 만나는 현장입니다. 부딪치면 아프고 화해하면 기쁩니다. 시인의 고통을 '이상한 기쁨'이라고 말할 수 있는 이유가 여기에 있습니다.

현실과 역사는 끊임없이 우리의 꿈의 실현을 유예하면서 밀애화하지만 지복(至福)의 순간을 허락하는 시는 우리의 현재를 탈환하고 회복합니다.

참고 문헌

강은교 외, 『나는 왜 문학을 하는가—중견 문인 50인이 말하는 문학을 할 수밖에 없는 이유』, 문학사상사, 1993.

김기림, 『김기림 전집 2—시론』, 심설당, 1988.

김기진, 「단편 서사시의 길로—우리의 시의 양식 문제에 대하여」, 임규찬·한기형 편, 『카프비평자료총서 Ⅲ—제1차 방향전환과 대중화 논쟁』, 태학사, 1990.

김남희, 「현대시 수용에 관한 문화 기술적 연구—고등학생 독자를 중심으로」, 서울대 대학원, 1997.

김대행, 『한국시가구조연구』, 삼영사, 1975.

_____, 『한국시의 전통 연구』, 개문사, 1980.

_____, 「손가락과 달—시조 형식을 통해 본 문학 교육의 지표론」, 『운당구인환교수 정년퇴임기념논문집』, 1995.

_____, 『국어교과학의 지평』, 서울대 출판부, 1995.

_____, 「국어과교육의 목표와 영역」, 『선청어문』 25, 서울대 국어교육과, 1997.

_____ 외, 『문학교육원론』, 서울대 출판부, 2000.

김동환, 「1930년대 말기의 산문 정신과 글쓰기의 유형」, 『국어교육연구』 창간호, 서울대 국어교육연구소, 1994.

김수영, 『김수영전집』 2, 민음사, 1981.

김영무, 「생태학적 상상력: 참인간의 생물학적 유전적 운명」, 『녹색평론』, 1994, 3/4.

김용직, 『현대시원론』, 학연사, 1988.

김은전, 『한국 현대시의 탐구』, 태학사, 1996.

김재홍, 『한국현대시인연구』, 일지사, 1986.

김준오,『시론』, 문장, 1982.

_____,「문학사와 패러디 시학」,『한국 현대시와 패러디』, 현대미학사, 1996.

김중신,『소설감상방법론연구』, 서울대 출판부, 1995.

_____,「자아 성장과 문학 교수-학습」,『문학 교수-학습 방법론』, 삼지원, 1998.

김창원,『시교육과 텍스트 해석』, 서울대 출판부, 1995.

김 현 편,『쟝르의 이론』, 문학과지성사, 1987.

김형수,「서정시의 운명을 밝히는 사실주의」,『한길문학』, 1991 여름.

김화영,『문학 상상력의 연구-알베르 카뮈의 문학세계』, 문학동네, 1998.

서울대 국어교육연구소,『국어교육학사전』, 대교출판, 1999.

송희복,「생명 문학의 현황과 가능성」,『생명 문학과 존재의 심연』, 좋은날, 1998.

신경림,「내 시에 얽힌 이야기들」, 윤여탁 엮음,『나의 시, 나의 시학』, 공동체,
        1992.

_____,「나는 왜 시를 쓰는가」, 최동호 편저,『현대시창작법』, 집문당, 1997.

오성호,「시에 있어서의 리얼리즘 문제에 관한 시론」,『실천문학』, 1991 봄.

오세영,「시란 무엇인가」, 현대문학사 편,『시론』, 1989.

_____,『한국 현대시 분석적 읽기』, 고려대 출판부, 1998.

우한용,『문학교육과 문화론』, 서울대 출판부, 1997.

유영희,「새로운 시 쓰기와 독자의 인식」,『독서연구』창간호, 한국독서학회, 1996.

_____,「이미지 형상화를 통한 시 창작교육 연구」, 서울대 대학원, 1999.

유종호,『시란 무엇인가』, 민음사, 1995.

윤여탁,『리얼리즘시의 이론과 실제』, 태학사, 1994.

_____,「시 교육에서 언어의 문제-정지용을 중심으로」,『국어교육』90호, 한국국
        어교육연구회, 1995.

_____,『시 교육론-시의 소통 구조와 감상』, 태학사, 1996.

_____,「시의 갈래 어떻게 지도할 것인가」, 김은전 외,『현대시 교육론』, 시와시학
        사, 1996.

_____,「'틈새' 아닌 '사이'가 되는 길-이시영론」,『시와 사람』창간호, 1996 여름.

윤여탁,「시의 多聲性 연구를 위한 시론」,『민족문학사연구』11호, 민족문학사연구
        소, 1997.

_____,「한 모더니스트의 변모와 그 의미-김기림론」, 구중서·최원식 편,『한국

근대문학 연구』, 태학사, 1997.

윤여탁, 「현대시 제재의 교육적 위계(位階)에 대한 연구」, 『국어 교육』 95호, 한국 국어교육연구회, 1997.

_____, 『시 교육론 2 - 방법론 성찰과 전통의 문제』, 서울대 출판부, 1998.

이병한 편저, 『중국 고전 시학의 이해』, 문학과지성사, 1992.

이숭원, 『근대시의 내면구조』, 새문사, 1988.

이승훈, 『시론』, 고려원, 1979.

이은봉, 「리얼리즘시의 세계관과 창작 방법에 대하여」, 『실천문학』, 1992 가을.

장경렬, 「상상력과 언어 - 코울리지의 경우」, 『현대비평과 이론』, 한신문화사, 1991 가을.

장경렬 외 편역, 『상상력이란 무엇인가』, 살림, 1997.

장석주, 「시의 생태학적 상상력을 향하여」, 『현대시학』, 1992, 8.

정 민, 『한시 미학 산책』, 솔, 1996.

정병욱, 『한국고전시가론』, 신구문화사, 1976.

정수복, 『녹색 대안을 찾는 생태학적 상상력』, 문학과지성사, 1996.

정재찬, 「현대시 교육의 지배적 담론에 관한 연구」, 서울대 대학원, 1996.

조동일, 「현대시에 나타난 전통적 율격의 계승」, 김대행 편, 『운율』, 문학과지성사, 1984.

_____, 『한국 소설의 이론』, 지식산업사, 1977.

차주환, 『중국 시론』, 서울대 출판부, 1989.

최두석, 『리얼리즘의 시정신』, 실천문학사, 1992.

최미숙, 『한국 모더니즘시의 글쓰기 방식과 시 해석』, 소명출판, 2000.

최지현, 「한국근대시 정서체험의 텍스트조건 연구」, 서울대 대학원, 1997.

한상련, 「한국 논리학의 구조」, 『동국대 논문집』 5집, 동국대, 1969.

황인교, 「이용악 시의 언술 분석」, 이화여대 대학원, 1991.

Abrams M. H., *The Mirror and the Lamp*, Oxford Univ. Press, 1971.

Althusser L., 김동수 역, 『아미엥에서의 주장』, 솔, 1991.

Bakhtin M. M., 전승희 외 역, 『장편소설과 민중언어』, 창작과비평사, 1988.

Benjamin W., 반성완 역, 『발터 벤야민의 문예이론』, 민음사, 1983.

Black Max, *Metaphor, Studies in Language and Philosophy*, Cornell Univ. Press.

Brett R. L., 심명호 역, 『공상과 상상력』, 서울대 출판부, 1979.

Brooks C. and Warren A., *Understanding Poetry*, New York; Holt, Rinehart and Winston, 1976.

Cassirer E., *Language and Myth*, New York, 1946.

Cassier E., *An Essay on Man: An Introduction to a Philosophy of Human Culture*, Yale Univ. Press, 1956.

Egri P., "The Lukacsian Concepts of Poetry", J. Odmark ed., *Linguistic & Literary Studies in Eastern Europe*, Amsterdam; John Benjamin B. V., 1980.

Eliot T. S., "Hamlet and His Problem", *The Sacred Wood*, London, 1969.

Empson W., *Seven Types of Ambiguity*, Penguin Books, 1965.

Fridlender G., 이항재 역, 『리얼리즘의 시학』, 열린책들, 1986.

Hegel G. W. F., 최동호 역, 『헤겔 시학』, 열음사, 1987.

Hirschkop Ken(ed), *Bakhtin and Cultural Theory*, Manchester Univ. Press, 1989.

Johnson W. R., *The Idea of Lyric*, Univ. of California Press, 1982.

Kant I., 전원배 역, 『순수이성비판』, 삼성출판사, 1977.

Kayser W., 김윤섭 역, 『언어 예술 작품론』, 대방출판사, 1982.

Lamping D., 장영태 역, 『서정시-이론과 역사』, 문학과지성사, 1994.

Lotz John, *Style in Language*, The M. I. T. Press, 1968.

Lukács G., 반성완 역, 『소설의 이론』, 심설당, 1985.

Marx K. and Engels F., *On Literature and Art,* Moscow; Progress Press, 1976.

Ogden C. K. & Richards I. A., *The Meaning of Meaning*, New York and London, 1946.

Poe E. A., *Poems and Miscellanies*, Oxford Univ. Press, 1956.

Pollard A., 송낙헌 역, 『풍자』, 서울대 출판부, 1979.

Preminger Alex(ed), *Princeton Encyclopedia of Poetry and Poetics*, Princeton Univ. Press, 1965.

Staiger E., 이유영 · 오현일 역, 『시학의 근본 개념』, 삼중당, 1978.

Wheelwright Philip., *Metaphor and Reality*, Indiana Univ. Press, 1973.

_____, *The Burning Foundation*, Indiana Univ. Press, 1968.

Williams R., 나영균 역, 『문화와 사회』, 이화여대 출판부, 1988.

Wimsatt W. K. & Beardsley M. C., *The Verbal Icon*, The Univ. of Kentucky Press, 1967.

찾아보기

ㅣㄱㅣ

가치 38
각운(脚韻) 77
감동과 내면화 277
감상성 215
감정(feeling) 71
감정 이입 103, 319
감정의 디테일 197
감정의 오류(Affective Fallacy) 16
강은교 215
개인적 상징(private symbol, 문학적 상징) 108
객관적 변증법 194
객관적 상관물(客觀的 相關物) 164, 166
객관적 존재론(objective theory) 16
객관적인 거리 172, 176
거리 172
고급 문학 219
고은 174
공감 318
공감적 시 읽기 319
공동 작업 336

공상(fancy) 32
과정(수행) 평가 335
과학적 언어(scientific language) 70
관련(reference) 72
관습적 상징(conventional symbol) 108
광고 290
교수-학습 329
교수-학습 전략 330
교술 갈래 22
교육 과정 274, 275
교육 주체 280
구연(口演) 80
구조적 아이러니 142
국어 문화 276
극 갈래 22
극시 21
극적 아이러니 143
글쓰기 129, 332, 354
기승전결 222
기의(記意, signifié) 72
기표(記標, signifiant) 72
김광규 329
김광균 94

김기림   89, 181, 182
김기진   180
김남조   213
김동환   90
김소월   78, 147
김수영   13, 150, 159, 185
김승희   210
김영랑   24, 104
김용택   229
김정란   211
김지하   19
김춘수   67, 105, 186

| ㄴ |

난해성   180, 182
난해성의 원인   181
난해시(難解詩)   185
낭만적 아이러니   144
낭만주의   15, 39
낭만주의적인 세계관   228
내면화   255
내적 구조   17
노천명   212
능동적인 독자   198

| ㄷ |

다매체 언어(Multi-media)   284
다성성(多聲性)   268
다양화   347
다원주의적 시대 정신   286
단선성(單線性)   330
단성성   269

담론(談論, discourse)   73, 266
당의설(糖衣說)   16
대리경험   320
대상(referent)   72
대중 문학   219
대중 문화 매체   282
대중 문화론   284
대중화 논쟁   50
대화 관계   269
대화주의(對話主義)   268
도종환   238
독자(audience)   14
동일성(Identity)   173
동철이의어(同綴異義語)   76
동화(同化)   254
두운(頭韻)   77
등장성(等長性)   82

| ㄹ |

랭보(A. Rimbaud)   66
러시아 형태주의   17
루카치   194
리얼리즘(realism)   15, 117, 170, 177,
   193, 196, 198
리얼리즘시   117, 172, 196
리차즈(I. A. Richards)   72

| ㅁ |

마르크스주의 문학론   265
막스 블랙(Max Black)   105
매체 공학   284
매체 언어 교육   284

매체 활용 337
메시지 287
모더니즘 223
모더니즘시 241
모방론(mimetic theory) 15
모성애 212
모순어법(oxymoron) 146
모운(母韻) 77
모호성(ambiguity) 26, 159
무에크(D. C. Muecke) 144
문학 교육 218, 223, 283, 292, 339
문학 교육에서의 평가 342
문학 담론 270
문학 작품의 이해와 감상 43
문학성 54
문학적 언어(poetic language) 70
문학적 유산 196
문학적(시적) 상상력 38
문학주의 116, 240
문화 114, 219
문화의 키치화 296
문화적 전통 42
물아일체(物我一體) 25
미적 소화 303
미적 쾌감 94
민영 42
민요조 81
민중시 172, 271

┃ ㅂ ┃
바슐라르(G. Bachelard) 33
바흐친 265, 268

박노해 204
박목월 45
박세영 168
박용래 170
박인환 242
박재삼 218
박정만 237
박팔양 234
반어(反語) 141
반영론(reflection theory) 15
배역시(配役詩, Rollengedichte) 24
백무산 267
백석 193
베를레느(P. Verlaine) 75
변영로 104
변인 275
병치 비유 105
보들레르(C. Baudelaire) 107
보조 관념(vehicle) 103
불가해시(不可解詩) 185
브룩스(Brooks) 17
비어즐리(Beardsley) 16
비유(比喩) 95, 103
비유적 심상(figurative image) 93
비판 318
비판적 담론 265, 270
비판적 시 읽기 321
비평적 에세이 349
빗대어 말하기 331

┃ ㅅ ┃
사고(思考) 66

사고력 252
사무사(思無邪) 225
사유 방식 222
사이버(Cyber) 공간 282
사회적 상징 114
삶의 공간 230
삶의 형상화 176
상상(imagination) 71
상상력(imagination) 31, 275, 330
상위 갈래(Gattung, 類 갈래) 22
상징(symbol) 95, 106, 107
상징적 상상력 41
상징적 심상(symbolic image) 93
상호 융화(Ineinander) 23
상호 작용론 105
상호텍스트성 42, 153, 156
생각(thought) 72
생태시 39
생태학적 상상력 38
생활의 진실성 197
서경(敍景) 27
서경시(서정시) 122
서사 갈래 22
서사 지향성 171
서사시 21, 170
서사적 실현의 언술 117
서사적 총체성 176
서술 구조 26, 171
서술시 25
서술자 200
서정 갈래 22
서정 장르 177

서정시(抒情詩, 敍情詩, Lyric) 21, 116,
  170, 225, 236
서정적 자아 117
서정적 주체 117, 118
서정적인 언술 117
서정주 28, 40, 71, 219
선경후정(先景後情) 36, 196
선시(禪詩) 28
성기완 184
세계(universe) 14
세계관 99
세부적 묘사 197
소쉬르(F. Saussure) 72
소재의 상징적 의미 실현 221
수준별, 통합적 학습 335
수직적 상상력 221
순수 서정시 23, 203, 224
순응주의 222
시 교육 275, 276, 279, 280, 284, 293,
  335
시 교육 방법론 335, 338
시 교육의 위계화 276
시드니(Sidney) 16
시어 332
시언지(詩言志) 225
시인 추방론 15
시적 담론 120
시적 대상 202
시적 메시지 291
시적 상황 197
시적 서술 구조 176
시적 언어(poetic language) 160, 291

시적 역설(poetic paradox)   147
시적 자아   117
시적 주체   117
시적 형상   100, 195, 198
시적 형상화   201
시적 화자(persona)   26, 98, 99, 116, 202, 333
시화(詩畵) 만들기   335
신경림   35, 185
신동엽   120
신비평   17, 265
신재효   265
신현림   240
신화적 상징   114
심리적 거리두기   324
심상(心象)   89
심층적 역설(depth paradox)   147
심훈   271
쓰기 교육   362

┃ ㅇ ┃

아리스토텔레스(Aristoteles)   15, 21
아브라함 몰르(Abraham Moles)   307
아이러니   141
압운(押韻)   77
애브람스(M. H. Abrams)   14
야우스(Jauss)   16
언술   266
언어 예술   66
언어 예술로서의 시   224
언어(기호: symbol)   72
언어적 아이러니   142

언어적 형상   99
엘리어트(G. Eliot)   78, 165
엠프슨(W. Empson)   160
엥겔스   197
여백(餘白)의 시학   28
여성성   208, 209
여성시   212
여성적인 정조   208
여성주의 문학 경향   221
역동적 상상력   39
역설   146
연가(戀歌)   236, 237, 240
연상 체계의 진부함   300
연시(戀詩)   68, 236
영상   287
예술 행위   354
예술적 상징   114
오규원   156
완상(玩賞)의 대상인 경물(景物)   230
요운(腰韻)   77
용사(用事)   27, 152
운율   75
운율론   84, 99
위렌(Warren)   17
워즈워스(W. Wordsworth)   15, 273
원관념(本意, 趣意, tenor)   103
원텍스트   157
원형적 상징(archetypal symbol)   108
웰렉(Wellek)   17
위계화(位階化)   274, 280, 339, 343, 347
윔샤트(Wimsatt)   16
유치환   144

윤동주 164
윤선도 230
율격적 직관 86
은유(隱喩, metaphor) 103
음보(音步, foot) 82
의도의 오류(Intentional Fallacy) 16
의미의 단속 86
의사 진술(疑似陳述, pseudo statement) 72
의인화(擬人化, personification) 35, 103
이념 체계 266
이념소(理念素, ideologeme) 266, 268
이념태 268
이데아(Idea) 69
이데올로기 113, 221
이미지(image) 33, 89
이백(李白) 31
이상화 83
이성복 57
이시영 27, 29
이야기 시 122
이용악 117, 126
이육사 97
이저(Iser) 16
이지(intellect) 71
이차적(secondary) 상상력 32
이호우 232
이화(異化) 255
인간 교육 50, 363
인간 중심 338
인용의 언술 118
인지적 능력 253
인지적 사고력 255

인지적(認知的) 차원 336
일상적 언어(standard language) 70
일차적(primary) 상상력 32
임화 51

┃ ㅈ ┃

자기 망각 300
자연 227, 230
자운(子韻) 77
작가(artist) 14
작용태로서 문화 219
작품(work) 14
장르(갈래) 패러디 154
장정일 143, 155
재래 가요의 특성 180
전고(典故) 27, 152
전망(perspective) 123, 176, 200
전통적인 비유법 42
전형 197
전형성 202, 203
전형적 198
정경교융(情景交融) 25
정경론(情景論) 25
정보 전달(information) 71
정서적 동일시 320
정서적 환기력 93
정신적 심상(mental image) 90
정의적 사고력 255
정의적(情意的) 차원 336
정지상 77
정지용 92, 102
정철 269

정체성 358
제6차 교육 과정 128
제7차 교육 과정 279, 329
제유(提喩, synecdodche) 103
조정권 179
존재 67
존재론적 역설(ontological paradox) 147
존재의 가치 68
존재의 집 69
종교적 상징 114
주관성 195
주관적 변증법 194
주영섭 162
지식 329
직유(直喩, simile) 103

▌ㅊ▌
참여시 116
창의력, 사고력 함양 교육 338
창의적인 사고력 339
창작 330
창작 교육 353~355, 357, 360, 363
창작 교육의 이론화 361
창작 방법 176
창작 의도 55
창작 주체 45, 194, 355, 358, 363
창조성 33
창조적 상상력 39
창조적 행위 354
천상병 141
체험 학습 279
최남선 84

최두석 21, 122, 196, 203, 231
최석두 200
최영미 216
최치원 26
치환 비유 105
7·5조 81

▌ㅋ▌
카타르시스(catharsis, 淨化) 16
코울리지(S. T. Coleridge) 32
클락(A. M. Clark) 150
키치 285, 295
키치 상황 302
키치맨 309

▌ㅌ▌
텍스트 39
통합 교과적인 성격 338

▌ㅍ▌
파스칼(B. Pascal) 35
파운드(E. Pound) 106
판타지 문학 289
패러디 152, 153, 156, 285
패러디 시 쓰기 332
패러디의 원리 153
패스티쉬 285
페미니즘 208
편지 120
포스트 모더니즘 285, 286
포우(E. A. Poe) 76
포트폴리오형 평가 348

표출 48
표층적 역설(surface paradox) 147
표현 기법 99
표현 매체 289, 292, 293
표현론(expressive theory) 15, 332
푸코(Foucault) 73
풍자(諷刺) 150, 151
플라톤(Platon) 15

| ㅎ |

하위 갈래(Art, 種 갈래) 22
하이꾸(俳句) 81
학교 교육 80, 130
학문 중심의 교육 과정기 276
학습 내용의 조직화 274
학습 전략 293
학습 제재의 선정 278
학습 활동 276, 334, 336
학습자 278~280, 285, 332
학습자 변인의 다양성 338
학습자 중심 338

한용운 104, 146, 209
함축성 26
행간걸림(enjambment) 80, 85
허영자 214
허천(Hutcheon) 153
현대시 교육 285
형상화 36, 90, 122, 231
형식의 미추 판단 261
형식주의 265
호라티우스(Horace) 16
홍윤숙 208
환유(換喩, metonymy) 103
황지우 287
황진이 79, 225
회상(回想, Erinnerung) 23
효용론(pragmatic theory) 16
휠라이트(P. Wheelwright) 147
휴지(休止) 83
흄(T. E. Hume) 164
희화화 152